카운터
포인트

죽음의사슬

카운터 포인트

죽음의 사슬

김문호 장편소설

다산글방

차례

프롤로그 _ 6

01 모의 _ 9

02 비너스술사 나현구 _ 14

03 수술준비 _ 20

04 유방재건술 _ 25

05 거짓말 _ 32

06 유혹 _ 37

07 지나미 _ 42

08 최종설 _ 48

09 브레드 앤 버터 _ 55

10 죽음의 사슬 _ 62

11 불길한 예감 _ 68

12 믿음 _ 75

13 강동혁 _ 80

14 김민호 _ 89

15 리스트 _ 95

16 박강재 _ 101

17 메스를 든 정신과 의사 _ 108

18 비밀지대 _ 116

19 표정의 이유 _ 121

20 성형의 현실 _ 126

21 미심쩍은 증거 _ 133

22 끝없는 추락 _ 140

23 심문 _ 145

24 구속 _ 153

25 드러나는 의혹 _ 159

26 구속적부심 _ 167

27 지나리 _ 173

28 관계 _ 180

29 진찰 _ 184

30 질 성형 상담 _ 190

31 장례식장 _ 196

32 면회 _ 201

33 은밀한 거래 _ 213

34 친구 _ 218

35 어그러진 관계 _ 225

36 의혹 _ 231

37 우연한 만남 _ 237

38 행운의 여신 _ 244
39 인생의 재구성 _ 250
40 마약의 손길 _ 262
41 경영회의 _ 269
42 화불단행 _ 275
43 고수정 _ 279
44 동행 _ 287
45 포에틱 라이선스 _ 292
46 탐문 _ 301
47 헤라클리닉 _ 310
48 행방 _ 321
49 연인 _ 327
50 바이오 메디텍 페어 _ 331
51 실종 _ 338
52 추적 _ 345
53 의기투합 _ 356
54 AV 산업 _ 366
55 진실의 조각 _ 377
56 일시귀국 _ 382

57 김지돌 _ 388
58 보석 재판 _ 397
59 복귀 _ 403
60 안면 윤곽 수술 _ 412
61 은인 _ 417
62 공조 _ 423
63 구출 _ 430
64 우미란 _ 441
65 탈주 _ 446
66 의외의 제보자 _ 454
67 잠입 _ 460
68 비밀정보 _ 464
69 발견 _ 477
70 일본의 현재 _ 487
71 일본회의 _ 493
72 운명의 재회 _ 501
73 해후 _ 507
74 사필귀정 _ 515
에필로그 _ 521

프롤로그

돌리 파튼. 그녀는 1946년 1월 미국 테네시 주 조그마한 마을의 찢어지게 가난한 은둔자의 열두 자녀 중 넷째로 태어났다.

어렵고 힘든 환경에서도 빼어난 몸매와 중남부 특유의 리드미컬하고 섹시한 목소리로 대성공을 거둔 컨트리 뮤직의 아이콘이다.

그러나 그녀를 더욱 유명하게 만든 것은, 대부분의 미국인들이 '돌리'하면 떠올리는, 풍만한 젖가슴이다.

1996년 7월 5일. 스코틀랜드 에든버러 근처의 잘 알려지지 않은 실험실(Roslyn 연구소)에서 또 다른 '돌리'가 태어났다.

그녀는 여섯 살의 양(羊)으로부터 얻은 세포의 핵을 다른 양에서 얻은 난자에 이식한 뒤, 그 난자를 세 번째 양의 자궁에 이식해서 나온 네 번째 양이다.

그 새 생명에게 '돌리'라는 이름이 붙은 것은 그 과정이 한 암양의 젖샘세포에서 시작하였기 때문이다. 풍만한 젖가슴을 가진 미국 가수 돌리에게 바치는 애정 어린 헌사인 셈이다.

그녀는 277번의 시도 끝에 단 한 번 성공한 산물로서 성체세포에서 복제된 최초의 포유류였다. 이것은 인류가 생명을 다뤄 온 역사에 새로운 시대가 시작됨을 알린 것이었다.

돌리가 태어난 첫 6개월 동안 그녀의 존재는 비밀에 붙여졌었다. 그러나 1997년 2월 그녀의 소식이 언론에 새 나가자, 전 세계는 시끌벅적했고, 세계 언론을 사로잡았다.

또한 성행위 없이 이루어지는 번식에 어떤 의미가 있는지에 대한 논쟁이 무수하게 이어졌다. 그리고 정확한 유전적 변화를 일으키는 데 사용할 수 있는 핵이식과 줄기세포 추출을 개발하기 위한 전쟁이 불붙기 시작했다.

속살을 드러낸 채 피를 흘리고 쓰러져 있는 사람을 봤을 때 당신은 무엇을 가장 먼저 생각하는가?

제일 먼저 떠오르는 것은 '저 사람이 남자인가? 여자인가?'라고 한다. 숨이 붙어 있는지 아니면 끊어졌는지, 얼마나 다쳤는지는 그 다음 고려 사항이라는 것이다.

인도 탄트라 철학의 대가 오쇼 라즈니쉬의 강의록 첫머리에 나오는 얘기다.

강남구 청담동.

앞쪽으로 도산대로를 내려다보며 한강을 뒤로하는 언덕 위의 빌라는 신흥부촌으로 꼽는 대표적인 곳이다. 고급빌라라는 말이 워낙 흔해 빠지게 쓰이고 있지만, 이곳 렉스빌라야말로 그 최고봉이라 할 수 있다.

신흥부촌. 이 말 속에는 적지 않은 함의(含意)가 있다. 화려하지만 감출 수 없는 경박, 그리고 음습한 퇴폐의 내음이 묻어 나온다.

한껏 멋을 낸 실내. 연보라색 실크 벽지가 호화스런 샹들리에 불빛에 진보라 색을 띠고, 최고급 페르시아산 붉은 양탄자가 깔려 있다.

고가구의 고풍스러움이 원색의 서양식 소품들과 뒤섞여 있고, 어딘지 모르게 집안은 정돈되지 않은 느낌이다.

거실 응접세트 테이블 위에는 하늘색 에비앙 생수병이 놓여 있다. 두 개의 글라스와 함께.

바닥에는 여자의 옷가지가 널려 있고, 하이힐이 동댕이쳐 있다.

호화롭게 치장된 침실의 큰 침대 위에 한 여인이 누워 있다. 깊은 잠에 빠진 듯 양팔을 늘어뜨린 채 고요하다.

눈은 감겨 있지만 빼어난 미모는 전혀 감춰지지 않는다. 특히 얇은 분홍빛 네글리제 사이로 풍만한 젖무덤의 윤곽이 눈부시게 드러나 보인다. 움직임이 없고 숨소리가 들리지 않는다.

01
모의

강남구 신사동의 한 으슥한 뒷골목, 한국에서 클럽으로 유명한 홍대 앞과 쌍벽을 이룰 만큼 테크노 클럽이 즐비하게 늘어선 곳이다.

이곳에서도 가장 뒤편 깊숙한 곳에 위치한 '블랙 홀'은 백여 년 된 빨간 벽돌로 이루어진 건물 외벽과는 달리, 내부는 최고급 IT 기술을 도입하여 특이한 감성을 자아내도록 연출하고 있었다.

어두컴컴한 내부에 화려하게 장식된 블랙네온의 내부 조명과 천정에 달린 레이저는 들어서자마자 환상적인 기분에 빠져들게 했고, 홀은 형형색색의 젊은 남녀들로 붐비고 있었는데, 평상시에는 쉽게 볼 수 없는 자신 나름의 개성을 살린 옷차림과 헤어스타일은 이곳이 한국인지, 외국인지 분간이 안 갈 정도였다.

지루하고 따분한 일상에서 벗어나려는 것인지, 또는 아무 생각 없이 머리끝에서 발끝까지의 자유와 해방감을 만끽하려는 것인지는 모르지만, 홀 안의 모든 이들이 격렬하게 몸을 흔들어대고 있는 광경은 마치 환각 댄스파티의 현장인 것처럼 느껴지기까지 했다.

오늘의 특별 출연인 테크노 가수 고수정의 밴드 '레드 드래곤'의 라이브가 절정에 이르자, 이에 맞춰 모든 조명이 일제히 스테이지의 주인공을 향해 내리쬐었고, 그 환상적인 빛줄기 아래 마치 블랙홀로 빠져드는 듯한 모습의 고수정이 미칠 듯한 높은음으로, 비명 가까운 소리를 질러댔다.

그 순간 홀에 있는 젊은 남녀들은 소름이 쫙 돋으며, 로켓처럼 천장 위로 몸을 솟구치고 싶다는 욕구를 마구 느끼는 듯 몸을 비꼬며, 뛰어오르며 출렁거리고 있었다.

스테이지 뒤의 좁은 문을 열고 들어가면 미로 같은 복잡한 칸막이와 복도가 이어져 있었고, 그 끝 편에 있는 비밀 패드를 누르자 밀실이 모습을 드러냈다. 블랙홀의 이미지와는 전혀 달리 깔끔한 젠 스타일의 고급 인테리어로 마감된 장소였다.

한가운데에 위치한 테이블과 그 주위를 두른 푹신한 소파가 편안한 느낌을 주고 있었고, 르네상스 시대 궁전을 모방한 천장에서는 하얀 드라이아이스가 넘실대며 뿜어져 나와 바이올렛 빛 조명과 함께 신비스러운 분위기를 자아내고 있었다.

"야아, 재국아. 너 들어올 때 홀 왼쪽 구석에서 소곤대는 녀석들 봤지?"

형철이 정신을 바짝 차리며 물었다.

"예, 형님. 누구 말씀이신지?"

"쭈그러진 모자 쓴 새끼 말야. 그거 거래했던 것 같은데……."

"아아! 네. 아는 애들입니다. 제가 데리고 있지는 않지만, 이 바닥에서 기웃대며 연예인들 고물 주워 먹고 사는 애들이에요. 가끔 대마(大麻)나 가벼운 것들만 배달합니다."

"한 알에 10만 원 정도 한다지?"

"저희 것은 클래스가 다릅니다. 가격도 비싸고 공급망이 따로 있어 감히 얼씬도 못합니다."

"이번 일과 조금이라도 관련되어 있으면……."

형철은 풀린 눈이지만 반짝 레이저를 날렸다.

"아, 형님. 절대, 절대 아닙니다. 제 심복을 시켜 확실하게 처리했습니다. 조금도 걱정하지 마십시오."

재국은 뒷목에 식은땀이 흐르는 것을 느꼈다.

"자아네, 이일 처리가 왜 그 모양이야? 자알 못하면 우리 다 죽는다. 다아 죽어."

이미 사지까지 풀린 형철이 재국에게 더욱 짜증을 냈다. 황재국은 고수정의 매니저로 그럴듯하게 포장하고 있는 인물이었다.

"그래. 이제 겨우 스캔들 가라앉혔는데 지나미가 다시 튀어나오면 나도 끝장이야, 끝장!"

서서히 정신이 흐물흐물 하는 창수가 거들었다. 그렇지 않아도 여당의 대선후보 1위를 달리는 박강재 의원의 선호도를 간신히 잡아놓

앉는데 그 성격에 가만있지 않을 것 같아 몽롱한 가운데서도 기분이 깔끔하지 않았다.

"혀엉님들, 와들 이이래? 찌꺼기는 나한테 다 떠어 너엄기면서……. 나도 하알 마알이 있다구요오."

재국도 필로폰에 점점 취해 혀가 뒤틀린 목소리로 투들투들 거칠게 대꾸했다.

"형님이 제일 먼저 조사 받을 텐데…… 미리 대비하고, 형님이나 조심 또 조심하세요."

재국이 지나미의 매니저인 장형철에게 뭉클한 눈빛을 보냈다.

"야 임마, 말 조심해. 나야 크린, 클린. 돈 워리. 아무리 털어도 나올 것 어없고. 이 새애끼 너나 조심해. 뽀옹도 당분간 자암수 타라고 하고. 빠알리 빠리 행동하고. 푸우푸……."

형철은 연방 감기는 눈을 추스르며 말했다.

"그나저나 그 둘이 가장 문젠데 어떻게 처리했대요?"

재국은 갑자기 정신이 번쩍 들었는지 제법 또렷한 말씨였다.

"나도 자알 모르지, 그냥 귀동냥했을 뿐이니까. 밀항시켰다든가……. 하나는 깊은 산중에 꼭꼭 감춰놨다나 뭐래드라……. 크으! 아무튼 그쪽은 신경끄고…… 크흐."

"형님, 단도리 잘하세요. 아니면 다 죽어요."

"자아, 자아, 그쪽 얘기는 아예 꺼내지도 마. 잘못되면 가족까지 싸악……."

셋 중 약간 덜 몽롱한 창수가 분위기를 바꿔보려고 다시 끼어들었다.

"재수 없는 불길한 얘기는 그만하시고…… 크으…… 머지않아 우리 세상이 올 텐데 걱정은 붙들어 매시고…… 자자 형님들 한 잔 쭈욱 들이킵시다."

"그래, 그으래. 인생 뭐어 있나. 자아 자 와안샷!"

모두들 술잔을 높이 들어 힘차게 부딪치며 스카치에 마약이 섞인 신종 칵테일을 한입에 털어 넣었다.

"황지 쪽에느은 내가 자알 전달하알 테니까아……. 잘못하며언 우리이 다 쥐이도 새도오 모르게 없어지인단 말이야아. 자- 자, 크으. 앞으로가 주웅요하니까. 정신 바아짝 차리고오, 주우위 다안속 처얼처어히 하고 이입 조오심 하자구. 조심하고 또 조오심!"

형철은 결론을 내듯 내뱉고 소파에 뻗어버렸다.

13

02

비너스술사 나현구

미켈란메디센터. 업계에서는 이곳을 S라인공작소라 불렀고, 원장인 나현구를 비너스술사라고 했다. 연금술사에 빗댄 말이다.

인간의 욕망은 한때 금을 만들어 낼 수 있지 않을까 하여 연금술이란 말을 만들어 냈다. 황금으로 대표되는 부, 그리고 명예, 그리고 점잖게는 건강, 단도직입적으로는 섹스에 관한 욕망은 인간의 존재 이유이자 목적인지 모른다.

현구의 성공은 눈부시다는 말로는 표현이 모자랄 정도로 대단한 것이었다. 그는 7조 원으로 추정된다는 성형업계의 최강자였고 최근에는 줄기세포 배양기술을 접목한 새로운 보형물 개발로 성가를 배가하고 있는 중이었다.

때아닌 소나기로 황사가 걷힌 4월의 늦은 오후였다.

강남의 압구정동. 성형외과가 반경 2킬로미터에 수백 개나 자리하고 있는, 그야말로 대한민국 성형의 메카로 불리는 곳이다. 이 가운데에서도 최고급 주상복합건물인 리젠시 플라자 2층 전체를 사용하고 있는 미켈란메디센터는 그 규모와 시설에서 최고를 자랑하는 종합성형외과였다.

그곳은 병원이라기보다는 최고급 리조트 호텔을 연상케 했다. 검은 대리석과 열대 수목으로 장식된 리셉션 룸은 오성급 호텔 로비처럼 고급스러웠고, 안쪽의 휴식 공간은 지중해 연안의 최고급 카페 같은 분위기를 연출하고 있었다.

원장실은 환자, 보호자, 의사, 간호사들이 편하게 이용할 수 있는 휴식 공간의 맞은편에 자리하고 있었다.

현구는 오늘 있을 OP(수술)을 생각하며 컴퓨터 모니터를 바라보고 있었다.

수술을 수없이 했지만 오늘 케이스는 적잖이 신경이 쓰이고 긴장이 되었다. 그도 그럴 것이 대한민국 최고의 스타일 아이콘이라는 정혜리의 수술이었기 때문이다. 그것도 고도의 기술과 한 치의 오차도 있어서는 안 되는 복잡한 수술이었다.

정혜리는 그룹가수로 데뷔하여 히트를 치더니 계속 변신을 거듭하여 현재 최고 인기를 구가하는 만능 엔터테이너로 자리를 굳힌 스타 중의 스타였다. 영화, 드라마에도 자주 얼굴을 내밀었고 예능프로 진행과 CF에서는 타의 추종을 불허하는 초특급 대우를 받고 있었다.

그리고 오늘은 그 말도 많고 탈도 많았던 그녀의 가슴에 종지부를 찍는 날이었다.

'원래 풍성했어요.'라는 그녀의 말이 유행어가 되었을 만큼 그녀의 가슴은 세간의 관심을 집중시키고 있었다. 성형을 했느니 안 했느니, 결함이 전혀 없는 완전한 모양을 갖추고 있다느니, 그렇지 않다느니, 성형의 부작용 때문에 그녀의 가장 큰 콤플렉스라느니 별별 희괴한 소문과 카더라 통신이 난무하고 있었다.

지난번 1차 검진 때 현구는 크게 놀랄 수밖에 없었다.
부와 명성을 한 몸에 지닌 그녀가 어떻게 이런 가슴으로 살아왔는지 이해할 수 없을 만큼 혜리의 가슴 상태는 심각했다. 도대체 어떤 녀석이 이따위로 만들어 놨을까 싶을 정도로 엉망이었다. 한마디로 돌덩어리였다.
첫 번째 수술이 잘못된 데다가 이를 보완하기 위해 시도한 2차 시술이 그녀의 가슴을 더 망가트렸다. 크기야 알려진 대로 풍성했지만, 여성의 유방이 본래 갖는 부드러움과 푸근함 그런 것과는 전혀 거리가 먼 딱딱한 찰떡이 되어 있었다.
성형전문의로서 그녀가 갖는 고민이 얼마나 컸으리라는 것은 익히 짐작할 수 있었다. 10년 전쯤에 실리콘 팩을 넣었다는데 이것이 터져 자꾸 밑으로 처지고 모양이 일그러지자 이것을 긁어내고 소금물 팩을 다시 집어넣은 후 그 위에 지방흡착을 했던 모양이었다.
시술도 그랬지만 추후 관리를 제대로 못해 결착 석화현상이 급속도로 진행되면서 그런 괴물을 만들어냈던 것이다. 유난히 율동이 많아야 했던 그녀의 댄스 강도가 언젠가부터 줄어들었던 것도 그 때문이었으리라. 그 큰 돌덩이를 가슴에 매달고 몸을 흔들기란 엄청난 고통이었을 터였다.

"차라리 잘라내고 죽어버리고 싶었어요."

지난번 검진 때 그녀가 눈물까지 흘리면서 던졌던 말이었다. TV 화면 속에서 그토록 발랄하고 명랑해 보이는 그녀가 변변한 남자 친구 하나 없다는 것도 이해가 갔다. 그녀는 얼짱과 몸짱이라는 칭호를 달고 다니면서도 스캔들이 없는 편이었다.

오늘 수술의 주목적은 혜리의 가슴에 있는 소금물 팩과 돌떡처럼 굳어진 지방흡착물을 다 빼내고 새로운 보형물을 넣어 제 모양을 찾아주는 것이었다.

서초동 미켈란랩에서 제작한 혜리의 자가 지방 체세포 배양물은 이미 도착해 있었고, 지난달 미국 웰컴재단 줄기세포연구소의 가세로 더 정교해진 스타치 마이크로백도 준비되어 있었다. 체세포 배양물과 스타치 마이크로백이야말로 미켈란의 오늘을 있게 한 비밀 병기였고, 현구를 성형학계 최강자로 만든 최대의 노하우였다.

컴퓨터 모니터에 유방 스케치가 떠올랐다. 이를테면 오늘 수술의 설계도였다. 250cc 정도의 원추형 유방이었다. 다행히 유륜과 유두가 적당한 선에서 성장돼 있었다.

매력적인 유방이란 복합적 요소가 작용하기 때문에 한마디로 말하기 어렵다. 일반적으로 개인의 신체 구조에 맞게 적당하게 커야 한다. 탄력성이 좋고 체위에 따른 변동이 별로 없어야 하며, 누웠을 때 바깥쪽으로 약간 기울어야 한다. 또한 유방의 위치나 모양이 체형과 조화를 이루고 좌우 대칭을 이루어야 한다.

아름다운 유방의 조건은 첫째, 탄력 있고 팽팽해야 하며, 둘째, 적당한 사이즈에 반구형이어야 하고, 셋째, 3번째와 6번째 갈비뼈 사이에 융기가 있으면서 유두의 위치는 5번째 갈비뼈보다 아래에 위치해 있어야 한다. 또한 유방의 아래 복부와 합쳐지는 부위에 주름이 있어서는 안 되며, 유두의 간격이 20cm 이내로 좁아서도 안 되고 유두는 마치 토라진 자매처럼 약간은 등지고 있는 모습이어야 한다.

유방의 크기는 바스트와 양쪽 유두를 지나는 톱 바스트 둘레에 기준을 두는데, 한국 여성의 경우 대개 히프의 둘레보다 4~5cm 정도 작은 크기면 가장 알맞다.

유방의 아름다움은 크기도 문제가 되지만, 모양도 아주 중요한 요건이다. 우선 유방이 탄력적이어야 하며, 그 모양이 사발형이나 자루형보다 원추형일 때 더 매력적이다. 정면을 향해서 쇄골의 중심과 유두를 연결한 삼각형의 밸런스를 보았을 때, 정삼각형을 이루고 있으면 이상적인 가슴이다. 옆에서 보았을 때, 유두가 어깨와 팔꿈치 중간에 있어야 한다. 유두의 둘레 또한 너무 크지 않아야 하며, 색깔은 붉은색일 때 좋다.

현구의 머릿속에는 나름대로의 수치가 자리 잡고 있었다.

쇄골 중간점에서 유두까지의 거리 18cm. 흉골 위에서 유두까지의 거리 18~22cm. 양쪽 유두 사이의 거리 18~22cm. 유방 아래주름에서 유두까지의 거리 5~6cm. 유륜의 지름 3.4~3.5cm.

너무 크거나 작아도 이상적이 아니고 자신의 두 손으로 꽉 차게 감출 수 있어야 한다.

03
수술준비

'아무래도 A4 스타치 마이크로백이 낳을 것 같은데…….'

A4와 A5 둘 다 준비해 뒀지만 아무래도 작은 쪽이 유리하다는 생각으로 현구는 혼잣말처럼 중얼거렸다.

갑자기 밖이 소란스러워지더니 이내 원장실 방문이 열리면서 윤상주가 들어섰다.

"나 왔어. 뭐하고 있어?"

오늘 수술을 위해 초빙한 현구의 절친한 친구였다. 대학동기이기도 한 윤상주 역시 압구정에서 잘 나가는 코스메틱 써전(surgeon)이었다. 지방흡입에는 누구보다 빠른 손을 지니고 있었기에 오늘 같은 리페어 케이스에는 종종 초빙하곤 했다.

"일찍 왔네. 오늘 OP 두 개나 있다면서?"

현구가 모니터에서 눈을 떼고 상주를 바라보며 말했다.

"간단한 쁘띠여서 일찍 끝냈어. 밥이나 먹고 하지, 오래 걸릴 것 같다면서."

정혜리는 7시 반쯤에 오라고 했었기에 저녁 먹을 시간은 있었다.

"응 그래. 나가자. 난 초밥이나 시켜 먹으려 했었는데."

"야, 넌 다른 건 그렇게 깔끔하면서 음식을 시켜 먹는 건 못 고치냐?"

"먹는 것 같고 왜 자꾸 그래?"

"냄새나잖아. 난 애들 시켜 먹는 것 절대 금지야."

"그렇다고 우리가 된장찌개를 시키데, 자장면을 시키데?"

"지난번에 보니까 미스 신 자장면 먹더라."

"그랬어?"

현구가 가운을 벗어 옷걸이 걸고 스포츠 코트로 바꿔 입으려는데 주머니에서 자동차 열쇠 소리가 났다. '아차' 싶었다.

'연락해서 돌려줬어야 했는데……'

지나미의 자동차 열쇠였다. 하긴 오늘 정신이 없었고 다른 키가 있을 테니 그쪽에서도 연락이 없었겠지 싶기는 했다.

"어서 퇴근들 해요. 오늘 VC OP이니까."

현구는 병원 문을 나서면서 리셉션의 미스 신에게 일렀다.

"예, 원장님. 그러지 않아도 퇴근하려던 참이에요."

정혜리가 도착한 시각은 7시 30분이었다. 뉴욕 양키스 야구모자에 명품 비비안웨스트우드 큰 선글라스를 쓰고 있어서 누가 봐도 그녀인 줄 짐작할 수 없었다. 미켈란에 오는 젊은 여성들 대부분이 그런 차림이었다. 그녀는 어머니와 함께였다.

원장실에서 스태프들과 인사를 할 때도 혜리는 선글라스를 벗지 않았다.

"이쪽은 아프로디테의 윤 원장입니다."

"안녕하세요."

혜리의 음성은 잔뜩 긴장해 있는 기색이 역력했다.

오늘 수술에는 4명의 의사와 3명의 간호사가 수술실에 들어가기로 되어 있었다. 초빙한 윤 원장 말고 미켈란의 마취 전문의 박 선생과 현구의 자랑인 김 선생이었다. 독특한 이름의 성형전문의 김지돌 선생은 현구 못지않은 골든 핸드였으며, 여성 특유의 섬세함을 갖춘 인재였다.

"원장님, 오늘 퇴원할 수 있는 거지요?"

혜리가 걱정스럽다는 투로 물어왔다.

"글쎄, 아무래도 하룻밤 회복실에 있다가 내일 아침에 가는 게 좋을 텐데……."

현구가 혜리 어머니를 보면서 확인하듯 물었다.

"당분간은 스케줄 잡지 않으셨죠?"

"그게……."

혜리 어머니가 현구의 질문에 계면쩍게 대답을 했지만, 현구는 더 추궁하지 않고 넘어가기로 했다.

어떤 수술을 어떻게 할 것인지 환자에게 알려주는 것은 의사의 의무이기도 했다. 현구의 설명에 혜리는 별다른 의견을 내지 않았다.

"그저 원장님만 믿습니다. 제발 많이 아프지만 않게 해주세요. 그리고 선생님, 한 번 더 말씀드리지만 더 이상 흉터를 남겨서는 안 됩니다."

혜리의 어머니가 옆에서 또다시 거들었다.

준비는 다 되어 있었고 정확히 8시, 현구와 상주는 수술실에 들어갔다.

"너도 구두에 커버 씌워."

현구는 자신의 수술실 전용화에 일회용 커버를 씌우면서 말했다.

"내 구두는 너처럼 싼 게 아니고 무균 처리된 특제 구두라고."

상주는 웅얼대면서 커버를 씌웠다.

현구는 투덜대는 상주를 끌어당겨 10분 동안 함께 스크럽을 했다.

"한두 번도 아니고 여기선 매번 이렇게 깔끔을 떤단 말이야……."

스크럽은 수술실에 들어가는 외과의사의 신앙과도 같은 기본이었다. 그런데도 이 동네 성형의사들은 건성으로 넘어가는 게 현구에게는 큰 불만이었고, 그런 행동들에 일종의 부끄러움까지 느끼고 있었다.

"요즘 이 동네서 사고가 자주 터지는데 그게 다 이런 기본을 무시하기 때문이야."

상주에게 베타다인이 묻어있는 세모 브러시를 한 번 더 건네면서 현구가 한 말이었다.

　양손을 가슴 위까지 올리면서 수술실 문을 들어서는 순간이면 현구는 매번 전율을 느꼈다. 그것은 긴장과 희열과 두려움의 전율이었다. 이 때문에 외과의사를 하는지도 몰랐다. 현구는 수술용 가운을 걸치고, 스크럽 간호사가 수술용 고무장갑을 끼워주자 무영등이 환하게 밝혀져 있는 수술대로 성큼 다가섰다.

04
유방재건술

혜리는 수술 부위인 가슴과 겨드랑이를 드러낸 채 앉아 거의 누운 자세를 취하고 있었다. 하복부 아래 부위는 초록색 무균시트에 가려져 있었다. 입에는 기관 내 삽관튜브가 들어가 있었지만 아직 마취가 다 되지 않았는지 약간 뒤척이는 기색이었다.

"애너스띠지어 나인."

박 선생이 마취가 90퍼센트 이상 진행됐다는 사인을 보냈다.

현구가 수술용 형광펜으로 혜리의 가슴과 겨드랑이에 표시를 하기 시작했다.

상주가 혜리의 가슴을 만져 보더니 놀라는 표정이었다.

"어떻게 이렇게까지 석화(石化)가 진행됐지."

"말했잖아."

수술 부위는 이미 간호사가 베타다인 소독약을 발라 놓았지만 현구는 다시 수술 부위를 중심으로부터 시작하여 바깥쪽으로 원을 그리며 베타다인을 바르고, 수술 부위만 제외하고 다른 부위는 무균시트로 가리고 여몄다.

박 선생이 정맥마취로 애용하는 소디움펜토탈과 흡입마취제로 애용하는 엔플루란의 약효가 퍼져 나갔다고 생각되는 순간 현구가 환자의 겨드랑이에 메스를 갖다 댔다. 역시 박 선생의 마취 솜씨는 수준급이었다.

이미 두어 번 수술을 했었고 그 부위가 떡처럼 뭉쳐 있어 내시경 튜브를 넣는 일도 그리 쉽지 않았다. 그러나 더 큰 문제는 그 이후부터 발생했다. 워낙 석화가 심하게 진행되어 있어 박리에 어려움이 많았기 때문이었다. 근막 아래쪽의 식염수 주머니 주변이나 근막 위 지방조직도 마찬가지였다.

상주의 특장 흡입기술도 그리 효과적으로 먹혀들지 않았고, 용해제를 주입해 보았지만 별 소용이 없었다.

"좀 더 크게 절제하면 제가 손을 넣어 물리적으로 박리해낼 수 있겠는데요."

김지돌 선생이 거들었다.

"그 방법도 있지만, 흉터를 더 이상 남기지 말아달라는 요청이 너무 강해서……."

현구는 손을 멈추고 잠시 머리를 맞대야 했다.

역시 상주가 리페어의 대가답게 최상의 의견을 냈다.

"지금 보면 석화가 가로 쪽으로 심하게 진행되고 있는데 측면의 흡입으로는 제대로 결착을 떼어 낼 수 없잖아. 그러니 아래쪽에서 튜브

매천바움을 쓰면 효과가 있을 것 같은데."

"그러네요. 아래쪽 배꼽 절개를 하지요."

세 명이 모두 동의했다.

"마취엔 문제가 없을 것 같습니다."

마취과 박 선생도 거들었다.

현구는 복부 아래쪽에 가려진 시트를 열다가 두덩뼈[恥骨] 윗부분에 음모가 그대로 있는 것을 보고 성 간호사를 노려보았다.

"거긴 굳이 안 된다고 해서……."

현구는 상황이 짐작 가기에 더 긴말은 하지 않기로 했다. 하지만 이런 종류의 수술에서는 그곳까지 쉐이빙이 되어 있어야 한다는 생각은 변함없었다.

"쉐이빙 다시 준비해."

현구가 결정을 내렸다는 듯 성 간호사에게 지시했다.

배꼽 쪽 절개를 하려면 음모를 제거하는 것은 복부 수술의 기본이었다. 상주가 뭐라고 한마디 하려 했지만 미켈란 멤버들의 당연하다는 표정을 보며 입을 다물었다.

본의 아니게 수술팀은 혜리의 은밀한 부분을 보게 되었다. 정성들여 왁싱을 했던지 정리가 잘 되어 있기는 했다. 그랬기에 혜리는 준비실에서 간호사들의 요구를 묵살했을 터였다.

쉐이빙은 키트가 수술실 안에 비치되어 있어 쉽게 진행될 수 있었다. 쉐이빙과 베타다인 처리가 끝나고 무균 시트도 음부가 안 보일 정도로 내려서 다시 저몄다.

이번엔 김지돌이 배꼽 안으로 메스를 대고 세모 시저스로 튜브 내시경과 흡입기가 들어갈 자리를 냈다. 배꼽에서 유방 아래쪽까지 15센티 정도의 길을 내는 것은 어렵지 않았다. 혜리의 복근이 생각보다 잘 발달해 있었기 때문이다. 근육 사이의 근막을 따라 미끌미끌 터널을 뚫는 것이 지방층을 뚫고 가는 것보다 훨씬 용이했다.

내시경 튜브에 비춰진 근막과 유하선 조직의 결착은 역시 아래쪽에 틈이 있었다. 작은 틈이라도 있으면 박리에는 안성맞춤이었다.

스코프를 들여다보는 상주의 손이 작은 동작이었지만 힘 있게 움직이면서, 흡입기를 탑재한 매천바움이 결착의 틈을 파고들었고, 지돌이 마사지 하듯 그 부위를 주무르자 그 완강했던 석화 결착들이 떨어져 나오기 시작했다.

완강했던 결착이 떨어져 나오자 지돌이 겨드랑이 쪽에서 흡입튜브를 하나 더 삽입했다. '슈욱-' 하는 흡입소리가 조용한 수술실을 작게 진동했고 흡입통에는 조직덩이의 부스러기며 피고름 같은 결착의 잔해가 상당한 분량으로 쌓여갔다. 하긴 한쪽에서 300cc만 빠져나온다 해도 흡입통을 두 번 갈아대야 했다.

근막 아래에 위치한 식염수 주머니를 빼내는 일이 마지막 난관이었지만 상주의 매천바움 불독을 사용하는 기술은 예술의 경지였다. 비닐 팩을 먼저 잘게 부숴 낸 후 흡입기로 하나하나 끄집어냈는데, 평소 덜렁대는 친구가 이렇게 침착하고 신속하게 움직일 수 있는지는 경이에 가까웠다.

돌덩이와 같았던 결착과의 전쟁이 끝났고, 이제 본격적인 재건에 돌입해야 했다. 현구가 본격적으로 솜씨를 발휘할 차례였다.

자연스러운 모양을 만들기 위해 가장 중요한 것은 보형물이 들어갈 공간을 최대한 넓게 확보하는 것이었다. 그래야 그 공간 내부에서 보형물의 움직임이 한정되지 않고 자유스럽게 움직일 수 있다. 그러나 그것은 수술 기법상 쉬운 일이 아니었다. 그래서 대개 보형물의 넓이만큼만 공간을 만드는 경우가 대부분인데, 그럴 경우 결국 가슴의 모양은 부자연스러울 수밖에 없었다.

미켈란메디센터가 지닌 특장의 하나가 바로 그 공간확보술이었다. 현구는 스웨덴에서 들여와 자신이 개량한 스킨 훅과 리차드슨, 그리고 디버를 유틸리티 애기(愛機)로 사용하고 있었다.

스킨 훅으로 얇고 작은 조직을 잡아끌고 매천바움으로 지방이며 부유물을 긁어내고 디버로 문지르면, 조직은 그대로 살아 있으면서 공간이 확보됐다.

혜리의 경우에는 공간이 이미 확보돼 있었기에 난마처럼 파헤쳐진 조직을 정리하고 마사지하듯 밀어주면서 소독약을 발라주었다.

현구는 수술을 할 때마다 늘 인간의 몸은 정말 경이롭다는 것을 새삼 느낄 수 있었다. 난마에 가깝도록 내부를 헤집어 놓아도 시일이 지나면 자리를 찾고 아물어 가는 그 생명력이야말로 신이 내린 축복이라는 사실을 새삼 깨닫고 숙연해지곤 했다.

공간이 확보되면 보형물 주머니를 삽입해야 했다. 미켈란메디센터의 유방 재건 수술이 타의 추종을 불허하는 것은 바로 이 미세주머니였다. 그것은 자가 지방 줄기세포를 임시로 담아두는 아주 얇은 막으로 만든 보자기와 같은 것이었다.

다른 병원은 아직 플라스틱 팩을 사용했지만 현구는 인체 내에서 용해가 되는 스타치로 된 아주 가는 백을 사용하는 획기적인 방안을 고안했고 실행에 옮겨 성공의 금자탑을 쌓아가고 있는 중이었다.

녹말과 같은 곡물의 끈기를 의미하는 스타치 마이크로백을 사용할 수 있는 것은 보형물의 내용이 자가 지방이었기에 가능한 일이었다. 그러나 자가 지방은 주사식으로 투입해서는 고형화시키기 어려웠기에 스타치 마이크로백 안에 쌓아두면 형체를 그대로 유지했고, 스타치가 녹을 때쯤이면 조직화되기 때문이었다.

'자가 지방 줄기세포를 이용한 미용성형술'은 자신의 신체에서 지방을 채취해 지방 줄기세포와 지방세포를 순수하게 분리, 정제한 이식물로 주름 개선과 가슴 성형, 함몰 부위를 보충하는 신개념 최첨단 이식술이었다.

현구는 자가 지방 줄기세포를 이용한 미용성형술을 국내 최초로 성공하여 이미 국제 특허출원을 한 상태였고, 다국적 투자그룹과의 계약을 눈앞에 두고 있었다. 이 기술은 자신의 신체에서 채취한 조직을 사용하기 때문에 거부반응이 없다는 것이 큰 장점이었다.

미용성형뿐만 아니라 화상이나 동상, 흉터 치유 등 폭넓은 치료에 활용될 수 있을 것으로 학계와 업계의 주목을 받으면서 현구를 성형학계의 최강자로 등극하게 했던 것이다.

 현구가 먼저 주입기를 통해 혜리의 가슴 공간에 스타치 마이크로백을 투입하여 자리를 잡은 뒤 공기를 주입하자 주머니가 풍선처럼 팽창했다. 그리고 팽창한 주머니 안에 지난번 채취하여 배양한 혜리의 자가 지방 줄기세포를 투입했다. 팔순 노파의 그것처럼 짜부라져 아래로 쳐져 있었던 혜리의 가슴이 서서히 모양을 갖추어 가고 있었다.

 환자의 가슴이 모양을 잡아갈 때 현구는 늘 뿌듯한 보람을 느끼곤 했다. 성형외과를 두고 히포크라테스의 후예를 자처하는 인술이 될 수 없다는 이런저런 색안경 낀 소리들이 즐비했지만 현구가 그에 개의치 않고 당당하게 자신의 일을 내세울 수 있는 까닭도 이 보람에서 기인했던 것이다.

 영국의 비평가 레비가 『천국의 달』에서 '여성의 가슴은 천국의 베개이고, 사막의 선인장이며, 출발점이자 귀향지이다'라고 찬양했던 것처럼 유방은 풍요와 아름다움과 여성의 성적 매력을 나타내는 상징적 기관으로, 그리고 자비로운 어머니의 실체로 여성의 가장 중요한 위치를 차지하고 있지 않은가.

05
거짓말

현구가 정혜리의 컨피덴셜 수술을 마치고 집에 돌아온 시간은 자정이 훨씬 넘은 새벽 2시에 가까운 시각이었다. 다른 날 같으면 스태프들과 함께 인근 포장마차라도 들러 해장술에 국수 한 그릇씩으로 뒤풀이라도 하고 헤어졌겠지만 이날만큼은 그럴 수 없었다. 바로 결혼기념일이었기 때문이었다.

벼르는 제사에 냉수도 못 떠 놓는다고 하더니 현구의 어제와 오늘이 바로 그랬다. 어제는 아내의 생일이었고 오늘은 결혼기념일이었는데 아무런 이벤트도 못하고 그냥 넘어가야 했기 때문이었다.

지난해에도 해외 세미나 때문에 그냥 넘어갔기에 올해만큼은 뜻있게 보내자고 약속했지만 뜻대로 되지 않았다.

오늘이야 중요한 수술이 늦게 잡혀 있는 날이었기에 그렇다고 해도, 어제 저녁은 정말 일찍 들어가려 했는데 그러지 못했다. 모두 지나미 때문이었다. 정확히 따지면, 벌써 자정이 훨씬 넘었기에 어제가 아니라 그저께가 맞았다.

현구의 아내 권세희는 현관 문소리가 나자 잠옷 차림으로 침실에서 나왔다.

"이제 들어와요?"

마음이 크게 상한 목소리는 아니었다.

"응, 수술이 아주 복잡했어."

식탁에는 와인 한 병과 케이크 상자가 놓여 있었다.

"당신한테 너무 미안한데……."

현구가 웃옷을 벗어 세희에게 건네면서 말했다.

"일 때문에 그런 걸 뭐."

세희는 외모와는 달리 선이 굵은 남성적 성격의 소유자였다.

"딱 한잔만 할까?"

테이블 쪽을 보며 현구가 말했다.

"너무 늦지 않았어요?"

"어차피 늦은 걸 뭐. 난 출출하기도 한데, 당신 내일 일찍 나가야 되나?"

세희는 유명 패션회사의 디자이너로 일하고 있었다.

"자다 말고 이게 뭐야."

세희는 현구의 말에 대답하는 대신 이렇게 말하면서 식탁에 앉아 와인병과 오프너를 들었다.

"이리 줘. 내가 할게."

현구가 자신이 하겠다고 했으나, 세희는 자신이 직접 와인의 마개

포장을 뜯었다.

"손이나 씻고 와요. 당신이 따면 소독약 냄새나요."

현구가 욕실에 들어간 김에 대충 씻고 잠옷으로 갈아입고 거실로 나왔다.

거실은 이미 고급 와인바로 변해 있었다. 테이블 위에는 빨간색 촛불이 켜져 있었고, 현구가 즐기는 청포도와 브리치즈가 놓여 있었다.

'챙-.'

와인잔이 마주쳤다.

"고마워."

"뭐가요?"

"당신이 태어나 주고 또 나하고 결혼해줘서."

"이이는 새삼스럽게……."

많이 피곤했지만 행복한 밤이었다.

창밖으로는 서울의 야경이 아늑하게 펼쳐져 있었다. 늦은 시간인 만큼 큰 건물들의 불이 대부분 꺼져 있었기 때문이었다. 현구의 펜트하우스는 강남의 아파트 중에서도 가장 높은 곳에 위치하고 있었다.

피곤했지만 습관처럼 5시에 눈이 떠졌다.

현구가 일어나려 하자, 세희도 뒤척이면서 눈을 떴다.

"난 오늘 안 뛸래. 당신이나 갔다 와."

"그래, 더 누워 있어."

현구는 조깅복으로 갈아입고 집을 나섰다. 아파트 뒤쪽의 양재천 조깅로를 달리는 일은 아침 운동으로는 제격이었고 현구의 활력의 원천이기도 했다.

날씨는 아침부터 꾸물거렸지만 매일 마주치는 사람들이 오늘도 계속 보였다. 아는 얼굴들에게 손짓과 웃음을 던지며 현구는 달리고 또 힘껏 달렸다. 헤드셋 덕분에 소음은 차단돼 있었다.

현구가 조깅할 대 사용하는 MP3에는 30분의 조깅 코스에 맞추어진 음악들이 들어 있었다.

베르디의 대장간의 합창으로 시작해서 존 덴버와 엘튼 존, 그리고 어제 현구에게 가슴을 맡겨 새 인생을 살게 된 정혜리의 노래에 이르기까지 장르는 다양했다. 그런데 오늘은 소리가 점점 작아지더니 엘튼 존의 노래에서 음악이 멈췄다.

'노란 벽돌길이여 안녕. 내가 돌아오올오⋯⋯.'

배터리가 다 된 모양이었다.

현구는 아침밥을 잘 먹는 편이었다. 세희가 차려준 햄 오믈렛과 토스트 그리고 자몽을 즐겼다.

집을 나서려는데 신발장 앞 탁자에 자동차 키가 두 개 놓여 있었다. 하나는 현구의 것이었고, 또 하나는 지나미의 것이었다. 현구는 뜨끔했다.

"당신 콤비 주머니에 있길래 내놓았는데 누구 거예요?"

세희가 물어왔다.

"응, 그제 만난 연구소 연구원. 어제 줬어야 했는데 바빠서. 오늘 줘야지."

자신도 모르게 평소답지 않게 말이 많아졌다.

"어떤 연구원이 그런 좋은 차를 타고 다녀요?"

"응, 있어. 당신은 몰라."

세희의 얼굴이 갸우뚱하는 듯했지만 더 이상 추궁하지는 않았다.

주차장을 빠져나오면서 현구는 아직도 두근거리는 가슴을 진정시키면서 혼자 중얼거렸다.

'죄짓고 못 산다더니 정말 맞는 말이네.'

정말 오랜만에 아내에게 두 번이나 거짓말을 한 셈이었다.

현구는 청교도적으로 살아왔다고 자부할 수까지는 없었지만 최소한 아내에게 둘러대기 식의 거짓말은 하지 않았다. 그냥 말을 안 하면 안 했지 구차하게 누구하고 있었으니 전화해 보라 하는 식의 역정을 내는 일은 전혀 없었다. 세희도 남편을 추궁하고 뒤를 캐는 그런 성격이 아니었다.

06

유혹

그제 저녁, 늦게 들어갔던 아내의 생일날. 지나미의 주정과 들이댐은 도를 넘었었다. 그녀는 취한 척하면서 그에게 매달렸고 그 풍만한 가슴을 비벼대며 안겨왔었다. 그리고 보니 향수 냄새가 뱄을지도 모를 일이었다.

지나미는 나름 성가를 구가하고 있는 잘 나가는 배우였다. 지난해 국제영화제에서 상을 타면서 더 유명세를 타기도 했다. 현구는 자신이 시술해 준 환자였지만 그녀에 대해서 잘 몰랐다. 특히 그녀의 과거나 사생활에 대해서는.

성형외과 세계에서는 환자라는 말보다는 클라이언트라는 말을 자주 썼다. 찾아오는 대부분의 환자들이 생명이 위급하거나 아픈 사람들이 아니었기 때문이다.

클라이언트 지나미가 현구의 핸드폰으로 전화를 걸어온 것은 막 퇴근해서 주차장으로 내려가려던 저녁 7시 무렵이었다.

"선생님, 저예요. 지나미."
"웬일이십니까? 직접 전화를 하시고."
나미는 늘 매니저를 통해 연락을 해 왔었다.
"저 지금 '루주'에 와 있어요, 아시죠? 바로 올라오세요."
"그래요? 오피스로 오시던지 하시지."
아무리 유명 배우라지만 불쑥 만나자는데 기다렸다는 듯이 나가는 것은 모양새가 좀 그렇다 싶기는 했다.
"꼭 뵈어야 하는데……."
"어쩌죠, 오늘은 제가 선약이 있는데."
현구는 아내의 생일이었기에 거절하려 했다.
"잠깐이면 돼요."

이렇게 해서 시작된 자리였다.
라운지 바 '루주'에 올라갔을 때 나미는 한쪽 구석에 앉아 있었다. 큰 파초에 둘러싸여 있어 밀실과도 같은 분위기를 내는 자리였다. 의외로 그녀는 매니저와 함께였다. 사실 아는 눈이 많은 곳이기에 신경이 쓰였는데 오히려 잘된 일이라 여겨졌다.
그녀의 매니저인 미스터 장은 40대 초반의 언제 봐도 기분이 좋은 사내는 아니었다. 딱히 현구에게 불쾌하거나 무례하게 대하지는 않았지만 그의 복장이며 표정 모두 마음에 드는 것이 없었다.
현구가 다가가자 나미가 미소로 알은체했고 맞은편에 앉아 있던 미스터 장은 자리에서 일어나 목례하며 테이블 옆으로 일어섰다.

"앉으세요."

현구는 나미가 권하는 대로 미스터 장이 일어난 자리에 앉았다. 엉거주춤 서 있던 미스터 장이 나미의 옆자리에 앉으려 하자 그녀는 그를 올려보며 말했다.

"이제 들어가 보세요. 차 키 주고. 내가 알아서 들어갈게요."

미스터 장은 내키지 않는 표정으로 주춤하며 차 키를 탁자에 놓았다.

"그럼 말씀 나누십시오. 저는 먼저 가보겠습니다."

미스터 장이 현구에게 다시 목례를 하고 자리를 떠났다.

나미는 미스터 장이 떠나자 현구에게 친근하게 다가왔다.

"시간 많이 빼앗지 않을 테니 겁먹지 마세요."

스크린에서 보았던 그 묘한 미소를 던지면서 건넨 첫마디였다.

"겁을 먹다니요? 나미 씨가 식인종이라도 됩니까? 하하하."

연예란의 제목에 따르면 남자의 얼을 뺀다는 그녀의 고혹적인 미소가 농담으로 받아치게 하는 여유를 만들었다.

"어머 우리 원장님도 농담하시네. 몰랐어요? 나 남자 잡아먹는 여자라는 거."

현구는 그 말엔 대꾸하지 않고 머뭇거렸다.

나미는 진득한 미소를 계속 머금은 채 현구를 강렬한 눈빛으로 쳐다보기만 했다.

"얘기를 듣긴 들었는데, 무슨 문제가 있는지 말씀해 보시죠."

현구가 먼저 말을 꺼내야 했다.

"무슨 말을 들으셨는데요. 아- 이거요?"

나미는 자신의 가슴을 두 손으로 치켜 올렸다. 풍만한 젖무덤이 위 단추를 채우지 않은 옅은 초록색 블라우스 위로 터질 듯 삐져나왔다.

현구는 혹시라도 누가 볼까 봐 깜짝 놀랐다. 그러고 보니 나미의 앞자리엔 장식이 아름다운 밀키터치의 칵테일 잔이 놓여 있었다. 가슴에 많은 프릴이 달린 여성용 블라우스를 뜻하는 '치치'인 듯했다. 많은 양 때문에 꽤 쉽게 취하는 술이었다.

"많이 마셨군요."

"세 잔째예요. 속상한 일이 있어서."

"세 잔이면 꽤 많은 양인데."

"저 보기보다 쎄요."

자리는 이렇게 해서 계속됐다.

나미는 현구의 옆자리에 앉아서도 술을 더 주문했다. 현구도 같은 것으로 한 잔 달라고 했다. 안면이 있는 웨이터의 시선이 자꾸 마음에 와닿았다.

나미는 진료 때와는 너무도 다른 모습을 보여주고 있었다. 진료 때는 예의 바르고 순진한 모습을 보여서 소문과는 다르다고 느꼈는데 오늘이 그녀의 본모습인 것 같았다.

"나미 씨, 많이 취한 것 같은데 괜찮겠어요? 오늘은 그만 일어나시죠."

"선생님, 오늘 선생님 안 잡아먹는다니까요."

현구는 난감했지만 그녀의 그런 주정을 받아주지 않을 수 없었다.

"나 선생님! 선생님은 저를 어떻게 생각하세요?"

나미가 갑자기 현구의 얼굴을 쓰다듬는 통에 적잖이 당황했다.

"어떻게 생각하다니요. 연기력 뛰어난 인기 배우라고 생각합니다."

"인기 배우라고요? 호호호."

그녀는 큰소리로 웃었다.

"그리고 또?"

"또요? 열심히 사는 분이라고 생각했습니다."

영화를 즐겨 보는 편은 아니었지만 몇 년 전에 나미가 주연했던 영화를 볼 기회가 있었다. 다방과 술집 호스테스를 전전하는 역이었는데 억척스럽게 연기를 잘한다 싶었고, 어쩐지 그 모습이 오버랩되었기에 던진 말이었다.

"원장님하고 저하고 보통 인연입니까?"

단순한 주정이라고 듣기에는 신경 쓰이는 말이었다.

07
나미

"선생님, 순영이라고 기억하세요? 오순영."

나미가 얼굴을 가까이 대면서 말하자 진한 향기에 섞여 술 냄새가 강하게 풍겨왔다.

"오순영? 글쎄 딱히 기억나는 사람은 없는데……."

갑자기 기억이 떠오르지 않았다.

"그럴 수도 있겠지요. 벌써 30년쯤 된 일이니까요."

그러고 보니 기억이 나는 것도 같았다. 현구가 고교 졸업반 때 현구네 집에 한두 달쯤 있다 떠난 어린 가정부의 이름이 순영이었던 것 같았다.

"우리 집에 일했던 아이 중에 순영이가 있기는 했는데……."

"맞아요. 역시 기억력 좋으시다."

"그 아이를 어떻게?"

"고향 친구에요."

"친구?"

모양새로 보아 친구라니 어울리지 않았다.

"사실은 저보다 한 살 위이지만 한마을 친구였어요."

"그래요? 그건 그렇고, 그 오순영 씨 어떻게 지냅니까?"

특별한 관심이 있는 것은 아니었지만 인사치레라도 묻지 않을 수 없었다.

"10여 년 전에 교통사고로 죽었어요."

"저런."

"읍내 티켓 다방에서 일했는데 커피 배달을 나갔다가 차에 치었죠."

유쾌하지 않은 얘기였다. 어쨌든 아는 사람이 죽었다는 것도 그렇지만, 티켓 다방이 어떤 곳인지는 현구도 알고 있었다.

"왜 갑자기 그녀 얘기를 꺼내는 거죠?"

"제가 선생님과 보통 인연이 아니라는 얘기를 해드리려고요."

나미는 자신의 말대로 술이 센지 그 무렵까지의 대화에는 조리가 있었다. 그런데 그 뒤 한잔을 더 달라고 해서 마시더니 흐트러지기 시작했다.

"우리 사북 사람들은 말이죠, 탄 캐는 일로 사는 사람들이라서 뭐 캐는 걸 좋아하고 또 감추는 걸 좋아해요."

"그래요?"

"우리 사북 멤버들 대장이 종설이 오빤데, 그 사람 욕심이 얼마나 많은 줄 알아요? 종설이 오빠도 나 원장님하고 인연 많죠?"

최종설 원장은 압구정동에서 이브성형외과를 운영하고 있었다. 그의 호방한 척하는 허풍이 썩 마음에 들지는 않았지만 성형외과협회장까지 맡고 있는 선배로서 가끔 어울리는 사이였다. 나미를 소개할 때도 고향 동생이란 말을 했었다.

나미는 현구의 손을 끌어당겨 자신의 가슴에 대었다.

"그 인간이 이 가슴을 얼마나 탐내는 줄 선생님은 알아요?"

"나미 씨 정말 많이 취했군요."

현구는 뭉클한 볼륨을 손에 느끼면서 손을 뺐다.

"자기가 만든 거면서 이렇게 만지면 이상해요?"

"남자치고 나미 씨 가슴 탐내지 않는 사람이 있겠습니까?"

"그런 게 아니라 종설이 오빠 그 인간은 이 안에 든 내용물을 탐낸다니까요."

"내용물을?"

"저번엔 한번 째보자고 그러잖아요. 이게 얼마나 소중한 보물인데, 그죠?"

나미는 이제 자신의 가슴을 현구의 얼굴에 비벼대고 있었다.

그럴 법도 했다. 자가 지방 줄기세포 임플란트야 성형외과 의사라면 누구라도 탐내는 내용물일 테니.

"선생님이 이걸 만드느라 얼마나 애를 쓰셨는데……."

더 있다가는 어떤 낭패를 당할지 몰라 나미를 달래 그 자리를 파한 현구는 카운터에 일러 대리운전 기사 둘을 부르고 그녀의 어깨를 부둥켜안다시피 이끌었다.

엘리베이터 안에서 현구는 나미가 아예 매달리듯 그의 목을 감싸 안는 통에 진땀을 흘려야 했다. 다행히 아무도 타지 않았고 지하 주차장까지 내려왔다.

비지터 파킹에 주차되어 있는 나미의 차는 키의 알람 버튼 덕에 쉽게 찾을 수 있었지만 그녀가 워낙 엉망으로 취해 있어 낭패였다. 현구는 그녀를 부둥켜안아 뒷좌석에 태웠다. 그리고 다른 기사더러 자신의 차를 타고 따라오라 했다.

"나미 씨, 렉스빌라 맞죠?"

자동차가 출발하자 현구가 나미의 어깨를 흔들면서 물었다.

"역시 우리 나 선생은 멋져. 난 한잔 더 해도 되는데……."

기사가 신경 쓰였지만 다행히 나미는 눈을 감고 있었다. 현구의 손을 자신의 손으로 가져가 두 손으로 조몰락거리는 것쯤은 받아들일 수밖에 없었다.

압구정에서 청담이야 지척이었기에 이내 렉스빌라 앞에 도착했고 나미의 차가 입구에 다가서자 차단기가 자동으로 열렸다.

경비원이 뛰어나왔다.

"지나미 씨 집이 몇 호에요?"

현구가 창을 내리면서 물었다.

"다동 2호입니다. 바로 이쪽으로 가세요."

경비원이 연방 굽실거리며 친절하게 답했다.

빌라 앞에 주차 공간이 있었고 대리기사는 나미의 차 키를 현구에게 건넸다. 현구는 그 키를 주머니에 넣고 축 처져 있는 나미를 부축해 현관으로 갔다.

현관의 벨을 누르자 이내 가정부인 듯한 중년 여인이 나왔다.

"어머나 왜 그래요? 영주 어디 아파요?"

그녀가 나미를 부축하면서 현구를 쳐다보면서 물었다.

"나미 씨가 술이 좀 과했습니다. 그럼 전 가볼게요."

현구가 돌아서려는데 나미가 그의 손을 꼭 잡고 놓지 않았다.

"선생님 잠깐 들어와 페리어 한 잔만 하고 가세요."

페리어 이름까지 또박 말하는 걸 보면 만취하지 않은 듯싶기도 했다. 술이 아니어서 다행이란 생각이 들었다.

"오늘 정작 할 말도 못했는데……."

나미의 말도 말이었지만 재촉하듯 현구를 빤히 쳐다보는 가정부 얼굴 때문에라도 더 실랑이할 수 없었다.

"그럽시다. 물 한 잔만 하고 갈게요."

고개를 돌려 대리기사에게 잠시 기다리라는 신호를 보내고 집안에 들어서자 나미는 정신을 차린 듯 혼자 바로 걸었다.

"원장님, 지나미 아니 지영주가 이렇게 살아요."

실내의 분위기는 한껏 호사스러웠다.

가정부가 쟁반에 페리어 한 병과 글라스 두 개를 들고 왔다.

"죄송해요. 이러려고 그런 건 아니었는데……."

"됐습니다. 나미 씨 술이 세긴 세군요."

현구가 병을 들어 마개를 돌렸다. 병은 시원했지만 웬일인지 잘 돌려지지 않았다.

"왜 이리 안 따지지."

몇 번 실랑이 끝에 마개가 돌아갔는데 손아귀가 뜨끔했다.

"우리 나 선생님은 따는 건 못하시네. 호호."

나미가 누운 채 배시시 웃으며 힘없는 목소리로 말했다.

현구는 생수 한 잔을 단숨에 들이켜고 자리에서 일어섰다.

"진짜 갑니다. 잘 마셨어요."

"저 못 일어나겠어요. 다음엔 제가 꼭 근사하게 모실게요."

나미가 소파에 무너지듯 옆으로 누웠고 현구는 그녀의 어깨를 한번 도닥거리고 걸어나갔다. 가정부는 자기 방에 들어갔는지 내다보지 않았다.

현구의 차는 현관 앞에 대기하고 있었고 기사 두 사람이 앞좌석에 나란히 앉아 있었다.

"어휴 미안해요. 김 기사님이라고 했던가요? 도곡동 우리 집 아시죠?"

안면이 있는 단골 기사가 핸들을 잡고 있었다.

08
최종설

신사동 이브성형외과 최종설 원장실.

전화벨이 울렸다. 발신자 표시를 보니 일본에서 걸려온 전화였다.

"모시모시."

종설은 수화기를 들었고 유창한 일본어로 대화를 이어 갔다.

"그래요? 그것이 무엇을 말하는지요? 생각해봐도 저는 잘 모르겠습니다."

유쾌한 통화는 아니었다.

종설은 통화를 마치고 수화기를 동댕이치듯 내려놓고 자리에서 일어나 창가에 다가섰다. 신축 공사 중인 건물이 눈에 들어왔다. 그의 굳은 표정이 다소 풀렸다.

'그래, 저 왕국만 건설된다면……'

종설은 성형왕국을 건설하는 것이 꿈이었다. 남들이 자신을 탐욕스럽고 상스럽다고 비웃는다는 것도 잘 알고 있었다. 그에게는 히포크라테스며 슈바이처는 아무런 상관이 없었다. '예쁜 게 착한 거다'라는 말이 외모지상주의에 휩싸인 우리 사회를 잘 나타내주고 있다는 것이 그의 생각이었다.

성적은 좋지만 외모 때문에 면접에서 떨어졌다며 성형외과로 달려오는 사람들이 줄을 서 있는 현실. 뚱뚱하고 못생긴 사람들은 아무리 능력이 뛰어나더라도 소외받는 세상. 이런 세상과 그런 인심은 그가 계획하고 추진하고 있는 성형왕국 건설의 토양이었다.

외모가 잘생긴 사람은 친절하고, 정직하고 영리하다고 평가받고 있으며, 심지어 같은 범죄를 저질렀어도 상대적으로 낮은 형량의 판결을 받는다는 통계도 있지 않은가. 길거리의 광고 전단만 해도 미모의 여성이 나눠줄 때 받아가는 비중이 훨씬 높다고 하지 않는가.

대중매체들이 앞장서서 자라나는 청소년들에게도 외모에 대한 집착을 심어줌으로써 앞으로 우리 사회의 외모지상주의는 더욱 심해지리라는 것이 그의 생각이었고 내심 바라던 바이기도 했다.

한국은 성형의학의 세계 최강국이다. 그중에서도 중심이 되는 곳이 바로 서울 강남의 신사동-압구정동-청담동으로 이어지는 '성형 타운'이었다. 정확한 숫자는 모르지만 그 벨트 안에서 성형수술을 하는 병원이 1,000개쯤 되리라고 추정할 뿐이다. 즉, 강남지역에서만 매일 수천 명의 '성형 미인'이 쏟아져 나오는 셈이다.

최근의 국세청 과세자료에 따르면 한국의 미용성형 시장은 연간 3조 원 규모. 과세대상에 포함되지 않은 수술 건, 무면허 시술 등 음성적 것까지 합치면 연간 7조 원이 넘을 것이라고 전망하고 있다.

직장 동료나 학교 친구들끼리 성형 비용 부담을 줄이기 위해서 계를 모아 한 달에 몇 명씩 수술을 받게 하고 부작용이나 수술에 관한 정보를 나누는 '성형계'도 점점 늘어가는 추세였다. 그만큼 성형에 대한 인식과 갈망이 커져가고 있다는 것이다.

한 유력 언론이 최근 실시한 '성형수술'에 대한 설문조사 결과를 보면 응답자의 63%가 한 번이라도 자신의 얼굴이나 몸에 대해 성형수술을 해 보고 싶다는 생각을 한 적이 있다고 답하고 있다.

성형수술을 한다면 어떤 부위를 하고 싶은가라는 질문에는 눈 62명(18.8%), 코 61명(18.5%), 턱 31명(9.4%), 다리 20명(6%), 가슴 15명(4.6%), 이마주름살 42명(12.7%), 광대뼈 13명(3.9%), 기타 86명(26.1%) 순으로 나타났다.

종설은 이런 기사를 읽을 때마다 회심의 미소를 지었다. 자신이 성형외과로 간판을 바꾸어 단 것은 참으로 잘한 일이었다는 희열을 느끼곤 하면서.

종설은 지난해 말부터 세인들의 관심을 받는 인물이 되고 있었다. 신사동 사거리에 건설되고 있는 메디컬 전문빌딩 '이브美타워' 때문이었다. 그는 지하철 3호선과 신분당선이 시작하는 신사역 역세권의 다양한 메리트가 시너지 효과를 일으키는 이곳에 '아름다움'을 테마로 한 종합 '메디컬 타워'를 만들고 있었다. 의사라면 누구나 개원을 원하는 황금 입지인데다 강남의 랜드마크가 될 만한 규모였다. 이곳은 압구정동, 청담동과 더불어 국내 굴지의 성형외과와 피부과 등이 밀집해 있는 '성형의 메카'였다.

지하 7층, 지상 25층 규모로 지어지는 그 건물은 현재 지하 골조공사를 완료하고 지상 골조공사를 진행 중에 있었다. 이 빌딩의 로열층인 5층부터 22층까지는 성형외과, 피부과, 미용안과, 미용치과, 비만클리닉, 노화예방클리닉 등 전문 병의원들과 피부관리실, 비만치료실, 데이케어 스파 등으로 구성될 예정이었다.

전혀 다른 출구와 전용 엘리베이터를 사용하는 23과 24층은 각각 한국인 VVIP, 외국인 VVIP를 위한 최고급 프라이빗룸, 그리고 꼭대기 25층에는 호화판 멤버전용 스카이라운지로 예정되어 있었다.

한 빌딩 안에서 머리에서 발끝까지 모든 미용과 관련된 의료서비스를 원스톱으로 해결할 수 있는 그야말로 미美의 왕국을 건설해 그곳의 마에스트로로 군림한다는 것이 그의 꿈이었다.

그는 이 왕국 건설의 재원을 어디서 어떻게 마련했을까. 잘 아는 주변 사람들은 그의 자금이 일본에서 나온다고 수군댔지만 베일에 가려져 있었다. 사실 그의 이런 꿈은 일본의 영향을 받은 바 있었다. 일본 긴자의 세계적 성형센터인 우츠쿠시 메디콤플렉스가 그의 벤치마킹 대상이었다.

종설은 일본에서 태어났다. 너무도 구질구질했던 자신의 과거를 성형하듯 싹 바꾸고 싶어 몸부림치는 인물이었다.

신주쿠(新宿), 서울의 강남처럼 계획에 의해 발전한 도쿄 최대의 번화가이다. 종설은 이 일본의 심장부에 여성성형센터를 하나 갖고 있었기에 일본을 자주 들락거렸고, 일본에서 그는 여성 성기 성형 분야의 최고 실력자로 꼽히고 있었다.

종설에게 '아줌마'는 너무도 고마운 대상이었다. 이전에 태백에서 산부인과를 개업했을 때도 그랬지만 지금도 아줌마들이야말로 그의 최대 고객층이기 때문이었다.

종설의 18번은 '나이는 숫자에 불과하다'는 말이었다. 요즘은 아이를 여럿 낳고도 너무나 '아줌마스럽지 않은' 여성이 많았다. 미니스커트를 가장 많이 구매한 연령이 40대이고 30대, 20대 순으로 그 뒤를 이었다는 어느 백화점의 발표만 해도 그렇거니와 최근 1년간 지방흡입술을 받은 환자 가운데 40%가 40대라는 한 성형외과의 조사 결과만 봐도 자신의 외모와 건강을 위해 시간과 돈을 아낌없이 투자하며 젊고 당당하게 살아가는 아줌마들이 얼마나 많이 늘어났는가를 알 수 있다. 종설은 이런 아줌마들이 고맙지 않을 수 없었다.

고수정. 테크노 뮤직과 연계되어 태양처럼 떠오른 가수인 그녀의 모습은 여전했다. 몸은 바짝 말라 완전히 뼈대만 앙상했고, 머리칼은 오렌지색과 갈색을 섞어 하늘로 뻗쳐올랐다. 눈두덩 위에는 아이섀도를 짙은 차콜색으로 길고 휘움하게 칠했고, 입술은 진한 보랏빛 립스틱으로 덮여 있었다.

"그래. 그동안 잘 지냈나? 지난번 수술한 것은 이상이 없고?"

"그럼요. 제 남친이 저한테 거기는 사춘기 속살이라고 얼마나 좋아하는데요?"

"흐음. 역시 그 녀석이 내 솜씨를 알아봐 주는군. 그런데 이번에는 무슨 일로?"

"타투(tattoo, 문신)를 제거하려구요."

문신(文身)하면 과거에는 조폭이나 마약중독자 또는 범죄자들을 주로 연상했지만 근래에 들어 농구, 배구, 권투 등 프로선수뿐만 아니라 학생들과 젊은 여성들에게서도 자주 보이고 있었다.

수정은 진찰대에 올라 속옷을 벗고 누웠다.

"이상한 눈으로 보지 마세요. 전 그날 히로뽕 몇 알 먹고 그냥 떨어졌었거든요."

그녀는 스스럼없이 다리를 벌렸다. 탐스러운 음문이 보였고, 음핵 바로 윗부분에 우표 크기의 나비 문신이 예쁘게 새겨져 있었다.

"늘 이곳을 쉐이빙하나?"

"진찰하시기 편하게 미리 하고 왔어요. 음모가 문신을 가리지 못하지 않느냐고 물으시는 거죠?"

"으-음. 음모가 가는 편이네. 흠, 부위가 부위인지라 흉터가 좀 남겠는데……."

"털이 자라면 가리지 않을까요?"

"그건 장담 못하겠네. 수술해봐야 알겠지. 흐음."

"국소마취로 가능하지요?"

"그래. 진정제도 좀 써야 하지만."

"수술 후 통증이 심할까요?"

"좀 있지. 그래도 참을 만해."

"저는 그저 노래나 부를 줄 아는 가수일 뿐인데 뭐 알겠어요. 선생님이 알아서 잘 해주세요."

"걱정하지 않아도 돼. 자, 수술 일정이나 잡도록 하지."

09
브레드 앤 버터

미켈란메디센터의 오전은 상대적으로 한산한 편이었다. 개중에 독특한 취향의 환자도 있기는 하지만 목숨이 왔다 갔다 하는 위급한 수술이 아닌 바에야 아침 일찍부터 하겠다는 사람은 많지 않았기 때문이었다.

현구가 클리닉에 도착한 시각은 오전 9시 조금 못 되어서였다.

평소와는 달리 병원 안이 조금 부산했다. 전날 회복실에 있었던 정혜리가 막 퇴원을 하려는 순간이었기 때문이었다.

현구는 간호사에게 일러 그녀를 원장실에서 잠깐 보자고 했다.

혜리의 얼굴은 찐빵처럼 부풀어 있었다. 그 큰 선글라스가 작다는 느낌이었다.

"많이 아프죠?"

엄마의 부축을 받으며 원장실 소파에 앉는 그녀를 보며 현구가 말했다.

"네, 너무 아파요."

"마취가 풀려서 그래요. 오늘 지나면 괜찮아질 겁니다. 수술은 아주 잘 됐어요."

"네. 옷 입으면서 다시 봤는데 엄청 달라졌어요. 정말 감사합니다."

혜리는 아파 죽겠다는 말과는 달리 고개까지 끄덕이며 싱긋 웃었다.

"차 간호사가 얘기했겠지만 모레쯤 나와서 경과를 보고 주말쯤에 실밥 풀도록 하지요. 잠깐만."

현구는 원장실 안쪽에 있는 세면실에 가서 손을 씻었고 간호사를 들어오게 했다.

"수술 부위를 한번 봅시다. 이쪽으로 앉아요."

헐렁한 티셔츠와 볼레로가디건을 입고 있던 그녀가 가디건 단추를 풀려다 얼굴을 찡그렸고, 그런 그녀를 어머니가 옆에서 도와주었다. 역시 경험자여서 그런지 압박붕대 위에 스포츠 브라를 하고 있었다. 간호사가 압박붕대를 풀자 그녀의 새 가슴이 위용을 자랑하듯 모습을 드러냈다.

엊저녁 보았을 때보다 훨씬 커 보였다. 현구의 눈에도 흡족했다.

"지금은 부기가 있어서 커 보이는데 이것보다는 20퍼센트 정도 작아질 겁니다."

부기가 최고조에 달한 시간이었지만 수술 전과는 비교가 되지 않을 정도로 부드러웠다. 현구의 라텍스 장갑을 낀 손이 닿을 때마다 혜리는 얼굴을 찌푸리며 신음 소리를 냈다. 그래도 그녀의 눈에는 어제와는 달리 생기가 돌았다.

"오늘과 내일은 아파서 손도 못 대겠지만 모레부터 열심히 마사지 해야 합니다."

수술 후 마사지는 가슴 촉감을 좌우하는 중요한 요소였다. 미켈란에서는 적어도 수술 후 2개월 동안 지속적인 마사지를 병원에서 직접 시술했는데 이 간호사와 전 테라피스트는 회복 마사지의 전문가들이었다. 앞으로 며칠간 이들이 바빠질 터였다. 이런 컨피덴셜 환자들은 병원에 자주 오기가 불편했기에 자신의 집으로 이들을 초빙하곤 했다.

혜리가 돌아간 뒤 현구는 책상 위에 놓인 일정표에 눈을 던졌다.

오전에는 쌍꺼풀 수술이라 불리는 상안검거근 수술과 코끝조각술이 하나 있었다. 둘 다 미켈란에서는 간단한 수술들이었지만 소홀히 할 수 있는 일은 아니었다. 영어식 표현으로 하면 센터의 브레드 앤 버터(bread and butter), 즉 주 소득원인 셈이기 때문이었다.

쌍꺼풀은 김 선생이 담당했고, 코 융비수술은 유 선생이 맡아 하는 수술이었지만 오늘은 현구가 직접 나서기로 했다. 바이오셀 연구와 관련된 사안이 있기 때문이었다. 김지돌 선생은 자연유착법이라는 기술을 개발해 성가를 올리고 있었다.

오후에는 이보다는 복잡한 수술인 안면윤곽성형 하나, 그리고 가슴수술 하나가 예약돼 있었다.

"원장님, 선생님들 다 오셨는데요."

인터폰을 통해 미스 신이 알려왔다. 특별한 일이 없는 한 미켈란 의사들은 9시에 아침 회의를 했다. 일정을 체크하는 가벼운 미팅이었다. 회의실에는 다섯 명의 의사와 책임 간호사가 모여 있었다.

현구가 일정표와 동료들의 얼굴을 보며 입을 열었다.

"어제 일은 다 잘됐습니다. 밤에 컨피덴셜 OP 수고들 많았어요. 클라이언트는 조금 전에 퇴원했습니다. 오늘 일정에 특별한 사항 없죠? 유 선생은 오전에 나하고 같이 OP 들어가지요?"

"네, 알고 있습니다."

"원장님, 오늘 김정미 환자 상안검거근 수술에 TCR 바이오셀 주사 사용합니다. 관심 좀 가져주세요."

파란 머그잔으로 커피를 마시고 있던 김지돌 선생이 입을 열었다.

"그게 오늘입니까?"

TCR 바이오셀 주사를 쌍꺼풀 수술에 사용하는 것은 획기적인 일이었다. 미켈란 의료진의 자연유착법 연구 성과가 가시화되고 있다는 방증이었기 때문이었다.

선천적으로 쌍꺼풀이 있는 사람은 해부학적으로 쌍꺼풀과 눈을 뜨는 근육인 상안검거근 사이의 연결고리가 작은 결합조직의 형태로 존재한다.

기존의 쌍꺼풀 수술은 눈꺼풀 부위를 절개하지 않고 매듭으로 묶어주는 매몰법과 절개법 두 가지 방법을 주로 사용하는데, 매몰법은 수술한 티가 나지 않고 자연스러운 라인을 만들 수 있다는 장점이 있었다. 하지만 눈꺼풀이 두껍거나 눈 부위에 지방질이 많은 사람, 눈을 뜨는 근육의 힘이 약한 사람에게는 효과적이지 않았다. 무분별하게 매몰법을 한 사람은 6~7년이 지나 쌍꺼풀이 흐려지거나 풀려 재수술을 하는 경우가 많았다. 절개법은 아무리 수술을 잘한다 하더라도 선천적인 쌍꺼풀과 비교하면 부자연스럽게 보이는 경우가 많고 어쩔 수 없이 남는 흉터 또한 큰 고민거리였다.

'바이오셀유착법 쌍꺼풀 수술'은 쌍꺼풀 라인을 따라 피부와 '눈을 뜨는 근육' 사이에 있는 조직의 극히 일부를 기술적으로 절개 추출한 뒤 바이오셀을 주입해 유착을 유발해 쌍꺼풀이 선천적으로 있는 경우와 동일한 해부학적 구조로 만들어주는 것이었다. 기존의 매몰법과 절개법의 장점을 모두 취한 신기술이라고 할 수 있었다. TCR이 유착을 유발하는 기술이다. 기존의 실로 고정하여 쌍꺼풀을 만들던 방법이 아니므로 풀릴 확률이 없으며 흉터가 거의 없는 것이 큰 장점이었다.

현구는 오전 미팅을 마치고 미스 신에게 지나미의 전화번호를 가져오라고 일러 메모지를 받았지만 정작 번호를 누르지는 못했다.

오전 11시. 현구는 이소림 클라이언트의 코끝 성형술을 위해 스크럽을 마치고 수술실에 들어섰다.

얼굴 중심에 위치한 코는 모양에 따라 성격이나 운명과 연결 지을 정도로 인상을 좌우한다. 실제 여러 종류의 성형수술 후 발생하는 심리적 문제도 코 수술 후에 가장 많이 발생한다. 수술 뒤 정신적 사회적

응을 연구하는 대상도 바로 코 수술 환자다. 자연히 멋진 콧날을 갖기 위한 코 성형 욕구도 상당히 크다.

코의 모양에 따라 코 성형수술의 방법이 달라진다. 넓은 코, 휜 코, 뭉툭한 코, 매부리 코, 긴 화살코, 넓은 콧구멍 등 크기와 모양에 따라 고객들의 요구도 다양했다. 근래에 많이 하는 코 수술은 낮은 코를 높이는 융비술인데 실리콘을 삽입해 교정하는 경우가 가장 많았다.

코 성형을 원하는 대부분의 젊은 여성들은 '지나미 코처럼 만들어 주세요'라는 등 유명한 연예인의 이름을 대기 일쑤였다. 현구는 그럴 때마다 '코 자체의 모양보다는 본인의 고유한 얼굴 모양과 조화를 이루는 코가 가장 아름다워 보인다. 또한 쉼쉬기와 냄새를 맡는 일 이외에도 평생 한순간도 쉬지 않고 들이마시는 공기의 흐름이 원활해야 공기를 여과·정화·가온·가습하는 코의 유일한 기능도 잘 보존할 수 있다. 다시 말해 수술 후 코막힘 등 부작용 없이 아름다운 모양과 기능을 제대로 유지하는 것이 중요하다'고 늘 강조하곤 했다.

얼굴 윤곽이 갸름한 여성을 기준으로 할 경우엔 콧대가 눈썹과 눈의 중간쯤에서 시작해 자연스럽고 곧게 내려오다가 끝부분에서 버선처럼 살짝 들릴 때가 가장 예뻐 보인다. 코 높이는 전체 코 길이의 절반보다 약간 못 미치는 정도가 적당하다. 남성의 코는 크기가 여성보다 15% 정도 커야 하며, 멋진 콧대의 기준은 여성과 비슷하지만 코끝은 들리지 않은 일자형이어야 보기 좋다.

'코끝조각술'은 콧등의 높이에 잘 어울리게 코끝을 높이고 또한 별어진 코끝을 모아주어 옆에서 보아 '버선 코' 모양으로 만들어주는 것이었다. 코끝의 경우에는 콧등과는 달리 인공보형물 대신 자가조직을 사용하는 것이 더 자연스럽고 안전한 방법이라는 이유로 자가조직 이용이 널리 퍼져 있었다.

미켈란에서는 코끝조각술의 경우에 있어 대부분 비중격 연골이나 귀 연골과 같은 조직을 주로 사용했다. 자가조직을 이용하기 때문에 다른 방법에 비해 코끝이 자연스러워지는 것이 큰 특징이었다.

현구는 이 연골 또한 바이오셀 기법을 가미하리라 마음먹고 있었고 연구가 진행 중에 있었다. 그렇게 되면 미켈란랩의 성가는 또 한 번 상종가의 위명을 떨치게 될 터였다. 코끝 수술에 쓰일 자가연골은 이미 채취되어 있었다. 이번 경우는 귀 뒤쪽의 연골이었다.

코 안을 따라 보이지 않는 곳에 조그마한 절개를 했다. 콧망울을 이루고 있는 연골을 모아주고 거기에 채취한 연골을 이용해 코끝을 더 세워주는 간단한 시술이었지만 세워주는 각도와 양에 노하우가 담겨 있었다.

현구의 골든 핸드는 이 노하우를 누구보다 잘 알고 있었고 그것이 그를 비너스술사라고 부르게 했다.

환자는 국소마취를 했기에 금방 일어났다. 그녀는 자신의 달라진 코를 보면서 너무도 신기해하며 행복한 표정을 지었다.

10
죽음의 사슬

지나미의 충격적인 사건은 정오 무렵부터 알려지기 시작했다.

점심을 마치고 클리닉에 돌아온 현구에게도 청천벽력 같은 일이었다. 미켈란 사람들이 테라스라 부르는 휴식공간의 텔레비전 주위로 직원들과 환자, 보호자들이 모여 웅성대고 있었다. 볼륨도 평소보다 커져 있었다.

직원들이 현구를 쳐다보며 놀란 얼굴을 지었다.

"원장님, 지나미씨가 자살했대요."

성 간호사가 현구에게 말했다.

"뭐?"

깜짝 놀라지 않을 수 없었다.

"그게 무슨 소리야?"

현구의 첫 반응이었다.

"속보로 계속 나오고 있어요."

마침 화면에 다시 지나미의 렉스빌라 앞에 서 있는 기자의 모습이 비춰졌다.

현구는 갑자기 자신의 가슴이 쿵쿵댄다는 것을 느끼면서 화면을 응시했다.

지나미가 자신의 침대에 누워 숨진 채 발견됐으며 아직 정확한 사망 원인과 상황은 알려지지 않았다. 외부 침입의 흔적이 없이 침대에 누워 숨져 있었다는 점과 침대 옆 협탁 위에 이름 모를 흰 가루와 여러 종류의 약들이 다량 발견된 점으로 미루어 약물 과다 복용으로 추정된다는 얘기였다. 하지만 유서가 발견되지 않은 점, 평소 집안을 지키던 가정부의 행방이 묘연하다는 점에서 타살의 의혹도 배제하지 못한다고 기자는 전했다. 집안 출입은 통제되고 있었다.

현구의 가슴은 점점 더 뛰기 시작했다. 도저히 믿기지 않는 이야기였다. 그제 자신과 만난 나미는 결코 자살할 여자가 아니었다. 생명을 다루는 의사의 직감이라는 게 있다. 그녀의 생에 대한 태도로 미루어 그랬다. 고혹적인 미소를 짓던 나미의 그제 모습에 겹쳐 매니저 장 씨의 얼굴이 떠올랐다. 잠깐이었지만 어딘지 분위기가 이상했던 가정부의 얼굴도 떠올랐다. 그녀는 어떻게 된 것일까?

현구는 원장실로 돌아와 책상에 앉았지만 생각의 갈피를 잡을 수 없었다. 하루 종일 연락이 안 됐다는 보도로 미루어 자신이 그녀와 마지막으로 만난 사람이 아닌가 싶었다.

'어떻게 이런 일이 일어난단 말인가?'

'나미의 집으로 달려가 봐야 하는 것은 아닌가.'

'먼저 경찰에 연락을 해야…….'

알려진 상황만으로는 어떻게 해야 하는 게 옳은 일인지 가늠할 수가 없었다.

'어떻게 하면 상황을 좀더 자세히 파악할 수 있을까?'

그때 인터폰이 울렸다.

"원장님, 최 원장님이시라는데요."

현구는 버튼을 누르고 수화기를 들었다.

"나 원장 나야, 나미 얘기 들었지?"

최종설의 목소리도 평소와는 달리 많이 가라앉아 있었다.

"예. 어떻게 그런 일이 일어났는지 저도 큰 충격입니다. 어떻게 된 겁니까?"

"그래 말이야. 그 녀석 그렇게 허망하게 갈 거면서……."

"최 원장님이야 그러시겠죠. 가깝게 지내던 사이였으니."

"그런데 말이야, 내가 지금 나미 집에 와 있는데 일이 좀 복잡하게 꼬인 것 같아."

"꼬이다니요?"

"나미의 시신이 막 경찰 병원으로 옮겨졌는데 사인이 당신네 병원에서 나온 프로포폴인 것 같아."

"네? 프로포폴요? 그건 밖으로 나가는 약이 아닌데요?"

"그러게 말이야, 그러니 꼬였다는 거지. 잘 모르는 앰플도 여러 개 있더군."

"여러 개요?"

현구는 도저히 믿어지지 않았다. 어떻게 미켈란에서 수술 시에 사용하는 약이 그곳에서 발견되었는지 알다가도 모를 일이었다.

프로포폴(propopol)은 수술을 위해 마취를 시작할 때 환자를 재우기 위해 사용한다. 주사 후 30초 이내에 의식이 없어질 만큼 효과가 매우 빨리 나타나고, 또 투약을 중지하면 빨리 수면에서 깨어나는 장점이 있다.

그런데 프로포폴을 다량 사용할 경우 잠이 들지만 소량 사용하면 기분이 괜히 좋아지고 환각을 경험하기도 한다. 미국에서는 통제물질로 지정되어 있지만, 한국에서는 지난 2년간 550만 병이 넘게 소비되었다.

프로포폴의 치명적인 위험성을 숙지하지 못한 비마취 전문의가 다양한 용도로 사용하고 있는 데다 보건당국이 수년째 손 놓고 있는 탓에 근래에 의료사고나 사망사고와 관련된 사례만 30건에 이르고 있었다. 사용 용도도 내시경 검사, 뇌MRI 검사, 콜라겐 제거수술, 소음순 성형수술 또는 관계 의료인들이 집에서 주사를 맞고 자살하는 경우 등 다양했다.

큰 화제가 되었던 마이클 잭슨의 사망 원인도 극심한 불면증으로 인해 수면마취제인 프로포폴과 진정제인 로라제팜을 함께 투여했기 때문이라고 했다.

"그리고 장형철의 얘기를 들어 보니까 당신 그저께 저녁에 나미 만났었다면서?"

장형철은 지나미의 매니저이다. 이미 그날 만난 사실은 알려진 모양이었다.

"네. 만났습니다."

"별일 없었어?"

"별일이라니요?"

"아니, 무슨 낌새가 있었다든지."

"그런 것 전혀 없었습니다."

"아무튼 나 좀 봐야겠어. 형철이야 내가 잘 아는 동생이니까 어떻게 해 볼 수 있을 테지만 앰플이 그곳에서 나온 게 걸린단 말이야."

현구는 웬일인지 기분이 나빠지려 하고 있었다. 종설이 무언가 큰일이라도 해주는 것 같이 설친다는 느낌이 들었기 때문이었다.

"글쎄 오후 스케줄이 꽉 차 있어서……. 끝나고 봬야 할 것 같습니다."

"그렇게 한가하게 있을 때가 아니야. 내가 지금 잠깐 들를게."

"그러시든지요."

수화기를 내려놓고도 현구는 전화기를 쳐다보며 생각에 빠져들었다.

'앰플이 발견됐다면 누군가 주사를 놓았다는 얘기고, 그렇다면 타살일 가능성이 높지 않은가. 정맥주사란 조금이라도 반항을 하면 제대로 찌를 수 없었을 텐데…….'

'최 원장은 왜 이토록 친근하게 나올까?'

현구는 종설과 흉금을 터놓는 사이는 결코 아니었다. 몇 년 전 일본 세미나 갔을 때 그곳 연예계 실력자들과 어울려 상상을 초월하는 성대한 대접을 받았던 비밀을 두 사람이 공유한다는 것 이외에는.

11

불길한 예감

현구는 오후 일이 손에 잡히지 않았다.

득달같이 찾아온 종설에게 대충 얘기를 듣고, 오후 일정이 바쁘다면서 재촉하듯 돌려보냈지만 무언가 불길한 일이 파도처럼 엄습하고 있다는 느낌을 지울 수 없었다.

다행인지 불행인지 자신이 꼭 들어가야 하는 가슴 수술 환자가 갑자기 집안에 큰일이 있다면서 수술을 연기해달라고 했기에 한숨을 돌릴 수 있었지만 가뜩이나 잠도 몇 시간 자지 못하고 나온 날이기에 더욱더 까라졌다.

'똑똑똑.'

노크 소리와 함께 세희가 들어섰다.

"아니 당신이 웬일이야?"

"근처 거래처에 왔다가 잠깐 들렀어요."

세희는 프레지아 꽃다발을 들고 있었다.

"우리 병원에서는 꽃 별로 환영받지 않는다는 것 알면서 왜 들고 왔어?"

 창가 구석에 있던 빈 꽃병에 꽃을 꽂고 있는 세희를 보며 현구가 말했다. 향기 짙은 꽃은 환자들 알레르기 때문에 조심하고 있는 터였다.

"산 거 아니에요. 거래처 직원이 이걸 주대."

"그래?"

"왜? 신경 쓰여요?"

"흐흠……."

 픽 웃고 말았다. 그래도 아내를 보니까 찌뿌드드하고 불안했던 마음이 한결 가벼워지는 느낌이었다.

"근데 당신 얼굴이 왜 그렇게 어두워요? 무슨 일 있어요?"

"그래 보여?"

"세상 근심 다 지고 있는 사람 같아."

"당신 뉴스 안 들었나?"

"무슨 뉴스? 여배우 자살했다는 뉴스?"

"이미 알고 있군."

 바로 그때 손님이 찾아왔다는 인터폰이 울렸고 이내 노크 소리가 나더니 가죽잠바가 들어섰다.

"전화 드렸던 강남서의 강동혁입니다."

 준수한 용모의 의외로 젊은 형사였다. 기실은 세희가 오기 전에 알아볼 게 있어서 방문하겠다고 그에게 전화가 왔었다. 그런데 하필이면 이런 때 들어온단 말인가.

그가 건네는 명함에는 강남경찰서 강력계라고만 직함이 적혀 있었다.

경찰이란 말에 세희가 더 놀라는 눈치였다. 강 형사도 세희를 쳐다보며 신경을 쓰는 기색이었다.

"우리 집사람입니다. 이리 앉으시죠."

현구가 자리에서 일어나 소파로 그를 안내했고 자신이 먼저 앞자리에 앉았다.

"아 그러세요?"

강 형사가 고개를 한번 끄덕 세희 쪽으로 숙이면서 앉았지만 계속 세희를 살피는 기색이 역력했다.

"나는 나가 있을게요."

세희가 걱정스러운 눈빛이었지만 눈치 빠르게 말했다.

"그래. 그러는 게 좋겠소."

세희가 방문을 열고 나가자 현구가 형사의 얼굴을 보면서 먼저 입을 열었다.

"피차 바쁜데 바로 용건으로 들어가는 게 좋겠죠?"

"네, 그렇습니다."

강 형사가 안주머니에서 작은 녹음기를 꺼냈다.

"괜찮으시다면 녹음 좀 하겠습니다."

말은 양해를 구해왔지만 통보에 가까운 것이었다. 순간 현구는 철렁하는 느낌을 받았다. 하지만 꿀릴 것은 없었다. 어차피 있는 그대로 말을 해야겠다고 마음을 굳힌 터였다. 종설은 자신이 어떻게 해 볼 테니 말을 맞추자고 했지만 아무리 생각해도 그건 손바닥으로 해를 가리는 짓에 불과했다.

"이렇게까지 해야 하는 중요한 사안이 있습니까?"

녹음기 때문에 덜컹하고 뛰는 가슴을 느끼면서 짐짓 여유를 찾는 발언을 던졌다.

"의례적인 일입니다. 수첩에 적는 것보다 정확하니까요."

"그렇겠군요."

"지나미 씨를 마지막으로 만난 게 언제인지 말씀해 주시겠습니까?"

강 형사가 녹음 버튼을 누르면서 본격적으로 질문을 시작했다.

"그제 저녁입니다. 막 퇴근하려는데 전화가 와서……."

현구는 그날의 일을 있는 그대로 간략하게 설명했다.

말을 하다 보니 굳이 이런 얘기까지 해야 되는가 싶었지만 나미가 적지 않은 양의 술을 마셨고 대리운전을 불러야 했다는 것까지 말하지 않을 수 없었다.

"그래서 차 두 대로 지나미 씨의 집 앞까지 가셨군요."

"그렇습니다."

"그때가 몇 시였습니까?"

"10시 30분쯤 됐던 것으로 생각됩니다."

"지나미 씨의 집에서는 얼마나 머무셨습니까?"

"5분도 안됐을 텐데요. 물 한 잔 마시고 나왔습니다."

"그때 집안에는 누가 있었습니까?"

"글쎄…… 거실에만 잠깐 있었고, 가정부만 봤습니다."

"그 가정부는 평소 아는 사람입니까?"

"아니 그날 처음 봤습니다."

"다시 보면 기억하실 수 있습니까?"

"예, 바로 엊그제 본 사람이니까."

"그 뒤에는 어디 들르신 데는 없고요?"

"곧장 집에 들어갔습니다. 차가 조금 밀려서 11시 경에 집에 들어갔습니다."

엘리베이터 스크린에 시계가 있었기에 정확히 기억하는 터였다.

"그날 대리기사와 연락이 됩니까?"

"회사번호는 알고 있습니다. 그 사람이 김 기사라고만 알고 있고요."

"그 회사 연락처 좀 주시겠습니까?"

현구는 핸드폰에 저장되어 있는 번호를 찾아 불러주었고 강 형사는 수첩에 적었다. 단골 회사를 부르기를 참 잘했다는 생각이 들었다.

대충 끝나나 싶은데 형사가 주머니에서 커다란 비닐백을 꺼내들었다. 그 안에는 여러 개의 작은 비닐백이 들어 있었다.

"이 약들이 선생님 병원 것 맞습니까?"

현구는 당황스럽기도 했고 은근히 부아도 났지만 비닐백을 받아 들고 안의 내용물을 살펴보는 시늉이라도 해야 했다.

"의사는 누구나 손쉽게 처방을 하고 있고 요사이 오·남용으로 사회적으로 문제가 되고 있는 처방약들이지요. 딱히 우리 병원에서만 쓰는 약이라고 할 수 없지요. 그리고 여기 흰 가루와 파란색 가루들은 잘 모르겠습니다."

"그럼 이 앰플에 작은 스탬프가 찍혀 있는데 이건 뭡니까?"

레이블에는 M이라는 붉은 글자가 작게 찍혀 있었다. 미켈란 도장이 맞았다.

강 형사는 나름대로 꽤 많은 조사를 진행했던 모양이었다.

"그렇네요. 그건 우리 병원 것이 맞습니다."

시인해야만 했다. 현구는 어떻게 그 주사약이 밖으로 빠져나갔는지 철저히 파헤쳐봐야겠다고 다시 다짐을 했다.

"그 집에 여러 종류의 약이 있었다고 하던데 모두 M스탬프가 찍혀 있던가요?"

이번에는 현구가 물었다.

"그걸 어떻게 선생님이 아시죠?"

"좀 전에 지나미 씨 친지 중 한 사람과 통화를 했습니다."

"이 약병에만 찍혀 있었습니다."

"그랬군요. 그러니까 저희 병원 마크가 찍힌 앰플은 단 한 개뿐이군요."

현구도 무심한 듯 대꾸했지만 소중한 정보였다.

강 형사는 녹음기를 끄고 수첩과 앰플을 주머니에 넣고 자리에서 일어나면서 의미심장한 말 한마디를 꽤 길게 던졌다.

"협조해 주셔서 감사합니다. 이미 짐작하시겠지만 여러 정황이 안 좋습니다. 선생님께서 아주 어려운 지경에 처해 계십니다. 다음엔 서(署)에서 뵐지도 모르겠습니다."

현구에게는 바닷가 벼랑에 서 있는데 큰 파도가 밀려오는 듯한 발언이었다.

12
믿음

강 형사가 돌아가자 이내 세희가 방으로 들어섰다.

"지나미 씨 죽음에 관련된 것이 우리병원 약이라면서?"

"누가 그래?"

"밖에 간호사들이며 선생님들이 벌써 수군대던데 뭘."

"이 사람들이……."

현구는 지금 당장 간호사들과 테라피스트들을 호출해 호통을 치고 싶었지만 부질없는 짓이라는 생각이 들어 아내의 얼굴만 빤히 쳐다보았다.

강 형사의 마지막 말들이 귓전에 뱅뱅 돌았다.

'현장 부재증명, 부검, 피해자 그리고 에둘러 표현했지만 경찰 출두.'

'어떻게 이런 일들이 나에게 밀려올 수 있단 말인가?'

'내 꼴이 뭐가 되고 또 병원은 어떻게 될 것인가. 어떻게 일군 오늘인데…….'

순간적으로 지나미가 미워졌다. 왜 하필 그날 자신을 찾아와서 이 소동을 만든단 말인가. 자신에게 부딪쳐오던 그날의 모습이 가증스럽기조차 했다.

"무슨 생각해요?"

세희의 말에 정신이 들었다.

"아니야, 뭐 좀……."

"누가 주사를 놨단 말 아니에요? 정맥주사를 혼자 놓을 순 없잖아요?"

"응, 그래."

건성으로 대답하면서 현구는 세희의 걱정스러워 하는 모습에 다시 정신을 가다듬었다. 지금 얘기해야 될 것 같았다.

"여보, 저- 내가 할 말이 있는데……."

"뭔데요."

"저기……."

이때 인터폰이 울렸다.

"원장님, 스포츠대한 기자라는데요."

벌써부터 소동이 시작되었다는 말인가.

"지금 환자와 상담 중이니 나중에 연락하라고 해요."

"네."

"왜 신문기자들이 당신을 찾아?"

세희의 표정은 전에 없이 더 굳어 있었다.

"신경 쓰지 마."

"할 말이 뭔데요?"

"화내지 말고 들어."

"이이가 자꾸 겁주네."

"그저께 랩 사람들 만났다고 그랬지만 실은 지나미 씨 만나고 들어갔었어."

"네?"

세희의 큰 눈이 금방이라도 안구에서 튀어나올 판이었다.

면목이 없다는 말, 무슨 말을 어떻게 해야 할지 모르겠다는 말, 바로 이럴 때 쓰는 말이었다.

"요 위에 루주에서 술을 마셨는데 그 여자가 너무 취했어. 그래서 내가 집에 데려다주었지."

세희는 아무 말이 없었다.

"그 차 키도 그 여자 거야. 당신 속이려고 그런 건 아니었는데 정말 미안해."

그러고 보니 그 키는 아직 현구에게 있었다.

"그러면 당신이 마지막으로 그녀를 만난 사람이라는 말이야?"

"그렇게 됐네."

세희의 얼굴이 더 놀란 표정으로 변했고 잠시 말을 잇지 못했다.

"정말 다른 일 없었어. 그냥 물 한 잔 마시고 나왔을 뿐이니까. 그러고는 그 여자가 죽은 채 발견된 모양이야. 지금으로선 자살이 아니라

타살 같이 보여."

"그럼 이제 어떻게 해?"

"생각해 봐야지. 당분간 골치 아프겠어."

둘 사이엔 한참 동안 침묵이 흘렀다.

"아니 어쩌면, 어쩌자고 당신이 그 여자 집안에까지 들어가요."

세희의 어투에는 안타까운 심정이 그대로 묻어 있었다.

"대리기사가 끝까지 같이 있었어."

"경찰도 알아요?"

"응, 알아."

그제야 세희의 표정이 조금 풀렸다.

'이럴 때 담배라도 한 대 피웠으면…….'

마취과 박 선생 책상에는 담배가 있을 터였다.

"그 여자 정말 밉다. 왜 당신을 찾아와 가지고……."

현구가 하고 싶은 말을 세희가 해주고 있었다.

"당신 정말 그 여자랑 아무 일 없었던 거지?"

세희가 다짐하듯 물어왔다.

"그렇다니까, 내가 밖에서 클라이언트와 무슨 볼일이 있겠어?"

세희도 현구의 스케줄을 일상적으로 꿰고 있는 터였다.

현구는 티 테이블에 손을 궤고 자신의 턱을 만졌다. 아침에 면도를 했지만 벌써 까칠한 느낌이 전해왔다.

"휴-우."

저도 모르게 한숨이 나왔다. 소리라도 지르고 싶었다.

세희가 자리에서 일어나 현구의 옆으로 다가왔다.

"여보, 너무 걱정 마. 다 잘 될 거야."

세희는 두 손으로 현구의 손을 잡아 주었다.

현구는 왠지 눈물이 쏟아질 것만 같았다.

"난 당신이 주사를 놓다가 잘못됐다는 말 할까 봐 얼마나 겁이 났었는데……. 그거 아니면 됐어. 생사람 절대로 못 잡아."

세희가 다짐하듯 말했다.

13
강동혁

　강남경찰서 강력팀 강동혁 형사가 지나미의 사고 소식을 듣고 현장에 출동한 것은 신고가 접수된 후 한 시간쯤 지났던 오전 9시 30분경이었다. 전날 야근에 시달려 사우나에서 땀을 빼고 출근하려던 참이었다. 마침 인근에 있던 같은 조의 진석주 형사를 급히 수배해 둘이 함께 낡은 소나타를 타고 청담동 렉스빌라에 도착했다.
　차단기가 내려져 있는 출입구는 중세 유럽 영주의 저택을 연상케 했다. 경찰임을 밝히고 문을 들어서자 꽤 넓은 잔디밭이 나오고 그곳을 중심으로 커다란 분수대가 아침부터 물을 뿜고 있었다. 이미 경찰차가 몇 대 주차되어 있고 경찰관들이 분주히 움직이는 것이 보였다. 이웃 여인들의 모습도 몇몇 보였다.
　두 형사는 '수사 중 출입금지' 통제선이 쳐 있는 3동 쪽으로 걸어갔다.
　"이제 오냐? 아침부터 아주 새신랑들이 됐구나."
　구철근 반장이 불룩한 배를 만지면서 통제선 앞에 서 있다가 두 사람을 발견하고는 반겨주었다. 50대 초반인 구 반장은 강력계의 30년

베테랑이다.

"아직 감식 안 끝났어요?"

강동혁 형사가 주위를 둘러보며 물었다.

"지금 한참 진행 중이야. 감식반 말이 약물주사에 의한 타살 가능성이 있대. 강 팀장, 우선 자네가 신고자 좀 만나봐."

구 반장이 폴리스라인 근처에 서 있는 40대 남자를 고갯짓으로 가리키며 말했다.

살인사건 현장에는 감식이 끝날 때까지는 누구도 들어가지 않는 것이 불문율이었다. 범인이 남기고 갔을지 모르는 작은 지문이나 흔적을 찾는 감식 작업을 그르치지 않기 위해서이다.

신고자는 40대 초반의 느끼한 외모의 사내였다. 날이 선 검정 바지에 현란한 셔츠와 재킷을 입고 있었다.

동혁이 먼저 물었다.

"돌아가신 분과는 어떤 관계시죠?"

"지나미 씨 매니저인 장형철입니다. 어제 하루 종일 연락이 되지 않아 달려와 보니 그만 저렇게……."

"직접 신고하신 건가요?"

"예, 제 휴대폰으로 119로 신고했습니다. 어찌나 당황스럽던지……."

"혹시 최근에 큰 원한 살만한 일이거나 심경에 큰 자극을 받은 일이라도."

"원한이라뇨? 절대 그런 일 없어요. 원한은, 무슨……."

"없어진 물건이 있나요?"

"글쎄 그런 것 같지는 않은데요. 이 집 중요한 살림이 뭔지 저야 모르긴 해도."

"달리 특이한 사항은 없나요?"

"나미 씨 침대 옆에 주사약이 몇 개 흩어져 있었습니다."

"그 이야기는 들었습니다."

이때 검정색 승용차 한 대가 들어왔고, 흰색 가운을 입은 사람이 차에서 내렸다.

"아니 검시관은 어디 가고 박사님이 직접 오셨어요?"

국립과학수사연구소 강남분소의 이용구 박사였다. 현장에는 주로 임상병리사나 간호사 출신의 경찰공무원인 검시관이 오기 때문에 병리학 전공 의사인 법의관이 직접 현장에 나타나는 경우는 드물었다.

그 와중에도 악수들이 오갔다.

"유명인이어서인지 이 박사님이 직접 오셨구만. 아침 일찍부터 고생 많습니다."

구 반장도 이 박사를 반겼다. 국립과학수사연구소 강남분소가 처음 생겼을 때만 해도 구 팀장은 젊은 법의관들을 못마땅하게 생각했었다. 백전노장인 자신의 판단과 다른 소견을 내놓는 일이 많았기 때문이었다. 그러나 점차 시간이 지나면서 그들의 과학적인 판단을 존중하게 되었다.

"이거 어쩌나? 이 박사도 잠시 기다려 주셔야겠는데. 아직 감식이 덜 끝나서."

긴급 연락을 받은 형사들이며 카메라를 멘 기자들이 도착했고, 형사들은 주변 수색을 진행했다. 그러나 특별한 흔적을 발견하지는 못했다.

얼마쯤 지났을까? 현장 수사가 끝났으니 집합하라는 연락이 왔다. 동혁도 진 형사와 함께 빌라 앞으로 갔다. 감식반이 나미의 집에서 나오고 있었다.

강력팀은 감식반을 따라 안으로 들어갔다. 빌라 내부는 생각보다 더 호사스러웠다. 거실로 들어가는 마호가니 나무로 만든 여닫이문이 사람들을 압도했다.

"문에서는 지문이 발견되지 않았고요, 탁자 위의 물컵 그리고 스탠드에서 몇 개의 지문을 떴고, 주인이 누구인지 모르는 휴대폰 하나 수거했습니다."

감식반 하 형사가 차근차근 조사 결과를 보고했다.

"보시다시피 집안은 다소 흐트러져 있기는 해도 그렇게 엉망으로 헝클어져 있는 편은 아니에요. 바닥에 뿌려진 혈흔도 없고 이불과 베개에도 체액이 없어요. 시체는 이불에 반쯤 덮여 있었는데 아직 이불을 다 열어 보지는 않았어요."

하 형사가 설명을 마치고 이 박사를 바라보았다. 이 박사는 수술용 장갑을 꺼내 끼고 조심스럽게 이불을 젖혔다. 시체는 잠옷만을 입은 채 반듯이 누워있었다. 깊은 잠 속에 빠진 듯 평온해 보였다.

이 박사는 주저 없이 시신의 잠옷을 젖혔다. 풍만한 가슴이 그대로 노출됐다. 가슴에 별다른 상처는 없었다. 그는 시신의 눈을 까뒤집어 보았고 입을 열어 안을 들여다보았다. 시신을 살펴보던 이 박사의 눈길과 손길은 왼손 팔목에서 한참 동안 멈춰 있었다. 왼쪽 팔꿈치의 안쪽에 동전만 한 크기의 시반(屍班)이 형성돼 있었다. 침윤성 시반이었다.

사람이 죽으면 적혈구가 중력에 의해서 낮은 곳으로 모이기 때문에 피부가 어두운 붉은색으로 변색되는 것을 시반이라 한다. 시반을 손으로 누르면 혈액이 옆으로 밀려 나가서 그 부분의 색이 엷어지는데 이것을 '시반의 퇴색'이라고 한다. 그런데 손으로 눌러도 시반이 퇴색되지 않는 경우가 있는데 혈액이 한곳에 오래 있다 보면 녹아서 혈관벽이 혈색소에 의해 염색되기 때문이었다. 그것이 바로 침윤성 시반이다. 침윤성 시반은 사망 후 약 10시간이 지나 생긴다. 정맥주사로 사람이 사망하는 경우 주사 부위에 이런 침윤성 시반이 형성된다.

"119팀이 먼저 만진 것 같기는 한데, 정맥주사로 투입된 약물이 사인인 것으로 의심되는군요."

이 박사가 구 반장을 바라보며 말했다. 그러면서 감식반 팀장을 바라보며 물었다.

"참, 주사기는 발견됐습니까?"

"없었습니다."

"주사할 때 쓰는 고무줄과 앰플 하나가 옆에 떨어져 있었고, 침대 서랍에 앰플 3개, 진통제와 수면제 약병, 그리고 필로폰과 신종마약류로 보이는 흰 가루들이 발견됐습니다."

"그래요? 좀 볼까요?"

하 형사가 주섬주섬 증거물 비닐백 No.1을 이 박사에게 건넸다.

이 박사는 안경을 벗더니 비닐백에 들어있는 앰플을 눈 가까이로 가져가 유심히 살폈다.

"프로포폴이군. 어떻게 이런 약이 가정집에 있지?"

"흔한 약이 아닙니까?"

"주로 수면마취나 전신마취에 사용하는 전문의약품입니다."

이 박사는 증거물을 형사들에게 건넨 후 다시 시신 쪽으로 손을 뻗어 전혀 거리낌 없이 시신의 팬티를 벗겨 내더니 음부 안으로 손을 집어넣었다. 형사들은 아무리 시신이라는 해도 민망해서 뚫어지게 볼 수 없었다. 이 박사의 표정으로 봐서 별다른 징후는 없는 듯했다.

이 박사가 시신을 뒤로 돌려 눕히고 다시 살폈다. 두 손으로 뒷머리 속부터 발끝까지 더듬으며 꼼꼼히 살펴보고 검시를 마쳤다.

"아무튼 몸에 별다른 손상은 없네요. 성폭행을 당한 흔적도 없고……."

혼잣말처럼 중얼거리다가 가방에서 서식을 꺼내 즉석에서 '시체 검안서'를 작성해서 구 반장에게 건넸다.

"아무래도 부검해야 할 겁니다."

검시의 목적은 어떤 죽음이 자연사인지 아닌지, 만약 인위적인 죽음이라면 자살인지 타살인지 또는 사고사인지에 대한 1차적인 판단을 하는 데 있었다. 자연사 또는 자살임이 명백하면 시체를 유족에게 인계해서 장례를 치르도록 하지만, 타살이나 사고사의 의심이 있는 경우에는 부검을 통해 사인을 명백히 가려야만 했다.

"그러겠습니다."

구 반장은 이 박사의 말에 동의를 표하며 고개를 끄덕인 뒤 동혁에게 말했다.

"강 팀장, 서에 들어가는 대로 압수수색 영장 신청해."

"알았습니다."

"그런데 시신은 어떻게 하죠?"

진 형사가 끼어들며 구 반장에게 물었다.

"잠시 기다렸다가 가족들 안 나타나면 가까운 경찰병원으로 옮겨야지 뭐."

동혁이 전례대로 아무 생각 없이 답했다.

"안 돼. 검사가 오기로 했어. 기다려."

구 반장이 짜증 어린 목소리로 내질렀다.

"예? 검찰에 연락하셨어요? 지금 단계서 무슨 도움이 된다고."

"검사 지휘 안 받고 마음대로 사건 송치하면 한바탕 난리 나잖아. 지난번 양재동 담뱃가게 사건 때도 그랬잖아. 변사 사건은 무조건 검사에게 전화해주란다."

"나 원 참. 뻔한 요식행위일 거면서, 한시가 급한데……."

"야 임마! 검사 지휘 받게 되어 있는 걸 어쩌라구? 법에 그렇게 돼 있답니다. 대한민국 형사소송법에."

가시가 돋쳐있는 말이었다. 부쩍 검경수사권 갈등이 불거지고 있기 때문이었다.

이때 밖에서 무슨 소리가 나는 것 같더니 중년 남녀 두 사람과 신고자인 매니저 장형철이 들어왔다.

"이분들이 가족이라고 하는데요."

집 앞 경비를 맡고 있던 애송이 순경이 구 반장에게 말했다.

신원을 확인하고 인사를 나눌 경황도 없이 집안에 들어선 중년 여인은 데드색에 막 담기려는 지나미의 시신을 보더니 울부짖었다.

"영주야, 이게 무슨 일이니? 어쩌자고……."

듣는 형사들에게 영주가 지나미의 본명이라는 것과 두 사람 사이가 친하다는 것을 단박에 드러내는 여인의 외마디였다.

시신 위로 엎어지듯 주저앉는 여인을 사내가 말렸다

"당신 가만 있어 봐 좀."

중년 사내는 자신이 사망자의 오빠라고 했다.

"피를 나눈 형제는 아니지만 한 고향에서 같이 자란 친형제 같은 사람입니다."

그가 건넨 명함에는 이브성형외과 원장이라고 적혀 있었다. 최종설이었다. 같이 온 부인은 그의 아내였다. 그의 아내 역시 강원도 정선군 사북 출신으로 죽은 지나미와 언니 동생 하는 사이라고 했다. 매니저 장형철도 두 사람과 망자의 관계가 각별하다고 인정했고, 이미 가족

역할을 하고 있는 터였기에 형사들도 제지하지 않았다.

지나미의 실제 가족인 여동생 지나리가 잠시 후 도착했지만 눈물만 흘리다 최 원장 등과 작은 소리로 몇 마디 나눴을 뿐이었다.

검사가 도착했다. 번쩍거리는 검정색 에쿠스 뒷좌석에서 내린 검사는 의외로 젊었다.

"국과수에서는 뭐랍니까?"

"특별한 외상은 없으나 팔에 주사자국이 명백하다고 합니다."

"아! 그래요? 부검을 해야 하니까 압수수색 영장 신청하세요."

검사는 이 말을 마치고 서둘러 차를 타고 떠났다.

검사가 돌아간 다음 경찰병원 차가 와서 시신을 영안실로 운구해 갔고 형사들이 가족들을 뒤로한 채 지나미의 빌라에서 나올 수 있었다.

그 사이 동혁은 최종설과 매니저 장 씨를 통해 기본적 상황을 파악할 수 있었다.

사무실에 돌아온 동혁은 곧바로 압수수색 영장 신청서를 만들었다.

"시체에 외견상 특별한 손상은 발견되지 않았으나 왼팔 팔꿈치의 안쪽 가운데에 주사자국이 명백하고 또한 침윤성 시반이 형성된 점으로 보아 적어도 사후 10시간 이상 지난 것으로 추정됨. 또한 마약과 여러 약물들이 흩어져 있는 정황으로 미루어 사인이 석연치 않으므로 시체를 부검하여 사망 원인을 명확히 할 필요가 있음."

동혁은 신청서를 경무과로 넘기고 즉각 탐문에 나서 가장 먼저 미켈란메디센터를 찾았던 것이다.

14
김민호

일간신문들은 다음날 조간부터 지나미의 사망 소식을 대서특필 했고, 스포츠 연예신문은 그 기사로 도배를 하다시피 했다. 신문들의 표제도 다양했다.

'톱스타 지나미 변사체로 발견돼'
'자택 침대에서 잠자듯 누운 채'
'사인은 약물과다 복용인 듯'
'자살 추정, 그러나 타살 가능성에 주목'
'복잡한 사생활'
'성형 부작용에 따른 우울증에 시달려'
'P의원과의 스캔들 추적 중'

현구네 미켈란메디센터로서는 치명적인 일이었다. 신문마다 어떻게 알아냈는지 지나미의 죽음이 단골 성형외과와 관련이 있는 듯하여 관계자들이 조사를 받고 있다고 쓰고 있었다. M병원 N원장이라는 영문 이니셜을 쓰고 있었지만 최근 바이오성형으로 주가를 올리는 등의 수식어가 붙어 있었기에 웬만한 사람들은 미켈란을 떠 올릴 수 있었다. 괴담은 인터넷을 통해 걷잡을 수 없이 빠르게 그리고 광범위하게 퍼져 나가고 있었다.

김민호가 뉴스엔이슈의 편집장인 신동오의 방문을 받은 것은 나현구가 정혜리의 가슴 수술을 준비하던 그 무렵이었다.
"편집장님이 웬일이십니까? 전화를 하시지."
"닥터 김에게 부탁을 하려면 제가 찾아와야지요."
편집국 식구들은 민호를 닥터라고 불러 예우했다.
민호는 의학 전문 기자로 부국장급 대우를 받고 있었다. 그는 국내에서 의대를 마치고 미국에 건너가 자연의학과 통증의학 전문의 자격증을 갖고 활동하다 미국 생활을 접고 기자로 변신했다. 벌써 9년 전 일이었다. 한국 최고의 일간지인 시대일보의 파격적인 제안으로 결단을 내리고 귀국했던 것이다.
평소 글쓰기를 좋아했던 그가 의사의 가운을 벗고 펜을 쥐게 된 것은 10여 년 전 세상을 떠들썩하게 했던 홍 박사의 줄기세포 소동 때문이었다. 미국에 있던 그는 누구보다도 정확한 논리로 사태의 추이와 문제점을 국내 언론에 기고하면서 의학 탐사보도의 대가로 등장했다.
인터넷의 쌍방향 언론기능과 관련 매체가 아무리 눈부시게 발전해 있는 정보화시대라 해도 신문사의 역할과 영향력은 여전히 지대했다.
 뉴스엔이슈는 미디어 그룹인 시대일보에서 발행하는 주간지였다. 시대일보는 한국 언론사의 한 획을 긋는 유력 매체로 어느 자본에도 예속되지 않고 기자 직원들이 주인이 되어 운영하는 종업원 지주제의 정론지로 꼽히고 있었다.
 "박사님, 이번에 우리 잡지에서 바이오셀 임플란트에 대한 특집을 하고 싶은데 의견을 듣고 싶어서요."
 "바이오셀 임플란트라……. 역시 뉴스엔이슈입니다. 좋은 주제지요."
 "혹시 나현구 박사하고도 교분이 있으시죠? 같은 학교 동문인 것 같던데, 요즘 바이오셀로 주가를 올리고 있죠."
 "의대 동기입니다."
 "그 나 박사네 바이오랩이 요즘 큰일 내고 있다는 얘기가 있는데, 박사님 보시기에 의학적으로 정확한 근거나 기반이 확보돼 있는 겁니까? 또 임상적으로 어느 정도 입증되고 있는가 하는 점이 저희로서는 궁금하죠. 지난번 홍 박사 건도 있고 해서."
 "아직 자세히 들여다보지는 못했지만 지금까지 알려진 대로만 보면 근거가 없는 것 같지는 않더군요. 그래서 한 번쯤 심층취재해 볼 사안이다 하고 있었습니다."
 "그런데 주제가 자칫 상업적이라는 것이 좀 걸리기는 합니다. 미켈란이 학술 쪽보다 특허출원이라든지 바이오 벤처 투자 유치 쪽으로 치우쳐 있어 잘못하면 기업홍보 해주는 모양새가 되지 않느냐는 점이 걸리기는 합니다만."

"아, 그런 고려가 필요할 수는 있겠군요. 그런 점이 있기는 하지만 저로서는 여러 측면에서 지금쯤 언론에서도 다뤄야 할 주제라고 생각했지요."

"닥터 김이 맡아 주시지요. 취재 지원은 임 국장하고도 얘기 됐습니다."

민호는 이런 연유로 현구의 바이오셀 임플란트에 대한 취재에 돌입했던 참이었다. 의학저널이며 논문집 그리고 인터넷 등을 통해 꽤 방대한 양의 자료를 구할 수 있었다.

미켈란메디센터의 바이오셀 임플란트는 한마디로 성형에 필요한 거의 모든 종류의 보형물에 자가 줄기세포를 주입하는 기법이었다. 이 경우 자가 줄기세포는 만능의 손이라 해도 좋을 만큼 엄청난 효능을 발휘하고 있었다.

지방조직의 경우에는 지방조직대로 연골조직은 연골조직대로 흡착과 성장에서 적절하면서도 뛰어난 기능을 발휘한다고 공표하고 있었던 것이다. 문제는 어떤 바이오셀 줄기세포가 그 효능을 발휘하는 것인가에 있었는데 미켈란 바이오랩이 그 암호 해독의 문을 열었다는 것이다. 알려진 바로는 미켈란은 성체 줄기세포를 이용하고 있었는데 이는 체세포 복제 줄기세포를 만드는 단계까지는 이르지 못했다는 뜻이었다.

이제 현구며 그의 스태프들을 만나 인터뷰를 할 차례였다. 그랬는데 난데없는 지나미의 사망 소식은 민호에게도 적잖이 신경 쓰이는 일이었다. 사건에 미켈란이 연관되어 있다고 했기 때문이었다.

민호는 나름대로 지나미 사건의 추이를 쫓았다. 그는 왜 현구의 병원이 언론에 오르내리는지 추적해 들어갔다. 마침 사회부의 윤영미 기자가 편집국 내에 있었기에 비교적 쉽게 상황을 파악할 수 있었다. 이제 막 수습을 떼고 사회부에 배속을 받은 초년생인 윤 기자는 신문사 내에서도 유난히 그를 따르는 축에 속했다. 특히 최근 광우병이며 신종 코로나 메르스에 관한 시민들의 반응을 다룬 기사를 쓰면서 그에게 적잖은 도움을 받았던 터라 더 각별했다.

"그러니까 윤 기자가 가장 먼저 사건을 안 사람이라는 얘기네."

"네, 그래요 박사님. 그날 강남서에 갔더니 과학수사팀이 분주하더라구요. 평소 친하게 지내는 구 팀장님이 큰 사건이 났다고 귀띔해 주던데요."

영미는 신이 나서 본인이 알고 있는 상황을 상세히 설명했다. 민호도 그 덕에 사람이 죽었을 때의 처리 과정에 대해 막연하게 알았던 사항을 정리할 수 있었다.

사람이 집에서 죽게 되면 먼저 119 구급대에 신고를 한다. 위촉된 의사가 사망진단을 내리면 별문제 없이 대개 장례식장으로 정해진 병원 영안실로 시신이 이송된다. 그러나 타살의 의혹이 있으면 119대원이 경찰 112에 신고를 한다. 112는 지구대에 연락을 하여 경찰을 파견

한다. 타살의 의문점이 조금이라도 있으면 현장보존을 하고 본서의 과학수사팀이 출동한다. 이들은 현장의 사소한 것이라도 놓치지 않으려고 눈에 불을 켠다. 경찰은 검시의를 초빙하는데 대개 국과수 소속 의사인 법의관이 출동한다. 검시의는 일차 소견을 내고 의혹을 캐기 위한 부검 여부를 결정한다. 가족이 동의하지 않더라도 경찰은 부검 압수수색 영장을 청구해 부검을 하게 된다. 수사는 강력범죄 수사팀이 맡게 된다. 국과수가 부검을 맡게 되는데 가능한 빨리 부검을 해서 사흘장, 닷새장이 이루어질 수 있도록 가족에게 시신을 인도한다. 시신이 병원 장례식장으로 안치되는 동안에도 수사는 계속 진행된다.

"그러니까 지금 지나미 씨 시신은 국과수에 있다는 말이지?"

민호가 수첩에 메모하면서 윤 기자에게 물었다.

"네. 아마 지금쯤 부검 결과가 나왔겠네요. 검시의 말로는 부검하고 말고 할 필요도 없다고 자신하던데요."

"그러니까 누가 주사를 놨느냐 하는 게 관건이 되겠군."

"박사님, 혼자서 스스로 정맥주사를 놓을 수 있어요?"

"쉽지는 않지만 놓을 수는 있지. 주로 마약중독자들이 그 짓들을 하지만."

15
리스트

 강동혁 팀장은 리스트를 만들어 지나미의 주변 인물들을 하나하나 탐색해 들어갔다. 일단 자살의 가능성은 배제한 일이었다. 사건 발생 사흘이 지났지만 모든 것이 오리무중이었다. 지나미의 사인이 과량의 마약 성분과 미켈란메디센터에서 쓰는 프로포폴 과다 주사였다는 것만 밝혀진 상태였다.

 부검 결과는 비교적 빨리 나온 편이었다. 사망자의 혈액에서 소량의 진통제와 안정제, 알코올과 필로폰 성분이 제법 나왔고 몇 종류의 신종 마약 성분도 소량 발견되었다. 문제는 치사량의 프로포폴 성분이 검출된 것이다. 이외에 다른 특이한 외부 임상소견은 없었다.

 범행에 쓰였을 주사기는 나오지 않았다. 현장 사정을 가장 잘 아는 가정부의 행방이 묘연한 것과 더불어 사건 해결의 관건이었다.

 지나미의 주변은 생각보다 복잡했고 가족 관계에 얽힌 의문이 한두 가지가 아니었다. 그만큼 그녀의 지난 여정이 순탄치 않았다. 사생활 또한 알려진 이상으로 복잡했다. 일기장이나 검은 수첩은 발견되지 않았지만 그녀의 서랍에서 나온 명함들이며 사진 그리고 여행 기념품들이 대단했다.

동혁은 리스트를 만들어 하나하나 체크하기로 했다.

나현구, 48세. 서울 출신이며 지나미의 단골 성형의사로 미켈란 메디센터의 대표원장. 지나미를 마지막으로 만난 외부 인물로 여러 정황상 유력 용의자로 지목되고 있음. 문제는 범행 동기가 불분명하고 실제 범행을 입증할 증거 확보에 어려움이 많음.

장현자, 56세. 강원 사북 출신으로 사망자 지나미의 먼 친척? 10년째 가정부 일을 맡고 있음. 이혼 경력 있으며 아들 두 명이 있다고 알려져 있음. 매니저 장형철의 누이. 사건 후 종적이 묘연하며 유력한 용의자.

장형철, 49세. 지나미의 매니저로 그녀와 가장 가까운 인물이지만 적지 않은 갈등이 있는 것으로 파악됐음. 지나미 집을 수시로 출입할 수 있는 인물. 마약 공급 가능성이 있는 가장 유력한 인물. 공급받은 조직은?

지나리, 37세. 지나미의 이부(異父) 동생, 본명 강정윤. 알려진 바와는 달리 언니와 가깝게 지내지 않았던 듯함. 사건 당일 알리바이가 확실하나 여러 정황으로 보아 좀 더 취조해야 할 필요 있음.

최종설, 53세. 이브성형외과원장이며 대한성형외과협회장. 지나미의 고향 오빠로 후원자를 자처하고 있지만 여러 정황에서 의혹이 있는 인물. 매니저 장 씨와 갈등이 있었다는 제보가 있음. 미켈란메디센터의 줄기세포 항노화크림에 관심이 많은 것으로 알려짐. 근래에 친척이 운영하는 대형 요양병원 환자들에게 마약성 약물을 과다하게 처방한 건으로 내부자 제보가 접수됨.

지철준, 지철용. 지나미의 이복(異腹) 오빠들. 태백 일원에 거주하고 있으며 지나미와는 별 교류가 없었던 듯함. 큰 혐의점은 찾을 수 없으나 사망자의 재산과 관련하여 은근한 욕심들을 내비치고 있음.

강상수, 강윤수. 지나리(강정윤)의 남동생들.

김지돌, 39세. 성형외과 여의사로 나현구의 병원 동료. 지나미의 수술 후 치료와 점검을 담당했으며 문제의 프로포폴 유출과 관련이 있을 수 있음.

차미양, 32세. 나현구의 병원에 근무하는 수 간호원. 지나미의 수술 후 출장 도우미를 했던 간호사. 문제의 프로포폴 유출과 관련이 있을 수 있는 인물.

박강재, 61세. 5선 국회의원으로 유력한 대선 후보. 최종설의 고향 선배로 여러 연예인 특히 지나미와의 스캔들로 한때 떠들썩했음.

서창수, 45세. 박강재 의원의 비서관으로 박 의원의 수족 같은 인물. 정치판에서 잔뼈가 굵은 인물로 최근 불거진 지나미와 박 의원과의 스캔들 수습에 책임을 지고 있는 인물로 지목되는 등 지나미와 접촉 많은 편임. 황재국, 장형철과 선후배로 얽혀져 있음.

황재국, 45세. 인기가수 고수정의 애인 겸 매니저. 장형철과 마약으로 얽힘. 연예계 마약 보급망의 주요 인물일 가능성 큼.

그 외 미켈란메디센터, 이브성형외과, 평화요양병원 등에 근무하는 임직원들의 근황 및 계좌 추적으로 이상한 금전 흐름 체크 필요.

여기까지 정리했을 때 갑자기 책상 위 전화벨이 울렸다. 수화기 저편에서 서장의 목소리가 울렸다.

"강 경위 바쁜가? 내 방으로 좀 오지."

서장이 직접 찾는 일은 드문 경우였다. 동혁은 전화를 내려놓고 매무새를 갖추면서 서장실이 있는 3층으로 올라갔다.

서장실에는 의외의 인물이 앉아 있었다. 지나미의 동생인 지나리였다. 언니만큼 유명세를 타지는 않았지만 그녀도 요즈음 브라운관에 얼굴을 자주 내밀고 있는 젊은 스타 중의 한 사람이었다.

"어제는 사람들이 많아서 할 말을 다 못했다는군."

서장이 동혁을 나리의 앞자리에 앉으라고 권하면서 먼저 입을 열었다.

"담당 형사님은 이 사건을 어떻게 생각하고 계세요?"

선글라스를 벗으면서 나리가 물어왔다. 그녀의 얼굴이 부석했다.

"글쎄요. 간단히 답할 사건은 아닙니다."

"우리 언니 결코 자살할 사람 아닌 건 아시죠?"

"글쎄 저희로서야 뭐라 말씀드릴 단계는 아니고 미심쩍은 부분이 상당히 있다고 보고 수사하고 있습니다."

지나리의 태도에는 경찰이 사건을 자살로 종결할까 봐 걱정하는 기색이 역력했다.

"언니는 절대 자살할 사람이 아닙니다. 누군가 밤에 들어와서 그렇게 한 거죠."

"그 누군가가 문제입니다. 혹시 짐작 가는 인물이라도 있습니까?"

동혁은 짐짓 나리에게 물었다.

"그걸 형사님이 찾아 주셔야죠. 그게 경찰의 임무 아닌가요?"

옆에 앉아 있는 서장이 빙그레 웃었다.

"뭐 특별히 집히는 일이라도 있습니까?"

"언니의 죽음에 마약과 돈 문제가 크게 개입돼 있으리라는 것을 말씀드리려 왔습니다."

"마약과 돈 문제라뇨?"

"언니에게 마약을 대주는 조직과 금전 문제가 있었던 것 같아요. 더구나 최근에 일본 주식에 투자를 해서 큰돈을 벌었는데 그 때문에 사북 그룹과 많이 다퉜다는 얘기를 했어요."

마약 조직, 증권 투자, 그것도 일본 증시와 일본의 조직폭력배 집단인 야쿠자와도 얽혀 있었다.

동혁은 이번 사건이 녹녹하지 않다고 다시금 느꼈다. 아직 지나미의 재산 관계에 대해서는 전혀 손도 못 대고 있는 상황이었다. 하지만 연예계의 억척 또순이로 알려진 그녀의 재산이 꽤 될 것이라는 얘기는 널리 퍼져 있었다.

강 형사는 진 형사에게 가족에 얽힌 앙금이나 금전 관계도 은밀하게 추적하도록 해야겠다고 마음속으로 결정했다.

16
박강재

의원회관 507호.

이 방의 주인인 박강재 의원이 오전 10시경 반쯤 열려 있던 문을 열고 들어섰다. 앉아 있던 직원들이 모두 자리에서 일어서며 목례를 보냈다.

강재는 그들에게 눈길도 주지 않고 맨 안쪽의 방으로 걸어가면서 뒤에 서 있는 서창수 비서관에게 말을 던졌다.

"새로운 소식 들어온 것 없나?"

"소식이라뇨, 의원님?"

"지나미 사건 말이야. 엊저녁에 김광우 안 만났어?"

김광우는 강재가 특수부 검사장으로 있을 때 그 밑에 데리고 있던 직속 후배였다.

"시간을 낼 수 없다고 해서 못 만났습니다. 특별히 새로운 건 없는 것 같습니다."

"같습니다가 뭐야! 바짝 달라붙어 엉뚱한 소리 나오지 않게 하라는 얘기 못 알아들어?"

"잘 알고 있습니다, 후보님. 저어…….”

"뜸 들이지 말고 시원하게 말해봐.”

"사실은 실탄이 좀…….”

"그건 걱정하지 말고 넉넉하게 써. 포탈과 여론조사도 신경 좀 더 쓰고. 모든 미디어 광범위하게 챙기란 말이야. 좋지 않은 뉴스나 쓸데없는 스캔들은 아예 싹부터 잘라내 버리고!”

"네. 그쪽도 꾼들이 꾸준히 작업하고 있습니다.”

"자네 요즘 무슨 일 있어? 넋 나간 사람처럼 멍하니 있기 일쑤고. 뛰어, 좀 뛰란 말이야.”

강재는 지나미 사건이 초미의 관심사였다. 선거가 임박해 있는데 자꾸 이런저런 소리가 튀어나오면 득이 될 것이 없는데 기껏 막았다고 생각한 스캔들이 다시 불거지는 느낌이기에 초조해질 수밖에 없었다. 이번 경선만 이기면 대권은 손쉽게 손아귀에 넣을 수 있다고 여기는 그로서는 더욱 그랬다.

강재는 자신의 자리에 앉자마자 휴대폰 버튼을 눌렀다. 이내 종설의 굵직한 목소리가 들려왔다.

"위원장님, 일찍부터 어쩐 일이십니까?”

"음, 좀. 지난번에 얘기했던 것은 어떻게 되어가고 있나 해서…….”

"사북의 형님이 이미 잘 준비해 놓았습니다. 조금도 걱정하지 마십시오. 몇 달 있으면 대통령에 취임하게 되실 텐데요, 허허허.”

"고맙네. 그리고 참, 아침에 갑자기 생각이 났는데 도쿄에 가기로 했던 것 어떻게 되는가 싶어서. 아무래도 어렵겠지?"

"상황이 이렇게 됐으니 함께 행보하는 것은 어렵지 않은가 싶은데요. 이번엔 형님만 가셔야겠습니다. 형님이야 비석 문제도 있고 하니까."

"그쪽 사람들이야 지나미를 더 기다리고 있을 텐데. 뭐라고 하지? 이번 일이 이래저래 상황을 복잡하게 만들고 있어. 영 불편해."

"그래도 죽은 사람만 하겠습니까?"

하긴 그랬다.

전화기 폴더를 덮고 나서 강재는 새삼 지나미를 생각했다. 안 되긴 안 된 일이었다. 그 억척스럽던 나미가 어떻게 그리 쉽사리 세상을 떠날 수 있단 말인가 싶었다. 자신이 그녀의 암팡지고 파탈한 매력에 빠졌던 것은 사실이었다. 그녀는 파고 또 파도 마르지 않는 샘과 같은 여인이었다. 그녀의 죽음을 대하고도 태연한 척해야 하고 파문이 자신에게 밀려오지 않을까 전전긍긍하는 모습이 스스로 생각해도 비겁했다.

'사내란 동물은 어쩔 수 없다니까.'

혼자 되뇌이며 죄책감이 드는 것은 어쩔 수 없었다.

지나미를 처음 만났던 때가 떠올랐다. 마담뚜로 알려진 임 마담 소개로 최종설 원장네 집들이를 겸한 가든 파티에서였다. 그녀의 이름은 알고 있었지만 인사를 나눈 것은 그때가 처음이었다.

"의원님 손이 참 부드럽네요. 공안 사범 때려잡던 손이 아닌데요."

악수를 나누면서 그녀가 던진 첫마디였다. 자신이 공안검사 출신이라는 것을 잘 알고 있다는 멘트였다.

그날 그녀는 좌중의 요구에 선선히 반주도 없이 노래를 불렀다. 그때 처음 듣는 노래였는데도 멜로디며 가사가 친근했다. 그녀의 음색과도 썩 어울리는 노래였다.

'보고파 하는 그 마음은 그리움이라 하면
잊고저 하는 그 마음은 사랑이라 말하리.'

이 노래는 그 후 도쿄의 가라오케 바에서도 들을 수 있었고 지중해 연안의 유람선에서는 지나미가 자신만을 위해 불러 줬었다.

'두 눈을 감고 생각하면 지난날은 꿈만 같고
여울져 오는 그 모습에 나는 갈 곳이 없네.'

강재는 자신의 눈가가 축축해지는 것을 느끼고 아침부터 이게 무슨 꼴인가 싶었다.

'큰일을 생각하는 사람이 나약해 져서는 안 되지.'

스스로도 계면쩍기는 하지만 사극에서 들었던 '군왕은 무치'라는 말이 떠올랐다. 지금으로선 불똥이 자신에게 튀는 것만큼은 막아야 했다. 강재로서는 일본군 사령관 도고 헤이하치로 제독의 전승비를 돌려주는 일을 계속 추진해야 했다.

1905년 5월 27일 새벽, 거제 앞바다에서 아시아의 작은 나라 일본 해군이 유럽의 노대국(老大國) 러시아 발틱 함대를 섬멸한 충격적인 일이 발생했다. 쓰시마해전(對馬海戰)이라 불리는 이 전쟁은 러시아 해군의 참패로 끝났고 20세기 역사의 파행적 전개를 예고하는 의미심장한 사건이었다. 그 결과로 일본은 한반도와 대륙 진출에 대한 발언권뿐만 아니라 세계의 공인을 얻게 된 셈이었다. 청일전쟁 승리에 이어 러시아마저 물리침으로써 동아시아에서 일본을 거추장스럽게 막는 것은 이제 아무것도 없었다.

일본은 이 해전 직후 거제도의 송진포를 점령해 해군사령부를 설치했고 이 일대를 전쟁기념 공원으로 조성하고 당시 사령관이었던 도고를 추앙하는 비를 건립했다. 높이가 6m인 이 승전비는 진해에서 만들어 송진포까지 배를 이용하여 옮겼다는데 제막식과 함께 성대한 기념식까지 개최하였다고 한다.

일제가 패망한 후 이 기념비는 거제 군민의 애물단지가 됐음은 자명했다. 하지만 워낙 단단하게 만들어진 탓에 도저히 '뿌사버릴' 수가 없어 해군 공병대까지 동원해서 떼어내 인근 동네 개천의 돌다리로 사용했다는 것이다.

70년대 들어 국내 어느 교수가 이 지역의 향토자료를 조사하던 중

돌다리로 사용하고 있는 사각 돌을 판독해 보니 도고 헤이하치로 제독의 비였다. 교수가 거제 경찰서장을 찾아가 치욕적인 문화유산도 문화제인데 돌다리로 사용해서야 되겠냐며 따졌고, 이 비가 경찰서로 옮겨지자 보도기관이 관심을 표시했다. 정밀 판독한 결과 일본의 전쟁영웅 도고의 친필이 새겨져 있었기에 일본인들이 더 관심을 가졌다. 그 후 일본인들이 이 비를 일본으로 가져가는 대가로 새마을 사업비를 내놓겠다는 제안 등을 했지만 거제의 문화예술인들이 극력 반대했기에 성사되지 않았다.

80년대에는 친일 성향의 문화교류 협회의 간부들이 일본에 가서 이 비의 복원 계획을 이야기하자 일본 측에서 큰 관심을 보이면서 자신들이 민자 3억 엔을 내겠다고 했었다고 한다. 82년 봄, 당시 대통령이 초도순시 때 건의를 받고 복원을 지시해 급물살을 타는 듯 했었다. 그러나 치욕의 역사를 복원하는 것은 잘못된 일이라는 여론이 비등함에 따라 경남지사가 기자회견을 통해 잘못을 시인하고 앞으로 비석 복원을 재론치 않겠다고 해서 일이 일단락 지어졌었다.

90년대에는 이 비와 임진왜란 때 우리의 의병이 왜군을 물리친 전승을 기념하는 북관대첩비 환수와 연관해 거론되기도 했다. 일본 후쿠오카에 있는 한 신사에서 도고의 비를 자신들에게 준다면 북관대첩비를 환수하는 일에 적극 협조하겠다는 의사를 외교부를 통해 공식적으로 타진해 왔던 것이다. 한국 정부는 긍정적으로 검토했지만 당초부터 우리 영토 내에 있었던 문화재를 타국과 상호 교환할 수 있는 근거 규정이 없다는 결론이 남에 따라 이 또한 무산되었다.

 어찌 됐건 북관대첩비는 환수됐고 일본인들이 애타게 바라는 길이 2미터 10센티, 폭 1미터 53센티인 두 토막난 비석은 거제 시청에 보관되어 있고, 강재는 이 비석을 일본에 넘겨주는 일로 생색을 내려고 하는 중이었다.

17
메스를 든 정신과 의사

"원장님 괜찮으세요?"

지돌이 세미나 준비를 하고 있는 현구에게 다가와 물었다.

"괜찮지 않으면 어떡하라고."

병원 일이 말이 아니었다. 세상인심 조석변이라고 했는데 지나미 사건에 미켈란이 연루돼 있다는 얘기가 퍼지자 사흘도 되지 않아 문의 전화도 절반 수준으로 떨어졌고 특히 유명인의 예약 취소가 줄을 이었다. 얼마 전만 해도 미켈란에서는 상상을 할 수 없는 일이 벌어지고 있었다.

현구는 환자가 끊긴 한가한 틈을 타 연례 성형학회 컨퍼런스에서 발표하기로 한 '세포재생 테라피'에 대한 파워포인트 슬라이드를 준비하고 있었다.

'세포재생술'은 미켈란메디센터에서 진행하고 있는 자가 지방 줄기세포 임플란트 시술의 의학적 명칭이었다. 이것은 허벅지나 복부에 들어있는 지방조직에서 줄기세포를 분리해 피부에 주입함으로써 생착율과 피부재생 효과를 높이는 획기적인 성형기술로 성체 줄기세포의 실용화를 눈앞에 다가왔다는 찬사를 듣고 있는 신기술이었다.

환자 자신의 지방조직에서 줄기세포를 배양해 주입함으로써 자가 지방만을 이식할 때보다 훨씬 높은 생착률을 보여 주름과 탄력 개선 효과가 지속된다는 장점이 있었다.

주입된 자가 지방 줄기세포는 지방 속에 혈관을 증식시키고 혈류량을 늘려서 지방의 생착율을 탁월하게 높였다. 줄기세포 자체도 지방세포·콜라겐·섬유소로 분화되어 피부재생을 촉진하는 효과를 가져왔다. 이 기술로 제조된 자가 지방 줄기세포 임플란트는 자신의 신체에서 채취한 조직을 사용하기 때문에 거부반응이 없다는 것이 큰 장점으로 미용성형뿐 아니라 화상이나 동상, 흉터 등의 치료에 폭넓게 활용될 수 있었다. 수십 명의 환자에 대한 임상실험 결과 수술 한 달쯤 후에 주름이나 광대뼈, 함몰 부위가 되살아났던 것이다.

미켈란 바이오랩의 자가 지방 줄기세포를 이용한 미용성형술은 국내 업계 최고가의 로열티를 받고 미국과 EU 등에 수출하려 하고 있었다. 이미 다국적 투자 그룹과 계약을 마친 상태였고 학계와 업계의 관심이 지대했다.

현구는 가끔씩 지돌에게 미안하다는 생각을 했었다. 어쩐지 그랬다. 자신이 아니었으면 대학병원에서 유능한 기초의학 분야 연구자로 많은 업적을 남길 수 있었을 텐데 이 바닥에 와서 선수가 되어 있으니 말이다.

성형외과 의사들이 갖는 일종의 자격지심 혹은 자괴감에서 기인하는 단어가 바로 '선수'였다. 의술을 펼치는 의사가 아닌 돈이나 밝히는 미용 선수가 되어 있는 것이 아닌가 하는 자괴감이 전혀 없지는 않았다. 형제처럼 여기라는 동업자들을 만나고 돌아올 때면 자신이 좋아하는 일을 하고 있다고는 해도 과연 이 히포크라테스 선서를 지키고 있는가 스스로 돌아보게 되는 것은 어쩔 수 없었다.

며칠 전만 해도 나환자들을 형제처럼 여겨 나환자 촌에서 평생을 바친 시대의 슈바이처 김만종 선생이 세상을 떠났다는 기사를 읽으면서 숙연해지는 자신을 느꼈다.

"김 선생은 나를 원망하지는 않아?"

"무슨 말씀이세요, 원장님."

"나 아니었으면 학교에서 좋은 연구자의 길을 걸었을 텐데 아수라장에 끌어들인 것 같다는 생각을 하곤 하거든."

"아수라장이라니요. 원장님도 별생각을 다 하신다. 걱정하지 마세요, 저도 나름대로 다 잘하고 있습니다."

"가끔씩 회의가 드는 것은 어쩔 수 없잖아?"

"자기 일에 백 프로 만족하는 사람이 어딨어요?"

지돌이 현구를 위로하고 격려하는 형국이 되어 버렸다.

"원장님, 저 이 병원에 데려오면서 하신 말씀 벌써 잊어버리셨어요?"

"뭐? 성형외과 의사는 메스를 든 정신과 의사라는 얘기?"

"네, 그 말씀이요. 기초의학을 하려 했던 저에게 얼마나 힘이 되고 용기를 준 말씀이었는데요."

"외모에 대한 상대방의 자극은 상처를 넘어 성격의 변화에도 영향을 줄 수 있음을 알아야 합니다. 성형 수술로 콤플렉스를 극복하고 자신감을 찾는 환자를 보면 의사로서 보람을 느끼곤 하지요. 성형을 부정적으로 보는 사회적 시각이 많은데 성형의 순기능을 생각하면 부정적으로만 치부할 의술이 아닙니다. 성형외과 의사는 메스를 든 정신과 의사입니다."

그랬다. 현구는 성형외과 의사는 메스를 든 정신과 의사라고 생각하고 있었다.

'메스를 든 정신과 의사.'

이는 환자가 지닌 신체적 결함과 모자라는 부분을 고쳐주어 정신적인 만족과 자신감을 갖도록 해주기에 나온 말일 것이다.

사람들과 대화를 해보면 성형 수술에 대한 편견을 가진 사람들을 의외로 많이 만나게 된다.

하나는 성형 수술 맹신주의자로 자신의 스타일과 외모를 바꾸기 위한 조그만 노력도 기울이지 않고 수술만으로 뭐든지 완벽하게 해결될 수 있으리라는 허황된 믿음을 가진 사람들이다. 이런 사람들은 스스로의 결과에 만족하지 못하며 수술 결과에 너무 집착해 매일 거울만 들여다보며 세월을 보내는 경우도 볼 수 있다.

또 한 부류는 성형 수술 기피주의자이다. 성형 수술은 무조건 잘못된 것이라고 믿고 수술 받는 사람들을 의식이 결핍된 무지한 사람으로 치부해 버리는 경우다.

성형 수술, 그 중에서도 특히 미용 성형 수술은 매력적인 모습을 만드는 데 그 목적을 두는 수술이다. 만약 신체의 일부에 결함이 있어 그로 인해 사회생활이 위축되고 자신감을 잃어버린다면 미용 성형 수술을 통해 그것을 극복하고 새로운 생활을 개척해 나갈 수도 있는 것이다.

현구의 초기 환자 중에 본명이 조모라는 여 가수가 있었다. 가창력은 뛰어난데 남자처럼 생긴 외모 때문에 콤플렉스를 가지고 있었고 매사 소극적인 사회생활을 해오던 여성이었다. 튀어나온 광대뼈며 각지고 짧은 턱으로 얼굴이 넓고 목이 짧아 보여 여성다운 부드러움이 없어 보이는 얼굴이었다.

수술은 머리카락 속의 절개를 통하여 광대뼈를 줄이고 납작한 이마를 보기 좋게 융기시켜 주었다. 동시에 입속 절개를 통하여 각진 턱을 깎아낸 다음 작은 턱을 잘라낸 뼛조각을 이용해 크게 만들어 전체적으로 턱의 윤곽이 부드럽게 유지되도록 윤곽성형술을 시행하였다.

이차적으로 코 성형술까지 병행하여 전체적으로 부드러운 인상으로 바꾸어줄 수가 있었다. 너무도 바뀐 얼굴 때문에 주민등록증 사진까지 새로 찍어야 했던 그녀는 성격도 부드러운 이미지로 가수로서도 제법 성공할 수 있었고 현재도 많은 팬들의 사랑을 받고 있다.

현구를 포함한 대부분의 성형외과 의사들은 '어떤 여성이 외모에 대한 콤플렉스로 사회생활에 지장을 받고 있다면 성형 수술을 통하여 탈출을 시도해 보는 것이 현대를 살아가는 적극적인 신여성의 지혜로운 삶의 방식이다. 그것이 콤플렉스란 지독한 질병을 치료하는 의사의 사명이 아니냐?'라고 강변하고 있었다.

대부분의 사람들은 개성 있는 외모를 희화화한 별명으로 놀림을 당하면 콤플렉스로 작용할 수 있다. 특히 한창 민감한 사춘기 때 외모에 대한 별명으로 인해 성격까지 내성적으로 변화될 수 있다.

졸려 보이는 눈, 튀어나온 눈, 들창코, 넓은 콧구멍, 두꺼운 입술, 광대뼈, 주걱턱, 긴 얼굴 등이 별명을 얻는 대표적인 외모상인데 이런 경우 청소년기에 참았다가 고등학교 졸업과 동시에 성형외과를 찾아 교정을 받는 사례가 많다. 대부분은 콤플렉스로 여기는 부위를 성형 수술을 받은 후 더 아름답게 변화된 모습을 보고 잃어버렸던 자신감을 되찾는다.

현구는 성형외과를 택하는 데 몇 가지 원칙이 있었고, 자신의 결정을 후회한 적은 없었다. 첫째, 생리학, 약리학, 미생물학 등 기초의학이 아닌 본격 임상의학을 한다. 둘째, 진단방사선과, 임상병리과 등 서비스 파트가 아닌 환자를 직접 보는 과를 선택한다. 셋째, 내과, 소아과, 정형외과 등 환자를 많이 보는 과가 아닌 특수과를 선택하여 소수의 환자에게 나의 100%를 보여줄 수 있어야 한다. 넷째, 무엇보다 주위 사람들에게 좋은 영향을 줄 수 있는 과를 선택하여 내 자신에 자신감을 주고, 사회에 선을 행할 수 있어야 한다.

현구는 이런 4가지 기준에서 성형외과와 정신과를 두고 다시 고민을 했었다. 정신과의 경우 학문적으로 참 재미있고, 환자와 오랜 대화를 통해 진단과 치료를 이끌어낸다는 점에서 매력적으로 다가왔으나, 주위의 편견과 약간의 비과학적인 부분 그리고 치료가 약물과 상담으로 한정되어 있어 치료에 반응하지 않을 경우 후속 대책이 없다는 점이 단점이었다.

성형외과의 경우 일단 들어가기 힘들고, 어렵게 들어가서도 수련 또한 힘든 점이 단점이나 정신과와 비슷하게 환자의 콤플렉스 등 심리적 갈등을 치료하고, 그 치료 방법이 완치 수준인 수술이라는 점과 사회적으로 매력적인 이미지 등이 좋게 다가왔고, 여러 교수님들과 상의 끝에 성형외과를 한평생 걸어가야 할 길로 정하게 되었었다.

현구는 마음을 정한 후 성형외과 전문의가 되기 위해 미친 듯 노력하였고 실제로 오늘을 일궈낼 수 있었다. 의사라기보다 예술가가 아닌가 하는 그런 자조와 자괴가 들 때도 있었지만, 많은 보람을 찾을 수 있었고, 미다스의 손이라는 칭호까지 들었다.

그리고 지돌 같은 보배로운 후배를 만나 의료 바이오 공학의 사업에도 일취월장하고 있는 것 아닌가. 그런데 형설(螢雪)의 공으로 일궈낸 오늘이 너무도 우연히 다가선 어처구니없는 상황으로 균열이 가고 있었던 것이다.

현구는 애써 태연한 척했지만 무언가 불길한 예감을 떨칠 수 없었다. 최 원장이 가장 먼저 떠올랐다. 지나미를 알게 된 것도 그가 소개한 때문 아닌가. 나서기 좋아하는 그는 대한성형외과협회장이라는 그럴듯한 직함을 명함에 박고 있었지만 이 협회는 이름만 번드르르한 단체였다.

18
비밀지대

태백은 삼한시대의 진한에 속한 부족국가로서 삼척의 실직국에 속한 것으로 기록되어 있고, 1920년 삼척군의 황지에 면사무소가 설치되었다. 1960년대 황지 지역 광산 개발로 황지가 급속히 발전함에 따라 1973년 7월 대통령령에 의하여 장성읍 황지 출장소가 황지읍으로 승격되어 태백은 장성읍과 황지읍으로 분리되었다. 이후 1981년 7월 삼척군 장서읍과 황지읍을 합하여 태백시로 승격되었다.

교통이 불편하고 오지의 탄광촌으로 이루진 낙후된 경제 발전을 위해 석탄의 역사와 지형적인 산간 지역으로서 태백의 자연(태백산, 용연동굴), 역사, 문화예술, 문화재, 민속놀이, 백두대간 눈축제 및 한강 - 낙동강 - 오십천 삼강(三江)의 발원지 등 다양한 볼거리로 엮어 많은 관광객이 줄을 잇도록 만드는 프로젝트. 그 첫 번째가 국내 최초의 석탄박물관이었다.

'황지리 석탄 생활 체험관'은 민간이 주축으로 지역경제 활성화를 위해 만든 사단법인으로, 표면상으로는 최종설 원장의 먼 친척이 이사장으로 되어 있으나 실제로는 이복형인 최종욱이 소유하고 있었다.

　황지리 석탄 체험관은 입구 첫 번째 방에 있는 시청각실에서 지구의 탄생부터 지구를 구성하는 물질을 배울 수 있고, 석탄이 생성되는 과정 및 채굴하는 여러 가지 방법과 탄광 갱 안에서 작업하는 전체 과정을 현장감 있게 한눈에 볼 수 있다.

　이어서 제1전시실에서 제5전시실까지 지질관, 석탄의 생성 및 발견관, 석탄의 채굴 및 이용관, 광산 안전관으로 이루어져 있다. 그리고 엘리베이터를 타고 지하로 내려가서 제5전시실인 체험 갱도관에서 옛 탄광 갱도를 생생하고 실감있게 체험할 수 있다.

　지하 체험 갱도관은 탄광의 갱도를 실제 상황과 가깝게 모형으로 연출해 놓았고, 갱도의 유형에 따른 채탄 모습 및 각종 장비들을 이용한 작업 현장을 시대별로 연출하여 관람객이 직접 느낄 수 있도록 생생하게 만들어 놓았다.

　특히 마지막 생활관에서는 견학자들이 실감나게 배울 수 있도록 실제로 캐낸 여러 종류의 석탄을 종류별로 태워 보여주고 있다.

　무연탄은 주로 남한에서 많이 나오는데 북한에서는 유연탄이 나오는 곳도 많다. 무연탄은 불이 붙는 온도가 높아 처음에는 불이 잘 붙지 않지만 일단 불이 붙어서 타기 시작하면 화력이 강하고 연기가 나지 않는다. 무연탄은 주로 가정 연료로 사용하는데 타면서 내뿜는 일산화탄소는 연탄가스 사고의 원인이 된다.

　유연탄은 역청탄, 갈탄, 토탄의 세 종류로 나뉘는데 석탄화 작용이 덜 되어 탄소의 양은 적으나 불이 잘 붙는다. 무연탄보다 화력이 강하며 노란 불꽃을 내며 탄다. 주로 화력 발전용, 제철소 제조용, 화학 공업 연료 등으로 쓰인다. 특이한 점은 여러 곳에서 실제로 타고 있는 데도 특수 환기 장치 때문에 냄새가 전혀 나지 않고 아주 쾌적한 실내를 유지하고 있다는 점이었다.

석탄을 채굴하는 광산 안은 일반 대기 중의 공기와는 달리 여러 원인에 의해 질식성 가스인 탄산가스, 유독성 가스인 일산화탄소, 폭발성인 메탄가스와 유황 성분도 섞여 있다. 이것이 사고의 원인이 될 수 있기 때문에 가장 현대식의 환기 장치를 설치하여 폐광의 갱도의 천장을 따라 깊은 산속으로 배출하도록 해놓았다.

건물 뒤에 위치한 직원 전용 주차장은 승인을 받은 직원들만 특수 센서를 이용해 들어갈 수 있었다. 직원 전용 건물로 들어가 지문인식으로 작동하는 엘리베이터를 타고 내려가면 현장 실습을 하는 체험 갱도가 막힌 옆 벽면 길이 나온다. 다시 몇 군데의 단계식으로 미로처럼 막혀 있는 벽의 비밀문을 열고 들어서면 체험 갱도의 꽉 막힌 곳의 뒷편 옛 갱도로 연결된다.

이 갱도가 꺾인 경사면을 따라 50미터 가량 더 들어가면 레일이 깔려 있고, 조그만 레일카를 타고 300미터를 더 들어가 갱도가 끝나는 곳에 조그만 출입구가 있었는데, 코딩이 되어 있는 특수 카드와 홍채 인식 장치의 승인이 나야만 문이 열리게 되어 있었다.

이 안은 테니스장 크키의 넓은 공간으로 되어 있고 최신식 실험실 및 제약장비가 꽉 들어서 있다. 마약을 생산할 때 발생하는 특유의 냄새는 특수 환기시스템을 통해 갱도 끝부분에서 합법적으로 운영하는 체험갱도 환기시스템에 연결되어 있고 깊은 산중으로 은밀하게 내보내고 있어 아무도 눈치 챌 수 없는 구조였다.

이곳에서 순도 99.9%의 필로폰이 생산되고 포장되어 주로 일본 최대의 야쿠자 조직으로 밀반출되고 있어 막대한 수입을 창출하는 캐시카우 역할을 톡톡히 하고 있었다. 더구나 생산과 판매조직이 철저하게 나뉘어 점조직으로 관리되고 있어 국내외 감시망을 뚫고 안전하게 사업망을 키워왔던 것이다.

실험실 뒤편에 원료 및 보조기구들이 잘 정리되어 쌓여 있고 맨 구석에는 제법 큰 냉장고가 놓여 있다. 이것을 살짝 비키면 판판한 벽면만 보이는데 특정한 부위에 손바닥을 대면 비밀 방을 들어가는 문이 열린다. 이 비밀방을 아는 사람은 조직의 최고위 3명뿐이었다.

이 방은 7성급 호텔의 스위트 룸을 그대로 옮겨놓은 듯 최고급 환기시설과 방음시설 및 최첨단 경보 시스템을 갖추고 있었다.

"형님, 사업은 잘 되지요?"

"이젠 시스템이 굴러가니까 걱정 없네. 요양병원 쪽에 약간 잡음이 있었지만 그 양반 덕을 좀 봤네 그려. 이젠 곡간이 차곡차곡 쌓이고 있으니……. 흐음."

"박 의원님이 우선 500억 정도 급히 맞춰달라고 합니다."

"천 개 정도 생각하고 있었는데 다행이네. 박 후보, 이번 대선은 확실한 건가?"

"스캔들이 있어 표를 좀 깎아 먹었지만 아직까지는 여권의 가장 강력한 주자입니다."

"보수 쪽에서 절대적인 지지가 있다고 듣고 있네만……."

"그럼요 형님. 대부분 큰 신문들과 미디어도 이쪽 편입니다. 이번엔 정녕 저희 황지리팀이 이 나라를 잡을 겝니다."

두 형제는 글라스를 힘차게 부딪치며 독한 위스키를 한입에 털어넣었다.

19
표정의 이유

박강재는 마음이 급했다.

여당의 5선 중진 의원으로서 이제 세 달밖에 안 남은 전당대회에서 무난히 차기 대통령 후보로 선출되리라 예상하고 있었는데, 최근 여론조사에서 2위와의 격차가 좁아지고 있다는 보고였다. 야당과의 격차가 너무 커 보수 여당의 후보로 선출된다는 것은 곧 대통령에 당선된다는 것이나 마찬가지였다.

"나 박사, 나 좀 손봐 주셔야겠습니다."

"아니, 지금도 번쩍번쩍하신데 어딜 또?"

"어허, 농담 마시고. 요즘에 들어 20대 특히 젊은 여성표가 갑자기 저쪽 젊은 후보자에게로 바뀌고 있다고 해요. 내 참모진들이 그러는데 나의 미간 주름 때문에 너무 완고해 보여 여론조사에도 영향을 미칠 수 있다고들 하는데. 나 박사는 어떻게 보시나요?"

"아 네. 좀 답답해 보이고 완고해 보일 수 있다고 할 수 있지요. 흔히

'짜증 주름'이라고도 부르는데 걱정이 많거나 예민한 성격인 사람들에게 많이 나타나지요. 눈썹 양끝과 코의 윗부분을 연결하는 근육인 '추미근'을 자주 사용할 때 내 천(川)자 모양으로 생기는데 한번 자리를 잡으면 아예 줄이 그어지게 되므로 인상에 매우 좋지 않은 영향을 준다고 할 수 있지요. 그래서 제가 평소에 많이 웃으시라고 말씀드리지 않았습니까?"

"어허, 참. 이왕 하는 김에 이 입가주름도 함께 하지요. 가능한 빨리……."

"젊은 여성표가 많이 따라오겠네요. 하하. 바로 일정을 잡도록 하겠습니다."

"그리고 너무 대놓고 성형했다는 표가 안 나게 좀 부탁하오."

"그건 염려하지 마십시오. 한 이틀이면 전혀 표가 나지 않습니다."

"표심 끌려고 별짓 다 한다고 인터넷이나 유튜브에서 마구잡이식으로 떠들어들 대니까……."

"걱정하지 마십시오. 이 분야는 김지돌 선생이 더 섬세한 손매를 가지고 있습니다. 제가 곁에서 거들도록 하지요."

현구는 주름의 종류와 예방에 대해 간단히 설명했다.

주름은 '노화 주름'과 '표정 주름'으로 나뉜다. 나이 들면 노화 주름이 늘어나는 것은 자연스러운 이치이다. 문제는 젊은 사람들도 습관적으로 얼굴을 찡그리는 등 특정 부위 근육의 수축과 이완을 반복하면 주름이 생길 수 있다. 이것을 '표정 주름'이라고 하며 사람의 인상을 좌우한다. 일반적으로 짜증을 잘 내는 사람은 미간, 잘 웃는 사람은 눈가, 화를 잘 내는 사람은 입가에 주름이 많이 생긴다.

이마 주름은 이마를 움직이는 근육이 수축과 이완을 반복하면서 생긴다. 이마에 주름이 있으면 눈썹 근육도 늘어나 눈꺼풀 주름도 더욱 깊어진다.

미간 주름은 눈썹 사이에 수직으로 굵게 생긴 것을 말한다. 주로 한자 '내 천(川)'자와 비슷해 '내천자 주름'이라고도 한다. 주로 화가 자주 났거나 매우 싫은 상태일 때 주로 생긴다.

눈가 주름은 나이가 들면서 피부 탄력이 떨어져 생기는 노화 주름과는 다른 표정 주름의 대표적 예이다. 주로 잘 웃는 사람에게서 나타난다.

콧등 주름은 콧잔등 및 콧대 부위에 가로와 세로로 생긴다. 코를 자주 찡그리는 사람에게 많이 나타나며 얼굴 중심에 잡히는 주름이어서 더욱 눈에 잘 띄어 미관상 좋지 않다. 평소에 코를 찡그리지 않도록 주의해야 한다.

입가 주름은 나이가 들면서 피부 탄력이 떨어지고 볼이 처지면서 자연스럽게 생긴다. 입가 주위에 팔자 모양으로 생겼다고 해서 '팔자 주름'이라고도 부르며 습관적으로 자주 웃는 사람에게 잘 생긴다. 또한 담배를 많이 피는 사람에게도 잘 나타나며 이 경우엔 '스모킹 라인(smoking line)'이라고 한다. 담배를 물고 태우는 습관과 흡연으로 인해 피부 탄력이 떨어지면서 주름이 깊게 생긴다.

이처럼 사람의 얼굴 주름이 말해주는 표정 습관 및 생활 습성도 의미하는 바가 크다.

사람의 표정은 얼굴에 있는 80여 개의 다양한 근육의 움직임으로 만들어진다. 이 중 2개의 근육만 움직여도 300여 가지의 다양한 표정을 만들 수 있다. 80개의 근육이면 수만 가지 표정을 지을 수 있다는 뜻이다. 문제는 이들 근육을 골고루 쓰지 않고 몇 개만 집중적으로 사용하는 습관이 피부에 굵은 주름을 만든다는 것이다. 이런 표정 주름을 예방하는 가장 좋은 방법은 가능한 자주 환하게 얼굴을 펴면서 웃는 것이다.

강재의 처 안순미는 옆방에서 김지돌 선생의 치료를 받고 있었다. 얼마 전 강남에서 가장 유명하다는 이브성형외과에서 콜라겐주입 시술을 받았는데 이상하게도 그 부위가 약간 부어오르고 가렵기도 하고, 주름골도 더 깊게 파이는 듯해 남편을 따라오게 된 것이었다.

"확대 거울 증후군이라고 해요."

"예?"

"실제로는 그리 심하지 않아도 집에서 매일 확대 거울을 들여다보면 자꾸 더 흉하게 느껴지는 것을 말해요. 즉 객관적인 모습보다는 왜곡되어 찌그러져 보인다는 뜻이에요."

"이러다 점점 더 어그러지는 경우도 종종 있다고 하던데요."

"스테로이드 크림을 드릴 테니 하루 두 번 엷게 바르도록 하세요. 저용량이니 부작용 염려 마시고, 차도가 있을 터이니 너무 걱정하지 마시고요."
 "고마워요. 언제 한번 클럽에 초대할게요."

20
성형의 현실

'성형 삐끼'

성형 미인 시대에 등장한 신종 아르바이트. 성형 수술자를 병원에 소개시켜 주는 대가로 커미션을 챙기는 '성형 삐끼'가 도처에 산재해 있다. 특히 여자들이 자주 드나드는 미용실과 웨딩숍 등의 사장이나 직원 가운데 많았다. 심지어 연예인 기획사 직원 가운데도 성형 삐끼로 일하며 부수입을 챙기는 경우도 있었다. 이들이 챙기는 커미션은 보통 수술비의 20~50% 정도였다.

요즘엔 강남의 고급 룸살롱 마담들 가운데서도 성형 삐끼가 있다. 룸살롱 사장은 새로 온 아가씨들에게 수술비를 빌려주면서까지 수술을 권하는 경우도 있었다. 물론 룸살롱 마담도 성형외과에서 일정액의 커미션을 챙길 뿐만 아니라 일부 마담은 이를 미끼로 '2차 윤락'을 강요하는 경우도 있다.

성형외과 상담실장이 직접 찾아와서 제안하는 경우도 있지만, 마담이 직접 병원을 찾아가 계약 조건을 제시하기도 한다. 대부분의 의사들은 굳이 거부할 이유가 없고 가뜩이나 경쟁이 치열하기 때문에 이를 수락한다.

최근에는 사채꾼도 성형 삐끼족 대열에 가담하는 것으로 알려졌다. 성형 삐끼를 통해 수술을 받게 된 사람 가운데서도 스스로 성형 삐끼가 돼 또 다른 사람에게 수술을 강요하는 경우도 있었다.

더구나 성형 미인 시대가 도래하면서 수술비를 대출해주는 은행까지 생겼다. 수술 견적서와 재직증명서만 가져오면 1,000만 원까지 무보증으로 대출해준다. 또한 압구정동에 있는 성형외과 20여 곳과 계약을 맺고 연리 12~14%의 '뷰티업' 대출 서비스도 시작했다.

인터폰이 울렸다.

"원장님, 임 마담님 전화인데요?

"알았어. 연결해"

종설은 살찐 돼지처럼 오동통한 백옥처럼 희디흰 젖가슴을 떠올리며 야릇한 미소를 지었다.

"입금한 것 잘 받았다고? 이번 달은 금액이 제법 크던데."

"앞으로 기대해보세요. 이제 본격적으로 시작할 테니."

"그래. 많이 소개해줄수록 임자도 좋고 나도 좋고. 님도 보고 뽕도 따고. 허허허."

"근데 한번 봐야지요."

"나도 몸이 근질근질해 언제 한번 몸을 풀기는 풀어야 하는데…….

호호호."

"호호. 벌건 대낮에 못 하는 말이 없어. 호호. 아 참, 허 회장님 사모님한테서 연락이 왔었나요?"

"아니. 아 잠깐, 한남동 누구라고?"

종설은 얼른 메모를 했다.

"그래, 고마워. 주말에 거기서 만나지. 단단히 각오하고 있으라고, 하하하."

종설은 핸드폰을 끊고 병원 전화로 번호를 눌렀다.

"손 여사님, 저 최종설입니다."

"네. 안녕하세요?"

종설은 전화선을 통해 들려오는 눅진하고 어눌한 목소리에 그녀의 나신을 상상하며 입에 침이 돌기 시작했다.

"아, 네. 임 마담한테 자세히 들으셨다고요?"

"네. 선생님에 대해서도 말씀 많이 들었고요."

"그래요. 그럼 결정하셨습니까?"

"아직은…… 그런데 질 이완으로 부부관계 잠자리 문제가 많은 중년들 중에 요실금으로 은근히 고생하는 이들이 의외로 많은 모양이지요?"

"그렇습니다. 네, 그거 의외로 심각한 문제입니다. 엊그제 신문 안 보셨습니까? 최근 조사 결과를 보면 40대 이상 여성의 3분의 1 가까이가 그 때문에 고통을 받고 있다지 않습니까. 출산 때문에 골반근육이

약해지고 질이 많이 이완됐기 때문입니다. 이 요실금을 방치하면 그대로 성기능 장애로 이어지지요. 그럴 때 혼자서만 속앓이하면서 자꾸 숨기려다 보면 결국 부부관계에도 악영향을 미치지 않겠습니까. 문제를 근원적으로 해결하려는 적극적인 자세가 필요한 것이지요."

"임 마담도 했나요?"

"네. 아주 만족하고 있지요."

"수술하고 나면 정말 처녀처럼 좁아지나요?"

종설은 그녀의 수줍은 척하는 모습이 그려져 미소를 머금었다.

"그렇죠. 틀림없습니다. 분만, 노화 등 여러 원인에 의하여 손상된 질 회음 골반을 처녀 때의 모양으로 복원시켜 주는 기능적 항노화 회춘술의 일종이지요. 다시 말해 질을 수축시키는 데 필요한 질 주변 근육과 근막을 정확히 교정함으로써 질의 입구에서부터 깊은 곳까지 좁고 탄력있게 만들어집니다.

"혹시 수술 후 부작용이라도……."

"그건 전혀 염려 안 하셔도 됩니다. 오히려 불감증과 요실금의 기능적인 교정이 동시에 이루어지기 때문에 부가적으로 얻는 것이 한두 가지가 아닙니다."

"잠자리에서 아프다던데."

"아프기는요. 꽉 조인다고 파트너가 무척 좋아하실 겝니다. 어허허."

"아이…… 참 선생님도. 네, 이제야 좀 안심이 되네요."

"다시 리셉션으로 전화 돌리죠, 예약하십시오."

그랬다. 피부과와 성형외과를 드나들며 겉보기에는 20대 못지않은 젊고 세련된 외모를 가꿨다 하더라도 몸속까지 20대로 돌아가는 것은 아니었다. 여성의 몸이 출산을 거치면서 여러 가지 변화를 겪게 되기 때문이었다.

종설의 지론인 문제 해결의 적극적인 자세가 바로 자신의 병원의 문을 노크하는 일이었다. 이브성형외과는 레이저 질 성형술 전문이었다. 이른바 '이쁜이 수술' 전문병원이다.

여성 성형 수술의 대표격인 이른바 기존의 '이쁜이 수술'은 질 축소 성형술을 말하며 질 내부는 그대로 둔 채 질 입구만 좁혀놓는 수술이기 때문에 삽입 시 통증이 생기고 애액이 감소하거나 오르가즘을 느끼지 못하는 등의 단점이 있었다. 한마디로 여성 자신보다는 남성을 위한 수술이라고 해도 과언이 아니었다.

하지만 레이저를 이용해 시술하는 질 성형술은 한 단계 발전해 이완된 질 입구부터 질 안쪽 깊숙한 근육까지 재배치, 상대방에게 만족감을 주는 것은 물론 여성 자신의 성감까지 향상시킬 수 있는 시술이었다. 그래서 조금 전 마담뚜 임 마담이 소개한 손 여사와의 통화에서 그렇게 기염을 토할 수 있었는지도 몰랐다.

또 하나 레이저 질 성형술과 함께 동시에 부가 서비스처럼 제공되는 시술이 있으니 이름하여 바로 레이저 소음순 절제술과 음핵성형술이었다. 일본에서 그가 이름을 날리는 것도 바로 이 수술 덕분이었다.

여성을 상징하는 부위이며 개인 특성에 따라 각양각색의 모양을 띠고 있는 소음순은 임신과 출산, 노화 등 여러 원인에 의해 모양에 변화가 생기게 된다. 균형도 일그러져 비대칭이 되거나 색소 침착이 심한 경우, 늘어난 소음순으로 인해 잦은 질염이나 방광염 등 위생상의 문제가 있는 경우, 성관계 시 소음순이 말려 들어가 통증을 느낀다거나 꼭 끼는 바지를 입을 때 불편함을 느끼는 경우에는 소음순 절제술로 문제를 해결할 수 있었다.

종설이 특장으로 시술하는 레이저 소음순 성형술은 단순히 늘어난 소음순을 잘라내는 것에만 주력했던 기존의 수술과는 달리 3차원 입체디자인과 다이오드 레이저를 이용해 출혈을 낮추며, 흉터 없이 안전하게 기능과 미적 감각 두 가지를 모두 만족시켜준다는 점에서 확실히 차별화된다고 기염을 토했다.

따라서 가늘고 예쁜 날개 모양의 핑크빛 소음순을 갖고 싶어 하는 20대 여성이나, 출산 후 늘어지고 검게 변한 소음순을 원상회복시키고 회음절개로 인한 상처를 없애고자 하는 신세대 주부들도 은밀하게 레이저 소음순 성형술을 많이 선택하고 있었다.

종설은 부끄러워서 고개도 잘 못 드는 여성 환자들에게 늘 이렇게 말하곤 했다.

"그 중요한 부분의 성형은 한번 수술이 잘못돼 모양이 일그러지면 평생 고생합니다. 더구나 재수술은 매우 어렵고 흉터도 크게 남을 수 있기 때문에 반드시 차별화된 전문병원을 찾아 숙련된 전문의와 충분한 상담을 통해 시술을 받아야 합니다. 흠흠……."

21
미심쩍은 증거

전혀 예상치도 않은 일이 벌어졌다.

강동혁이 구 반장으로부터 급한 전화를 받은 것은 지나미의 거래 은행인 서울은행 역삼지점에서 그녀의 계좌를 들여다보고 있을 때였다.

"야, 강 팀장. 너 렉스빌라에 급히 가봐야겠다."

"무슨 일인데요?"

"거기 경비원한테 신고가 들어왔는데 주사기가 발견됐데."

"그래요?"

그 길로 동혁과 석주는 렉스빌라로 달려갔다. 그러면서도 무언가 이상한 느낌이 들기는 했다. 왠지 작위적인 냄새가 풍겼다.

'그날 그렇게 샅샅이 뒤졌는데도 없었던 주사기가 닷새나 지나 발견되다니……'

렉스빌라 입구의 경비실 앞에는 두 사람의 사내가 서 있었다.

주사기를 발견한 사람은 화단정리 용역을 맡은 원예사였다. 나뭇가지 정리를 하려고 원예 가위를 들이대는데 가지 사이에 웬 비닐백이 꽂혀 있었다는 얘기였다. 집어보니 주사기가 들어 있었다. 지나미 사건을 알고 있는 원예사는 경비원에게 이를 알렸고 경비원은 즉각 강력팀에 연락을 했던 것이다.

"열어보거나 만지지는 않았지요?"

경비원이 건네는 비닐백을 받으면서 동혁이 확인하듯 물었다.

"그럼요. 이게 어떤 물건인데."

지퍼식 작은 투명 비닐백에 바늘이 꽂혀 있는 채 주사기 하나가 들어 있었다. 요즘 병원에서 흔히 쓰는 일회용 플라스틱 주사기였다.

두 형사는 비닐백이 발견됐다는 장소에 함께 가 보았다. 주방 쪽 창문에서 던질 경우 바로 울창한 나뭇가지에 떨어지게 되어 있었고 워낙 가지가 울창했기에 바닥으로 떨어지지 않고 중간에 걸려 있어 그날 발견하지 못했을 수는 있었겠다 싶었다. 원예사는 그 나무의 이름이 '박태기나무'라고 했다. 이름도 희한했다.

동혁은 주사기를 들고 급히 경찰서로 돌아갔다.

"누가 장난으로 이런 것 아닐까요? 주사기가 없어졌다는 얘기는 신문과 인터넷에서 마냥 떠돌아다니고 있었으니까 말입니다."

동혁이 비닐봉지를 구 반장에게 건네면서 말했다.

"글쎄, 그럴 수도 있겠지. 어쨌든 감식반에 넘겨보자고."

1차 감식 결과는 그리 오래지 않아 나왔다. 그런데 그 결과가 자못 충격적이었다. 주사기는 나현구의 지문으로 온통 뒤덮여 있다는 것이었다.

"의외로 일이 쉽게 풀리는 것 같은데."

옆에 있던 김 형사가 한마디 했다.

"그렇다고 해도 지나미를 찌른 주사기라는 확증은 없는 거잖아?"

"국과수에 가야겠습니다."

"그래야겠네. 바늘에 흔적이 남아 있을 거야."

동혁은 국과수 감식 결과를 기다리면서 계속 생각에 잠겨야 했다. 사건의 내막을 파악하고 있는 구 반장도 마찬가지였다. 웬일인지 주사바늘에서 지나미의 흔적이 나올 것이라는 느낌을 지울 수 없었다. 그럴 경우 어쨌든 사건은 실마리를 풀어갈 수 있을 것이라는 예감이 드는 것이었다.

다음날 오후 늦게 수사 브리핑이 열렸다. 지급으로 요청한 국과수의 분석 결과 바늘 끝에 묻어있는 혈흔의 DNA는 지나미의 것과 일치했다.

"진 형사, 처방약과 히로뽕 추적해보았나?"

구 반장이 체크리스트를 보며 입을 떼었다.

"네. 혈액 내에 다량 발견되어 사망과는 간접적인 연관이 있는 것으로 판정이 났습니다. 직접적인 원인은 프로포폴로 보고 있습니다. 치사량이 검출되었기 때문입니다."

"고인은 마약 상습 사용자던가?"

"아닙니다. 장형철의 말에 의하면 아주 특별한 쇼 후에만 레크레이션으로 복용했답니다."

"이번 사건과 관련이 없더라도 공급 루트를 계속 추적해보도록 하고……. 국과수 소견에 대해 어떻게들 생각하나?"

"소환이고 자시고 할 것 없이 바로 구속영장을 청구하죠."

다혈질의 진 형사가 결론을 내리듯 나섰다.

"글쎄. 그렇게 간단한 일이 아닌 것 같은데……."

경험이 많은 구 반장은 신중한 입장을 취했다.

"이보다 더 결정적인 증거가 어디 있습니까? 딱 맞아 떨어지지 않습니까?"

"범행에 사용한 주사기에서 범인의 지문과 피해자의 혈액이 확실하게 나온 마당에 뭘 더 찾아야 합니까?"

윤 형사도 자기는 빠질세라 끼어들었다.

"누군가 치밀하게 나 원장을 함정에 빠트리려고 일을 꾸몄다고는 생각되지 않나?"

"그럴 수도 있겠지만 그 경우 상황 설정이 되지 않습니다. 지문 없이 범행을 한 후 그 주사기를 들고 가서 나현구의 지문을 묻혔다. 이게 말이 됩니까?"

"범행 전에 만들어 놨다면 어떻겠어?"

"미리 주사기를 하나 따로 만들어 놨다. 그런 얘기입니까?"

"그렇지."

가능한 얘기였다. 나현구가 사용한 주사기를 빼내 그 주사기에 지나미의 혈흔을 묻힌 후 몰래 사건 현장에 갖다 버린다. 논리적으로는 가능한 이야기였다.

"그건 나현구가 범인이 아니다 라는 예단을 갖고 추정하는 것 아닙니까?"

"반대로 그가 범인이라면 너무도 허술하게 범행을 했다는 얘기가 되는데……."

"없어진 가정부 소행이라면 가능할 법도 합니다."

동혁이 거들었다.

문제는 가정부 장현자였다. 백방으로 수소문했고 찾아봤지만 그녀의 행방은 묘연했다. 태백에 가족이 살고 있었지만 그쪽에는 전혀 소식도 없다고 했다. 전국에 수배령을 내렸지만 운전도 하지 않는 50대의 평범한 아주머니를 찾는 일은 20~30대 청년들을 찾는 것과는 또 얘기가 달랐다.

"일단 피의자 조서는 받도록 하지. 이렇게 증거가 나왔는데도 어물저물하다가 나현구 사라지면 우리만 떡 될 테니까."

"검찰에 연락을 해야겠지요."

"그래야겠네. 이 정도 사안은 상의 안 할 수 없는 일이야. 젠장."

검찰 얘기가 나오자 모두들 똥 밟은 표정이 됐다.

어차피 구속 영장을 청구한다고 하면 검사의 지휘를 받아야 했지만 엊그제 경찰의 사기를 떨어뜨린 판결이 하나 있었기에 그랬던 것이다.
 강력계의 게시판에는 오늘자 조간의 스크랩이 붉은 테를 두른 채 붙어 있었다.

 검찰의 '영장 청구 전 피의자 면담 요청'을 거부한 경찰 간부에게 유죄가 선고됐다. 대전지법 형사3부(재판장 임성호 부장판사)는 17일 인권옹호 직무 명령 불준수 등의 혐의로 불구속 기소된 충남 지방경찰청 소속 김 모(44) 경감에 대해 징역 8월형의 선고를 유예했다.
재판부는 판결문에서 '수사의 주재자로서 체포의 적법성 등을 따져 구속 영장 청구 여부를 판단하는 것은 검사의 권한이자 의무이고 경찰은 검사의 직무상 명령에 복종해야 한다'며 '검사가 수사 절차의 적법성 여부를 확인·통제하기 위해 체포된 피의자를 면담할 수 있도록 검찰청으로 데려오라고 명령한 것을 인권 제약이나 위법한 명령이라고 볼 수 없다'고 밝혔다.
재판부는 이어 '경찰 공무원으로서 누구보다 국법 질서를 준수하고 국민의 자유와 권리의 보호, 사회의 공공질서 유지에 최선을 다해야 할 책임이 있음에도 피의자 인권 옹호를 위한 검사의 명령을 준수하지 않아 형사 사법 절차에 큰 영향을 미치고 나아가 국가 기능의 정상적이고 원활한 작동에 심각한 장애를 일으킬 수도 있다는 점에서 피고인의 죄질이 결코 가볍다고 할 수 없다'고 강조했다.
 김 경감은 경찰의 수사권 독립 문제가 불거졌던 지난해 12월에 사기

혐의 피의자를 긴급 체포해 수사하는 과정에서 검사로부터 '영장 청구 전 피의자 면담 요청'을 받고도 이에 따르지 않은 혐의로 기소됐으며 검찰은 징역 1년을 구형했다.

이런 판국이었다.

검사는 두 마디도 묻지 않고 상황전을 훑어보면서 내뱉듯 말했다.
"피의자 심문 조서 받고 즉시 구속 영장 청구해요."

22

끝없는 추락

 누군가는 '추락하는 것은 날개가 있다'고 했지만, 현구의 입장에서는 날개는 커녕 쇳덩어리를 매달고 창공에서 떨어진 격이었다. 비너스술사 나현구가 하루아침에 구치소에 갇힌 푸른 수의를 입은 죄수가 되어야 했던 것이다. 어떻게 손을 써볼 도리도 없이 독일 아우토반에 올라선 포르쉐처럼 최고 스피드로 진행돼 버린 일이었다.

 현구가 강 팀장과 진 형사에 의해 강남서로 연행된 시각은 민호와 점심을 마치고 오피스로 돌아온 오후 2시쯤이었다.
 바이오셀에 대해 누구보다 해박한 지식을 지니고 있는 친구이자 동학인 전문기자를 만나 자신들의 분야에 대해 대화를 나누는 일은 참 즐겁고 유익한 일이었다. 민호도 큰일 해냈다고 추어주는 통에 한껏 의기양양해서 사무실로 돌아온 참이었다. 모처럼 자신에게 드리워져 있는 지나미 사건의 그림자를 잊을 수 있었던 시간이었다. 그랬는데…….

경찰서에 들어가면서부터 분위기가 달라졌다. 일단 2층의 강력팀 사무실로 함께 올라갔는데 그곳 형사들이 자신을 아래위로 훑어보는 눈초리가 어째 흉흉하다는 느낌을 받았다. 현구는 머쓱해져 옆에 그냥 서 있는데 저쪽에서 날렵한 인상의 형사가 검은 표지의 노트를 들고 현구 앞으로 다가왔고 자신을 데려온 두 형사는 옆으로 한 발짝 비켜섰다.

"나현구 씨?"

오랜만에 듣는 씨라는 호칭이었다.

"그렇습니다."

"이리 따라오시죠."

현구를 가운데 두고 걷는 강 팀장과 진 형사는 아무 말이 없었다.

따라간 곳은 형사과 끝에 있는 밀실이었다. 취조실인 듯했다. 큰 테이블 하나를 가운데 두고 의자 두 개만 덩그레 놓여 있는 삭막한 분위기였다

"핸드폰은 잠시 저희한테 맡겨 놓으시죠."

강 팀장이 말했고 규정이 그러려니 하고 휴대전화를 건넸다.

형사들은 잠시 앉아 기다리라 하고는 방을 나갔다.

빈방의 의자에 홀로 앉아 있는 현구는 별의별 생각이 다 들었다.

잠시 후 조금 전의 날렵한 인상의 형사가 들어왔다.

"나현구 씨, 정말 지나미 씨 사건에 아무 관련이 없으십니까?"

현구 앞에 앉으면서 다짜고짜 던지는 말이었다. 이건 또 무슨 말인

가?

"그 얘기라면 벌써 다 말했는데요."

"흐음. 그렇습니까?"

잠시 침묵이 흘렀다.

"상황 파악이 전혀 안 되시는 것 같은데 저희는 구속영장을 청구하려 합니다."

청천벽력이었다.

"구속영장이라니요?"

"그래서 조서를 받기 전에 변호사를 선임하실 수 있다는 말씀을 드립니다."

현구의 질문에는 답하지 않고 형사는 자신의 말만 했다.

"아니 정황을 말씀을 해주셔야 변호사를 선임하고 말고를 결정할 것 아닙니까?"

"그건 저희가 지금 말씀드릴 수 없습니다."

자신을 데려온 두 형사에게 심한 배신감이 들었다. 귀띔이라도 해줬어야 됐을 것 아닌가. 하긴 형사들과 무슨 교분이 있었던 것도 아니었다.

현구는 더 생각할 여유가 없었다.

"변호사 선임하겠습니다."

현구가 강남서에 연행되어 변호사를 구해야 한다고 말했을 때 세희는 놀라기는 했지만 크게 당황하는 내색을 보이지 않았다. 안에 있는 사람을 생각해서도 그랬고, 그녀 역시 한 번쯤 소환이 있을 것이라고는 생각했기 때문이었다.

세희는 즉각 사촌 오빠에게 전화를 걸었다. 그는 5대 로펌 중의 하나인 큰 로펌에서 파트너로 일하고 있었다. 사촌 오빠는 자신의 로펌에서 형사 사건을 맡고 있는 전문 변호사를 소개해 줬다.

현구는 변호사를 기다리면서 경찰서 보호실을 체험할 수 있었다. 별사람들이 별 죄를 짓고 들어와 있었다. 자기들끼리 주고받는 소리를 듣자니 그랬다. 다들 자신은 억울하다고 했다.

세희의 사촌 오빠가 소개해 준 변호사는 주형진 변호사였다. 주 변호사는 현구의 일을 듣자마자 당장에 자신이 맡겠다고 하고는 열일을 제치고 강남서로 달려왔고 보호실에서 현구를 만났다.

알고 보니 주 변호사는 현구의 고등학교 5년 선배였다. 인연이 있는 사이였기에 현구는 주 변호사에게 숨길 것은 하나도 없었다. 더군다나 그는 현구가 하나를 말하면 둘 셋을 알아듣는 특수부 검사장 출신의 베테랑 변호사였다.

주 변호사가 현구에게 그간의 상황을 자세히 알려줬다.

"아니 의사가 주사기를 만지는 것은 일상적인 일 아닙니까? 그런데 주사기 하나로 그렇게 덮어씌운다면……."

"나로서도 그게 의문인데, 누군가 나 원장이 사용한 주사기를 가져다가 조작을 해서 현장에 던졌다는 상황을 설정할 수도 있을 것 같아.

그런데 경찰은 그렇게 호의적으로 생각해줄 리가 없지."

역시 변호사는 천군만마였다. 현구의 생각을 즉각 대변하고 있었던 것이다. 대표원장인 현구가 주사기를 자신의 손으로 직접 환자들에게 주사하는 예는 별로 없었다. 간호사나 다른 선생들 차지였다. 하지만 보톡스를 배합할 때 가끔 자신이 직접 주사기를 만졌다. 어떤 날이면 하루에도 수없이 나오는 그 배합용 주사기를 빼돌렸다는 얘긴데 그게 누구였을까?

"어쨌든 심문에는 응하자. 지금으로서는 피할 수 없는 일이니까."

"그래야겠죠. 저야 따르는 수밖에요."

23
심문

 심문조서 작성에는 꽤 많은 시간이 걸렸다. 현구의 입장에서는 있는 그대로 그날의 정황을 말하면 되겠다 싶었지만 시시콜콜 하나하나 물어왔기에 생각과는 사뭇 달랐다.
 지난번 강 형사의 방문이 탐문 수준의 대화였다면 이번에는 피의자로서 정식 조서를 받고 있고 옆에 변호사가 있다는 점이 달랐다. 하지만 주 변호사는 심문 내내 아무 말 없이 듣고만 있었다. 취조 형사는 강남서 수사과의 최고 베테랑이었지만 강력계 검사 출신의 주 변호사는 그보다 한 수 더 높았다. 사건 당일 행적이야 있는 그대로 얘기해주면 됐지만 짜증이 날 정도로 반복해서 물었다.
 "그때 특별한 사항은 없었습니까?"
 "없었습니다."
 "그다음에는 무슨 얘기를 나눴습니까?"
 "별 얘기 없었습니다."
 앰플과 주사기에 대한 얘기도 물론 나왔다.

"이 약병이 피의자의 병원에서 쓰는 약병입니까?"

"그렇습니다."

"약의 이름은 무엇입니까?"

"프로포폴입니다."

"어떤 때 쓰이는 약입니까?"

"주로 전신 수면마취할 때 쓰이는 약입니다."

문제의 주사기를 볼 수가 있었다.

"이 주사기가 평소 피의자가 사용하는 주사기가 맞습니까?"

수사관이 비닐에 들어있는 주사기를 보여주었다.

"누구나 흔히 쓰는 것이어서 꼭 제가 사용한 주사기라고 단정할 수 없습니다."

"사건 당일 피해자의 집에 방문했을 때 이 주사기를 지참하고 있었습니까?"

"무슨 얘기입니까?"

"네, 아니요로 대답해 주십시오."

"아닙니다."

이런 식이었다.

장시간에 걸친 지루한 심문조서 작성이 끝나고도 현구는 경찰서 취조실에 머물러야 했다. 주 변호사는 자신이 돌아가면 현구가 다시 보호실로 내려가야 한다면서 끝까지 곁에 있어 줬다. 현구는 그런 그에게 큰 신뢰감을 느꼈고 덕분에 사건에 대해서도 더 많은 얘기를 나눌 수 있었다. 그리고 그의 핸드폰을 이용해 세희와 통화를 할 수 있었다.

그러나 굴욕은 여기서 끝나지 않았다. 저녁 8시가 될 때까지 아무 소식이 없었다. 시장기도 몰려왔는데도 형사들은 두 사람만 방에 놔둔 채 아는 체를 않더니만 한 형사가 방에 들어오더니 주 변호사를 보자고 했다.

잠시 후 주 변호사가 얼굴이 벌게져 들어왔다.

"검찰청에 가자는데 가는 게 좋겠다."

"검찰청에 가다니요?"

현구는 영문을 알 수 없어 되물을 수밖에 없었다.

"구속영장을 청구하기 전에 검사가 피의자를 보겠다고 한대."

"그런 예가 있습니까?"

"전혀 말이 안 되는 일은 아닌데…… 정 그러면 자기가 오면 되지 뭔데 사람 오라 가라 하는지. 그래서 나도 역정을 내고 왔지만 어쨌든 이 상황에선 우리가 약자니까."

주 변호사도 적잖이 화를 내고 있었다.

현구는 서초동 중앙지검까지 가야 했다. 강 팀장과 진 형사가 자신들의 차에 현구를 태웠고 주 변호사는 자신의 차로 뒤따라오겠다고 했다.

검찰청으로 가는 차 안의 분위기는 경찰서로 올 때와는 전혀 달랐다. 현구가 보기에 형사들의 얼굴에도 불만이 역력했다. 현구는 무슨 말도 할 기분이 아니어서 입을 꾹 다물고 있었다.

그때 강 팀장의 핸드폰이 울렸다. 동혁이 전화를 받더니 이내 현구에게 건넸다.

의외로 주 변호사였다.

"나 원장, 정신이 없어 깜빡했는데 기자들이 진치고 있을 텐데 괜찮겠어?"

"괜찮다니요?"

"아무래도 검찰이 벌써 언론플레이를 하는 것 같아."

"그래요? 유쾌한 일은 아니군요."

현구도 재벌 총수니 정치인들이 검찰에 소환될 때 포토라인에 서 있던 기자들의 부산한 모습을 매스컴을 통해 익히 보아왔지만 자신에게는 전혀 해당되지 않는 일로 여겨왔었다.

"선배님 의견은 어떠십니까?"

"이 부분을 갖고 검찰에 이의 제기할 수 있어."

"그러면 어찌 되는 거죠?"

"나 원장은 다시 강남서로 돌아가고 나 혼자 올라가는 방법이 있지."

수화기에서 나오는 소리가 컸던지 옆자리에서 듣고 있던 강 형사가 인상을 찌푸리며 고개를 흔들었다. 순간 현구는 결심했다. 다시 적막한 취조실이나 왁자지껄한 보호실로 돌아가는 것보다는 아예 결판을 냈으면 하는 생각이 들었기 때문이었다.

"선배님, 그냥 갑시다. 가서 부딪혀봅시다."

"그럴래? 그것도 좋은 생각이야."

전화를 끊고 다시 강 팀장에게 돌려줬다.

"잘 생각하셨습니다."

강 팀장이 처음으로 입을 열었다.

"지금 단계에서 검사 영감 신경 건드려 봤자 이득 될 것 없습니다."

현구는 가볍게 고개만 끄덕였다. 웬일인지 강 형사는 자신의 결백을 아는 것 같은 느낌이 들었다.

"원장님이 원하시면 모자와 마스크는 준비돼 있습니다."

"그러면 더 꼴이 우스워지는 것 아닙니까?"

현구는 그냥 정면 돌파하기로 마음을 굳혔다.

차가 서초동 검찰 청사에 도착했다.

"강 선배, 지하로 들어갈까?"

운전을 하던 진 형사가 물었다.

"그냥 여기 내려. 어차피 그리로 가도 소용없어. 더 이목만 집중시킬 걸."

세 사람은 차를 청사 앞 지상 주차장에 주차하고 1층 현관으로 향했다. 수갑을 채우지 않았지만 두 형사가 옆구리에 딱 붙어서 검찰청 현관에 들어서는 현구의 모습은 누가 봐도 범죄자였다. 두 형사는 표찰을 꺼내 달고 있었다.

생각보다 로비는 한산했다. 그런데도 아니나 다를까 로비 저쪽에 있던 사진 기자 몇 사람이 이쪽으로 달려왔다. 이내 플래시가 터졌다. 다행히 기자들은 몇 되지 않았고 TV 카메라도 없었다.

"미켈란메디센터 나현구 원장님이시죠?"

누군가 외쳤지만 이쪽은 대답하지 않았다.

강 팀장이 현구를 가려주면서 작은 소리로 "그냥 올라가세요." 했을 뿐이었다.

언제 도착했는지 주 변호사는 포토라인 안쪽 검색대를 지나는 접수대 앞에 들어와 있었다. 기자들은 거기까지 쫓아오지 않았다.

"고생했다."

주 변호사가 현구에게 말했다.

"별일 아니던데요."

서울 중앙지검은 검찰청사 왼쪽 부속건물을 사용하고 있었다. 1층 복도를 한참 걸어가야 했는데 오가는 사람들이 주 변호사에게 아는 체를 했다. 대개는 목례를 하고 지나갔지만 몇몇은 환한 미소를 띠면서 다가오려다 옆의 현구와 형사들을 보고 주춤 물러서는 기색이었다.

강력계 검사실은 4층에 있었다. 복도는 그 시각에도 꽤 부산했고 상상 이상으로 지저분했다. 쾌쾌한 냄새며 배달 음식 쟁반들이 방들 앞에 놓여 있어서 더했다.

노크를 하고 407호에 들어서자 입회서기가 자리에서 급하게 일어났다. 그는 다른 사람들보다 주 변호사에게 먼저 아는 체를 했다.

"변호사님 송구합니다."

"송 계장이 송구할 게 뭐 있어."

두 사람 사이에는 벌써 무슨 연락이 있었던 것 같았다.

현구는 두 형사들이 이끄는 대로 계장 책상 앞에 있는 의자에 앉았다. 두 형사도 현구를 가운데 두고 앉았고 주 변호사는 계장과 함께 안쪽 검사 방으로 들어갔다.

잠시 후 계장이 나오면서 말했다.

"나현구 원장님, 들어가시죠."

그래도 경찰서보다 호칭은 부드러웠다.

현구가 자리에서 일어났지만 두 형사들은 그냥 앉아 있었기에 현구 혼자 스적스적 걸어 검사실로 들어갔다. 금속 테 안경을 낀 강퍅하게 생긴 젊은 검사는 책상 안쪽 자신의 자리에 앉아 있었고 주 변호사는 굳은 얼굴로 소파에 앉아 있었다. 분위기가 냉랭했다.

현구는 어찌해야 하는지 당황했다. 검사는 현구의 얼굴을 뚫어지게 바라보기만 할 뿐 아무 말도 하지 않았기 때문이었다. 현구는 평생을 살면서 이처럼 당황스럽고 초라해지는 자신의 모습을 상상해 보지도 못했다.

'누구입니다' 하고 인사를 하기도 그렇고, 어디 앉을 수도 없고, 검사와 마주 쳐다보기도 그랬다. 주 변호사는 계속 굳은 얼굴로 앞만 바라보고 있었다.

다행히 검사가 먼저 입을 열었다.

"고생 좀 하셔야겠습니다."

이게 웬일인가.

"검사님, 억울합니다."

현구는 무의식적으로 이 말이 튀어나왔다. 후일 생각해도 얼굴이 화끈거리는 비굴한 멘트였다.

"억울하고 안 하고, 죄가 있고 없고는 조사를 해보면 될 일이고 판단은 재판부가 할 테니 유능한 주 변호사님하고 준비나 잘 하십시오."

주 변호사에게 가시가 돋친 도전장을 내미는 발언이었다.

그뿐이었다. 검사는 고함치듯 밖을 향해 한마디 던졌다.

"수사관, 피의자 데려가."

24
구속

 유치장 문을 들어선 첫 느낌은 냄새였다. 밀폐 공간의 퀴퀴한 습기에 섞어 오물 냄새가 배어 있었다. 기묘한 공간 배치가 눈에 들어왔다. 가운데가 빈 반원형의 공간인데 원주 쪽에 쇠창살이 있고, 그곳에 사람들이 갇혀 있었다.

 현구에게 배정된 방은 왼쪽 맨 끝 방이었다. 주 변호사가 강력히 요구했는지 독방이 배정되었다. 천정에는 철망에 쌓인 백열전구가 누렇게 낡아 침침한 빛을 발하고 있었지만 새벽 두 시를 넘긴 이 시각에는 너무도 강렬하게 느껴졌다.

 철거덩거리며 철문이 잠겼고, 혼자 쾌쾌한 방안에 들어서게 됐을 때 처음 엄습한 감정은 분노였다. 그리고 억울함이었다.

 어린 시절 흑백 텔레비전 시대에 보았던 미국 드라마 '도망자'가 떠올랐다. 주인공 이름이 리차드 킴블이었던가. 몇 년 전 세미나 참석차 홍콩에 갔을 때 시간이 남아 보았던 영화 '쇼생크 탈출'도 생각났다. 그런데 지금 이곳은 쇼생크보다 더 암담했다. 바로 눈앞에서 정복 경찰이 자신의 일거수일투족을 그대로 지켜보고 있지 않은가.

 현구는 어디서부터 무엇이 잘못됐는지 따져 보기로 했다. 누군가 자신을 함정에 빠트린 것은 확실했다. 그런데 너무 치졸했다. 어쩌면 자신의 입장에서야 치졸했지 그쪽에서 보자면 제대로 밀어 넣었다고 생각할지도 몰랐다.
 자신이 나미의 집에서 나온 얼마 뒤 누군가가 그녀에게 프로포폴을 놓았다는 얘긴데, 문제의 앰플에 미켈란 도장이 찍혀 있다고는 하지만 미켈란 것일 수도 있고 아닐 수도 있었다. 하지만 범인은 프로포폴이 어떤 약인지 잘 아는 사람임에는 틀림없었다. 그리고 그녀의 집을 수시로 출입할 수 있는 잘 아는 사람일 가능성이 컸다. 가정부, 딱 한 번 봤지만 어쩐지 묘한 분위기를 풍기는 여인이었다. 혹시 그녀도 살해되어 어딘가에 버려졌거나 암매장 된 것은 아닐까? 그렇게까지 사건이 복잡해진다면 자신은 더 깊은 수렁에 빠지는 것이기에 아니길 바랄 뿐이었다.
 현구는 나미가 몰래 보톡스를 맞고 있는 것을 어렴풋이 알고 있었다. 보톡스라면 요즘엔 성형외과뿐 아니라 미용실에서까지 불법으로 시술한다고 하지 않던가. 그렇다면 보톡스를 놓아준 사람이 유력한 용의자일 수도 있었다.
 나미를 눕힌 채 신경 안정제라면서 프로포폴을 주사했을 개연성도 농후했다. 아니면 실수로 과다 투여했을 수도 있었다. 이 경우 혼절해서 사경을 헤매는 사람을 두고 사라져버린다……. 현구의 경험으로 미루어 그럴 가능성은 낮았다.

아무튼 주사기가 문제인데 누가 자신의 지문이 묻어 있는 주사기를 빼돌렸단 말인가. 마취과 박 선생은 치료와는 관계가 없었다. 지돌은 현구가 속내를 너무나 잘 알고 있는 사람이었다. 차 간호사? 그녀는 일도 잘하고 심성도 고왔다. 그녀에게는 음모의 냄새가 전혀 없었다. 전 테라피스트는 약물을 만질 만한 위치에 있지 않았다.

그렇다면 누구일까? 지난 가을에 새로 들어왔던 간호조무사 우미란? 그 순진해 보이는 여자애가? 그녀는 현구가 보톡스며 자가 지방세포를 혼합할 때 옆에서 돕곤 했었다. 주사기를 만졌다면 그때뿐인데, 그럼 그녀가?

그리고 보니 현구는 우미란에 대해 자세히 알지 못했다. 잠시 일하고는 금세 병원을 그만두기도 했었다. 하긴 주사기는 청소부를 통해서도 아니면 재활용 용기를 뒤져서도 빼돌릴 수 있는 일이었다. 자신을 노렸다면 무슨 원한이나 억하심정이 있어야 할 텐데…….

미켈란을 그만둔 직원 중에는 얼굴을 붉히며 그만둔 직원도 서너 명 있었다. 바이오셀 연구를 두고 누군가 이를 질시하고 빼돌리려는 음모가 있을 법하다는 생각도 들었다. 가슴이 답답해 왔고 머리가 터질 것 같았다.

현구는 가슴까지 덮었던 냄새나는 모포를 팽개치듯 제쳐내고 벌떡 일어섰다. 저도 모르게 '으휴-'하는 신음이 터져 나왔다. 큰 소리는 아니었지만 재깍재깍하는 시계 소리밖에 들리지 않던 실내에 메아리치듯 퍼져 나갔다.

당번 교도관이 무슨 일인가 싶어 이쪽을 쳐다보았다.

"1호실 무슨 일입니까?"

현구는 대꾸 없이 뒤쪽 변기 쪽으로 걸어갔다. 변기에는 시커먼 때가 겹겹으로 쌓여 있었다. 오줌도 제대로 나오지 않았다. 하루 종일 물도 제대로 못 마셨고 먹은 게 부실했기 때문이었다.

문득 나미의 거실이 생각났다. 이곳과는 천양지차인 호화판 아니었던가. 그런 궁궐 같은 집을 두고 그토록 창졸간에 죽긴 왜 죽는단 말인가. 그래서 자신까지도 이 고초를 겪게 하다니…….

그녀의 배시시 웃는 모습이 떠올랐다. 그때 그녀가 달려들 듯 부딪혀 왔을 때 힘껏 받아주었더라면 혹시 사고를 당하지 않았으려나 싶기도 했다. 어쩌면 일이 더 엉켰을 가능성이 높았을 터였다.

그리고 보니 그녀는 무언가 낌새를 느끼고 있었는지도 몰랐다. 그날 계속 할 말이 있다고 했는데 무슨 말을 하려고 했을까?

현구는 다시 자리에 누워서도 나미 생각을 계속했다. 따지고 보면 그녀가 최대의 피해자였다. 사건의 범인은 자신의 입장에서가 아니라 그녀의 입장에서 찾아야 하는 것이 바른 순서인 것 같았다. 그를 곤경에 빠트리기 위해 애꿎은 그녀의 목숨을 빼앗는다. 그건 비약이다.

그렇다면 그녀는 무슨 원한 때문에 죽음에까지 이르렀을까. 나미에게 원한이 있고 동시에 나에게도 억하심정이 있는 사람. 그가 누구일까? 문득 최종설이 떠올랐다. 그녀와 자신을 동시에 잘 알고 있는 사람. 어떤 연관이 됐건 관계가 설정되어 있는 첫 번째 인물은 바로 그였다. 그가 당사자는 아닐지라도 최소한 그와 관계가 있는 주변 사람이 이 사건의 범인이 됐든 같은 피해자가 됐든 연관이 있으리라는 심증이 서서히 굳어가고 있었다.

늦은 밤이지만 구철근 반장은 수사본부 작전 회의를 소집했다. 세간에 이목이 쏠려있는 사건이어서 모두들 긴장감이 역력했다.

"자아 자, 지금까지의 초동수사로 종합해볼 때 타살을 배제할 수 없는 상황이기에 다음과 같이 업무 분담을 한다.

강 팀장은 지나미 가족과 주변 인물부터 파보고, 프로포폴이 미켈란메디센터에서 어떻게 빠져 나왔는지, 그리고 현장에서 발견된 주사기도 추적하고. 누군가 일부러 흘린 것 같기도 한데…… 다시 말해 직접적인 사인과 관계된 것부터 철저하게 파헤치라고.

진 형사는 지나미에게 제공한 신종마약의 판매망부터 추적해 들어가고. 더구나 요새 유행하는 처방용 마약성 진통제의 대체 마약의 불법 유통망도 파보고, 특히 요즘에 떠오르는 병원·약국 위주의 마약류 도난사건도 좀 알아보고…… 여기저기 쑤시다 보면 어딘가 튀어나오게 되어있으니까 좀 뛰란 말야. 그리고 고질적인 사회적 문제로 거론

되는 복잡하게 얽혀진 연예계와 그들의 스폰서였던 기업인과 정치인들도 은밀하게 들여다보고.

윤 형사는 아파트 CCTV가 언제부터 어떻게 작동하지 않았는지 주변 아파트 이웃부터 소리 없이 탐문해보고, 근처의 모든 CCTV 다 뒤져보라고. 그리고 국과수와의 연락도 긴밀하게 하고 결과도 빠짐없이 체크하고.

자자, 빨리들 움직이자고. 정례 보고는 매주 월요일 아침 열 시에 하고 중간보고는 목요일 오전에 한다. 이번이 아주 좋은 기회니까 다들 성과 좀 내자. 오케이? 자 자-, 다들 은밀하게 파고들도록. 워낙 거물급들과 줄줄이 얽혀 있는 루머들이 시중에 자자하니까……."

"반장님, 범인 잡으면 성과급 나오나요?"

나이가 제일 많은 윤 형사가 머리를 긁적이며 물었다.

"이런, 잔말 말고 잡기나 해. 그러면 내가 한턱 크게 쏠 테니까."

25
드러나는 의혹

 민호의 시선이 책 속에 빠지듯 고정됐다. '오늘의 과학'이란 일본 저널에 실린 구마모토 연구소의 요시무라 박사를 인터뷰한 기사였다. 구마모토 연구소는 일본 최고의 줄기세포 연구소였고, 요시무라는 그 책임자였다.

 현구가 구속되어 유치장에 수감되어 있다는 소식을 듣고 가장 먼저 떠오른 생각은 줄기세포의 사업화에 지장이 있게 되면 어쩌나 하는 점이었다. 그만큼 그가 하는 일이 큰 의미를 지니면서 성공을 담보하고 있는 일이라고 여기고 있었다.

 살인 사건에 관한 한 그의 결백을 믿고 있었다. 평소 알고 있는 품성이나 자신을 만났을 때 그의 태도로 미루어 결코 거짓을 말하는 음험한 사람이 아니라는 것을 잘 알고 있었기 때문이었다.

 민호는 웬일인지 진작부터 자신이 나섰더라면 사건을 다른 방향으로 흘러가게 할 수 있지 않을까 하는 생각까지 들었다. 현구로부터 프로포폴이란 약에 대해 들었을 때는 대수롭지 않게 여겼는데 주사기가 뒤늦게 나왔다는 정황까지 따져보니 처음부터 어떤 음모가 도사리고 있다는 생각을 떨쳐버릴 수 없었다.

민호는 사건의 정황을 살펴보고 현구의 일에 대해 소양을 넓혀 가면서 이번 사건이 단순한 인기 여배우의 살인 사건이 아니고 줄기세포 연구 성과를 둘러싼 국제적 경쟁, 산업 스파이전의 한 부분일 수도 있다는 생각이 들었다. 곰곰이 파고들수록 그럴 가능성이 점점 더 실감 있게 다가섰던 것이었다.

그랬는데 어제 도착한 일본 과학 학술지에 미켈란 바이오랩의 연구와 비슷한 연구가 구마모토 연구소에서 진행되고 있다는 것 아닌가. 그 주역이라는 요시무라의 인터뷰 기사에 관심을 갖지 않을 수 없었다.

줄기세포 시장은 생각보다 컸다. 무한히 열려 있는 이른바 블루오션이었다. 그리고 무엇보다 일본의 의학계에서 이 줄기세포 연구에 열을 올리고 있었고 적잖은 성과를 냈으며 관련 논문들이 속속 발표되고 있는 중이었다. 줄기세포에 관한 것이라면 대부분의 사람들은 홍무석 교수를 떠올리게 마련이고, 그 소동이 있었던 것이 벌써 10여 년 전의 일이었다. 그사이 각국의 줄기세포 연구는 하루가 다르게 발전을 거듭했고 그중에서 일본의 연구는 적지 않은 성과를 올리고 있었다.

줄기세포란 생물을 구성하는 세포들의 기원이 되는 세포를 말한다. 특정한 세포로 분화가 진행되지 않은 채 유지되다가 필요할 경우 신경·혈액·연골 등 몸을 구성하는 모든 종류의 세포로 분화할 가능성을 갖고 있는 세포다. 피부에 상처가 나면 시간이 지나면서 새로운 피부가 만들어지는데, 이는 피부 아래쪽에 피부 세포를 만들어내는 줄기세포가 있기 때문이다.

줄기세포는 출생 후부터 몸에 있는 여러 종류의 조직에 존재하는 성체 줄기세포와 생명의 시초가 되는 수정란에서 유래하는 배아 줄기세포의 두 종류로 나눌 수 있다.

성체 줄기세포는 특정한 조직을 구성하는 세포로, 몸 안에 극히 미량으로 존재하면서 항상 건강한 상태를 유지하는 데 필요로 하는 최소한의 세포를 제공해 준다. 성체 줄기세포는 의학적으로 이용하기에 안전하다. 장기 재생을 위해 몸 안에 이식해도 문제가 없으며, 신체조직에 어떤 손상이 발생하면 다른 장기에 있던 줄기세포가 몰려와서 손상된 조직으로 변하는 분화의 유연성이 있다. 또한 성인의 몸 안에 있기 때문에 자기 자신의 세포를 자가이식할 수 있다는 점에서 면역 거부반응이 발생하지 않을 수 있다.

배아 줄기세포는 남성의 생식세포인 정자와 여성의 생식세포인 난자가 결합하여 생성된 수정란[胚芽]에서 유래한다. 일반 세포와는 다르게 몸을 구성하는 모든 종류의 세포로 분화할 수 있는 특성을 갖고 있어 특별한 조건에서 배양한다면 무한대로 세포 증식이 가능하다. 또한 노화가 되지 않는 세포이기 때문에 한 개의 배아 줄기세포만으로도 수많은 환자의 치료에 이용될 수 있으며, 오랜 기간 배양해도 염색체의 이상이 나타나지 않는다. 이처럼 배아 줄기세포는 무한한 능력을 갖고 있어 전분화능 줄기세포라고도 한다.

줄기세포 연구 가운데 환자 맞춤형 줄기세포의 기술은 핵심이자 꽃에 해당하는 부분이다. 이 원천 기술이란 핵을 제거한 난자 안에 환자의 체세포 핵을 넣어 체세포 복제 배아를 만들고, 이로부터 내부 세포 덩어리를 추출해 배아로 기른 다음 여기서 줄기세포를 뽑아 착상 직전 단계까지 배양하는 것을 말한다.

체세포 핵을 난자의 핵과 치환시켜 수정란과 같은 성질의 '복제 배아'를 만드는 기술은 세계적으로 이미 보편화된 기술이다. 문제는 이 복제 배아를 장기가 필요한 환자 자신의 것으로 만들고 이를 배반포기까지 키운 다음 추출한 내부 세포 덩어리를 배아 줄기세포로 만드는 기술 A와 나아가 이를 암세포와 같이 분화하지 않고 분열만 거듭하는 세포주로 확립하는 기술 B였다.

홍무석 교수팀은 2004년에 건강한 성인의 체세포를 난자에 심는 방법으로 배아 줄기세포주를 수립하는 데 성공했고, A와 B의 기술을 모두 확보하게 됐을 뿐 아니라 2005년에는 환자의 체세포를 갖고 이를 다시 재현하는 데 성공했다고 주장해왔다. 그러나 이 논문에 제시된 각종 자료들이 모두 고의적으로 조작된 것이라는 의혹이 제기됐고 또 조사 결과 그렇게 발표됨에 따라 홍 교수가 인간 배아 줄기세포주에 관한 원천 기술을 아예 처음부터 보유하지 못했던 것으로 결론이 난 사건이었다.

일각에서 홍 교수팀이 2004년 논문에서 밝힌 인간 배아 줄기세포가 체세포 복제 방식이 아니라 '처녀 생식에 의한 돌연변이'의 산물이었을 가능성이 높다고 했는데 처녀 생식에 의한 돌연변이란 핵을 제거하지 않은 난자에 전기 충격을 가하면 그 난자가 정자가 들어온 것으로 착각해 '수정된 상태로 되는 것'을 말한다. 이는 난자에서 핵을 제거해 체세포에서 떼어낸 핵을 넣어 전기 충격을 주는 체세포 복제와는 판이하게 다르다. 즉 체세포 복제에 의한 줄기세포 기술 자체가 허위라는 것이다.

또 따른 전문가들은 이와 관련하여, 홍 교수가 환자 맞춤형 배아 줄기세포주를 수립하는 데는 실패했을지는 몰라도 A기술, 즉 체세포 복제를 통해 배아 줄기세포를 만드는 데까지는 어느 정도 성공했을 것으로 보고 있었다. 다만 A단계에서 영원히 죽지 않는 세포주를 수립하는 B기술로 진전시키지 못한 것뿐일 수 있다는 것이었다.

그랬는데 현구의 미켈란랩이 이 핵치환 기술을 습득하고 있었던 것이다. 그래서 민호는 흥분할 수밖에 없었다. 그를 더 깜짝 놀라게 한 것은 미켈란랩이 줄기세포의 성장에 관한 조종을 시도했고 이미 그 비밀의 문을 열었다는 것이었다.

성체 줄기세포를 이용한 치료법은 이미 활발한 임상시험이 이루어지고 있었다. 미국 식품의약품 안전청은 2004년 4월 골수의 줄기세포를 이용한 심부전 치료법의 임상시험을 허가했고 한국 식약청도 제대혈 줄기세포를 이용한 관절염 치료와 줄기세포를 이용한 심근경색증 치료제의 임상시험을 허가했다. 2007년 4월에는 다른 사람의 줄기세포를 배양해 화상 환자의 피부 재생을 도와주는 치료제의 시판을 허용하기도 했다. 그러나 배아 줄기세포를 이용한 치료의 임상시험은 전 세계적으로 아직 한 건도 시행한 적이 없고, 설령 시행한다고 해도 이 세포가 수년 후에 어떻게 변화되어 갈 것인지에 대해 아무도 모르는 현실이기도 했다.

미켈란랩의 성과도 일단은 성체 줄기세포에서 이루어지고 있었다. 그러나 이 치료법은 나날이 발전하고 있다지만 아직까지는 초보 단계로 봐야 했다. 지금까지는 줄기세포가 스스로 알아서 치료를 한 것일 뿐이며 신기술이 한 것은 별로 없었다.

가령 심근경색 치료에 줄기세포를 쓸 경우 주입된 줄기세포가 심장 근육으로 '다행히' 발전했기 때문에 치료가 된 것이란 이야기였다. 난치성 질병 치료를 위한 재생의학에서 줄기세포를 실제 활용하기 위해서는 특정 세포로의 분화 유도 기술이 핵심 기술 중의 하나였다. 이에 따라 원하는 세포로 분화하기 쉽도록 줄기세포를 조작하는 연구가 각국에서 경쟁적으로 활발하게 진행되고 있었다.

쉽게 말하자면 이 세포는 심근(心筋) 세포로, 저 세포는 뇌혈관 세포로 미리 만들어 놓고 주입하자는 것이다. 이렇게 되면 치료 효과는 지금보다 훨씬 높아질 것이었다.

이것의 대표적인 예가 유전자 조작법이었다. 이론상 줄기세포의 유전자를 바꿔 원하는 세포로 만드는 것을 말한다. 이 밖에도 약물 처리법도 시도되고 있었다. 그러나 문제점은 이런 세포 조작이 아직 큰 성과를 내고 있지 못하고 있다는 것이었다. 배아 줄기세포보다는 덜 하지만 성체 줄기세포도 장기적으로 암세포로 변이를 일으킨다는 일부 연구가 나오고 있어 이에 대한 검증 작업도 앞으로 더 필요했다.

그랬는데 미켈란 바이오랩이 자가 지방 이식과 관련하여 지방 세포와 미세 혈관 세포를 분리하는 법을 터득하고 있었던 것이다. 간단한 두 가지의 분류였지만 단백질 키나제억제제라는 저분자 화합물을 이용해 세포 내 신호를 조절하여 줄기세포의 효과적 분화를 유도하고 자연적으로 조절할 수 있어 좋은 성과를 얻었다는 것이다.

민호와 만난 미켈란 연구진은 다양한 신호 전달 기전을 조절하는 6개의 주요 단백질 키나제 그룹에 속한 41종의 대표적 억제제를 대상으로 연구를 실시했다. 그 결과 이들 중 특정 일부가 하나는 지방세포로 또 하나는 혈관으로 분화되는 촉매 역할을 한다는 사실을 발견했고 90% 이상의 반복률을 보였다고 했다. 배아 및 성체 줄기세포에서 줄기세포의 분화에 상당한 변화를 야기할 수 있음을 확인한 셈이었다.

이 연구 결과는 미국 국립과학원의 최근호에 게재됐으며 이미 국내외에 특허를 출원한 상태였다. 미켈란 바이오랩은 한걸음 더 나아가 국내 유명 대학교의 줄기세포 연구센터와 제휴해 나노입자를 이용한 간편하고 효율적인 유전자도입 배아 줄기세포 생산기법을 개발하여 활용하고 있었다. 바로 줄기세포 타입 맞춤형 줄기세포 배양 바이오리액터라는 설비였다.

나노입자란 200나노미터(nm, 1나노미터는 1미터의 10억분의 1)의 극도로 미세한 크기의 입자를 말하며 이를 일반 세포가 아닌 배아 줄기세포 유전자에 주입 매개체로 이용해 장기간 배양에서도 안정적으로 유전자 발현이 가능한 기법을 개발했고 이를 유효적절하게 활용하고 있었던 것이다.

이런 미켈란 바이오랩의 바이오테크놀로지가 거의 그대로 몇 가지 예제와 실험 기재만을 달리한 채 일본 구마모토 연구소의 업적으로 일본 과학 학술지에 게재되고 있었으니 민호가 놀랄 만했다. 논문에는 헤라클리닉의 한국인 연구사인 최영호 박사가 많은 부분에 공헌을 했다고 적혀 있었다.

26
구속적부심

현구는 닷새째 유치장 신세를 지고 있었다. 세희와 주 변호사가 번갈아 면회를 오고 사식과 속옷을 차입해 주고 있어 못 견딜 정도는 아니었지만 속은 말이 아니었다.

"김 박사가 큰일 해줬어."

주 변호사가 변호사 접견실로 들어서는 현구를 반갑게 맞이하면서 첫마디로 던진 말이었다.

"그 친구가 뭐 좀 찾아냈습니까?"

현구는 지금처럼 주 변호사가 찾아오는 시간이 그나마 탈출과도 같았고 숨 쉴 수 있는 시간이어서 반갑게 말을 받았다.

"찾아낸 정도가 아니라 사건을 송두리째 흔들 수 있는 정황을 만들어냈어. 구속적부심이 유리하게 진행될 것 같아."

"그거 잘 됐군요."

현구가 남 얘기하듯 말했다. 그의 심정이 그랬다. 유치장에 있는 시간은 닷새였는데 마치 1년쯤 있었던 것 같은 기분이었다.

두 사람 사이에는 한동안 어색한 분위기가 스쳐갔다.

"그러니까 최영호라는 사람이 도쿄에 있는 최종설 원장의 헤라클리닉의 소속으로 되어 있다는 말이죠?"

현구도 민호가 가져온 오늘의 과학이란 저널에 나온 기사를 읽었다. 줄기세포를 원하는 대로 분화하는 단백질 기법이나 나노입자를 응용하는 노하우가 미켈란의 방법과 같은 틀을 갖고 있는 것처럼 언급되고 있었다. 그런데 이 연구에 최종설과 관련이 있는 최영호라는 인물이 개입되어 있다는 것이 아닌가.

"어떻게 알아낼 수 있었답니까?"

"그러니까 정보 시대의 힘이 대단하다는 거지."

"헤라클리닉이 이 분야에 소양이 있는 사람을 확보했다는 것은 금시초문인데요."

"최종설 원장과는 잘 아는 사이야?"

"네. 그냥 좀 아는 사입니다."

어쩐지 최종설이 신경이 쓰인다 했었는데, 그 예감이 적중한 것 같았다.

"미켈란랩의 특허 출원과 관련해서 그 내용을 자세히 아는 사람이 얼마나 되지?"

"연구소에서 일하는 연구원들은 대략 윤곽은 알고 있다고 봐야죠."

"그렇군."

"그렇지 않아도 요 며칠 동안 곰곰이 따져 봤는데 딱 집히는 사람은 없었습니다."

"요즘 미켈란랩 주식 상당히 오르지 않았어?"

"예. 좀 오르긴 했습니다."

하긴 액면가 5백 원짜리가 8만 원대까지 올랐으니 최우량주 중 하나이기는 했다.

"제가 아는 한 중요 원천 기술은 김지돌 선생과 박현진 박사 두 사람이 확실하게 쥐고 있습니다."

"알았어. 아무튼 그 부분은 나도 한번 알아볼게."

"실장은 저의 4촌 형이고 김 선생과 윤 박사는 제가 가장 믿고 있는 사람입니다."

"음. 알았어. 그런데 주목할 만한 일은 구마모토 연구소가 니혼셀이라는 일종의 바이오 벤처를 만들었는데 최근 자스닥에서 주식이 엄청 올랐다던데. 헤라클리닉의 최 원장이나 문제의 닥터 최가 상당한 분량의 주식을 갖고 있고, 또 한국 쪽 조폭 돈이 많이 들어가 있다고 하더라고. 내가 보기엔 아주 의미심장한 정보인 것 같아."

"그래요?"

현구는 반문하면서도 집히는 구석이 있었다. 지난해 일본에 갔을 때 최종설이 자신이 자스닥에 투자를 해서 재미를 많이 보고 있다는 얘기를 한 적이 있었다. 모르긴 해도 박강재 의원이며 지나미도 투자를 했을 터였다. 자기들끼리 속닥거릴 때 귀가 있으니 듣지 않을 수 없었다.

"죽은 지나미 씨도 투자자의 한 사람일 겁니다."

"그래?"

주 변호사가 정색을 했다.

현구는 종설의 권유와 주선으로 지난해 일본에 세미나 참석차 갔을 때 지나미와 박강재 의원을 만난 적이 있었고 그때 언뜻 들은 얘기를 주 변호사에게 일러줬다. 현구의 예감대로 의혹은 최종설의 헤라클리닉으로 쏠리고 있었다.

"한 가지 고무적인 소식이 있어."

주 변호사가 가방에서 서류 하나를 꺼내면서 말했다.

"구속적부심 청구서야."

"이 상황에서 기소가 되겠습니까? 법엔 문외한이지만 기소란 수사가 다 끝난 뒤에 하는 것 아닌가요?"

"그렇지. 원칙은 수사가 끝나야 기소 여부가 결정되지."

"저는 추가로 조사받은 게 전혀 없는데요?"

"나 원 참. 무슨 꿍꿍이들이 있는지……."

어쨌든 현구로서는 지긋지긋한 유치장 생활을 벗어나기 위해서라도 구속적부심에 기대를 걸어야 했다.

영장에 의해 수사기관에 구속되었다 하더라도 피의자는 구속적부심 절차에 따라 다시 법원으로부터 구속의 적정 여부를 심사 받을 수 있도록 법으로 규정되어 있었다.

이 절차에서 법원이 검찰의 구속이 부당하다고 하여 석방을 명하면 피의자는 즉시 석방되며, 이에 대하여 검사는 항고를 하지 못한다. 구속적부심의 청구는 피의자 본인이나 변호인은 물론 배우자, 직계 친족, 형제자매, 호주, 가족, 나아가 동거인이나 고용주도 피의자를 위하여 청구할 수가 있다. 구속적부심은 사건이 법원에 기소되기 전이면 언제든지 청구할 수 있었다.

"검사도 그렇고 판사들도 그렇고 취향이라고 말할 수 있지. 좋게 말하면 법해석이라고 할 수 있는데 직관과 정황에 의해 사건을 처리하는 사람이 있고 철저히 증거 제일주의를 따지는 사람이 있단 말이야. 면도날처럼 법조문을 적용하는 판사가 있고 상식적 정황을 따지고 온정에 무게를 싣는 법관이 있지. 그래서 양형이 고무줄이다 이런 소리도 나오기는 하는데 어쨌든 이번 적부심 심판을 후자의 판사가 맡게 되도록 빌어보자."

"법관 배정은 어떻게 합니까?"

"행정처에서 순번을 정해놓고 돌아가면서 하는데 거의 무작위라고 보면 돼. 흔한 말로 복불복이라고들 하는데 그게 맞는 얘기지."

주 변호사의 이야기를 듣다 보니 현구는 남의 얘기하고 있다는 생각이 들어 그리 간절한 마음이 들지 않았다. 웬일인지 될 대로 되라는 심정이 됐던 것이다.

"그럼 보석은 어떻게 되는 겁니까?"

"검사에 의해 구속 기소된 경우 피고인은 법원에 보증금을 납부할 것을 조건으로 석방하여 줄 것을 청구할 수 있는데 그걸 보석이라고

해. 보석은 기소 후에 청구하는 점에서 기소 전에 청구하는 구속적부심과 다르지. 보석 청구가 있는 경우 법원은 피고인의 재력 정도와 범죄의 성질, 증거 등을 고려하여 허가 여부를 결정하게 돼 있어. 법원이 보석을 허가하는 경우 상당한 보증금을 납부하게 하고, 주거를 제한하는 등의 조건을 붙이는 것이 보통이야. 우리는 거기까지 가지는 않도록 해야겠지."

27
지나리

 지구 최초의 여인 판도라. 그녀의 이름은 '모두 받은 자'라는 의미이며 남자를 미치게 만드는 모든 것, 즉 덕목과 황홀한 매력, 남을 기쁘게 해 주는 말솜씨, 그리고 사악한 마음을 함께 가졌다고 한다.

 제우스는 프로메테우스가 인간에게 전해준 '불'에 대한 벌을 충분히 받지 않았다는 사실을 깨닫고, 좀 더 완벽한 복수 방법의 하나로 판도라를 지상으로 내려보냈던 것이다.

 '예측'을 뜻하는 이름의 프로메테우스는 이런 책략을 이미 예상하고 있었기 때문에 '때 늦은 지혜'를 뜻하는 이름의 동생 에피메테우스에게 제우스가 주는 선물은 아무리 좋은 것이라도 절대 받아서는 안 된다고 경고했다. 그러나 에피메테우스는 판도라의 매력에 사로잡혀 서둘러 그녀를 아내로 맞아들였다.

 제우스는 자신의 계획이 맞아떨어진 것에 회심의 미소를 지으며 또 다른 선물인 커다란 항아리를 보냈는데, 이것에는 뚜껑을 절대 열어서는 안 된다는 지시가 붙어 있었다.

에피메데우스는 이 말을 판도라에게 전하지만, 운명은 판도라의 호기심 편이었다. 무슨 물건이든 열어보지 말라는 것은 판도라에게는 열어보라는 유혹과 같은 것이었다.

결국 판도라는 항아리를 열게 되었고, 뚜껑이 열리자 질병, 재앙, 증오, 시기심, 세금, 그밖에도 인간이 상상할 수 있는 온갖 나쁜 일들이 쏟아져 나왔다.

깜짝 놀란 판도라는 얼른 그 뚜껑을 다시 닫았지만 이미 엎지른 물이 되고 말았다. 온갖 저주가 다 빠져나왔지만 단 하나 달아나지 않고 항아리 속에 갇혀 남아 있는 것이 있으니, 그게 바로 '희망'이었다.

지나리는 진작부터 이 신화의 논리에 문제가 있다고 생각하고 있었다. 도대체 그 많은 악이 득실거리는 항아리 속에서 희망이 무엇을 하고 있었단 말인가. 그리고 판도라의 항아리로부터 빠져나온 온갖 저주가 인간을 괴롭히게 되었다면 판도라는 마지막 남은 '희망'을 항아리 속에 가두어 둘 것이 아니라 그대로 빠져나오게 했어야 신화의 설명이 이치에 닿는 것 아닌가.

희망이 항아리를 빠져나와 사람들에게 널리 퍼져나가야 사람들이 희망을 향유할 것 아닌가. 다시 말해, 판도라가 희망이 항아리로부터 빠져나오기 전에 뚜껑을 닫았기 때문에 우리 인간은 '희망'을 향유할 수 없게 되었다고 보는 게 더 설득력 있는 설명이었다. 판도라가 '희망'을 가두어 두었기 때문에 인간은 희망을 모르고 살고 있다는 게 더 논리에 맞는 해석이었다. 이 신화를 쓴 사람은 왜 이런 기본적인 논리를 망각했을까?

나리는 미사리 조정 경기장 위쪽의 강가 벤치에 앉아 자신의 희망, 자신의 항아리에 대해 생각하고 있었다. 언니는 그녀에게 판도라였다. 자신에게 있어 언니의 죽음은 마치 희망이 항아리를 빠져나오기 전에 닫혀 버린 그런 형국이었다.

나리는 이 순간 육친을 잃은 슬픔보다 자신에게 돌아올 기회와 희망이 사라진 것에 더 마음이 쓰였다는 사실에 더욱 괴로워했다.

어찌 됐건 빨리 범인을 잡아야 할 텐데 지금 범인으로 몰려있는 나 원장은 그런 일을 했을 것 같지 않았다. 경찰을 찾아가 언니의 죽음에 마약의 돈과 사북 조직이 관련돼 있을 것이라는 얘기를 해 주었는데도 그들은 큰 관심이 없는 듯했다. 새삼 눈시울이 뜨거워졌다. 그동안 언니가 나한테 해준 게 얼마나 많았는가.

나리는 중학교 다니던 시절 나미를 처음 만났다. 학교에서 돌아오니 바깥채 식당 마루방에서 눈물을 쏟고 있는 엄마 옆에 눈에 확 뜨이는 젊은 여자가 앉아 있었다. 지영주, 바로 지나미였다.

엄마는 나리가 무슨 영문이냐는 듯 주변에서 머뭇대자 그제서야 "정윤아, 네 언니 영주다. 인사해라."라며 소개를 했다.

나리의 본명은 강정윤이고 나미는 지영주였다. 영주는 "네가 정윤이구나"하며 손을 잡으려 했지만 정윤은 손을 내밀지 않았다.

정윤은 그녀가 누군지 자신과 어떤 관계인지 잘 알고 있었다. 엄마가 아버지에게 기를 펴지 못하면서 닦달을 당하는 이유, 아버지가 술만 먹으면 행패를 부리는 까닭이 엄마의 과거 때문이라는 사실을 어려서부터 짐작을 했고, 얼마만큼 커서는 동복 언니가 있다는 사실을 알게 되었기 때문이었다.

피붙이라는 살가움보다 엄마를 괴롭힌 과거의 흔적이라는 생각이 먼저 들었기에 가깝게 다가설 수 없었다.

그날 그렇게 나미는 돌아갔고 한동안 덤덤한 관계가 이어지기는 했다. 몇 년 뒤 아버지가 세상을 뜬 뒤 나미는 엄마와 삼 남매에게 부쩍 다가와 큰 버팀목이 되어 주었다. 자신이 지방 전문대에 입학했을 때 낸 등록금도 언니가 보내준 돈이었다는 것을 내색은 안 했지만 나리도 알고 있었다. 하지만 나리는 끝까지 언니에게 고맙다면서 살갑게 다가서지 못했다.

하지만 나미의 성공은 그녀에게 힘이 되면 되었지 결코 나쁜 일이 아니었다. 우여곡절 끝에 스크린에 데뷔했을 때, 기획사의 강권이기는 했지만 예명을 지나리로 한 것도 큰 프리미엄이 되었다.

배우의 길을 걷겠다고 했을 때 나미는 반대했다. 고난의 길이라고 고개를 저었었다. 그래도 하겠다고 하자 같이 연예신문의 인터뷰에 나서 줬고 함께 카메라 앞에서 포즈도 취해줬었다.

나리의 길은 판도라의 항아리가 열린 것처럼 순탄하지 않았다. 힘들게 출연한 영화 두 편이 모두 보름을 넘기지 못하고 간판을 내렸고, 어렵사리 섭외가 된 드라마도 별로 빛을 보지 못했다. 그래도 어려운 고비마다 나미는 원군이었고 스폰서였다.

　몇 년 전 큰 곤욕을 치러야 했던 사건 때도 언니가 득달같이 달려와 보증을 서고 변호사를 대주고 해서 헤어날 수 있었다. 시내 나갈 차비조차 떨어질 즈음이면 잡지나 신문에 실릴 주방기구 광고 CF촬영 교섭이 들어왔다. 나미의 매니저 장형철을 통해서였다.

　지금은 기획사로 등록을 했다지만 나미는 이른바 '도꼬다이'였다. 데뷔 이후 계속 지금의 장형철과 행보를 함께 하고 있었다. 그는 언니의 부탁 때문이었겠지만 나리에게도 간간이 신경을 써 주었다. 그런데도 그는 나리에게서 좋은 소리를 한 번도 듣지 못했다. 나리는 그 남자가 싫었다. 인상도 그랬고 말투도 그랬다. 왠지 모르게 끊임없이 모사를 꾸미고 있는 것 같다는 느낌이었다.

　장형철뿐만 아니라 언니와 어울리는 주변 사람들 역시 마찬가지였다. 그것이 바로 나리가 언니에게 있어 가장 마음에 안 들었던 점이었다.

　잘 나가는 성형외과 원장이라면서도 꼭 사기꾼 같은 최종설도 그랬고, 그의 부인인 오순자는 더더욱 싫었다. 거기다 오순자의 동생인 오순임에 이르면 꼭 마녀 같은 느낌이었다. 또한 가정부답지 않은 가정부 역시 그랬다.

　고향 오빠, 동생이라는 자들이 늘 주변을 함께 맴돌곤 했는데 나리가 보기에는 그들 사이엔 늘 냉랭한 암투가 흘렀고, 가시들이 돋쳐 있었다. 그런데도 그들은 또 함께 잘 어울리곤 했다. 나리가 알 수 없는 모종의 관계가 있으리라고만 짐작을 할 뿐이었다. 나리의 짐작으로 그건 질투이자 욕심 그리고 퇴폐를 필연적으로 동반하고 있는 끈끈한 애증이었다. 그래서 자신이 언니 곁으로 더 다가서지 않았는지도 몰랐다.

어쨌든 이제 언니는 이 세상 사람이 아니었고 그녀의 죽음은 나리에게 희망이란 보루를 앗아감과 동시에, 언니의 주변 사람들과의 팽팽한 신경전 가운데 내동댕이쳐진 셈이었다.

나리가 손수건을 꺼내려 손가방을 여는데 휴대폰이 손에 잡혔다. 사흘 동안 꺼놓은 상태였다. 손수건으로 눈가를 닦으며 전화의 전원 버튼을 눌렀다. 생각대로 많은 메시지가 쌓여 있었다. 충무로 전 실장의 음성 메시지는 다섯 개나 됐다. 뻔한 메시지일 테지만 듣기 버튼을 눌렀다. 전 실장은 이 바닥 사람치곤 심성이 아주 고운 남자였다.

"나리 씨, 심정이 말이 아니라는 것은 알지만 그래도 전화는 받아야지. 연락 좀 해줘요."

"나리 씨, 일이 아무리 어려워도 같이 상의하면 길이 보이지 않겠어. 전화 좀 받아요."

"참- 아직도 그러네. 다른 쪽도 알아보고 있으니까 너무 부담 갖지 말고 제발 연락 좀 해요, 연락. 오늘도 안 나오고, 그러면 어떻게 해. 어디 아픈 것 아니야?"

"전 실장입니다. 어차피 우리가 나리 씨 언니한테만 목메고 있었던 것 아니니까 너무 속 끓일 필요 없어요. 어쨌든 전화나 좀 받아. 나리 씨도 어떻게 됐을까 봐 걱정이다. 오늘까지 연락 없으면 경찰에 신고한다."

전 실장이라면 정말 경찰에 무슨 일 있을지도 모른다고 신고할 사람이었다.

나리는 남겨진 발신자 가운데 강동혁이란 이름이 있는 것을 보고 고개를 갸웃했다. 누굴까? 확인 버튼을 눌렀다.

"지나리 씨, 강남서의 강동혁입니다. 말씀하신 대로 언니 재산 관계에 대해서 알아보고 있는데 아주 복잡하더군요. 한번 뵙고 여쭤볼 게 있습니다. 그리고 우리 쪽에서 꼭 알려드릴 것도 있고. 연락 바랍니다."

경찰이 영영 손을 놓고 있는 것은 아닌 모양이었다.

나리의 얼굴은 조금 전보다 생기가 돌았다.

28
관계

두 사람은 경찰서 건너편 커피숍에 마주 앉았다.
"가족 관계 등록부에 지나리 씨는 없더군요."
강동혁 팀장이 마주앉은 나리를 보며 말했다.
"네, 그럴 거예요. 우린 아버지가 달라요."
"그랬군요."
"제 본명은 강정윤이예요."
"강상수, 강윤수 씨가 동생들 되시죠?"
강 형사가 수첩을 들춰 보며 물었다.
"예, 제 남동생들입니다."
"죽은 지나미 씨와 그분들도 어머니가 같은 형제분들이겠군요."
"그렇습니다. 그런데 등록부에 안 나와 있다면서 걔들 이름은 어떻게……."
나리가 말끝을 흐리며 물었다.
"지나미 씨가 세 분을 수혜자로 해서 큰 금액의 생명보험을 들어 놓으셨더군요."

"그랬어요?"

나리는 순간 왈칵 목이 메어오는 것을 느꼈다.

"그 이름들을 보고 처음에는 누군가 싶었습니다."

나리는 '큭' 하고 울음이 터져 나오는 통에 손으로 입을 막아야 했다.

"10억이 넘는 큰돈입니다."

"흐-흑!"

그 말에 나리는 와락 설움이 복받쳐 올랐고, 애써 막고 있던 소리가 터져 나왔다.

"아직 보험회사에 확인까지는 안 했습니다. 보험계약서만 발견했죠. 그런데 제대로 불입했다 해도 지급에는 시간이 좀 걸릴 겁니다. 보험회사는 사건이 해결돼야 처리를 하거든요."

강 형사는 자기가 먼저 나리의 궁금증을 계속 풀어줬다.

"지철중 씨와는 잘 아십니까?"

"나미 언니의 오빠라는 것만 압니다. 한 번도 만난 적은 없어요."

"지금으로서는 그 지철중 씨와 또 다른 오빠인 지철용 씨가 가까운 가족으로 되어 있습니다. 그쪽에서 요구하면 망자의 유품들을 다 돌려줘야 합니다."

"그런 요구가 있었나요?"

"아직은……."

"그 사람들이 언니에게 뭘 해줬다고."

나리의 입에서 두서없이 그런 말이 나왔다.

"무슨 말씀이신지?"

"그 사람들은 언니와 피도 섞이지 않은 사람들 아니에요?"

나리가 알기로는 엄마는 그 집에서 나미 하나만 낳고 집을 쫓겨나왔다.

"그래도 지나미 씨와는 아버지가 같은 이복형제들 아닙니까?"

듣고 보니 그랬다. 그런데도 자신은 여태껏 언니와 지 씨 형제들을 한데 묶어 생각해 본 적이 없었다.

"유언장이라도 있었으면 좋았을 텐데 그런 건 없더군요."

나리는 지 씨 형제들 생각에 잠겨 잠잠히 있었고, 강 형사가 말을 이었다.

"지나미 씨 재산이 제법 많더군요. 저희가 파악한 것만 해도 백억이 넘습니다."

"언닌 참 알뜰하고 억척스러웠으니까요."

다시 설움이 복받쳤다. 그렇게 고생하며 억척스레 모은 돈을 써보지도 못하고 이처럼 죽었나 생각하니 더욱 그랬다.

"지금까지 나온 것만 해도 청담동 최고급 빌라 한 채와 오피스텔이 두 개 있었고, 은행에도 꽤 많은 예금이 있었습니다. 제 느낌에는 다른 주식이나 부동산이 더 있을 것 같은데 그 문제에는 우리가 더 개입할 수 없습니다. 가족들이 알아서 해야죠. 그런데 지난번 말씀도 있고 해서 최근의 현금 흐름을 알아봤더니, 몇 군데 제법 문제가 있기는 했습니다. 일단 주거래 은행의 계좌에서 지난해부터 뭉텅이 돈이 장형철 씨 구좌와 오고가고 했더군요. 나간 돈이 훨씬 많습니다. 혹시 오순자 씨와 오순임 씨는 누구인지 아십니까?"

"알아요. 최종설 원장 부인과 그 여자의 동생, 그러니까 최원장 처제에요."

"아- 그렇군요. 그 두 분과도 돈 관계가 많이 있더군요."

"그랬을 거예요."

"뭐 아시는 것 있으면 다 말해 주시죠."

"그 사람들 서로 오래전부터 얽혀 있는 것 같았어요."

나리는 자신이 아는 대로, 이른바 사북형제들이라 해서 어린 시절부터 한데 어울려 다녔다는 얘기를 해줬다. 오순자는 나미의 중학교 선배였고 가정부로 있는 장현자는 매니저 장형철의 친누나로 최 원장이 고교 시절에 잠깐 살았던 주인집의 아들딸이라는 얘기 등이었다.

강 형사는 가정부 장현자가 장형철의 누나라는 얘기는 처음 듣는 모양이었다.

"오늘 말씀 고맙습니다. 그리고 참 한 가지 더 말씀드릴 게 있는데 어쨌든 개정 민법에서는 이부동모(異父同母)도 엄연한 형제로 인정하고 있고 상속권이 있으니까 관계되는 확인 서류를 미리 떼어놓도록 하십시오. 정황이나 제 느낌으로는 고인도 나리 씨 쪽이 형제로서의 권리를 행사하기를 바랄 것 같습니다."

나리로서는 나쁜 소식인 것만은 아니었다.

29

진찰

 종설은 스케줄표의 오전 검진 예약란을 보면서 고개를 갸웃했다. 20대 초반의 젊은 여자 세 명이 나란히 같은 시간에 상담 및 검진란에 이름을 올려놓고 있었다. 한꺼번에 이쁜이 수술을 하겠다고 단체 예약을 한 것이었다.
 이런 일은 드물었다. 중년에 접어든 아주머니들이 이른바 '이쁜이계'를 해서 단체로 오는 경우는 간혹 있었어도 젊은 여성들은 그렇지 않았다. 행여 누가 알까 쉬쉬했기 때문이었다.
 간호사의 안내로 원장실에 들어온 여성들은 모두 20대 초반의 여성들이었다.
 종설은 그중 하나를 보고 깜짝 놀라 자신도 모르게 눈을 비볐다. 죽은 지나미의 젊은 모습을 보는 것 같았기 때문이었다. 자세히 보니 얼굴 윤곽과 눈매가 비슷했지 코와 입술은 딴판이었다.
 '짜식…… 어떻게 그렇게 허망하게 죽을 수 있단 말인가.'
 잠시 멈칫했던 종설은 간호사가 적어 올린 차트를 보면서 입을 열었다.

"LVR을 원한다? 다들 아직 젊은데, 누구 소개로 우리 병원을 알았죠?"

이들의 외모는 길가는 남성들이 한 번쯤 다시 뒤돌아 볼 만큼 빼어났다. 종설은 일본에 있는 자신의 클리닉에 와 있는 것 같다는 착각이 들었다. 일본에서는 이런 일이 가끔 있었다.

간단한 예비 상담이 끝나고 첫 번째 여성이 진찰대에 올랐다. 지나미를 닮은 그 여자였다. 그녀는 양다리를 발걸이에 고정시킨 채 자신의 주요 부분을 적나라하게 드러내놓고 있었다. 종설은 라텍스 장갑을 끼고 KY젤을 바르면서 옆에 서 있던 간호사에게 눈짓을 했다. 간호사의 손에는 카메라가 들려 있었다.

"아까 말 한대로 녹화합니다."

간호사가 익숙한 솜씨로 셔터를 눌렀다. 하긴 모든 게 자동이니 솜씨랄 것도 없었다. 작은 카메라도 고성능을 발휘했다. 플래시가 세 번쯤 터졌다. 전엔 폴라로이드를 사용했었는데 디지털시대로 들어와 얼마나 편한지 몰랐다.

촬영이 끝나자 종설은 젤 바른 손을 누워있는 여자의 음부로 가져갔다. 차가운 느낌이 드는지 그녀가 움찔했다. 그 부분은 겉 부분의 색상부터 상당한 경험이 있는 것으로 여겨졌다. 나이에 비해 심한 편이었다.

종설은 혀를 찼다. 처녀막 재생과 질수축 수술을 원한다고 했는데 상태가 해도 너무했다는 생각이 들지 않을 수 없었다. 처녀막 재생은 어림없는 일이었다.

처녀막의 손상이 심하지 않고 부분 파열만 있는 경우라면 파열 부위 변연부를 단순 절제한 후 봉합을 하는 방법을 쓸 수 있었다. 파열이 심한 경우라도 남아 있는 처녀막을 당겨서 격막을 형성시켜 주는 시술을 할 수 있지만, 이 여자의 경우에는 격막을 만들 만한 흔적이 전혀 없었기에 그 방법도 불가능했다.

이 경우에는 억지로 피부조직을 이식하는 방법을 써야 했다. 그리고 그것은 힘든 과정을 겪어야 했기에 단가가 높았다.

처녀막은 대부분 직접적인 성행위에 의해 파열이 되는데 간혹 성행위 없이도 애무나 격렬한 운동에 의해 파열이 되는 경우도 있다. 또 성행위를 많이 가져도 파열이 생기지 않는 경우도 드물게 있기는 했다. 수술을 받는 여자들은 흔히 출혈만 있으면 된다고들 말한다. 알려진 대로 처음 성교 시 출혈이 나오는 것은 남성의 성기와의 접촉으로 인해 처녀막이 찢어져 생기는 자연스런 현상이었다.

처녀막 재건 수술은 수술을 받더라도 처녀막 자체의 혈관 조직이 적기에 봉합 부위가 잘 붙지 않는 경우가 많았다. 종설은 수술 시 이중으로 주름을 잡고 가는 봉합사로 미세 봉합하는 방법을 사용했기에 성공률이 높았다.

종설은 질 안으로 손가락을 더 밀어 넣었다. 그녀가 움찔 놀란 듯 몸을 떨면서 작은 소리를 냈다. 입구가 벌어진 상태로 있는 것은 무수한 경험을 말해주고 있었지만 다행히 질 안쪽의 이완은 그리 심한 편이 아니었다.

성관계가 많지 않더라도 체질적으로 근육의 힘이 약한 여성이나 임신 중절 수술의 경험이 있는 경우, 또는 성관계 경험이 있는 20대 중·후반 여성의 경우 질 이완이 심한 경우가 많았다.

질의 수축력과 탄력성을 잃게 되면 미혼 여성일지라도 결혼 후 남성에게 만족감을 주지 못할 뿐만 아니라 본인도 자신감이 상실되어 만족스러운 성관계를 기대하기 어렵게 된다. 종설은 이럴 때마다 처녀막만 재생하여 단순 출혈만 유발하는 것보다 미혼 질 성형술을 동시에 시술하는 것이 훨씬 효과적이라고 강권을 하곤 했다. 또한 남자는 초기 혈흔도 중요하지만 첫 관계 때 느끼는 질 입구의 저항감과 내부의 수축력을 중요하게 생각하기 때문이라고 강변하곤 했다.

"엄마한테 고맙다고 해요."

종설은 질 안에 손가락을 넣은 채 여자에게 말했다. 옆에 서 있던 간호사도 무슨 말인가 싶어 종설을 쳐다보았다.

"무슨 말이에요, 원장님."

꽤나 당돌했다. 부끄러워하는 기색 없이 즉각 반문해왔다.

"엄마가 잘 낳아주셨다는 얘기야. 명기야 명기."

"그래요? 원장님도 그렇게 느끼세요? 여러 아저씨들도 그렇게 말하곤 했어요."

"그만큼 경험이 있는데도 이렇게 튼실하니."

종설이 질 안에 있던 손가락에 힘을 주어 위쪽을 건드리면서 말했다.
"아야. 아파요 선생님."
"음순 탈색과 양귀비만 하면 금상첨화겠군."
종설이 혼잣말처럼 중얼거렸다. 사실은 조이는 힘이 그리 센 것은 아니었다. 일종의 립서비스였다. 여자들은 칭찬에 약했다. 종설은 특히 그 부분이 대단하다고 추어주면 맥을 못 춘다는 걸 잘 알고 있었다.
"됐어요. 일어나 옷 입어요."

두 번째 여자가 진찰대에 누웠다. 아까의 여자보다는 약간 덩치도 컸고 살집이 있었다. 그녀의 음부는 이른바 솥뚜껑 음부였다. 살집이 두툼해 소음순이 겉으로는 전혀 보이지 않고 금만 갈라져 있는 그런 모양이었다.
이번에도 간호사의 카메라 플래시가 터졌고 장갑을 갈아 낀 종설이 KY젤이 적게 묻어 있는 손으로 그녀의 솥뚜껑을 벌리자 빨간 소음순이 모습을 나타냈다. 종설이 간호사에게 턱짓을 하자 플래시가 한 번 더 터졌다.
종설의 손가락이 그녀의 중요 부분을 헤집었다. 작은 신음 소리가 흘러나왔다. 먼저의 여자보다는 경험이 많지 않은 듯했다. 그러나 이 여자 역시 처녀막의 흔적은 없어진 지 오래였다. 질의 조임은 대동소이했지만 질 전체가 아래쪽에 자리 잡고 있어 정상위 상태에서 상대를 압박하는 구조였다.

"관리를 잘했군. 조금만 손보면 되겠어."

이번에도 립서비스였다.

세 번째 여자는 소음순이 닭벼슬 같았다. 꽤나 축 늘어져 있었다.

"성교할 때 아프지 않아?"

"네. 가끔 쏠려 들어가서 아플 때가 있어요?"

"조금 잘라 내야 되겠다."

"네?"

그녀는 놀라는 기색이었다.

"며칠만 고생하면 돼. 그거만 손보면 천하제일이 되겠다. 음핵도 좋고."

종설이 그녀의 꽤 큰 편인 클리토리스를 비벼대듯 만졌다.

"그럴 때가 제일 좋아요, 선생님."

"그렇겠지. 자…… 자, 됐어요. 옷 입고 나가서 기다려요. 화면을 보면서 수술 상담해야지."

30
질 성형 상담

여자들은 진작 나와서 옷매무시를 바로 하고 화장까지 고치고 있었다.

종설의 책상을 중심으로 세 여자들이 에워싸듯 둘러앉았다. 컴퓨터 화면에 아까 촬영한 그녀들의 음부 사진이 펼쳐졌다. 여자들이 서로 키들댔다.

"어머! 이게 니 꺼야? 에이 징그럽다."

"뭐가? 니께 더 요상한데."

아무리 유흥업소에 같이 다니는 친한 친구의 것이라고 해도 이렇게 자세히 본 적은 없을 터였다. 키들대고 혀를 쑥 내밀고 난리법석을 떨었다.

"자네가 효진이라고 했던가?"

종설이 음순(陰脣)이 까맸던 첫 번째 여자를 보면서 말했다.

"네, 얘가 정아고 쟤는 지영이에요."

"그래. 여기 보면 알겠지만 효진이는 음순의 색이 상당히 변색된 것을 알겠지?"

"그래요. 색깔 예쁜 애들 보면 죽이고 싶도록 샘나요."

"고칠 수 있어."

"정말요?"

신바람이 나는 모양이었다.

"지영이는 말 한대로 소음순 절제술이 제일 시급하고."

"이걸 소음순이라고 해요?"

놀랍게도 그녀들은 소음순, 대음순, 질, 음핵, 회음부, 질전정, 요도 등 아주 기본적인 구조에 대해서도 숙맥이었다. 대충 들어 알고 있었던 것뿐이었다.

종설은 신바람이 나서 일장 강의를 했다. 아무리 아랫도리 굴리는 여성들이라 해도 젊고 아름다운 여자들이었기 때문이었다. 그는 이럴 때마다 부인과 성형외과의로서의 자부심과 즐거움을 느끼면서 혼자 속으로 웃곤 했다.

"실제 혈흔은 있어도 첫 성관계에서 질의 수축력이 약하고 질 안이 넓고 비어있는 느낌을 가지게 된다면 남성이 그 여성에게서 성적인 매력을 계속 느낄 수 있을까? 물론 아니지. 그리고 이 사실을 눈치 채는 순간 여자는 자신감을 상실하게 돼서 성적으로 위축되어 버리게 되지 않겠어? 그래서 처녀막 수술 시 미혼 질 성형술을 동시에 받게 되는 것이라고 할 수 있지."

종설은 처녀막 재건 수술 하나만은 큰 의미가 없다고 강조하면서,

그보다 더 중요하고 실용적인 것이 질 수축이고 음순 성형이라고 했다.

"오럴 섹스가 보편화됨으로써 남성에게 자신의 성기를 보여주는 기회가 많기 때문에 소음순이 크거나 검게 늘어진 경우나 비대칭일 경우와 같이 이상이 있을 때 레이저 소음순 성형술을 고려하게 된다는 얘기지."

그녀들은 고개를 끄덕였다.

종설은 그녀들에게 파격적인 오퍼를 했다. 레이저 질 축소술을 해주고 또 각자 음순 성형, 그리고 양귀비 수술을 해주는 데 모두 합쳐 5백만 원에 해주겠다고 했다.

양귀비 수술은 질 점막 아래에 탄력성 있고 말랑말랑한 실리콘을 넣어주거나 질 점막 아래에 있는 진피와 근육, 근막을 이용하여 질 내에 볼록한 자극 점들을 만들어 주는 수술이었다. 그 결과 마찰력을 유발하게 하여 남성과 여성 모두에게 성감을 증가시켜 주는 수술이라고 할 수 있었다.

그녀들은 뛸 듯이 기뻐했다. 자신들의 스폰서는 그 두 배인 천만 원을 내놓겠다고 했다는 것이다. 자신들이 도쿄의 레게 댄스 클럽에 진출한다고도 했다. 긴자의 술집이나 신주쿠의 마사지 팔러로 가는 것으로 짐작했던 종설에게도 의외였다.

"레게 클럽에 간다고?"

"네. 레게 댄스 클럽이요. 원장님 가보셨어요?"

"그럼. 몇 번 가봤지."

종설은 요즘 성인 비디오에 식상한 일본의 마니아들이 레게(Reggae) 댄스를 신선한 자극이라고 여기면서 부쩍 인기가 치솟고 있다는 것을 알고 있었고, 당연히 그런 클럽에 가본 적도 있었다.

레게 댄스는 아프리카에서 시작돼 남미의 자메이카를 중심으로 발전하였고, 일본에는 이미 수십여 년 전부터 자리 잡은 댄스 중 하나였다. 유난히 허리와 골반을 써야만 하는 레게 댄스는 남자들보다 여자들 사이에서 각광을 받았고, 그녀들의 춤을 보면서 남성들은 흥분했다.

일본의 1990년대 버블 시기에 일본 열도 전체가 흥청망청 먹고 마시고 놀아날 때, 젊은이들은 최신 초호화판으로 설비된 디스코로 몰려들었다. 스테이지에는 최고의 인기 미녀들이 너도나도 할 것 없이 높은 힐과 짧은 미니스커트, 부채를 들고 경쟁을 하듯 개미허리를 흔들어 댔다. 그때 그녀들 사이에서 레게 댄스는 빼놓을 수 없었던 인기 장르였다. 레게 리듬에 맞춰 춤을 추고 있는 그녀들을 보고 있노라면 마치 문어가 발정기의 수컷을 유혹하는 듯 했고, 그 모습은 매우 자극적이었다.

레게 댄스는 남성들의 폭발적인 인기를 받으며 계속 성장했고 나이트클럽에서 남성들의 시선을 사정없이 받고 싶어 하는 젊은 여성들의 전폭적인 관심 속에서 널리 퍼졌나갔다. 레게 바는 도쿄의 시부야나 롯본기, 오사카의 우메다 등 메인 영 스트리트에서 없어선 안 될 명소가 되었다. 그녀들의 선정적인 모습을 담은 비디오가 레게 비디오였다. 요즘은 물론 DVD로 출시하고 있었다.

이처럼 근래에 들어 레게 댄스와 동영상이 일본의 에로 업계에서 떠오르는 장르에 속하고 있다는 것을 종설은 익히 알고 있었지만 거기에 이렇게 한국 여자들까지 영입하고 있다는 것은 놀라운 일이었다.

"자네들 그럼 레게 댄스 출줄 알아?"

"레게가 뭐 별건가요. 신나게 흔들면 되지."

한 녀석이 자신 있게 대꾸했다.

"그렇긴 하겠군."

"비디오로 배우고 있는데 신지 상이 도쿄에 오면 스쿨에 보내준다고 했어요."

"신지라는 일본 사람이 자네들이 말하는 스폰서인가?"

"네. 원장님도 아세요? 그 사람은 원장님 아는 것 같던데."

"글쎄 기억은 없는데. 내가 도쿄에도 클리닉을 가지고 있고 자네들 같은 예능인 지망생들의 수술을 많이 해준 편이니까. 다음엔 한번 같이 오자고 해."

실제로 어떤 녀석인지 한번 보고 싶기도 했다. 이른바 AV 스카우터임에 틀림없었지만 한국까지 손길을 뻗쳐 이 정도 되는 애들을 손아귀에 넣었다면 작은 기획사는 아니라고 여겨졌다.

"그나저나 자네들 다른 성형은 필요하지 않는가?"

아까부터 이 녀석 쌍꺼풀은 조금 더 다듬을 필요가 있고, 저 녀석은 코만 조금 세우면 좋을 텐데 싶은 생각이 들었다.

"대충대충 했어요."

몸매는 이미 스폰서란 녀석이 기준을 세워 오디션을 했을 터였다.

종설은 눈 앞의 세 여자들의 가슴은 모두 풍성하다고 느끼고 있었지만 두 가지 측면에서 그녀들의 브래지어를 풀게 했다. 직업적 호기심과 남자로서의 음심이 발동한 것이었다.

여자애들은 경쟁하듯 자신의 가슴이 어떠냐고 들이댔다. 한 애만 자연산이었고 둘은 보형물을 넣었다는데 다들 감촉과 모양 모두 쓸 만 했다.

종설은 그날 그녀들에게 다른 견적은 내지 않았다. 어차피 시간과 비용 모두 더는 나올 것이 없을 거라는 것을 잘 알고 있었기 때문이었다.

31
장례식장

　민호는 저만큼에서 이쪽으로 오고 있는 사람이 주형진 변호사라는 것을 알고 현관 입구에서 기다렸다.
　"선배님이 여길 어쩐 일로……."
　"아무래도 한번 와봐야 할 것 같아서."
　"그랬군요. 그래도 의외입니다."
　두 사람이 만난 곳은 지나미의 장례식이 열리고 있는 대한병원 장례식장 입구였다. 이번 사건으로 몇 차례 만난 사이인 두 사람은 이심전심으로 통하는 구석이 많았다.
　장례식은 그녀가 죽은 지 보름째 되는 날 치러졌다. 유족에게 시신을 인도하라는 명령서인 검사지휘서가 그제야 발급됐기 때문이었다. 지휘서가 이처럼 늦게 발급된 것은 피의자 측의 요청에 의해 부검을 다시 실시했기 때문이었다.
　주 변호사는 해부 병리학의 권위자인 윤치호 박사를 초빙해 나미의 시신을 다시 한 번 자세히 살펴보도록 했다. 독극물 조사에서 소량의 진정제와 다른 마약 성분이 추가로 발견됐지만 사건의 정황을 뒤집을 만한 것은 아니었다. 검찰이 사건을 나현구의 단독범행으로 몰아가려 했기에 재판에 대비해 취할 수 있는 최선이자 필수적인 방어이기도 했다. 구속 인정 심문이나 적부심에서도 검찰의 손을 들어줬던 재판부는 이 요청만큼은 피의자 쪽의 입장을 고려해 줬다.

식장은 에스컬레이터를 타고 내려가야 하는 지하 2층이었다. 지하층에 내려서자 왁자지껄한 분위기가 그대로 한눈에 들어왔다.

지나미의 식장은 지하 2층 오른쪽에 있는 장례식장 세 군데를 다 쓰고 있었는데 화환 행렬이 입구까지 두세 줄로 길게 줄지어 있어 생각보다 훨씬 성대하게 이뤄지고 있다는 것을 알 수 있었다. 사람들도 많았고 카메라를 멘 기자들의 모습도 많이 눈에 띄었다. 셀러브리티들이 왔는지 여기저기서 플래시가 터져나왔다.

분향실로 향하는 줄이 길게 늘어서 있었다. 조문객 행렬은 팔뚝에 흰 완장을 찬 잘생긴 청년들에 의해 안내되고 통제되고 있었다. 영화계 후배들인 모양이었다. 민호와 주 변호사도 알만한 유명한 배우며 감독들의 얼굴들이 여기저기 눈에 띄었다.

"이왕 여기까지 왔으니 조문해야죠."

"그래. 같이 들어가자."

두 사람은 한참을 기다려 분향실로 올라설 수 있었다. 흰 국화꽃에 휩싸인 지나미의 사진이 환하게 웃고 있었다. 잡지며 신문에서 보던 사진과 또 다른 분위기였다.

문상 라인에는 그녀의 이복 오빠인 사북의 지 씨 형제와 동복인 평택의 강 씨 형제가 함께 서 있었다. 두 사람은 특별한 자기소개 없이 상주들과 의례적인 인사를 나눈 뒤 분향실을 나와 식당 쪽으로 들어서려 했지만 사람들이 많아 빈자리를 찾을 수 없었다.

어쩌나 싶어 입구에서 서성이고 있는데 주 변호사가 민호의 옆구리를 찌르며 턱으로 저쪽 식당 입구 소파 쪽을 가리켰다. 강남서의 형사들이었다. 민호도 강 팀장을 만나본 적이 있었다.

그쪽에서도 두 사람을 봤는지 부스스 일어서며 아는 체를 했다.

"두 분께서 함께 오셨군요."

두 사람은 형사들과 악수를 나누고 옆자리에 앉았다. 옆의 진 형사와 민호는 첫 만남이었다. 민호는 자신을 포함한 네 사람이 엉뚱한 장소의 묘한 조합이라는 생각이 들었다.

"마땅히 있을 데도 없어서 여기 앉아 있습니다."

강 팀장이 계면쩍은 듯 말했다.

"그래요? 생각보다 사람이 많습니다."

주 변호사가 대꾸했다. 네 사람 사이에 잠시 침묵이 흐르는데 검은색 한복으로 만든 상복을 입은 여자가 그쪽으로 왔다. 지나리였다.

"강 선생님 오셨군요."

"네. 불청객이지만 왔습니다."

"불청객이라니요. 안으로 들어가시지 왜 밖에서······."

"괜찮습니다."

나리는 강 팀장과 인사를 나누면서 민호와 주 변호사에게도 목례를 했다.

민호는 그녀와 눈을 마주치면서 참 돌돌한 눈이라고 생각했다. 그리고 웬일인지 친근하게 느껴졌다. 그녀가 강 형사에게 굳이 형사님이라고 말하지 않은 것은 센스라고 생각했다.

그녀는 다시 고개를 살짝 숙이곤 이내 다른 쪽으로 향했다.

"지나미 씨 동생입니다."

강 팀장이 그녀의 뒷모습을 보면서 두 사람에게 말했다.

민호는 다시 그녀의 뒷모습을 한동안 쳐다봤다.

"그래도 강 형사하고는 꽤 친한 것 같아요, 대하는 태도가."

주 변호사가 한마디 했다.

"사건 때문에 몇 번 만났죠. 그래도 유족 가운데 가장 협조적인 편입니다."

그때 주변이 왁자지껄해지더니 청년 몇 명과 함께 건장한 체구의 중년 남성이 식장으로 들어섰다. 플래시가 마구 터졌다. 사진 기자들도 신사협정을 맺었는지 화환 행렬이 끝나는 식장 입구에서만 촬영을 했고 그 안쪽으로는 들어오지 않았다.

"저 양반도 왔군. 그런데 저 양반 여기와도 되나?"

진 형사가 옆의 강 팀장에게 한마디 던졌다.

"안 오면 더 이상하지."

민호도 그쪽으로 시선을 돌렸다. 박강재 의원은 완장 두른 청년들의 안내로 줄을 서지 않고 바로 분향실로 향했다. 소파 앞을 지나던 박 의원이 걸음을 멈추더니 주 변호사에게 다가왔다.

"어-, 자네 여기서 보네."

들뜬 목소리였다. 주 변호사가 마지못하다는 표정으로 자리에서 일어나 박 의원이 내민 손을 잡았다.

"그러지 않아도 당신 보고 싶었어. 가지 말고 나랑 잠깐 얘기 좀 해, 알았지?"

"알았습니다. 분향 먼저 하시죠."

"그래, 가지 마."

박 의원이 다짐하듯 한 번 더 얘기하곤 일행들과 분향실 안으로 들어갔다.

"검찰 있을 때 한 방에서 오래 함께 있었어."

주 변호사가 민호에게 말했다.

민호는 끊이지 않는 조문객을 보면서 지나미가 잘못 살지는 않았다는 것을 새삼 느낄 수 있었다. 어떤 사람이 어떻게 살았는지는 그 사람이 죽어 관 뚜껑 못을 박을 때 드러난다고 하지 않던가.

지나미가 영화계며 연예계에 인심을 잃지 않고 있었으며 주변의 인정을 받았다는 것이 여실히 드러나고 있었다. 조문객들은 진심으로 그녀의 죽음을 슬퍼했고 그녀가 자신들의 곁을 떠났다는 사실을 아쉬워했다. 민호는 현구가 그런 지나미를 해치지 않았으리라는 것을 다시금 확신했다. 선한 사람은 결코 선한 사람을 해치지 않는 게 세상 이치 아닌가.

박강재 의원이 분향을 마쳤을 때 마침 식당에 있던 한 그룹이 자리를 비웠고 박 의원 일행이 그 테이블을 차지했다. 박 의원은 장례식장에 잠시 머무를 요량인 듯했다. 그의 비서가 주 변호사에게 왔고 민호는 주 변호사를 따라 박 의원의 테이블로 갔다.

"의원님, 인사하시죠. 시대일보의 전문기자 김민호 박사입니다."

주 변호사가 소개를 했다.

"박강재올시다."

박 의원의 손은 두툼했다.

"시대일보라면 신 국장 계시는 곳 아닙니까? 잘 계시죠?"

"네. 늘 열심히 일하시는 것 같습니다."

민호와 주 변호사는 그 테이블에서 여러 사람들을 만날 수 있었다. 최종설과도 인사를 나눴고 그의 부인인 오순자, 지나미의 매니저였던 장형철, 그리고 장형철의 누나이자 지나미의 가정부 일을 했던 장현자도 볼 수 있었다.

주 변호사에게 아니 나현구에게 장현자는 참 악연인 사람이었다. 지나미가 죽던 날 종적을 감췄던 그녀는 여드레가 지난 뒤 돌연 태백경찰서에 모습을 나타냈다. 바로 현구의 구속적부심이 있던 날 새벽이었다. 자신이 그동안 신원 미상의 청년들에게 감금당해 있었다는 것이었다. 감시가 소홀한 틈을 타 탈출했는데 나오고 보니 사북읍에 있는 폐광촌의 창고였다는 것이다.

그녀의 출현은 현구에게 매우 불리한 정황이었다. 게다가 그녀는 한술 더 떠 자신이 현구의 전화를 받고 집 밖으로 나갔더니 스키마스크로 둘러싼 괴청년들이 자신의 입을 막고 흉기로 위협하면서 눈을 가린 채 납치했다고 진술했다.

이 진술은 구속적부심에서도 현구 측의 항변이 각하된 큰 사유가 됐다. 그녀의 납치 사건은 태백경찰서에 의해 수사가 진행되고 있었다.

최종설 원장과 박강재 의원이 자리를 같이한 테이블은 자연 상석이 되어 있어 유족들이며 이른바 사북 사람들이 모두 와서 인사를 하고 돌아갔다. 나리도 다시 와서 인사를 했고 민호와 주 변호사도 그녀에게 소개가 됐다.

박 의원은 주 변호사를 자신의 옆에 앉으라며 목소리를 낮춰 물었다.

"당신이 사건 맡았다는 얘기는 들었는데 도대체 어떻게 된 거야?"

"아시는 그대로입니다."

"한 길 사람 속 모른다고 하더니 말이야."

"그게 아니죠. 이번에 검찰이 큰 실수하는 겁니다."

"증거가 그렇게 명백하다면 어떻게 해볼 도리가 없는 게 아냐?"

"사건을 뒤집을 다른 증거 곧 나옵니다. 범인은 따로 있습니다."

주 변호사가 웬일인지 큰소리로 말했다. 누군가 들으라는 투였다.

박 의원의 목소리가 더욱 낮아졌다. 주 변호사의 귀에 대고 하는 귓

속말이었다. 바로 옆에 앉아 있는 민호에게도 잘 들리지 않았다.

"그래 자네가 맡았으니 잘하겠지. 나로서는 사건이 빨리 해결되기를 누구보다 바라고 있네. 자네 말대로 뒤집을 수 있고 또 뒤집혀야 한다면 그쪽에 내가 힘을 실어 줄 테니까 나한테 꼭 연락하도록 하게. 내가 지나미 후원회장이잖아. 나도 아는 게 있다구."

후원회장이라는 부분에서 목소리를 높였기에 주변 사람들도 들을 수 있었다.

"자아 자. 한 잔씩 드십시다."

박 의원은 주 변호사와 민호의 플라스틱 잔에 소주를 따랐다.

민호는 자꾸 최종설과 눈길이 마주쳤다. 종설은 처음엔 같은 테이블에 앉아 있었지만 어느새 옆 테이블로 옮겨가 떠벌이고 있었다. 그러면서도 계속 이쪽에 신경을 쓰는 눈치였다. 자연 둘의 눈길이 마주칠 수밖에 없었다.

민호는 그런 그의 눈길이 신경 쓰였고, 도쿄의 최영호란 사람에 대해 물어볼까도 했지만 아직은 때가 아니다 싶어 참기로 했다.

32

면회

 현구는 유치장 생활을 열흘하고도 이틀을 더한 뒤, 열 사흘째 되는 날 끝내 서울 구치소에 수감됐다.
 비둘기장이라 불리는 검찰청 대기실에서 한나절을 보낸 뒤 어두워져서야 포승에 묶인 채 구치소로 향하는 호송 버스에 올라탈 수 있었다.
 버스 안에는 20여 명의 수감자들이 있었는데 현구처럼 유치장에서 구치소로 수감되는 사복 차림과 감색 죄수복을 입은 사람들이 반반쯤 됐다. 양쪽 다 여자가 대여섯 명씩 있었다.
 호송관은 현구와 같은 사복 차림들을 뒤쪽에 앉으라고 했다. 뒤쪽에 앉은 현구는 포승에 묶여 차에 오르는 황토색 수의의 젊은 여자를 보고 깜짝 놀랐다.
 자그마한 체구에 얼굴이 동그란 20대 초반의 깜찍한 용모의 여성이었다. 낯이 아주 익었다. 잠깐 마주쳐서 확실하지는 않지만 자신의 병원에서 일했던 간호조무사 같았다. 그런데 그녀는 현구와 눈이 마주쳤는데도 전혀 알은체하지 않았다.

서초동 중앙 지검을 출발한 호송 버스에 올라 의왕의 서울 구치소로 향했다. 포승에 묶인 죄수들과 함께 있으려니 자신도 하릴없는 죄수였다. 버스 안은 적막감이 돌 정도로 조용했다. 모두들 입을 다물고 있었다. 검사의 취조에, 그리고 기다림에 지친 표정들이었다.

철망에 가려 있기는 했지만 낯익은 거리 풍경들이 차창 밖으로 흘러갔다. 다시 이 풍경을 쉽게 보지 못할 것 같다는 느낌이었다.

주 변호사는 어디 갔는지 하루 종일 볼 수 없었다.

호송 버스는 양재를 지나 판교 분기점에서 서울 외곽순환고속도로 일산 방향으로 진입했다. 차는 청계 요금소를 거쳐 평촌 출구로 나가는 모양이었다. 눈 감고도 다닐 수 있는 낯익은 길이다.

인덕원 사거리에서 우회전을 해 한참을 올라가니 높은 담장의 흉물스러운 건물이 나왔다. 바로 말로만 듣던 서울 구치소다. 이런 곳에 이런 큰 건물이 있다니 자신과는 전혀 상관없는 곳인 줄 알았는데…….

덜커덩 큰 철문이 열리는 소리가 몇 번 나더니 버스 안의 죄수복들이 술렁술렁 일어섰다. 그들이 먼저 내렸고 사복들은 다음 차례였다.

잠시 웅성거리는 소리가 나더니 여자들이 먼저 여자 교도관을 따라가는데 조금 전의 그 젊은 여자와 지척에서 눈이 다시 마주쳤다. 확실했다. 자신의 병원에서 잠시 일하다 그만두었던 바로 그 우미란이었다. 그런데 여전히 그녀는 전혀 알은체를 안 했다. 이런 데서 이렇게 만나니 부끄럽고 어색해서 그러는가 싶기도 했지만 아무리 그래도 웬

만한 사람이라면 그렇게 정색을 할 수 없었다.

교도대원이 철문을 지키고 서 있었다. 교도관들과 함께 통용문을 지나가자 뒤에서 철문이 닫혔다. 창살로 된 철문은 위아래로 오르내렸다. 쿵하는 육중한 울림에 가슴이 찌르르 저려와 움찔했다.

현구가 안 교도관에 의해 안내된 변호사 접견실은 구치소 사무실이 있는 건물 2층에 자리 잡고 있었다. 방안 구조는 경찰서 취조실과 흡사했다. 덩그렇게 폴더 책상과 의자가 있을 뿐이었다. 삭막한 것은 마찬가지였지만 그래도 맨 첫 방이어서 그런지 창문이 있었다.

주 변호사는 책상 위에 가방을 올려놓고 기다리고 있었다.

"나 원장, 미안하다."

현구가 들어서자 두 손으로 잡으면서 훌쩍이는 소리로 말했다. 현구가 오히려 머쓱해졌다.

"미안할 게 뭐 있어요. 하룻밤 있어 보니까 지낼 만해요."

"그래도 경찰 유치장보다는 한결 낫지?"

"하늘과 땅이라고나 할까요."

"조금만 고생해라. 어떻게든 해볼 테니까."

"뭘 더 할 게 있어요? 재판이나 가야지."

저도 모르게 볼멘소리가 나왔다. 구속적부심 기각이 주 변호사 잘못이 아니라는 것을 잘 알고 있으면서도 말이 그렇게 나왔다.

"아니야, 재판까지는 안 가. 신철호, 그 자식이 말도 안 되는 고집 부리는 거니까. 재판하면 백 번 우리가 이긴다. 무슨 역하심정이 있어가지고……."

신철호는 담당 검사의 이름이었다.

현구의 생각에도 달랑 지문 묻은 주사기 하나뿐인데 증거가 참 부실했다.

"주사기 문제는 어떻게 진전이 있어요?"

"아직 없어. 한참 걸린다고만 하니까. 내, 원 참."

주사기 겉에 묻어 있는 지문이 문제가 아니고 안에 프로포폴이 있었는지 아니면 보톡스가 있었는지 정밀 분석을 해보자는 것이었다. 현구의 기억으로 자신이 최근에 사용한 주사기에는 보톡스 성분이 있어야 했다. 보톡스 배합할 때 말고는 주사기를 직접 사용한 적이 없었기 때문이었다.

"아무튼 보전 신청했으니까 한 번 더 부딪쳐 보자."

벽에 있는 시계를 보니 오전 9시가 조금 넘어 있었다.

"새벽부터 나오셨겠는데요. 일산에서 여기 오시려면."

"아니야. 사무실 안 들르고 이리로 직접 왔어."

"그런데 집사 변호사라는 말이 무슨 말이에요?"

"누가 그러대? 집사 변호사라고?"

"아니 여기 담당이 그러던데요."

"참 사람들도. 내가 바로 니 집사 변호사다."

집사 변호사란 집사 역할을 하는 변호사를 말한다. 교도소에 수감된 유력 정치인이나 재계의 거물들, 때로는 조폭 두목 등에게 매일같이 찾아와 변호사 접견으로 편한 시간 만들어 주고 온갖 자질구레한 심부름을 다하는 충복 변호사를 낮잡아 이르는 말이었다.

"그제 지나미 장례식은 잘 치러졌어요?"

"응. 김 박사하고 가봤다. 아주 사람들 많이 왔더라."

"그만큼 지나미의 관계가 복잡하다는 얘기 아닙니까?"

"꼭 그렇게만 볼 수 없지. 어제 보니까 그 여자 생각보다 잘 살았던 것 같아."

"잘 살다니요?"

"막 살지 않았다는 얘기지."

"그런 여자가 왜 그렇게 죽어 죽기는."

"김 박사가 뭐 좀 파고드는 것 같은데 두고 보자."

"그래요? 그 친구 신문사 일 안 바쁜가."

"지금 네가 남 걱정할 때냐. 참 제수씨하고 같이 왔다. 밖에 있어."

"그래요?"

"내가 집까지 가서 모셔왔다. 집사 변호사 맞지?"

"고마워요."

"이따가 일반 면회 신청할 거야. 10시 넘어야 될 걸. 아- 참, 방 괜찮지?"

"선배님이 손 좀 쓴 겁니까?"

"여기 배방계에 아는 사람이 있어서. 그리고 신철호가 그건 들어주더라."

"배방도 검사가 결정해요?"

"독방은 검사가 동의해야 돼."

"아주 좋아요. 맨션이야."

"하는 말 하고는. 천하의 나현구가 한 평도 안 되는 방을 맨션이라고 다 하고."

"선배님이 형무소 구경해 보셨습니까? 형무소 많이 좋아졌습디다."

"네가 언제 형무소를 와봤다고. 나 검찰에 있을 때 늘 체험했어."

"응, 그렇군요. 참 우리 교도관도 그렇고 사소도 그렇고, 나한테 아주 잘 해주는데……. 어떻게 뭐 바라는 건가? 어쨌든 답례 좀 했으면 좋겠는데요."

"그래? 하긴 그렇겠지. 형무소에선 너 같은 범털 하나 들어가면 사동이 다 먹고 산다는 얘기가 있지."

"범털이란 말은 또 뭐에요?"

"자기들 끼리 쓰는 말이야. 너도 금방 알게 된다. 너의 담당, 세희씨 한번 만나게 해라."

"어떻게요?"

"여기선 비둘기 날린다라고들 하지. 세희 씨 전화번호 알려주면 돼. 내 전화번호 알려주던지. 그런데 이 사람들 변호사한텐 연락 잘 안 한다."

대충 무슨 말인지 알 것 같았다. 다 현구를 편하게 해주려고 하는 제안일 터였다.

　현구는 주 변호사에게 우미란에 대해 얘기를 했다. 자신의 지문이 묻은 주사기가 병원 내부 식구에 의해 빼돌려 졌다면 그 용의자의 한 사람이 그녀라는 견해를 피력했다. 그리고 그 우미란과 똑같이 닮은 여자를 어제 호송 버스에서 봤다는 얘기까지 자세히 들려줬다.

　그것은 사건 해결의 방향을 틀게 하는 직관적인 추론이자 유력한 증언이었다.

　세희는 현구의 얼굴을 보자 울음부터 터뜨렸다.
　변호사 접견실과는 달리 일반 접견실은 철장과 플라스틱 유리가 이중으로 면회인과 재소자를 갈라놓고 있었다. 교도관도 뒤쪽에 입회해 있었다.
　"여보, 이게 무슨 꼴이에요."
　"울긴 왜 울어. 나 괜찮아."
　구멍이 숭숭 뚫려 있는 유리창에 함께 양손을 대었다. 두 사람의 온기는 물리적으로 교류될 수 없었지만 정신적으로는 생물학적 반응을 일으키고 있었다.
　"형진 형한테도 얘기했지만 정말 괜찮아."
　"정말 그래요?"
　"그렇다니까. 아침 먹고 나왔는데 반찬도 좋더라."
　"참 영치금하고 책 좀 넣었어요. 그리고 이불도 하나 넣었어요."

"이불을 넣었다고? 여기 이불도 좋은데."

"뭘 어떻게 해야 하는지 몰랐는데 사람들한테 물어서 다 알아냈죠. 속옷들도 넣었고요. 그리고 필요한 책 얘기해줘요."

"그래. 서재에 있는 내가 보던 책 몇 권 넣어줘."

"알았어요. 내일 가져올게요."

"내일 또 오려고? 급할 것 없어. 매일 오지 않아도 돼."

"잠실 아버님 어머님도 같이 오시겠다는 걸 나중에 오시라고 했어요."

"노인네들이 뭐 좋을 게 있어서? 오시지 말라고 그래. 그리고 면회 하루에 한 사람밖에 안 되잖아."

"그렇다더군요."

다 살게 마련이라더니 세희는 밖에서 기다리는 동안 구치소 앞 상인들이며 다른 면회객 등을 통해 필요한 정보를 들은 모양이었다.

두 사람은 정작 할 말이 별로 없었다. 그저 쳐다만 봐도 좋은 사람이었으니까.

"미안해요."

세희가 잠시의 침묵을 깨고 눈물이 그렁그렁한 눈으로 현구를 보며 말했다.

"당신이 미안할 게 뭐 있어."

"당신을 여기까지 오게 한 거 정말 미안해요."

"그게 어째 당신 잘못이야, 다 내 팔자지."

"그래도 우리가 잘했으면 당신한테 이런 꼴 안 당하게 할 수 있었을 텐데 싶으니 그렇지."

"아니야. 형진 형이 변호사 노릇 잘하고 있으니까 난 큰 걱정 안 해. 그러니 당신도 마음 편하게 가져."

"주 변호사님 참 고마워요. 사람은 어려운 일 당해봐야 그 사람 진가를 알 수 있다더니 정말 그 말 맞아요."

"참 형진 형도 그러던데 여기 안 교도관님이 나한테 아주 잘 해 주거든. 내일이라도 말이야-."

여기까지 말했는데 뒤에 있던 입회 교도관이 버럭 고함을 쳤다.

"2778번, 여기서 그런 말 하면 안 됩니다. 안 들은 거로 합니다. 면회 끝."

현구도 아차 싶었다.

첫날 세희는 그렇게 돌아갔다.

33
은밀한 거래

종설의 하루는 좀 엇갈리는 기분으로 시작되었다.

새벽에 도쿄에서 걸려온 전화 때문에 단잠에서 깼고, 협박성 목소리에 뒷맛이 영 찜찜했다. 더구나 면도 중 두 번이나 베기도 했다.

수술실에 들어섰을 때 고수정은 이미 수술대 위에 누워 있었다. 권간호사가 그녀를 분만 때처럼 수술대 등자에 다리를 벌려 올려놓았다.

"선생님, 오늘 기분이 어떠세요? 표정이 좀 어두우시네요."

"약간 피곤한데 나쁘진 않아."

"참, 지난번에 깜빡했는데 국소 마취하기 전에 웃음 가스도 좀 주시면 안 되나요? 제 치과의사는 치료 때마다 매번 주시던데. 두려움도 없어지고 기분도 좋던데……."

"난 가스는 믿지 않아. 그리고 그렇게 심하게 아프지 않으니까 괜찮을 거야. 자아, 시작합니다."

그가 국소 마취제를 주사하기 시작했을 때 수정은 이를 악물고 다리를 움켜쥐었지만 신음 소리는 내지 않았다.

큰 흉터나 문신을 없애려 할 때는 메스로 제거하는 것이 마멸보다는 잔기술이 많이 들고 레이저보다는 적지만 흉터를 가장 적게 남기는 방법이었다.

수술 뒤의 원리는 플랩 회전이라고 불리는데, 문신을 떼어낸 결함이 너무 크거나 둥글어서 상처 가장자리가 서로 붙을 수 없을 경우, 가능한 한 절개 부위를 펴고, 피부 플랩을 들어 올려 제자리로 돌려놓는 것이었다. 그 아이디어는 피부와 피부 탄력을 인접 지역에서 빌려 최대한 중복을 얻기 위해 탄생한 것이었다. 플랩에서는 합병증이 종종 발생하기도 하는데, 그 이유는 여러 번 절단하는 과정에서 손상이 많이 되어 출혈, 감염 및 괴사의 위험이 높아지기 때문이었다.

종설은 플랩이 잘 된 것에 만족했다. 여러 조각들이 퍼즐 맞추듯 맞아떨어졌다. 아침의 찜찜했던 기분이 이제야 떨어져 나가는 듯했다.

수정은 쉴 새 없이 지껄였으나 종설은 상관하지 않았다. 연예인들의 은밀한 사생활에 대해 많이 주워들을 수 있어서 은근히 즐기기도 했다. 섹스와 마약에 얽힌 비교적 사실에 가까운 얘기도 많았다.

"박강재 의원과 지나미 스캔들도 잘 아시죠?"

뜬금없는 질문에 종설은 약간 당황했다.

"음, 그저……."

종설은 손은 열심히 놀리면서도 대화도 조심해야겠다는 생각에, 약간 긴장해야만 했다.

"선생님은 박 의원과 고향 선후배로 친하시잖아요? 요새 여당 대통

령 후보 제1위에 있는…….'

"이제 수술의 가장 중요한 부분이어서 좀 집중해야 해요."

강재는 얼른 대화를 자르고 마무리 작업에 돌입했다.

강재와 권 간호사가 수술 부위에 부피가 큰 드레싱을 마치자, 그녀는 큰 기저귀를 찬 아기처럼 보였다. 권 간호사가 드레싱을 더럽히지 않고 소변을 볼 수 있도록 구멍을 내어 미리 준비한 것이었다.

"자- 이제 내 얘기 잘 들어요. 수술 후 가장 중한 합병증으로는 감염 및 출혈을 들 수가 있어. 간호사가 설명해 주는 대로 매일 소독하고 드레싱도 새것으로 바꾸도록 해요. 그리고 가장 중요한 것은 격한 섹스는 적어도 열흘은 삼가도록. 흠흠."

"아이 선생님도. 섹스는 무슨……"

고수정은 드레싱 위로 누군가 올라타는 모습을 머릿속으로 그려보며 몸을 꼬았다.

울진. 과거에는 교통이 불편하여 손쉽게 갈 수 없는 오지였다. 1968년 북한의 무장 공비 침투 사건으로 그 위치가 어디인지 국민들에게 알려졌고, 현재는 산림청이 국비로 조성한 1호 '금강소나무숲'이 있어 우리나라 최고의 보호 숲으로 더 널리 알려져 있었다. 특히 울진 금강소나무 군락지는 '산림유전자원 보호림'으로 설정되어 숲을 보호

할 뿐만 아니라 산양을 비롯한 멸종 위기 동식물의 삶터를 조장해주는 역할을 하고 있었다.

동해의 맑고 푸른 바다로 쭉 이어진 해안선을 따라 남쪽 영덕 쪽으로부터 후포항, 구산항, 기성항, 사동항, 오산항, 현내항이 쭉 이어져 올라오는 곳이었다.

그 쪽빛 바닷길에서 남쪽으로 내려가다 국립 수산과학원 좀 못미치는 뒤편 바닷가에 허름한 보트 한 척이 정박하고 있었다. 새벽 2시, 주위는 고요하고 인적이 없었다. 갑판과 겉모양은 오래된 낚싯배로 위장되어 있지만 그 안은 최첨단 보안장비를 갖춘 스피드 보트였다. 선장실 옷장 안의 비밀문 뒤에는 별도로 밀폐된 공간이 있었는데, 그곳에는 지금 선박의 모양과는 어울리지 않는 고급 양복 차림의 두 사람이 마주 앉아 있었다.

"지난번 거래에 만족해하고 있소만, 영역을 해외로도 좀 넓혀가고 싶다고 여쭤보랍니다."

일본 측 야쿠자 중간 보스는 한국말이 서투른지 일본어로 이야기하고 있었다.

"이미 엄청난 수익을 내고 있으면서 또 어느 지역을?"

한국 측 대리인은 사북의 최종욱과 핏줄로 얽혀 있는 심복이었다.

"동남아 쪽이오."

"안 되오. 저희는 중국 측 삼합파와 러시아 마피아와의 마찰을 원하지 않는다고 전하시오."

"일단 전하겠소. 이번도 전과 같이 지급하면 되겠소?"

"예. 반은 달러로 나머지는 이더로."

"잘 알겠소. 그럼 3개월 후에 다시 뵙겠소."

신종 필로폰 100㎏. 통상 1회 투약량이 0.03~0.05g인 점을 고려하면 3백 3십여만 명이 투약할 수 있는 양으로 시가 3천 5백억 원 상당에 해당하는 물건이었다.

34

친구

    안 교도관은 현구를 접견실로 데려갈 때면 많이 도는 길인데도 관구문을 나와 바깥마당으로 공기를 쐬면서 걷게 하는 배려까지 해주었다.
    구치소에는 꽃이 많았다. 복도에도 창틀에도 꽃을 담은 화분이 놓여 있었다. 꽃들은 싱싱했다. 철창과 꽃, 왠지 어울리지 않았지만, 구치소에는 꽃이 흔했다.
    갑자기 '휙-이-' 하는 소리가 들렸다.
    살이 통통 찐 고양이 두 마리가 번개같이 감옥 건물 쪽으로 뛰어갔다. 수감자가 창문을 통해 던진 음식을 받아먹으러 가는 것이었다. 고양이들이 비만이 된 이유를 이제야 알게 되었다. 재소자들은 먹다 남은 과자나 음식물을 고양이나 비둘기의 먹이로 던지는 것이 평범한 일상 중에 하나였다.
    "고양이들이 배가 불러서 맛있는 음식밖에 먹지를 않아요. 그래서 쓰레기가 쌓이는 게 우리의 골칫거리입니다. 예전에 서대문 구치소에서는 독방 재소자들이 쥐를 키우기도 했습니다. 쥐나 비둘기도 반가운 친구가 되는 거죠. 요즈음 서울 구치소 고양이는 눈치가 구단이라 경제사범 방이나 독방을 좋아합니다. 허허허."

안 교도관이 농담을 했다.

서울 구치소에는 40여 개의 일반 접견실과 4개의 특별 면회실이 있다. 대부분의 재소자들은 일반 접견실에서 면회를 한다. 일반 접견 대기실에서는 재소자들이 긴장된 얼굴로, 자신의 수인 번호가 방송으로 불리기를 초조하게 기다리곤 했다.

그런데 구치소에 거물급 수감자가 늘면서 구치소 면회 풍경이 많이 달라졌다. 이들 역시 하루 1회만 면회가 허용되었지만, 면회 요청이 하루에 수십 건씩 들어와 구치소 측이 애를 먹고 있다고 했다. 면회를 할 것인가 말 것인가에 대한 결정권은 수감자 본인에게 있었다.

안 교도관은 요즘 들어 특별 면회실이 좀처럼 비지 않는다고 했다. 20여 분 동안 탁 트인 공간에서 얼굴을 마주보면서 이야기할 수 있기 때문에, 특별 면회는 수감자에게 정말 특별한 만남이었다.

특별 면회를 할 수 있는 사람은 하루에 많아야 30여 명 정도였고, 구치소장의 허락으로 결정되는데, 그래서 그런지 의외로 많은 거물들이 일반 접견실에서 면회를 하고 있었다. 현구도 알만한 거물 정치인들이 대기실에서 사람들과 악수를 나누는 광경을 종종 목격하곤 했다.

안 교도관은 일반 면회 시간이 7분 정도인데 할 말은 다 할 수 있는 시간이라고 했다. 현구도 그 말에 수긍했다.

"신입 재소자들은 몇 마디 못 하고 면회 시간을 끝냅니다. 그러다 나중에 요령이 생기면 그 짧은 시간에 엄청난 얘기를 쏟아내죠. 밖에서 힘깨나 쓰시던 분들이 '시간을 더 달라'고 할 것 같지만, 그렇지 않아요. 사소한 일로 교도관에게 이런저런 부탁하기가 싫어서인지, 그런 사람들이 더 정확하게 시간을 지킵니다."

거물 정치인, 경제인들은 주로 오전 시간에 면회를 하고 있었다. 오전에는 면회 시간이 10분으로 3분 더 길기 때문이었다.

구치소에 수감되어 있는 미결수들이 간절히 기다리는 세 가지는 면회와 편지, 재판이라고 한다. 교도관들은 '힘들 때는 옆에 있어 주는 것만으로 위안을 받는다'며, 가족이나 친구가 감옥에 가면 가능하면 자주 면회하라고 권했다. 사실 그랬다. 바쁜데 뭐 하러 매일 오냐고 말로는 그랬지만 내심으로는 기다려지는 게 면회였다.

"금전적인 일로 구속이 됐을 경우, 도와주지 못해 미안한 마음으로 찾아오지 않는 경우가 많습니다. 또 '험한 곳에 초라한 모습으로 있는데 가면 부끄러워하지 않겠느냐'고 걱정하는 사람들도 있습니다. 그러나 그들에게는 찾아 주는 것만으로 큰 힘이 됩니다."

"뭐 하러 또 왔어, 바쁜데."

현구가 접견장에 들어서며 칸막이 너머 서 있는 민호에게 먼저 말을 던졌다.

"지낼만 해? 그런데 자네 얼굴은 더 좋아 보이는데. 으흐흐."

민호는 현구의 의례적인 투정에는 아예 대꾸를 안 했다.

"그래? 좋아 보여? 하는 일 없이 먹고 잠만 자니 그렇지 뭐."

"감방 체질인 모양이구나."

"그래서 영영 썩혀 두겠다는 얘기야 뭐야? 그래 요즘 같아선 살만하다. 그동안 너무 급하게 뛰어오기만 했으니 쉴 때도 되지 않았나 싶기는 해."

"농담 말고. 주 선배한테 들었겠지만 나 내일 일본 간다."

"세미나는 며칠 남았잖아?"

민호가 일본 가고시마에서 열리는 줄기세포 학회에 가려 한다는 얘기는 주 변호사를 통해서 들었다. 원래 현구가 참석하려 했던 학회였다.

"페어에도 참석하지만 도쿄에서 니 일로 뭐 좀 알아봐야 할 게 있어서."

"내 일?"

"응. 니가 말했던 우미란이란 아가씨가 도쿄에 있나 봐."

"그래? 그걸 어떻게 알아냈어?"

"내가 누구냐? 후후. 실은 나리 씨 덕에 알아내긴 했지만."

"지나리 씨가?"

"응. 오늘 저녁에도 그 문제로 나리 씨 만나기로 했다. 의외로 지금까지는 일이 쉽게 풀린 셈이야. 그런데 그 여자 생각보다 야무지고 조리가 있던데."

"그래? 주 선배는 알고 있어?"

"그럼 알고 있지. 나리 씨가 주 선배한테 바로 알려줬고, 주 선배가 나한테 전해줬어. 내일 오전에 오면 얘기할 텐데 선배는 그 아가씨 전화번호까지 확인했나 보더라."

"그랬구나."

현구는 잠시 생각에 잠겨야 했다. 민호 말대로 일이 의외로 잘 풀리는 것 같다는 예감이 들었다. 입감하던 날 우미란을 떠올렸던 것이 절묘했던 셈이다.

미켈란에서 주사기를 빼돌릴만한 사람은 없었다. 경찰도 이 부분에 대해 성의를 가지고 내사를 했지만 용의자를 찾을 수 없다고 했다. 아무도 미란을 생각해 내지 못했는데 현구가 그녀를 떠올렸던 것이다.

주 변호사가 나서서 그녀에 대해 알아보기 시작하니 미심쩍은 부분이 한둘이 아니었다. 우선 미란이 미켈란에 취업할 때 작성했던 이력서의 주소는 허위 주소였다. 그녀는 인터넷 사이트의 구인 광고를 보고 제 발로 찾아온 간호조무사였기에 추천인도 없었다. 외모가 워낙 뛰어났기에 그 덕을 본 것은 사실이었다.

아무튼 현구가 구치소에 송치되던 날 만났던 아가씨는 미란의 언니였다. 연년생이라는데 쌍둥이처럼 닮았던 것이었다. 주 변호사가 구치소 출정 기록과 검찰 조서를 보고 그녀의 신원을 알아냈고 어렵사리 면회를 해서 미란과 자매라는 것은 알아냈지만 그녀는 자신의 동생이 어디 있는지는 모른다고 했다.

　미란의 언니인 미선은 미용사였는데 불법 의료 시술로 구속 수감되어 있었다. 손님들에게 보톡스 주사를 놔주다 사고가 났다는 것이었다. 사고라야 시술받은 손님이 불만을 표시해 경찰에 신고를 했다는데 현구가 듣기에는 신고한 사람들은 자해공갈단 비슷했다. 그런데 공교롭게도 나리가 그녀 미용실의 단골이었다는 것이다.

　"그래 미란이가 거기서 뭐 하고 있대?"

　"글쎄- 공부하고 있다고 하는데 뭔가 좀 이상한 냄새가 나는가 봐."

　"주 변호사가 그래?"

　"응. 어제 주 선배가 자기 여비서를 시켜 전화해 봤다는데 꺼져 있다더라. 그러니 내가 빨리 가서 만나보는 게 좋을 것 같아."

　"경찰에 알려야 되는 것 아니야?"

　"그건 주 선배가 알아서 하기로 했고, 알린다 한들 지금 단계에서 경찰이 일본에까지 손써 줄 것 같지는 않은데."

　"그렇겠네. 그럼 신문사 일은?"

　"회사엔 연가 냈어. 이틀 먼저 가는 거니까, 그 뒤엔 공식 출장이고."

　"나 때문에 니가 애 많이 쓰는구나. 고마워."

　아무튼 잘된 일이었다. 민호가 도쿄로 간다고 해서 미란을 만날 수 있을지도 모르고 또 만난다 하더라도 그녀가 순순히 사건과 관련된 얘기를 해줄는지도 모를 일이지만 일단 사람을 찾았다는 것은 첫 단추를 펜 것과 다름없는 일이었다.
 면회 시간이 다 됐기에 더 긴 얘기를 할 수 없었고 현구는 민호에게 잘 다녀오라고 인사를 던진 뒤 면회실을 나서야 했다.
 민호는 고마운 친구였다. 그가 아니었더라면 어찌했을까 싶었다.

35
어그러진 관계

〈다뉴브〉에는 재즈풍의 음악이 잔잔하게 흐르고 있었다. 토요일이라서 그런지 홀에는 그리 사람이 많지 않았다. 여남은 개의 테이블이 널찍하게 자리 잡고 있었는데 손님은 서너 테이블밖에 없었다. 도쿄 한복판에 있는 '구라브'라 부르는 전형적인 긴자의 한국클럽이었다.

"그래 자네 연구는 잘 진행되고 있는가?"

박강재가 잔을 들어 한 모금 마시면서 자신의 앞에 앉은 설정우에게 물었다. 정우는 도쿄에 교환 교수로 나와 포스트닥 과정을 밟고 있는 수의과 교수였다. 한국에서는 수의과대학에서 교편을 잡고 있었는데 체세포 복제가 전공이었다. 그의 형이 한때 박 의원의 사무실에서 보좌관으로 일했던 인연으로 그가 도쿄에 올 때면 만나서 이런저런 편의를 제공받는 그런 사이였다. 정우는 상대가 한국의 실력자인 박 의원이기에 늘 지극 정성이었다.

"그럭저럭 끝나고 이제 논문만 남았습니다."

"왜 학위가 더 필요해? 자네 실력 뛰어나다고 하던데."

"예. 여긴 포스트닥도 논문 요구하더군요. 이 사람들 아주 꼼꼼하기 때문에 허투루 볼 수가 없어요."

"구마모토 연구소가 자네가 있는 대학에 있지?"

"예. 그런데 어떻게 의원님이 그런 것까지 알고 계십니까?"

"아는 사람이 니혼셀에 투자를 했다고 해서 들었어."

"그렇죠. 니혼셀이 산학협동으로 구마모토가 만든 벤쳐죠. 그 사람 재미 많이 봤겠는데요. 요즘 니혼셀 난리입니다. 자스닥 황제주 됐죠."

"그렇다더군. 자네도 그 주식 사지 그랬어?"

"의원님도. 제가 무슨 돈이 있어야죠."

두 사람이 얘기를 나누고 있는데 한 아가씨가 자리로 와서 강재 옆에 앉았다. 강재의 눈길이 자연 옆에 앉은 젊은 아가씨의 드러난 허벅지에 쏠렸다. 강남 어디에 내놔도 빠지지 않을 그런 몸매였다.

"이름이 뭐라고 했지?"

"나미에요. 이곳에서는 나미꼬라고 불러요."

"나미?"

잊을 수 없는 이름이었다.

"지나미의 나미?"

"네, 그래요. 그런데 지나미 죽었다면서요?"

도쿄에서도 그녀의 죽음은 한국인 사이에서는 충격적이며 큰 뉴스였을 터였다.

"그래 말이야. 그렇게 죽다니 참 안 됐지."

"지나미 잘 아세요?"

"한국 사람치고 그녀를 모르는 사람 있나?"

"아니 개인적으로 잘 아시는 것 같아서요."

"좀 알기야 하지."

"혹시……."

나미라는 아가씨가 무언가를 생각해 낸 듯 강재를 다시 한 번 쳐다보았다.

"좀 전에 설 박사님이 이 오빠보고 의원님이라고 하셨죠?"

그녀가 앞에 앉아 있는 정우에게 물었다. 오빠라는 호칭이 어색하지 않았다.

"무슨, 내가 언제 그런 말을 했어?"

박강재 의원이야 유명한 인물이었다. 하지만 정치에 관심 있는 사람이라면 몰라도 일본의 이런 업소까지 진출한 젊은 여성들이 한눈에 알아볼 연예인 수준은 아니었다. 하지만 나미라는 아가씨는 눈치가 빠른 편이었다.

그녀는 혼자 고개를 주억거렸다.

"여기 있으니까 서울서는 꿈도 못 꾸던 유명한 사람 자주 만나는 편이예요. 영광입니다, 의원님."

굳이 더 캐물을 이유는 없었다.

"도쿄에 온 지는 얼마나 됐는가?"

화제를 돌릴 겸 강재가 물었다.

"석 달쯤 돼요."

"신참이구먼. 처음부터 취업으로 왔는가?"

"그럼요. 돈 벌러 왔어요."

"요즘은 유학으로 와서도 이런 데 나온다고 해서."

근래에 들어 도쿄에는 한국 구라브가 늘고 있었다. 이 분야도 한류 열풍이 부는 것이 아니냐고 할 정도로 자고 나면 생기는 것이 한국 여성들이 서비스하는 구라브였고 에스테와 데리바리로 빠지는 여성들도 적지 않다고 했다.

강재는 이런 얘기를 들을 때면 가난은 나라님도 어찌지 못하는데 내가 뭘 어쩌겠냐며 스스로 합리화하곤 했지만 마음이 썩 편치는 않았다. 나라를 책임진다는 위정자의 한 사람으로 우리의 딸들이 외국까지 나와 몸으로 돈을 버는 모습이 유쾌하고 달가운 일은 아니었던 것이다.

갑자기 최종설 생각이 났다. 강재는 도쿄에 온 이틀째 되는 날부터 그와의 관계를 어떻게 설정해야 하는가 골몰해야 했다. 발 넓고 호탕하고 재력까지 갖춘 의사라고 생각하고 후원자로 또 같이 다니기에는 안성맞춤이라고 여겼는데 이번 일본 여행을 통해 그의 또 다른 실체를 알게 되었던 것이다.

앞으로 계속 어울리다가는 큰 망신을 당하겠다는 직감이 들었다. 아직 특별한 사고는 없었지만 지나미 건도 따지고 보면 그이 때문에 연루된 일이기는 했다. 그러나 칼로 무 베듯 자르기에는 그와 얽혀 있는 일들이 한둘이 아니었다.

　종설을 불러 당신 일본에서의 처신 똑바로 하고 주변 사람들 단속 잘하라고 준엄하게 충고하는 방법도 생각해 보았다. 그러나 검찰에서 다져진 그의 직관으로 보았을 때, 종설의 문제는 처신을 바로 하고 몇몇 주변 사람들 단속으로 고쳐질 사안이 아니었다. 그렇게 봐서 그런지는 몰라도 종설의 주변, 특히 일본 쪽 주변 인물들은 모두 범죄의 냄새가 짙게 풍기는 인간들이었고, 도쿄에 있는 종설의 헤라클리닉은 포르노 배우와 윤락 여성의 집합처였다. 이런 사람들과 어울리다 보면 언젠가 동티가 나게 마련이었다.

　도고비를 일본에 양도하는 일은 답보 상태에 머물 수밖에 없었다. 종설이 연계해준 사람들과 일을 도모해보려 했지만 이번에 다시 만나보니 그 사람들의 수준은 형편없었다.

　일본연예협회 이사장이란 직함이 찍힌 명함을 내밀었던 다카하시라는 인물이 포르노 업자였다는 사실은 오는 첫날 알게 됐고, 간토지역 예능인총연맹 총재라는 이도 알고 보니 인간 장사꾼이었다는 사실도 다음날 아침 알게 됐던 것이다.

　중의원이라는 시게나리는 이들의 총대를 메어주는 앞잡이였고, 현의원이라는 인물들 역시 지방 야쿠자와 연계되어 있는 평판이 좋지 않은 인물들이었다. 영사관의 교민 담당과 국정원 파견 영사의 정확한 정보였다.

도고비 환수는 당연히 일본 측이 적극 나서고 자신을 포함한 한국 측에서는 그들의 간절한 요구에 협조하는 형식을 취해야 모양새가 바른 일이었다. 그런데 일본 측의 인물들이 이 모양이고 보니 일을 제대로 추진해 나갈 수 있을까 싶었다.

강재는 한국과 일본 두 나라는 떼려야 뗄 수 없는 밀접한 관계이기 때문에 일본과의 관계를 정상화하고 돈독히 해야 한다는 자칭 지일파였다.

자신이 결성한 한일 교류 진흥회야말로 자신의 정치적 입지를 굳히게 하는 큰 기반의 하나라고 생각을 했고 잔뜩 기대를 했던 터였다.

그랬는데 돌아가는 꼴을 보니 아직 멀었다는 생각을 하게 됐고 일단 계획을 접고 내일 서울로 돌아가 판을 다시 짜야겠다고 다짐하고 있었다. 이 자리가 이번 여행의 마지막 밤인 셈이었다.

최 원장이 곁에 있었다면 예의 인맥을 동원해 질펀한 판을 벌렸겠지만 지금은 이렇게 조촐한 게 좋았다.

36
의혹

"의원님, 한잔 더 하세요."

나미라는 아가씨가 능숙한 솜씨로 미즈와리라 불리는 스카치워터를 만들어 줬다. 하긴 스카치 병에 달려 있는 특수 마개와 펌프식 물병이 있었기에 만들어내기 편했다. 스카치 병을 한번 기울고 또 물병의 펌프를 꾹 누르면 적당량의 물이 잔으로 쏟아졌기 때문이다.

"이 사람들 이런 잔재주는 볼수록 대단하단 말이야."

강재가 깔끔하게 생긴 미즈와리용 물병을 보면서 말했다.

"그렇죠. 그런데 우리나라에선 히트 못 칠 겁니다. 다들 폭탄주만 마시니까."

"그렇겠군. 그래서 그런지 아직 서울에선 이런 뚜껑을 보지 못했어."

"요즘엔 일본 사람들도 폭탄주 많이 먹어요."

술잔을 강재 앞에 놓는 아가씨의 태도가 아주 단정했다.

"그래?"

"그것도 한류의 하나라고 생각하는 모양에요."

꽤나 깜찍한 아가씨였다. 넘치지도 않고 모자라지도 않는 적당한 매너로 술자리를 보좌하고 있었다. 그녀가 단골손님이라도 왔는지 잠시 다른 테이블로 가기 위해 자리를 비웠을 때 강재가 정우에게 말했다.

"저 녀석 아주 똘똘한데, 외양도 번듯하고."

"그러네요. 마음에 드세요?"

"왜 마음엔 들면?"

"2차 한번 하시렵니까?"

"쓸데없는 소리 하고 있네. 2차는 무슨 2차야. 난 마음이 안 돼서 그러는데."

"죄송합니다, 의원님."

"죄송할 것까지는 없고."

정우는 지난번 방문 때와 전혀 다른 반응에 멋쩍은 듯 잔을 입으로 가져가 시간을 두고 홀짝거렸다.

"그나저나 저런 친구들 돈은 좀 버나?"

"자기 하기 나름이겠죠. 그래도 서울보다는 낫다고 하더군요."

"그래. 돈이라도 잘 벌어야지."

"보니까 저 친구는 벌써 우리아게가 된 것 같은데요."

"우리아게라니? 매상이라는 말 아니야?"

"일정 부분의 매상을 자기가 챙길 수 있는 아가씨들을 이 바닥에서는 우리아게라 부른답니다."

정우는 자신이 알고 있는 구라브의 구조며 행태에 대해 설명했다.

구라브의 아가씨들은 보통 헬프와 자신의 매출을 올릴 수 있는 우리아게로 나뉜다. 헬프와 우리아게는 출근 시간에서부터 일당까지 그 대우가 자못 다르다. 헬프는 출근도 일찍 해야 되고 일당도 우리아게에 비해 절반 정도밖에 안 된다.

도항은 손님과 동반 출근한다는 동반의 일본말인데 단골손님을 확보해야 하는 것이 규칙이다. 동반을 채우지 못하면 벌금이 있었다.

"한 달에 여섯 번 정도는 단골 지명 손님이 있어야 한다는군요. 또 손님이 없는 토요일 같은 경우에는 꼭 해야 한다는데 도항을 못하게 되면 빠킹이라 부르는 벌금까지 내야 한다는군요. 많게는 그 벌금이 한 달에 50만 엔까지 된답니다. 일반 회사 같으면 영업 사원이 영업 목표를 달성해야만 하는 것과도 같죠."

참으로 세상 어디나 다 나름대로의 룰이 있다는 말이 맞았다.

"자네 진짜 박사구만."

정우는 한국과는 달리 일본에서는 자신만 관리 잘하고 열심히 하면 돈은 벌 수 있다고 했다. 그만큼 구라브를 찾는 손님이 적지 않다는 얘기였다.

"돈 못 번다고 하는 애들은 대부분 열심히 안 하거나 빠찡꼬나 호스트바에 돈을 쓰기 때문이라고 하더군요. 그런 애들이나 일본에 와서

빚만 생겼다고 얘기하지만 실은 저만 똑바로 굴면 돈은 벌 수 있다고들 말합니다."

"똑바로 군다? 어폐가 있는 표현이군."

"그렇게 됐네요."

"그래서 기를 쓰고 일본에 오려고들 하는군."

어쨌든 씁쓸한 얘기였다.

"그런데 에스테는 뭐고 데리바리는 또 뭐야?"

"저도 그 세계까진 잘 모르는데 에스테는 마사지 팔러를 말하는 것이고 데리바리는 콜걸을 말하는 거라 알고 있습니다."

"그래? 그런 쪽에도 우리 애들 많이 진출해 있다면서?"

"숫자야 저도 알 수가 없죠. 아무튼 부쩍 많아진 건 사실인 모양입니다."

"그나저나 자네 보기에 니혼셀이 그렇게 승승장구하는 것에 근거는 있는가?"

강재가 화제를 바꿨다.

"저야 그 연구소 소속이 아니니까 자세히는 알 수 없는데 최근 체세포 복제를 통해 고양이와 원숭이 복제에 성공했다는 것을 봐도 허장성세는 아닌 것 같습니다."

"체세포 복제? 그거 우리 홍무석 교수가 했던 것 아니야?"

"그렇죠."

"지난 얘기지만 이쪽 연구소 사람들은 홍 박사 사건을 어떻게 생각하고 있나?"

"천재일우의 기회라고 생각하고 그냥 따라잡은 것 아닙니까?"

"그런가?"

"일본 사람들의 눈으로 볼 때는 절대 이해할 수 없는 일이겠죠. 한 사람을 그렇게 열광하면서 영웅 만들었다가 한순간에 사기꾼으로 전락시킨 것 아닙니까?"

"홍 박사 쪽이 세상을 너무 쉽게 생각한 측면은 없고?"

"그런 부분도 많았죠. 하지만 그 소동으로 한국은 잃은 것이 더 많습니다."

"그래. 지금 일본 사람들이 체세포 복제며 줄기세포를 만들었다는 말인가?"

"아직 검증은 되지 않았지만 많은 부분 진전을 이루어 냈습니다. 그리고 중요한 것은 홍 박사팀이 가졌던 기술이 어떤 경로를 통해 흘러나왔는지 몰라도 이제는 이곳 사람들도 다 하는 기술이 되었다는 점이죠."

"그 얘기는 처음 듣는 얘기인데."

"참 지난번에 의원님하고 같이 있었던 최종설 원장도 구마모토와 무슨 연관이 있는 것 같던데요. 얼마 전에 한번 봤습니다."

"최 원장이 구마모토에 모습을 나타냈다고?"

"예. 본관 현관에서 노무라 원장의 배웅을 받고 있는 모습이었는데 어떤 여자하고 같이 있었습니다. 원장이 두 사람한테 아주 깍듯하더라구요. 현관까지 나와 배웅을 할 정도라면 중요한 관계가 있어 각별한 예우를 하는 것 아닙니까?"

  그 말에 강재는 깊은 생각에 잠겨야 했다.

37
우연한 만남

민호는 약속 장소로 가면서 은근히 흥분된 자신을 느끼면서 스스로도 계면쩍어졌다. 지나리와의 만남, 그리고 그녀와의 야릇한 교류는 그의 평소 선입견을 조롱하듯 다르게 부딪혀 오고 있었다.

나리는 하나를 말하면 둘 셋을 알아들었고, 민호를 편하고 기분 좋게 했다. 모르긴 해도 나리에게도 민호와 같은 케미컬이 흐르고 있는 것이 틀림없었다.

우미란의 언니인 미선이 일했던 압구정동의 킴스 헤어살롱에서 나리를 만난 것은 우연치고는 절묘했다. 민호가 여성들을 상대로 해야 하는 일에 혼자만 가서는 어려울 것 같아 윤 기자와 함께 미용실에 들어갔을 때, 나리는 긴 생머리를 블로우 드라이로 다듬는 일을 마치고 자리에서 일어나려던 참이었다. 안내하는 아가씨가 민호에게 무슨 일로 왔는지 묻기도 전에 거울로 민호를 알아봤는지 그녀가 먼저 아는 체를 했다.

"어머 김 박사님 아니세요?"

"지나리 씨?"

지나미의 장례식장에서 스치듯 만났을 뿐인데도 나리는 그를 기억하고 있었고 민호도 그녀를 단박에 알아봤다. 같이 갔던 윤 기자가 오히려 머쓱해야 할 정도로 두 사람은 반가워했다.

미용실에서는 당연히 협조적이지 않았다. 대번 표정이 굳어지면서 "무엇 때문에 그러느냐? 자신들은 말해줄 수 있는 게 하나도 없다"고 했다. 그때 나리가 민호에게 구원의 손길과도 같은 말을 던졌다.

"김 박사님, 제가 도와드릴 수 있을 것 같은데 아래 카페로 가시는 게 어떠세요?"

"그래요? 가십시다."

그렇게 해서 미용실 1층의 카페에 마주 앉았고 민호가 대강의 이야기를 들려줬다. 에둘러 우미란이라는 간호사가 사건의 중요한 단서를 가지고 있다는 얘기만 강조했다. 나리는 예의 또랑또랑한 눈망울로 민호를 쳐다보며 한마디 했다.

"그러니까 미선이 동생 우미란이 어디에 있는지 알아내면 된다는 말씀이시죠?"

"그렇죠."

나리도 미선을 알고 있었다. 그녀가 지금 서울 구치소에 있다는 것 역시 알고 있었다. 나리는 그 자리에서 전화기를 들더니 버튼을 눌렀다.

"아− 송 선생님, 지나리인데요, 숙희 씨 지금 일해요? 아, 그럼 숙희

씨 휴대폰 번호 좀 알려 주실래요."

나리가 핸드백을 만지려 하자 민호가 펜과 수첩을 건넸다. 숙희는 우미선과 제일 친한 친구라고 했다. 이렇게 해서 일은 일사천리로 진행되었다.

"고맙습니다. 나리 씨가 이렇게 적극 나서주시니."

"나 원장님 잘 계세요?"

민호의 말에는 특별한 대답 없이 현구의 안부를 물어왔다.

"네. 생각보다 잘 견디고 있습니다."

"언니가 죽던 날 저녁, 나 원장님과 함께 있었어요."

"그건 우리도 알고 있죠."

"둘이 같이 있을 때 제가 통화를 했거든요. 그때 언니가 얼마나 즐거워했는데요. 언니는 나 원장을 정말 존경하고 좋아했어요."

"나 원장, 그 친구는 좋은 사람이니까요."

"그런 분이 언니를 해칠 까닭이 전혀 없어요."

"나리 씨가 그렇게 생각하시니 내 마음이 다 후련합니다."

"지금으로서는 김 박사님이 제일 큰일을 하고 계시네요. 박사님이야 말로 정의의 사도 같아요."

뚱딴지같이 정의의 사도라는 유치한 단어까지 사용하며 민호를 빤히 쳐다보며 생긋 웃는 그녀의 모습이 한여름 바닷가 백사장의 햇볕처럼 후끈한 열기로 민호의 가슴에 불화살로 파고들었다.

그날 밤 나리는 숙희라는 미용사를 통해 우미란의 일본 주소와 전화번호까지 알아내서는 주 변호사에게 전달해 주었다.

민호는 회사에서 꽤 먼 거리였기에 서둘러 나와 택시를 탔다. 평소 같으면 꽉 막혔을 강변도로가 활주로처럼 열려 있었다. 운전사도 웬일이냐며 마음껏 속력을 내 약속 장소인 W호텔에 도착한 시각은 약속 시간보다 40분이나 이른 시각이었다.

라운지 로비 한구석에 자리를 잡고 앉아 가방에서 가고시마 세미나 프로그램과 자료집을 꺼내 훑어보고 있는데 핸드폰이 울렸다.

"선생님, 저 나리인데요. 어쩌죠, 조금 늦을 것 같아요."

그녀의 목소리는 은방울이 또르르 구르는 듯했다.

"괜찮아요. 서둘지 말고 천천히 와도 돼요."

"영화 일로 충무로에 나와 있는데 꼭 만나야 할 사람이 지금 오고 있다고 해서요."

나리가 살고 있는 동네라서 이곳으로 약속을 정했는데 정작 그녀는 시내에 나가 있었다.

"그래요?"

"한 시간쯤 늦을 것 같은데요. 정말 죄송해요."

"전혀 문제없습니다. 오늘 안에만 오시면 됩니다."

"정말요? 그 대신 늦게 늦게까지 선생님하고 놀아 드릴게요."

민호는 전화를 끊고 자신이 참 변했다는 생각을 하지 않을 수 없었다. 미국에 있는 전처가 이랬다면 대뜸 화를 버럭 냈을 텐데 말이다. 나리의 낭랑한 목소리 때문인지 자료집 내용이 전혀 머리에 들어오지 않았다.

한 시간 반이라는 긴 시간이 있었다. 민호는 잠깐 생각하다 자리에서 일어났다. 카지노 입구의 여직원은 국내거소증을 보이자 고개를 깍듯이 숙이며 말했다.

"즐거운 시간 되십시오."

"고마워요."

안은 꽤 붐볐다. 민호 같은 아마추어들이 앉을 만한 저가 테이블은 꽉 차 있었다. 중국인과 일본인 관광객들이 우르르 몰려와 있었기 때문이었다.

민호는 슬롯머신에는 관심이 없었고 웬일인지 블랙잭보다는 바카라 쪽이 솔깃했다. 뉴욕에 있을 때 서울서 친지들이 오면 아틀란틱 시티를 구경시켜 준다며 몇 번 가 보았기에 카지노 게임이 낯설지는 않았다.

때마침 미니 바카라 테이블에 자리가 났다. 바카라는 실은 아주 단순한 게임이었다. 어린 시절 동네에서 구슬이나 딱지로 하던 것과 비슷한 게임으로, 카드를 가지고 뱅커와 플레이어 두 패로 나뉘어 하는데 홀짝을 맞추는 게 아니라 뱅커가 이길 것인가 아니면 플레이어가 이길 것인가에 돈을 건다는 점이 달랐다. 승부는 각 패에 카드를 돌리는데 10과 JQK 그림은 모두 0으로 간주하고 나머지 숫자의 합으로 9나 9에 근사한 숫자를 만들어 내는 쪽이 이기는 게임이었다. 때로는 두 장으로 패 돌리기가 끝날 때도 있고 어떨 때는 석 장 넉 장까지도 받아야 하는 복잡한 규칙이 있기는 했지만 그건 딜러들이 알아서 해주기에 그저 홀이냐 짝이냐 찍는 것처럼 뱅커냐 플레이어냐를 맞추기만 하면 됐다.

민호는 30만 원을 칩으로 바꿔 2만 원부터 베팅을 시작했다. 먼저 플레이어에 돈을 걸었다. 테이블에 있던 다른 사람들은 대부분 뱅커에 걸었다. 각각 두 장씩 돌려 졌을 때 플레이어는 킹 2장, 뱅커는 3과 4, 그러니까 7을 만들었다. 뱅커 쪽 사람들의 얼굴에 희색이 만면했다. 그런데 세 장째에 플레이어에 8이 떨어졌다. 승리였다.

이날 민호의 운세는 하늘을 찔렀다. 4번 연속 플레이어가 이겨 이번에는 틀림없이 뱅커가 이길 것이라고 생각한 사람들이 뱅커에 몰렸을 때도 민호가 건 플레이어가 또 이겼고 한 번 쯤 져주자며 뱅커에 돈을 걸었을 때는 뱅커가 이겼다. 10번에 8번의 승률이었다.

한 시간 쯤 지났을 때도 민호의 칩은 줄지 않았다. 오히려 칼라라 부르는 고액 골드 칩이 몇 개나 있었기에 훨씬 늘어난 셈이었다. 민호는 이제 슬슬 일어날 때가 됐기에 정리 모드로 들어갔다. 본전의 20배 이상 올린 셈이었다.

민호는 이번이 마지막이다 싶어 비장의 카드를 던지기로 했다. 플레이어에 있는 베팅은 놔둔 채 맨 위쪽 드로우 서클에 골드 칩을 던졌다. 사람들이 모두 '어어-어-' 하는 소리를 냈다. 드로우는 양쪽이 비긴다는 것에 베팅을 하는 것으로 배당은 무려 9배였다. 그만큼 확률이 적다는 얘기였다. 미니 테이블에서 드로우에 골드 칩을 던지는 사람은 거의 없다고 해도 틀린 말이 아니었다.

　카드가 돌려졌다. 뱅커는 세 장으로 6을 만들었다. 플레이어는 두 장으로 6이었다. 플레이어는 한 장 더 받아야 했다. 긴장된 순간이었다. '이제 그림만 나오면……' 그랬는데 딜러가 카드를 민호에게 던져주었다. 당신이 알아서 펴 보라는 서비스였다. 구경꾼들이 '몽키, 몽키' 하며 소리를 질러댔다. 그림을 몽키라고 하는데 그림을 펴 보이라는 응원이었다.

　민호는 큰 테이블 도박꾼들이 하는 모양을 본떠 바닥에 카드를 놓고 끄트머리부터 구겨 올렸다.

　'이게 몽키면 지나리는 행운을 가져다주는 여자다.'

　'이게 몽키면 현구는 무죄 석방이다.'

　붉은 동그라미가 보였다. 가슴이 쿵쿵 두근댔다. 이런 맛에 사람들 도박에 빠져드는구나 싶었다. 다이아몬드 퀸 같다는 느낌이었다. 민호는 빠르게 카드를 뒤집었다. 그리고는 테이블을 탕하고 쳤다. 역시 다이아몬드 퀸이었다. 너무도 큰 함성을 사람들이 질렀기에 전체 카지노가 다 울렸고 모두들 이쪽을 쳐다보았다.

38
행운의 여신

민호가 상기된 얼굴로 카지노를 나와 로비라운지로 들어섰을 때 마침 나리가 들어서고 있었다.

"선생님."

나리가 달려들듯이 다가와 두 손을 내밀었다. 민호도 그녀의 두 손을 서슴없이 잡았다. 민호는 가방을 어깨에 메고 있었기에 마침 양손이 자유로웠다.

"생각보다 일찍 왔네."

나리는 민호를 선생님이라 호칭하고 있었고 민호는 자연스레 말을 놓고 있었다.

"막 달려왔어요."

그녀는 말뿐이 아닌 듯 가쁜 숨을 몰아쉬고 있었다.

"아주 좋은 일 있으셨던 것 같아요."

"그래 보여?"

라운지 구석에 빈자리가 보였기에 두 사람은 그곳으로 갔다.

"나리 씨, 내가 지금 뭐하고 왔는지 알아?"

아직까지 흥분이 가시지 않은 민호가 자리에 마주 앉자마자 안주머니에서 봉투를 꺼내 보이며 말했다.

"그게 뭔데요?"

"한번 열어 봐."

민호는 나리 쪽으로 봉투를 놓았고 나리가 집어 들어 살짝 들여다보았다.

"수표 아니에요?"

백만 원짜리 열댓 장과 십만 원짜리 여남은 장이었기에 볼륨이 꽤 있었다.

"지금 금방 나리 씨 덕에 만들어 온 거야."

"네?"

민호는 카지노에 갔다 왔고 운세가 하늘을 찔러 돈을 땄다는 말을 해줬다.

"나리 씨가 얼마나 행운을 가져다주는 사람인지 한번 운세를 살펴본 건데 대박이야 대박."

"선생님, 이런 면도 있으세요? 다시 봐야겠는데요."

말은 그랬지만 전혀 토라진 기색은 아니었다. 나리가 봉투를 민호 쪽으로 다시 디밀었다. 민호가 아차 싶어 얼른 봉투를 안주머니에 다시 넣었다.

"아무튼 오늘 내가 근사하게 한턱 쏠 테니까 뭐든지 말해요."

"그런데 선생님, 정말 제 생각하면서 베팅하셨어요?"

"그랬다니까. 특히 마지막에 다 걸면서 이건 나리 씨 운세다 그랬더니 덜커덩 걸리데."

"정말요? 선생님이 꾼이라서 그런 건 아니고?"

"오늘처럼 짧은 시간에 이렇게 게임한 건 처음이야. 돈 딴 것도 처음이고."

"어쨌든 제 운세가 좋다니 기분 좋네요."

"그래. 나현구 운세도 좋을 거야."

주문을 받으러 왔기에 간단히 주스를 한 잔씩 마시기로 했다.

"선생님, 정말 그 돈 다 딴 거예요? 원래 그만큼이 본전 아니고?"

"그렇다니까. 30만 원 가지고 시작한 거야. 그거 잃었으면 오늘 저녁도 못 먹을 뻔했는데."

"글만 잘 쓰시는 줄 알았는데 갬블도 잘하시고."

나리는 계속 갬블이란 말을 썼다.

"나리 씨가 내 글을 봤어?"

"칼럼 쓰신 것 여러 번 봤고, 기사도 인터넷 뒤져서 다 봤어요."

그랬다. 나리는 장례식에서 민호를 만나기 전부터 독자로서 진작 김민호라는 이름을 가슴속에 새기고 있었던 것이었다.

주스가 날라져 왔기에 목을 축일 수 있었다.

"저녁 먹어야지. 하도 흥분하고 열을 올렸더니 이제 출출해지는데."

"뭐 사주실래요?"

"말했잖아. 뭐든지, 오늘 이렇게 두둑한데."

"요 위에 파스타 집 가보셨어요?"

호텔 위쪽 언덕에 스파게티 하우스라 해서 이태리 식당이 있기는 했다.

"응. 얼마 전에 가보긴 했지. 그런데 겨우 스파게티야?"

"그 집에 다른 것도 많아요. 움직이기도 그렇고."

나리가 핸드백에서 선글라스를 꺼내 썼다. 그녀는 청바지에 남방의 깜찍한 차림이었다. 나리가 서슴없이 민호의 팔짱을 꼈다. 언덕 쪽으로 걸어가려면 카지노 쪽 복도를 이용해야 했다. 복도 안쪽은 면세점과 쇼핑 공간으로 꾸려져 있었다.

"나리 씨, 잠깐. 구경 좀 하자."

민호는 나리를 이끌고 쇼핑몰 쪽으로 들어갔다.

"왜? 뭐 사 주시려고요?"

"이런 돈은 빨리 써야 된다고 하더군."

"뭐든지 골라도 돼요?"

"그럼. 오늘 생긴 공돈 다 써도 돼."

"어머, 좋아라. 그럼 가 봐요."

나리가 신이 난다는 듯 이번에는 먼저 민호를 이끌었다. 쇼핑몰이라야 너댓 개의 점포밖에 없었다. 밖에서 한 바퀴 구경하는 데 2분도 걸리지 않았다. 나리는 만년필이나 MP3 같은 물건들이 진열된 선물센터 앞에서 발을 멈췄다.

"선생님, 저 이거 할래요."

그녀가 지목한 것은 깜찍하게 작은 성냥갑 크기의 신형 디카였다.

"너무 작지 않아?"

"아니에요. 꼭 요긴하게 쓸 데가 있을 거예요."

카메라를 만지작거리는 그녀의 모습이 너무도 예뻤다. 민호는 값을 치렀다. 작은 크기에 비해 제법 가격이 있었다.

"선생님도 뭐 하나 사세요. 기념으로."

"그럴까?"

민호는 평소 갖고 싶었지만 되지 않게 비싸다 싶어 뜻을 접곤 했던 유명 만년필을 골랐다. 이런 것은 생돈으로 살 수 있는 물건이 아니었다. 생각해 보니 주 변호사와 윤 기자에게도 한 자루 주고 싶었다. 만년필 세 자루를 샀다.

"나 원장님도 뭐 하나 사드려요."

나리가 말했다.

"응, 그래."

같은 종류의 만년필을 하나 더 샀다. 출소하는 날 기념으로 꽂아 주리라. 그리고 내친김에 나 원장의 부인 권세희를 위한 향수 한 병까지 샀다. 나리의 추천이었다. 나리는 새 카메라를 시험하려는지 민호의 모습을 연신 카메라에 담고 있었다.

"이거 참 잘 만들었네요. 몰래 촬영하는 데도 최적인 것 같아요. 호호."

나리는 아이처럼 빠져들고 있었다. 여점원에게 찍어 달라면서 민호의 옆에 서서 포즈를 취하기도 했다.

"배우분이라서 그런지 역시 사진 참 잘 받으세요. 너무 예쁘세요."

나리는 선글라스를 벗고 있었기에 점원들은 나리가 배우라는 것을 알고 있었다. 민호는 쇼핑이 이렇게 즐거울 수도 있구나 싶었다.

밤바람이 아주 상쾌했다. 언덕을 올라가는 두 사람은 꼭 붙어 있었다.

"우리 만난 지 얼마나 됐지?"

민호가 짐짓 짓궂게 물었다.

"얼마나 됐는지, 몇 번 만났는지가 뭐 그렇게 중요해요?"

"그런가? 나만 그런가 싶어 걱정이긴 한데 난 나리 씨가 아주 오랫동안 알고 있던 사람 같아."

"아이고 선생님, 누가 꼰대 아니랄까 봐 그런 전형적인 멘트를 날리세요. 진부하기도 하셔-."

나리가 팔짱을 낀 손으로 민호의 옆구리를 꾹 누르면서 대꾸했다.

39

인생의 재구성

 무슨 얘기를 해도 즐거웠다. 식사 중에는 민호의 이런저런 경험담이 주를 이뤘지만 식사가 끝나가고 와인을 두 잔쯤 마셨을 때부터 나리가 도맡아 화제를 이어갔다.

 공통의 관심사가 있다는 것은 서로를 한층 친하게 묶어주는 접착제 역할을 한다. 두 사람의 경우에 그 관심사가 무거운 것이기는 했지만 오히려 그 때문에 더 밀접한 동지애를 느끼게 하는 그런 분위기였다. 나현구 사건, 아니 지나미 사건이라는 게 옳았다. 그 얘기는 자연스레 나올 수밖에 없었다.

 와인을 홀짝이던 나리가 창밖을 보며 슬픈 표정을 지었다.

 "왜? 갑자기 무슨 생각을 하길래?"

 "네. 언니 생각이 나서요."

 "무슨 얘기야 갑자기."

 "언니라면 김 선생님과의 이런 자리 참 좋아했을 텐데……."

 민호는 대꾸하지 않았다. 나리와 즐겁게 대화를 나누면서도 마음

한구석에는 현구의 생각이 똬리를 틀고 있었기 때문이었다.

"선생님, 저 언니랑 그렇게 친하지 않았어요. 애써 멀리하려 했는지도 모르죠."

"그래?"

"그랬으니까 더 언니 생각이 나네요."

민호는 그 마음을 알 것 같았다.

"며칠 전 언니의 블로그에 들어가 봤는데 꽤 많은 글들을 써 놓았더군요."

"일기 같은 글이겠군."

"살아온 얘기를 간간이 밝히고 있더군요. 대개 사북 사람들 얘기이기는 했지만."

"나도 나미 씨가 고향 사람들과 이런저런 관계로 얽혀 있다는 얘긴 들었어."

"그래요. 최 원장 그 사람이 문제예요."

나리는 언니의 죽음에 최종설과 그 주변의 사북 사람들이 개입되어 있다는 것을 확신하고 있었고, 민호는 알지 못했던 그쪽 사람들의 얽히고설킨 관계를 어렴풋이 파악하고 있었다.

"언니처럼 불쌍한 여자 없을 거예요. 이제 좀 살만 하니까……."

잠시 사이를 두고 나리가 다시 입을 열었다.

"선생님, 올리비아 럼이라는 여자 이름 들어보셨어요."

"말레이시아의 젊은 여자 부호?"

"맞아요. 언니가 자신도 그 여자같이 되고 싶다고 써 놓았더군요."
"그랬어?"
"그 여자도 폐광이 된 탄광촌에서 살았거든요."

올리비아 럼은 1960년 생으로 포브스가 선정한 동남아시아 40대 부자 중 최연소 인물이자 유일한 여성이었다.

태어나자마자 말레이시아의 한 병원에 버려졌고, 고아로 가난한 탄광촌 캄파르의 판잣집에서 자랐다. 매일 꼭두새벽에 물을 길러 먼 거리를 왕복해야만 하는 곳이었고, 하루 중 단 2시간만 전기가 들어오는 열악한 환경이었다. 그녀는 그 2시간 동안 학교 숙제를 해결해야 했다.

또 소녀 가장으로서 온갖 잡일을 마다하지 않으며 돈을 벌어야 했다. 9세 때부터 나무로 가방을 짜고 장례식장에서 피리를 불었다. 이런 최악의 환경에서도 그녀는 공부를 포기하지 않았다.

대학 졸업 후 안정적인 직장생활을 하던 그녀는 결심이 서자 모든 것을 걷어차고 눈물 겹게 모은 전 재산을 정리하여 29세 되던 1989년에 물 관련 사업에 뛰어들었다.

수중에 1만 달러만 갖고 하이플럭스라는 회사를 창업하여 폐수 처리 사업으로 단기간 내에 싱가포르 최대의 폐수 정화 업체로 우뚝 일어섰다.

폐광촌의 고아에서 2004년 2억 4천만 달러의 자산을 가진 동남아 제일의 최연소 여성 부호로 '물의 여왕'으로도 불리는 그녀는 여전히 미혼이며, 장학 사업과 빈민 구호에 적극 나서고 있었다.

한국의 럼을 꿈꾸었다는 나미의 과거, 사북 시절의 모습과 그녀의 일생이 나리의 입을 통해 드러나고 있었다. 나리 자신이 알고 있던 것 외에 장현자를 통해 들은 얘기와 나미가 수필체로 썼던 글들을 통해 재구성 된 지나미, 아니 지영주의 일생은 그야말로 파란만장, 고생과 고난의 연속이었다.

60년대 초반 사북은 국내 최대의 탄광촌이었다. 거칠고 투박하기는 했지만 나름대로 흥청대고 있었다. 사북 읍내의 한식당 종업원으로 일하던 나미의 어머니 전옥희는 동원탄좌의 광부 지병철과 반강제적으로 관계를 맺어 나미를 임신하고 그의 집에 들어가 살림을 하게 되었다.

지병철은 독특한 사람이었다. 당시에는 드물게 대학물을 잠깐이나마 먹은 사람이었다. 때문에 광부들 사이에서는 리더 역할을 했다. 인물도 훤칠해 이런저런 인기가 많았다. 그러나 술과 여자를 너무 좋아하는 게 큰 흠이었다. 게다가 그에게는 난폭한 주사가 있었다. 그에게는 이미 두 아들이 있었는데 전처는 어디론가 사라져버렸다.

지병철의 집에서 옥희의 일상은 고난과 고생의 연속이었다. 남편은 집안일은 전혀 돌보지 않고 밤이면 광부들과 선술집을 전전했고 거기다 의처증까지 생겨 폭언과 구타가 일상이 되어 버렸다. 견디다 못한 옥희는 다섯 살 박이 나미를 놔둔 채 집을 나갔고, 나미는 덕대 집 장 씨네며 인근 사택의 광원 부인들 덕에 겨우 성장해 갈 수 있었다. 어려서부터 인물이 곱상하고 영리하며 야무진 성격이 천덕꾸러기가 되는 것은 면하게 되었던 모양이었다. 그녀는 초등학교 때부터 밥을 짓고 빨래를 하는 등 집안 살림을 도맡아 해야 했다.

덕대였던 장 씨네는 관사가 아닌 단독 주택에 살았는데 그 집의 큰 딸인 현자가 나미를 유난히 귀여워했고 때마다 큰 도움을 주며 돌봐주었다. 현자는 나미보다 열 살쯤 위였다. 중학교 입학금과 교복 값도 그녀의 도움이었다.

옆집 오 씨네는 딸 부잣집이었다. 딸만 셋이었는데 순자, 순영, 그리고 막내가 순임이었다. 둘째 순영이는 나미와 동갑내기 친구였다. 오 씨네 딸 세 자매는 인물이 모두 고왔다. 오 씨 세 자매가 함께 읍내라도 가면 사람들은 읍내에 꽃이 피었다고들 했다. 그런데 셋의 성격은 판이했다. 첫째 순자는 수더분한 반면, 둘째 순영은 고집스럽고 무뚝뚝했고, 막내 순임은 시샘이 아주 많았다. 인물은 셋째 딸이 제일 낫다고 했다.

나미의 어린 시절은 무척 고달프고 가난했고 이런저런 문제가 있긴 했지만 시골의 전형적인 단조로움 이어지는 시절이었다. 문제는 나미가 첫 월경을 시작할 무렵 동원탄좌의 사택 마을에 한 남학생이 일본에서 이사 오면서부터 생기기 시작했다. 그 학생이 바로 최종설이었다. 탄광기술자였던 종설의 아버지가 동원탄좌의 초청으로 영구 귀국을 결심했고, 가족들이 사북으로 이주했던 것이다.

종설은 나미보다 예닐곱 살 많은 고등학생이었다. 한국말이 서툴렀던 그는 2학년 후반부터 다시 다녔는데 금세 두각을 나타내기 시작했다. 노력파인데다가 선천적으로 머리가 좋았던 그는 이내 상위로 뛰어올랐고 3학년부터는 전교 1등을 도맡아 했다. 두꺼비 같은 인상에 덩치는 컸지만 무엇보다 사람들에게 상냥했다. 쪽바리라고 놀림을 받았지만 개의치 않고 특히 나미와 순임에게 상냥하게 잘 대해 주었다. 동네 여자애들은 그를 두고 묘한 신경전이 벌어지기도 했다.

종설은 새로 짓는 집이 완성될 때까지 덕대 장 씨네 집에서 살았는데 세 살 위였던 현자를 유난히 누나 누나하면서 따랐고 현자는 종설의 한국말 선생 격이었다.

"언니의 일기를 보면 의대에 다니던 덩치 큰 오빠가 있었는데 동네에서 만나 그 오빠가 뭐라고 한마디 하면 얼굴이 붉어지고 대꾸를 할 수 없었다는 대목이 나와요. 아마 최종설 그 인간이 언니의 첫사랑이었던 모양이에요."

종설은 의대에 진학을 했고 그 후 나미는 그곳의 고등학교에 진학을 했다. 나미는 집안 형편 때문에 공부에 전념할 수 없었지만 그런저런 성적을 올렸고, 졸업 후 취업이 보장되는 항공기 여승무원이 되겠다고 전문대학에 입학을 했다. 입학금이며 등록금을 낼 때마다 장현자 등 주변의 도움을 받았다.

종설은 의대를 졸업한 뒤 사북으로 돌아와 개업했는데 산부인과를 중심으로 내과와 소아과를 겸하는 전형적인 시골 의원이었지만 병원은 성업이었다.

항공 승무원 전문대를 나온 나미는 사람들에게 알려진 대로 여성 승무원 시절 CF 감독의 눈에 들어 CF로 브라운관에 얼굴을 알렸고 이런저런 우여곡절을 겪으며 은막의 여왕으로 등극했다. 그 사이 종설은 오 씨네 딸 중 첫째 순자와 결혼하여 가정을 꾸렸다.

"최종설 원장의 그 결혼을 둘러싸고 이런저런 얘기가 많았던 모양이에요. 원래는 그의 병원에서 간호사로 일하던 막내 순임이와 관계가 깊었는데 정작 결혼은 그녀의 큰언니하고 했다고 하네요. 오순임 씨는 아직도 독신으로 지낸다고 해요."

"지난번에 나 원장이 그 오 씨 자매 중에 한 사람이 자기 집에서 가정부로 일했다는 얘기를 하던데."

"맞아요. 오 씨네 둘째 딸인 순영 씨가 바로 그 여자인데 교통사고로 죽었어요."

"그 사고도 문제가 있는가?"

"그런 것 같지는 않은데 어쨌든 이번 사건에 나 원장님을 끌어들여 파멸로 밀어 넣으려 했던 것과 관련이 있는 부분이 아닐까 싶어요."

"어떤 점에서?"

"오씨 자매들이 나 원장님 집에 대해 원망하고 증오하는 감정을 지니고 있었거든요."

"그래?"

처음 듣는 이야기였다.

"순영 씨가 나 원장네 집에서 좋지 못한 일을 겪었던 모양이에요."

"현구 얘기로는 화상을 입어 일을 더 못하고 집으로 내려갔다고 하던데."

"한창 감수성이 예민할 때 그런 흉터를 갖고 살아야 했을 테니 그럴 법도 하지 않겠어요?"

"글쎄. 그 부분은 더 자세히 알아봐야 할 문제인 듯싶은데."

"아무튼 여러 정황에서 우연이라고만 말하기는 힘든 것 같아요."

민호와 나리는 여러 각도에서 사건을 조망하고 재구성해 보았다. 스파게티 하우스가 11시에 닫는다고 해서 아래 호텔 라운지로 자리를 옮겼다.

나미의 죽음은 개인적 원한이나 치정 관계에서 일어난 일이라기보다는 금전적인 이해관계나 다른 복잡한 문제가 개재되어 있을 가능성이 크다는 것에 견해의 일치를 보았다. 또 의도적으로 나현구에게 혐의가 쏠리도록 각본을 짠 것 같은데 그중에서 가장 문제가 되는 것이 현구의 지문이 묻은 주사기였다. 그것을 빼돌린 사람이 누구이고 또

범행 현장에 몰래 던진 사람이 누구인가 하는 점이 핵심이었다.

"그날 나 원장님이 언니네 집을 다녀갔다는 사실을 알고 있었고 나미 언니에게 자연스레 주사를 놓을 수 있는 사람이 과연 누구겠어요?"

"장현자 씨라면 그 두 가지를 다 할 수 있는 가장 유력한 사람 아닌가?"

"그 여자는 아니에요. 나미 언니를 친 동생처럼 도왔고 또 언니의 죽음을 누구보다 진심으로 슬퍼하고 있었거든요."

장현자는 사고 당일 자신이 나현구의 전화를 받고 밖으로 나갔다고 했다. 현구가 빌라를 떠난 후 금방 전화가 와서 '나 원장인데 나미에게 줄 약을 깜빡 잊고 그냥 나왔으니 잠깐 나와서 약을 가져가라'는 말을 듣고 집을 나왔다는 것이었다. 그리고 그길로 납치돼서 1주일간 태백의 어느 창고에 감금됐다가 탈출했다고 진술했었다. 납치 사건은 계속 수사 중이었지만 진전이 별로 없었다.

그랬다. 문제의 전화는 집으로 걸려온 전화였는데, 경찰의 통화 내역 조사 결과 엉뚱하게도 그 전화는 나미의 집과는 한참 떨어진 강남역 부근의 공중전화에서 걸려왔었다는 것으로 밝혀졌다.

가정부가 나가자마자 대기하고 있던 승용차로 납치한 것을 보면 여러 사람이 치밀하게 작전을 세우듯 일을 처리했다는 얘기였다.

"참 오순임이라고 했나? 최 원장 처제라는 그 여자는 지금 어디에 있지?"

민호가 조금 전부터 적던 기자 수첩을 보면서 나리에게 물었다.

"그 여자는 도쿄에 있대요. 헤라클리닉에서 간호 책임을 맡고 있다던데요. 이번 장례식 때 올 줄 알았는데 안 왔더군요. 그 여자가 언니의 가장 친했던 친구의 동생이에요."

"간호사라고 했지?"

"네. 사북의 병원 때부터 최 원장 병원에서 간호사를 했어요."

"일본에 있다?"

민호는 잠시 혼자 생각에 잠겼다. 나리도 가만히 그의 그런 모습을 바라보았다.

"난 이번 사건에 일본이 연관이 있을 것 같다는 생각을 줄곧 해왔는데……."

나리는 그 말에 고개를 끄덕이기만 했다.

"나 원장의 미켈란 바이오랩에서 진행하고 있는 바이오셀 임플란트 기술이 생각보다 대단하거든. 오히려 그걸 해낸 자신들이 생각하는 것보다 그 가치가 엄청나게 크지. 그런데 일본 쪽에서 같은 연구를 하고 있단 말이야, 그것도 꽤 큰 연구소에서."

"일종의 산업 스파이의 모략일 수도 있다는 거네요?"

"그래. 일본 학술지에서 관련 기사를 보면서 그런 느낌을 강하게 받았고 곰곰이 따져 보니 아귀가 맞아 떨어지거든."

"어떻게요?"

"이렇게 생각해 봐. 범인이 나 원장과 미켈란 바이오랩을 궁지에 빠뜨리고 그 틈을 이용해 기술을 빼돌리거나 연구를 추월하려 했다면 지금처럼 현구를 감옥에 넣어두는 것보다 더 효과적인 방법이 어디 있겠어?"

"나 원장님을 궁지에 빠뜨리기 위해 언니를 살해했다는 말이네요? 어떻게?"

"꼭 목숨까지 빼앗겠다는 생각은 안 했는지도 모르지만 결과적으로 그런 일이 벌어졌을 수도 있지 않을까 생각해 보는 거지."

"그러면 나 원장님 연구소에도 요즘 큰 문제가 발생했겠군요."

"주가가 폭락했고 연구도 진전되지 않고 있다고 하더군. 음모를 꾸민 범인이 노렸던 것이 바로 이 점이었는지 모르지."

이번에는 나리가 잠시 생각에 잠겼다.

"어쨌든 일본 쪽에 냄새가 짙어. 헤라클리닉에 무언가 있을 것 같다는 느낌이 강하게 들거든. 그리고 우미란을 만나보면 분명히 실마리가 풀릴 것 같아."

"선생님, 저도 데려가세요."

나리가 정색을 하며 말했다.

"일본에?"

"네. 같이 가고 싶어요. 한번 부딪쳐 볼게요."

"이쪽 일은 어떻게 하고?"

나리가 새 영화에 출연하는 일이 진행되고 있다는 것은 민호도 들어서 알고 있었다.

"며칠 시간 있어요. 그렇지 않아도 오늘 그 때문에 늦었는데 좀 더 시간을 갖고 추진하기로 했어요."

"그래. 같이 가 준다면 나로서는 대환영이지."

40

마약의 손길

구 반장의 손에는 오늘자 조간신문들과 주간지들이 한 묶음 쥐어져 있었다.

〈필로폰 112kg 압수.

약 400만 명이 동시에 사용 가능한 4,000억 원어치. 역대 최대 규모〉
서울경찰청은 관세청·국정원과 공조해 필로폰을 밀수한 일당을 검거했다. 마약범들은 태국 방콕항에서 나사 제조기에 필로폰을 숨겨 부산항으로 들여와 국내에 유통하려다 체포됐다. 서울청 광수대 마약 3팀은 대만인·일본인·한국인이 연계된 다국적 피의자들을 검거하기 위해 추석 때도 집에 들어가지 못하고 한 달 동안 잠복 수사를 했다.

골든 트라이앵글이라 불리는 태국·미얀마·라오스 일대 동남아에서 생산된 필로폰은 공장도 가격이 kg당 5백만 원, 도매는 오천만 원, 한국 소매는 오억 원에 이뤄지다 보니 100배 폭가를 노린 마약 거래에 목숨을 걸다시피 하는 범죄자들이 많다.

필로폰, 히로뽕, 외국에서는 아이스, 크리스털, 스피드라 불리며 모두 메스암페타민 계열의 각성제이다. 이를 제조하기 위해서는 에페드린 또는 슈도에페드린이 필요하다. 그런데 이런 화학물들은 대량으로 구할 수도 있고, 처방전 없이 손쉽게 살 수 있는 종합 감기약이나 코감기 약에서 쉽게 추출해낼 수도 있다. 그리고 적린(赤燐)과 요오드가 필요하다. 또한 대안적 제조법을 버치축소법이라 부르는데 건전지와 화학 비료 등에서 얻은 리튬과 암모니아 성분을 이용해 슈도에페드린과 에페드린을 필로폰으로 손쉽게 제조할 수도 있다.

이렇게 얻은 2kg 정도의 필로폰 시가는 약 백억 원으로 쉽게 버는 일확천금의 유혹에 빠져들기 쉽다. 중국에서는 주로 감시가 소홀한 농촌 지역에서 마황으로 생산하는데 마황 2만 5천 원어치로 만든 필로폰의 시장가격은 이백오십억 원대에 이른다.

투약층도 과거에는 주로 유흥업소, 일부 연예인, 고위층 부유한 자녀들이 주를 이었으나 점점 다양화되어 근래에는 가정주부, 회사원, 의사, 변호사, 교수 등 전 계층으로 확대되었다. 나이도 10대부터 60대 이상 노년층까지 연령을 가리지 않고, 투약 장소도 클럽, DVD방, PC방, 유흥업소, 공원, 모텔, 심야 고속 도로 휴게소, 가정집 등 다양하다.

중국산 필로폰이 국내시장 80~90%를 점령했고, 국내에는 마약 제조 기술책, 연결책, 구입책, 밀반입책, 유통책, 판매책 등의 경로를 거쳐 밀반입돼 유통된다. 판매책은 철저한 점조직으로 운영된다. 물건을 받는 상선 윗사람 한 명만 알 뿐 다른 사람들은 모른다.

유통책은 보통 판매책 510명에게 필로폰을 대고, 한 명의 판매책 밑에는 여러 명의 소매 판매책이 있다. 판매책들은 적게는 10~50명, 많게는 100~300명의 투약자를 관리한다. 최종 구매자까지 최소 3단계 이상을 거친다. 유통 과정이 갈수록 은밀해지고, 단속됐을 경우 도매뱀 꼬리자르듯 할 수 있다.

〈필로폰 제조 가능 감기약 3년간 160억 원 유통〉
정부가 수수방관하고 있는 사이에 일반 약국에서 흔히 구할 수 있는 감기약으로 누구나 쉽게 필로폰을 제조할 수 있는 방법이 인터넷에 유포돼 해당 약품이 최근 3년간 160억 원 이상 유통된 것으로 드러났다.
미국 등 해외 사이트를 통해 전파되고 있는 이 공정은 특정 감기약에 포함된 A 성분을 이용, 실생활에서 쉽게 구할 수 있는 재료를 혼합해 필로폰을 제조하는 것이다.

'연예인 성상납, 환각제 사용 파문'
'증거 안 남는 몸 로비가 최고의 로비'
'뚜껑 잡은 검찰, 열까 말까 장고'
'음모론에 고위층 수사 압력설 분분'

눈에 확 들어오는 일요판 신문들에 도배한 제목들이다.
현재 연예인 성상납·환각제 사용 의혹과 관련해 실명이 오르내리고 있는 정치권 인사는 3명 정도. P, K, C 중진 의원, 모 재벌의 2세, 유명 신문사

사장 등이 그들이다. 이들에게 성 상납을 한 연예인들로는 미스코리아 출신 P씨, 곧 새로 시작하는 인기 드라마에 출연 예정인 J씨, 유명 영화배우 B, S씨, 인기 절정인 가수 K씨 등이다.

이 같은 사실은 지나미 사건의 수사와 관련 소환된 연예 관계자들의 조사 과정에서 밝혀진 것으로 알려진다. 애초 살인 사건의 수사 방향과는 각도가 다르게 새로운 곳으로 칼날이 흐르자 연루된 고위층 인사들까지 함께 드러났다.

검찰은 그간 정재계 인사와 연예인 간의 은밀한 만남을 주선한 '마담뚜'를 잡아 증거를 수집하는 데 총력을 기울이고 있다.

〈마약성 진통제 불법 처방받아
대체 마약, 펜타닐 유통·흡입 10대 고교생 무더기 검거〉

서울경찰청 광역수사대는 신종 마약을 유통 투약한 고등학생 등 10대 42명을 마약류 관리법 위반으로 무더기로 검거했다.

헤로인보다 100배, 모르핀보다 몇 백배 중독성이 강한 마약성 진통제가 학교뿐만 아니라 공원이나 상가 화장실 등에서 10대들 사이에 '대체 마약'으로 유통되고 흡입되다 경찰에 적발됐다.

이 학생들은 경찰에서 조사를 받는 도중에도 펜타닐의 금단 증상으로 인해 끊지 못하고, 수사를 받는 상황에도 흡입이 이뤄졌다고 경찰은 전했다. 조사 내용 중에는 학생들 사이에 1만 5천 원에 구할 수 있고, 그렇게 얻은 펜타닐을 다른 친구들에게 8~9만 원에 유통했다고 한다. 경찰 측은

1990년대에는 돼지 본드의 흡입이 있었고, 현재는 신종 마약성 환각제가 유통되고 있다는 점에 대해서 안타까운 사회 문제라고 언급했다.

이들이 구입해 유통·흡입한 펜타닐은 주로 말기 암환자나 복합 부위 통증 증후군 등 지속적인 심한 통증을 호소하는 환자들의 통증 완화를 위해 사용되는 마약성 진통제이다. 중독에 따른 부작용으로 사망에까지 이를 수 있는 것으로 알려져 있다. 문제는 자신이나 다른 사람의 명의로 불법 처방을 받는 과정에서 본인 신분이나 과거의 병력 확인조차 없이 마약성 의약품을 처방해주는 의료 시스템의 허점이 악용됐다는 것이다. 이처럼 옥시콘틴, 펜타닐 등의 마약성 진통제의 오남용에 혀를 내두르지 않을 수 없고, 특히 10대 청소년들 사이에서 유행처럼 번질 수 있다는 우려가 높다. 건강보험 심사평가원의 보고에 의하면 2020년 한 해에만 약 40만 건이 처방되었으나, 이외에도 암시장에서 은밀하게 거래되는 양은 추적하기 힘든 상황이다. 문제는 이 처방을 상습적으로 해주는 병원이 유명세를 탈 정도이고, 사용 규제를 위한 가이드라인이 마련되어 있지만 강제 이행이 힘들다는 점이다.

더구나 요양 병원에 장기 입원해 있는 환자 명의로 처방이 나간 패치는 약간 변형되어 조폭으로 흘러들어가고 점조직을 통해 고가로 은밀하게 거래되는 있는 현황이다.

"자아– 자, 오늘 신문들 좀 눈 크게 뜨고 읽어보란 말이야. 남들은 이렇게 생고생을 하면서 큰 성과를 내고 있는데……. 다음은 진 형사부터 상황 보고를 하지."

"네."

대머리에 몸이 좀 비대해서 나이가 더 들어보이는 진 형사가 이마의 땀을 손으로 쓸어내며 말했다.

"우선 말단 공급책을 체포해 조사를 하고 있습니다만, 파면 팔수록 복잡하고 조직이 엄청 크다는 것을 알 수 있습니다. 잘하면 제조책부터 중간 단계를 거쳐 공급책까지 일망타진할 수도 있을 것 같습니다."

"말로만 뻥치지 말고 실적을 내란 말이야, 실적을. 흠."

"문제는 만드는 것이 쉽다고 알려진 필로폰과 검찰과 경찰의 단속에 잘 걸리지 않는 신종 마약의 공급 루트가 다르고 모두 점조직으로 되어 있어 노출이 잘 안 된다는 점입니다. 더구나 텔레그램이나 왓츠앱 등 보완이 철저한 곳을 통해 거래를 하고, 입금도 고액 달러로 현금 거래를 하거나 대포통장을 이용한 무통장 입금이나 추적하기 어려운 암호화폐로 결제하기 때문에 추적하기가 어렵습니다. 그런 상황인 만큼 인터넷 유통 수사도 강화해야 합니다."

"결국 인원을 늘려주고, 시간을 많이 달라는 건데 우리에겐 그런 여유가 없는 것 잘 알잖아?"

"배달도 예전과 달라 '상선'(판매책)이 알바 구하는 사이트에서 '선수'(배달책)를 고용해 특정 장소에 물건을 몰래 갖다 놓는 '던지기' 수법으로 소비자와의 최종 거래가 이뤄집니다. 물론 배달책은 매번 바뀌는 일회용이기 때문에 검거가 어렵습니다."

"줄여 말하란 말야, 줄여서. 그래서 요점은?"

"미국 FBI가 마피아 거물급 보스를 잡기 위해 사용하는 '플리 바겐(사전형량조정제도)'을 우리도 써야 좀 더 깊게 파고들어갈 수 있을 것 같습니다."

"그래? 내가 책임질 테니까 우선 잡고 보란 말이야. 모든 역량을 체포하는 데 기울이도록. 그 후 문제는 조금도 걱정하지 말고 성과를 내도록. 오케이?"

구 팀장의 목소리가 의외로 높았다.

"네, 알겠습니다."

우렁찬 대답에 모두들 움찔했다.

41

경영회의

"사모님 오셨어요?"

미켈란메디센터에 들어서는 권세희를 본 리셉션의 미스 신이 자리에서 일어나 인사를 했다.

병원 안은 한산했다. 현구가 구속된 이후 늘 이랬다.

"다들 오셨나?"

세희가 그녀에게 물었다.

"네. 랩의 채 선생님만 빼고 다들 모이셨어요."

세희는 원장실 옆 회의실로 들어섰다. 모두들 표정이 밝지 않았다.

대표원장 부재 상황이 25일째 접어들고 있었다. 병원은 환자가 격감했고 아울러 수입도 절반 이하로 떨어졌다. 더 큰 문제는 미켈란 바이오랩에 있었다. 기술에 대한 라이센싱 아웃 계약을 했던 다국적 업체에서 계약 이행을 보류하겠다고 나선 것이다. 미켈란은 꽤 많은 시설 투자를 했던 터였기에 난감한 상황이었다. 세희는 병원과 랩의 일에 크게 관여치 않았었지만, 이처럼 미켈란의 존립이 흔들리는 상황에서 손 놓고 있을 수 없었기에 한번 모여서 논의를 해보자고 했었다.

가벼운 목례들이 끝나자 세희가 운을 뗐다.

"제가 이렇게 나서도 될지 모르겠지만 오늘 모임은 한 식구끼리 현안을 솔직하게 논의하는 그런 자리라고 생각됩니다. 기탄없는 얘기들이 나왔으면 좋겠습니다."

지돌이 손을 들었다.

"사모님이 말씀하셨듯이 허심탄회하게 얘기를 나누는 자리가 돼야겠습니다."

"제가 먼저 병원 상황을 말씀드리겠습니다."

병원 원무 일을 맡고 있는 성 부장이 나섰다.

"병원은 생각보다 최악은 아닙니다. 대표원장님 부재 초기에는 예약 취소가 70퍼센트까지 육박했지만 보름을 고비로 반전됐습니다. 그리고 지난주부터 신규 문의와 예약이 이루어지고 있습니다. 보여드리려고 간단한 자료를 준비했습니다."

성 부장이 돌린 유인물에는 일자별 예약과 수술 실행 숫자가 적혀 있었다. 사건이 터져 미켈란의 이름이 거론된 처음 일주일은 타격이 제법 있기는 했었지만 그리 우려할 수준은 아니었다. 그러나 대표원장이 구속됐다는 기사가 언론에 보도되자 심각해졌다. 그랬는데 일주일쯤 지나자 다시 환자들이 찾기 시작했고 지난주에는 상담과 수술 건이 이전의 절반 수준까지 올라온 것으로 되어 있었다. 하지만 큰 수술보다는 쁘띠 시술이 주종을 이루고 있었다. 미켈란의 이름이 하루아침에 이루어진 것은 아닌 모양이었다.

"하지만 이 정도의 매출로는 정상 운영이 되지 않습니다. 워낙 인건비와 운영비가 많이 들기 때문이죠. 한두 달이야 문제가 없지만 이 상태가 계속이 된다면 심각한 사태가 발생합니다."

"이 상태가 언제까지 지속되겠습니까? 나 원장님 곧 나오게 되지 않겠습니까?"

외래의였지만 스태프 못지않게 미켈란에 공헌하고 있는 윤상주가 말했다. 그는 미켈란 랩의 지분을 꽤 갖고 있는 동업자이기도 했고, 동창인 민호를 통해 사건에 대해 누구보다도 잘 알고 있었다.

"그러기를 바라지만 최악의 경우도 대비해야 할 것 같습니다."

마취과 전문의 박 선생이 말했다. 모두들 그를 쳐다봤다.

"재판까지 갈 가능성도 있다는 말씀입니다."

"사모님도 그렇게 생각하세요?"

수간호사인 차미양이 세희를 쳐다보면서 물었다.

"그 문제는 조금 이따 주 변호사님이 오시면 들어보도록 하지요. 어쨌든 회사가 문제라고 하던데."

정성구 이사가 마른기침을 했다. 그는 미켈란 바이오랩의 CFO를 맡고 있었다.

"그렇습니다. 지금 바이오랩이 큰 문제입니다."

"미국의 GSK에서 지난번 라이센스 계약을 이행하지 않겠다고 한다면서요?"

"그것도 문제지만 코스닥 문제가 급한 사안으로 떠올랐습니다. 잘못하다가는 퇴출로까지 이어질지도 모르는 상황입니다."

"퇴출이라니?"

누군가 외마디 소리를 냈다. 자리에 있는 모든 사람들이 바이오랩의 주주이기도 했다. 주가가 폭락을 하고 있다는 사실은 모두 알고 있었지만 퇴출이라니 무슨 청천벽력이란 말인가.

"몇 해 전에 '실질심사제도'라는 게 도입됐습니다. 횡령, 배임, 불공정 거래, 분식 회계 등의 중대한 경제 범죄에 연루된 상장사도 증권선물거래소 심사를 거쳐 퇴출 절차를 밟게 된 것이죠."

"그게 우리와 무슨 상관이 있습니까?"

정 이사의 설명을 듣고 보니 꼭 그렇지만도 않았다. 기존의 상장 규정의 퇴출 기준에는 매출액, 시가 총액, 자기 자본 등의 양적인 항목만 있을 뿐인데 실질심사제도가 도입되면서 증권선물거래소 내 설치된 별도 심사위원회가 횡령, 배임, 분식 회계 등의 사안이 발생한 상장사의 퇴출 여부를 심사해 조치를 내릴 수 있게 됐으며, 올 들어 최근까지 횡령, 배임이 발생했다고 공시한 36개 상장사들이 모두 심사를 받고 있다는 것이었다.

"어제 증권 거래소의 실사팀 직원이 다녀갔습니다. 크게 문제될 것은 없다고 생각해 자료를 제공했습니다만 지난번 대표 이사 변경 시에 유상 증자를 한 것에 신경 쓰는 눈치더군요."

증권가에서는 코스닥 퇴출 기업을 몇 가지 징후로 판별하는데 그중 가장 큰 징후가 최대 주주와 대표 이사의 변경이 잦다는 것이었다. 등록이 취소된 기업들의 경우 일반적으로 회사 주인이 자주 바뀌었다는 교집합을 갖고 있었다. 실적이 변변치 않다 보니 기업을 처분하는 과정에서 대표 이사의 변경이 잦을 수밖에 없었고 이로 인해 경영의 일관성을 찾아볼 수 없는 악순환이 반복됐다는 설명이었다.

미켈란 바이오랩의 경우 지난번 증자를 통해 지분 변동이 있었고 서영교 박사를 대표 이사로 선임했었다. 서 박사에 대해서는 3자 배정 유상 증자였는데 정 이사의 설명에 따르면 이 부분도 거래소 측에서 달갑지 않게 여기고 있다는 것이었다.

유상 증자에는 불특정 다수를 대상으로 일반 공모, 주주 우선 공모, 특정인을 대상으로 하는 제3자 배정의 방법이 있다. 3자 배정 유상 증자는 특정인을 대상으로 하는 만큼 일반 공모와 주주 우선 공모에 비해 상대적으로 실패 없이 손쉽게 자금을 조달할 수 있다는 장점이 있다. 말하자면 대주주를 끌어들여 투자를 유치하는 것이다.

"기업 내용이 좋지 않아 일반 공모로는 증자를 성공할 수 없어 어쩔 수 없이 3자 배정을 하는 경우가 대부분이라는 것이죠. 특히 증자 과정에서 최대 주주가 변경되거나 인위적인 주가 움직임이 나타나는 것도 부정적 요소로 보고 있더군요."

"우린 경영 환경이 나빠져서 3자 배정을 한 게 아니잖아요?"

지돌이 흥분했다.

"물론 그 점을 자세히 설명은 했습니다. 하지만 판단은 그쪽 몫이니까요."

모두들 침통하게 말을 잇고 있었다.

"듣고 보니 걱정은 되지만 그리 심각한 수준은 아닌 것 같습니다. 증권 거래소에서 무슨 결정을 내리려면 적어도 6개월은 걸립니다. 내 사며 실사도 한두 번에 끝내지는 못할 테니까요."

상주가 결론 내리듯 한마디 했다.

42
화불단행

"그리고 또 거래소 측에서 신경을 쓰는 게 꼭 이런 문제뿐이 아닌 것 같습니다."

정 이사가 아직 할 말이 더 있다는 듯 덧붙였다.

"다른 문제라니요?"

"우리 주식을 놓고 무슨 작전 세력이 개입한 것 같다는 심증을 갖고 있는 것 같았습니다."

"작전 세력이라니요?"

"윤 박사님을 비롯해 여기 계신 우리 식구들이 가지고 있는 지분 모두 합쳐야 50퍼센트가 되지 않습니다. 나머지는 일반 투자자들 몫인데 그게 요즈음 크게 요동치고 있는 것 같습니다."

"그거야 주가가 폭락을 하니까 일반인들은 내다 파는 게 당연하지 않나요?"

"그런데 5퍼센트 이상 지분 변동이 있으면 반드시 거래소에 신고를 해야 되는 것 알고 계시지 않습니까?"

"그렇죠."

"요 며칠 사이에 우리 주가가 롤러코스터를 탔죠. 특히 지난주가 심했는데 우리가 모르게 지분 변동 신고가 세 번이나 들어갔답니다."

"그 사람들이 누구랍니까?"

"전혀 알려지지 않은 외국계 펀드였다는데 계속 몇몇 구좌를 중심으로 팔자 사자가 이루어져 상당한 차액을 챙겼을 것이라는군요. 아직 정확한 실체는 모릅니다."

"참, 사람들. 불난 집에서 오징어 구워 먹을 사람들 아니야. 남의 불행을……."

"아무튼 그런 식으로 드러나게 차익을 챙기면 언젠가는 동티가 나게 되지요."

"그 때문에 경영권 방어도 고려하지 않을 수 없는 상황입니다."

"그랬군요? 화불단행(禍不單行)이라고 하더니 그런 일까지 일어나는군."

병원의 유 선생이 불쑥 말했다.

"화불단행이라니 그게 무슨 말입니까?"

"화나 불행은 혼자 다니지 않는다는 얘기입니다."

"화 화자에 아닐 불자, 그리고 홀로 단, 다닐 행 쯤 되겠군요?"

"박 선생도 지금 그렇게 한가롭게 한자 공부나 할 때요?"

"아 그럼 일어나서 제자리 뛰기라도 해야 합니까?"

갑자기 소란해졌다.

"잠깐, 잠깐 진정들 하시죠. 윤 원장님 말씀대로 아직 크게 걱정할 단계는 아닌 것 같아요. 어제 윤 원장님이 면회 가서도 이런 얘기 나왔었는데 모두들 생각이 같았어요. 이번 일은 단순한 지나미 씨 살인 사건이 아니라 우리 미켈란을 노린 다른 음모가 있는 것 같다고들 하더군요."

"그래서요. 나 원장님 생각을 한번 들어봅시다."

"아직 나 원장님도 뚜렷한 생각이나 복안은 없는 것 같더군요. 어쨌든 나 원장님은 여러분들을 믿고 있다고 얘기했습니다."

이때 회의실로 들어온 주 변호사가 사건의 진행 상황을 간략하게 설명했다. 그는 결단코 재판까지 갈 수 없다는 평소의 지론을 힘주어 피력했다.

문제는 경제였다.

세희는 모임을 마치고 집으로 돌아오자마자 컴퓨터에 달라붙었다. 인터넷을 서핑하면서 증권 시장에 대해 살펴봤다. 사랑하는 이가 영어(囹圄)의 몸이 되어 있는데 돈이 무슨 소용인가 싶기도 했었지만 그를 살리기 위해서도 돈은 필요했다. 그리고 그가 키운 기업을 살려야 했다. 그래서 코스닥 시장의 미켈란에 대한 동태는 중요했다.

코스닥이 벤처 기업의 둥지를 자처하고 있다는 얘기는 세희도 이미 알고 있었다. 초창기 IT 중심에서 벗어나 바이오나 문화 콘텐츠 등 신기술을 가진 기업들이 진입하면서 종합 시장으로서의 면모를 갖추고 있었다. 현재 1,468개의 기업이 상장돼 있고 시가 총액은 약 358조나 된다. 그러나 이러한 눈부신 빛 뒤에는 어두운 그림자가 드리워 있었다. 작전 세력, 주가 조작, 경영진의 횡령, 허위 공시 등이 한 주에도 서너 건씩 사건화 되었다.

코스닥에는 이른바 기관 투자가 적다. 기관 투자가나 외국인 투자자가 관심을 보이는 종목은 극소수에 불과하다. 대부분의 거래는 세력과 개미, 그리고 경영진에 의해 이뤄진다. 그러니 작전이 판치고 있는 것이었다. 현재 시가 총액 200억 원 이하인 코스닥 기업들이 200개가 넘는다. 이들에 대해서는 100억 원 정도의 자금과 호재성 공시만 있다면 작전이 쉽게 성공할 수 있지 않겠는가.

"코스닥에는 'pearl'과 'shell'이 함께 존재하고 있다. 기술력과 시장성을 겸비한 보석 같은 벤처들에 코스닥은 성장을 위한 자금 조달 창구 역할을 수행해야 한다. 그러나 허위 공시, 감자와 유상 증자의 사이클을 통해 상장만 유지하려는 껍데기들은 청소해야 한다"라고 한 어느 경제 칼럼리스트의 주장이 설득력 있게 다가왔다.

미켈란을 둘러싼 음모가 있다면 이를 막아내는 일은 남겨진 사람들의 몫이었다.

43
고수정

재욱은 은밀하게 즐기고, 더욱 신밀(神密)하게 배달을 하고 돌아설 때마다 누군가 감시하고 있다는 상념을 떨칠 수 없었다. 으슥한 골목길을 걸을 때도 쉴 새 없이 뒤돌아보곤 하지만 뒷목덜미에 땀만 흐를 뿐 쫓아오는 사람은 없었다.

최근 점점 더 편집증적으로 변해가는 자신을 느꼈다.

'아마도 마약 때문일 거야. 이제 이 일을 줄여야만 해!'

약간의 편집증과 건강한 의심이 그의 사업에 도움이 되었지만, 그래도 이건 너무 지나쳤다 생각하며, 소량의 '엑스터시'가 자신을 천국으로 보내줄지도 모른다는 생각이 무럭 피어났다. '엑스터시'는 '스피드'의 일종인 암페타민이 주성분이지만 긴장을 풀어주고 정신을 바짝 차리게 하는 특성이 있었다. 그는 삶의 모든 문제에는 화학적인 해결책이 있다고 생각하는 중이었다.

요즘 잘 나가는 JK 엔터테인먼트의 젊은 대표에게 신종 마약을 배달하고 받은 빳빳한 5만 원 권 큰 뭉치가 그의 남성을 자극했다.

아파트 문을 열고 들어서니 웬지 낯선 느낌이 들었다. 소독약 냄새가 풍겨왔다. 수정은 벌써 침대에 누웠는지 보이지 않았다.

"자기야 나 왔어!"

재국이 방의 스위치를 켜며 말했다.

수정은 손으로 눈을 가리며 재국의 말을 받았다.

"나 잠들었었나 봐. 지금 몇 시야?"

퉁명한 말투였다.

재국은 침대 끝에 앉았다.

"초저녁부터 자면 어떻게 해? 우리 축배를 들어야 하잖아."

"뜬금없이 축배는?"

"그 친구가 작업을 잘했는지 어디 좀 보자구. 크흐."

그는 거칠게 시트를 걷어붙였다.

"미쳤어!"

"귀엽네. 흐흐. 얘기들 기저귀 같잖아. 정말 깜찍하네. 그 밑이 어떤지 한번 떼어보자구."

"떼면 안 돼. 내일까지 그대로 뒀다가 새 걸로 바꿔야 해."

"어서. 오줌은 어떻게 싸지? 흐흐. 내 몸도 여러 군데 꿰매 나도 알 만큼 알거든. 그 작자가 얼마나 멋진 작품을 만들어놨는지 봐야겠어."

그는 손가락을 드레싱 밑으로 집어넣었다.

"당장 꺼져! 화장실 갈 때만 이 드레싱을 열 수 있어. 그게 다야!"

수정은 재국의 손가락을 거칠게 떨쳐냈다.

"다음번에 갈 때 나도 보게 해줘."

재국이 휘청 일어서며 말했다.

"불이나 꺼주고 나가!"

재국은 그 말을 무시하려고 했다. 그 누구의 명령도 들을 그가 아니었다. 그러나 조용히 스위치를 꺼주었다.

"고마워."

듣기에 좋지 않는 어조였다.

그는 화가 치밀었다. 그녀의 태도가 마음에 들지 않았다.

좋은 거래의 밤은 그를 유난히 흥분시켰다. 그는 그녀를 원했다.

'왜 안 되지?'

그는 우선 그녀의 그곳이 어떻게 꿰매졌는지 보고 싶었다. 왜냐하면 그 자신도 종종 그녀의 몸을 베고 철철 피가 흐르는 곳을 꿰매보는 모습을 상상하는 환상에 빠지곤 했기 때문이었다. 그는 의사들을 정말 부러워했다. 살아 있는 사람에게 칼을 대는 것이 허락되다니! 돈도 벌고! 피가 배어나는 걸 지켜볼 수도 있고, 흐흐!

그는 더 이상 참을 수 없었다.

거실의 유리 탁자 위에 흰 가루를 깔고 코로 숨이 차도록 흡입하고, 큰 유리컵에 스카치를 가득 따르고 거실의 소파에 앉았다.

큼직한 헤드폰을 두르고 수정의 최신곡을 틀었다. 메탈음과 히스테리칼한 고음에 자신을 억누를 수가 없었다.

그는 수정의 알몸만 생각만 해도 미칠 것 같았다. 감춰둔 마약이 듬북 섞인 포도주를 꺼내 들고 다른 손으로는 남은 술을 입에 털어 넣었다. 마약과 폭탄주는 그가 우주에 올라 그 궤도를 튀어 나가기에 충분했다.

그는 소파를 차고 일어나 침실로 달음박질했다.

"만약 그 의사가 잘 꿰맸다면, 넌 조금도 걱정할 필요가 없어."

재국이 시트를 벗기면서 말했다. 그는 그녀의 다리에 포개 앉아 그녀를 고정시키기 위해 한 팔로 가슴을 눌렀다. 그리고 다른 팔의 자유로운 손으로 붕대를 뜯었다.

그녀는 앙상한 팔로 힘없이 헛스윙을 몇 번 했지만 아무 소용이 없었다. 그는 그녀의 몸을 꼼짝달싹 못하게 한 후 강재로 마약이 섞인 폭탄주를 먹였다. 그리고 효과가 작동하기를 기다리는 동안 그녀의 다리에 몸을 문질렀다.

"이건 정말 제법 크지만 잘 꿰맸네. 그 양반이 작업 하나는 잘 마무리 한 것 같은데……"

그러면서 그는 빠르고 강하게 침투했다.

그녀는 소리를 질렀다. 아랫도리의 피부가 벗겨진 것처럼 강하게 쓰라려 왔다.

그녀는 그에게 몸무게를 줄이라고 말했지만 그는 그녀의 다리를 어깨에 얹고 그녀의 몸을 구부렸다. 그녀는 너무 아파 소리치며 엉엉 울었고, 훌쩍거렸고, 코까지 부들거리며 몸에서 떨어지라고 고함을 질러댔다.

재국은 자신의 성기가 지금까지 섹스를 함께 했던 어떤 때보다 가장 단단해진 걸 느꼈다. 환상적인 이미지들이 그의 뇌를 찢어놓았다. 잘린 피부, 파열된 상처, 피. 정말 많이 흐르는 피, 피, 피!

그녀의 사타구니가 그의 성기를 더욱 벌떡거리게 했다. 오, 신이여! 그는 그것을 그녀에게 주고, 그녀가 그것을 가질 수 있도록 더욱 깊고 깊게 몸부림쳤다. 그의 수탉은 불타고 있었다.

그가 일을 끝내고 그녀에게서 떨어졌을 때, 그녀는 오랫동안 아무것도 할 수 없었다.

휘청거리며 간신히 일어나 앉았다. 머리는 멍하게 비었지만 본능적으로 대충 붕대를 감았다. 앞과 뒤, 온몸이 아팠다. 진통제와 발륨 서너 개를 입에 털어 넣고 남은 보드카를 한 모금 쭉 들이켰다.

그녀는 휘청거리며 침대에 떨어졌다. 결국 그녀는 신음 소리를 내며 잠들었고 다리 사이에서 일어나는 출혈도 전혀 의식하지 못했다.

종설은 수정의 상처를 보고 적지 않게 놀랐다.

'수술 시에는 출혈이 거의 없었는데 도대체 무슨 일이 있었던 거지?'

출혈이 있을 때, 혈액은 두 가지 경로 중 하나를 택할 수 있다. 외부 또는 내부. 비록 사람들은 피를 보는 것을 싫어하지만, 피가 몸 밖으로 나가는 것이 훨씬 낫다. 만약 그것이 내부에 고여 덩어리를 형성한다면, 문제는 주변 장기에 가해지는 압력에 의한 2차 손상이나 감염이 발생할 수 있다. 즉, 모든 세균은 피를 사랑하는 것이다.

수정의 수술 부위엔 커다란 토마토 크기의 혈종이 생겼다. 피부는 푸르스름하고 검붉게 변해 피가 스며 나오고 있었다. 부풀어 오른 부위가 꿰맨 실밥을 뚫고 나오고 있었다.

"아스피린이나 비타민 E를 오래 먹었어요?"

"아니에요."

이 둘을 장기 복용한 경우 종종 응고를 방해해 출혈이 있을 수도 있었다.

"술은?"

"선생님이 당분간 피하라고 하셨잖아요."

수정은 눈 하나 깜짝하지 않고 마약 폭탄주를 마신 것을 감추었다.

종설은 간호사의 도움으로 수정을 다시 수술대 위에 눕히고 등좌에 다리를 올려벌렸다. 어떤 외과의사라도 자신이 수술한 부위를 다시 열고 들여다봐야 하는 것은 가장 불유쾌한 일이었다.

그는 실을 뽑고 피로 표현되는 혈종 부위를 살살 눌러보았다. 이미 그곳은 꽤 농후하고 뭉툭한 포도 젤리의 농도로 응고되어 있었다. 그는 손가락과 겸자를 사용하여 혈종을 후벼내고 활성 출혈 지점을 탐색했으나 아무것도 찾을 수 없었다. 그리고 나서 외부로 삼출액이 쉽게 새어 나오도록 하기 위해 고무 펜로즈를 삽입하고 부피가 넉넉하게 드레싱을 마쳤다. 내키지는 않았지만 이 문제에 대해 한 번 더 사과를 했다. 그는 그녀에게 수술 중에 어떠한 사고도 없었다고 장담했고, 활성 출혈 부위도 없었고, 할 수 있는 한 최선을 다했다고 말했다.

"저도 잘 알고 있어요. 절대 선생님 잘못이 아니에요. 제가 바보였어요. 단지 노래만 잘하는 가수가 뭘 알겠어요. 제 돌대가리는 두꺼워 감각을 통과하는 데 좀 시간이 걸려요. 힘들었지만 배우고 있어요. 세상에, 어떤 사람들은 왜 그렇게 오래 걸리죠?"

"무슨 뜻이야?"

"저의 팬들은 제가 강한 여자로 알고 있고, 어떤 경우에도 쫄지 않는다고 알고 있지만 이번 경우는 정말 저를 당황하게 만들어요. 선생님과 단둘이 얘기하고 싶은데요."

종설은 눈짓으로 간호사를 내보냈다.

"자세히 말씀은 못 드리지만 사실 제 매니저가 그랬어요. 그 자가 감독, 연출 등 도맡아 해왔고 제 남자친구로 밤에도 그럭저럭 행세해 왔는데……, 그 새끼는 악질 중에서도 최악질이에요. 평소에는 온순하고 저를 즐겁게도 해주는데, 그놈의 마약만 들어가면 딴사람이 되고 완전히 돌아버려요."

"경찰에 신고해버리지 그랬어."

"미친 짐승인데, 더 이상 무슨 말을 하겠어요?"

"너처럼 유능한 가수가 뭐가 부족해서 그런 놈하고. 당장 차버리지 그래."

"그렇지 않아도 그러려고 해요. 선생님, 걱정해주셔서 감사해요."

수정은 핑 도는 눈물을 감추고 다시 한 번 주먹을 꽉 쥐며 스스로 다짐했다.

44
동행

 주중이었고 이른 시간이어서 공항은 한산했다. 민호는 나리를 기다리며 자신이 무언가에 홀린 것 같다는 생각을 하지 않을 수 없었다. 과연 잘하는 일인지 아닌지 가늠할 수가 없었다.

 나리가 일본에 같이 가겠다고 했을 때 처음엔 그냥 그래 보는 것이라고 생각했었다. 하지만 그날 집에 데려다주면서 작별 인사를 할 때 그녀는 일본행에 대해 스케줄을 물어 왔고 자기가 비행기 표를 예약하겠다고 했다. 그날은 그렇게 헤어졌다. 새벽 두 시가 넘은 시각이었다.

 저만치 입구 쪽에서 나리의 모습이 보였다. 멀리서 봐도 눈에 확 뜨이는 미모였다. 전날처럼 청바지에 운동모자와 선글라스를 쓰고 있었다. 긴 머리는 모자 뒤쪽으로 질끈 묶은 모습이었다.

 "죄송해요, 선생님. 제가 먼저 나와 있어야 하는데."

 전날처럼 민호의 두 손을 잡으며 인사했다.

 "시간 충분한데 뭐."

 나리는 작은 가방을 끌고 있었고, 핸드백에서 여권을 꺼내 건넸다.

두 사람이 카운터 앞에 섰다. 카운터의 여직원은 여권 두 개를 살펴보고 자판을 두드리더니 난감한 표정을 지었다.

"두 분이 같이 가세요?"

"그렇습니다."

"김민호 님은 업그레이드가 돼 있는데 강정윤 씨가 안 돼 있네요."

"누가 업그레이드 했죠? 우리 이코노미인데."

"회사에서 그렇게 처리했네요."

알만했다. 신문사 기획실에서 그리했을 것이다.

"그냥 두 사람 다 일반석으로 줘요. 두 시간도 안 걸리는데 뭐."

"어떻게 하나……."

아가씨가 혼잣말처럼 중얼댔다.

"아니면 내 마일리지 쓰던지."

나리가 퉁명스럽게 말했다.

"마일리지 승급은 본인이나 직계 가족 아니면 안 됩니다."

그러면서 나리를 다시 한 번 유심히 쳐다보았다.

"선글라스 벗을까요?"

나리가 장난기 어린 목소리로 말했다.

"아닙니다. 됐어요."

그녀는 어딘가 전화를 하더니 환한 표정으로 보딩 패스 두 장을 머신에서 빼 주었다. 두 사람 다 비즈니스 클래스였다.

"하여간 나리 씨하고 다니면 뭐든 좋은 일이 생긴다니까."

"뭐 저 때문이겠어요. 선생님이 높은 데 계시니까 준거지."

출국장도 붐비지 않아 수속은 간단히 끝났다. 뒤에서 보니까 심사관이 나리에게 뭐라고 한마디 아는 척하는 것 같았다.

탑승 시간까지는 여유가 있었기에 항공사 라운지에 올라가 커피를 한 잔 마시기로 했다. 나리는 소풍가는 학생처럼 신나게 계단을 오르면서 민호의 손을 잡고 행진하듯 흔들어 댔다.

둘은 음식이 진열되어 있는 곳으로 갔다.

"이럴 줄 알고 아침 안 먹고 나오길 잘했죠?"

자리로 돌아와 마주 앉은 민호는 나리의 먹는 모습이 아주 소담스럽다고 느꼈다.

"선생님, 저 촬영 말고 개인적으로 해외에 나가는 것 처음이에요."

자신을 그윽하게 쳐다보고 있는 민호의 시선을 느꼈는지 입을 훔치며 말했다.

"전 아직 미국도 못 가봤어요."

"믿기지 않는데. 나리 씨 같이 유명인이 미국도 안 가봤다니."

"어떻게 바쁘게 지내다 보니 기회가 없었어요."

그러면서 나리는 파라핀에 싸인 브리치즈를 하나 까서 입에 베어 물었다.

"어 맛있네요. 치즈 날것으로 먹는 것 별로 안 좋아하는데 이건 맛이 다르네요."

"조미료를 많이 넣어서 그럴 테지."

"선생님도 한번 드셔보세요."

나리가 난데없이 자신이 먹던 치즈 조각을 민호의 입으로 가져왔다. 엄청난 친근감의 표시였다. 민호는 그녀의 친절을 거절해 민망하게 만들 용기는 없었다. 작은 크기로 한입 베어 물려니 저절로 그녀의 손이 민호의 입에 닿았다. 나리는 민호가 베어 물고 남은 조각을 서슴없이 한입에 털어 넣었다.

외국의 거리를 그대로 옮겨다 놓은 것과 같은 이태원의 한복판. 맨해튼에 있는 것과 같은 모양의 '클럽69'는 이름과는 달리 여성 회원만 입장할 수 있는 특화된 곳이어서 지돌은 가끔 들러 기분을 풀곤했다.

이 클럽은 여성 사교를 위한 모든 시설은 갖추고 있었다.

보안이 철저하여 신분 노출의 염려가 없을 뿐만 아니라 멤버는 최상류 전문직 여성들이고, 가입 조건이 까다로워 안심하고 만날 수 있었다. 여러 명이 모여 영화도 보고, 부담 없이 술과 식사도 하고 라이브 연주에 맞춰 춤도 추며 마음껏 즐길 수 있었다. 그러다 케미가 통하면 따로 나가 은밀한 저녁을 보낼 수도 있었다.

지돌은 바의 코너에 호젓이 앉아 가늘고 긴 시가형 담배를 피워물고 주위를 둘러보았다.

옆방의 홀에서는 요한 스트라우스의 '황제 왈츠'의 초반부가 제법 무겁게 흘러나오고 있었다.

주문한 블러디 메리가 나왔을 때, 그녀는 그것을 홀짝이며, 고독을 한몸으로 훑어내렸다. 기분을 높이기 위해 농담이나 아첨할 이유가 없었다. 금전적인 문제, 애정 갈등, 형편없는 상사들에 대한 가십도 필요 없었다. 그 쓰레기 같은 소리들이나 환자들의 많은 불평을 듣는 것은 야근을 하는 것과 뭐가 다르단 말인가. 그녀가 하루 종일 그 헛소리를 듣고 싶었다면 아마 정신과 전문의가 되었을 것이었다.

옆 테이블에 있는 화려한 패션의 젊은 여성들이 자꾸 눈길을 보냈지만 오늘따라 눈에 차지 않았다. 그리고 돌연 안순미와의 성적 행위를 상상하며 아랫부분이 촉촉해지는 걸 느꼈다.

지돌은 국내에서 성소수자 인권을 가지고 거래하는 정치인들과 보수 종교 단체 및 사회 인식에 대해 이해하기 힘들었다. 타인에 해를 끼치는 것도 아니고 자신의 정당한 선택의 행위를 외면하고 혐오하는 것은 불평등한 세상을 만들어가겠다고 선언하는 것과 같은 부끄러운 일이라는 확신을 가지고 있었다.

오늘따라 케미가 통하는 안순미가 자꾸 떠오르고 이상스레 만나 보고 싶었다.

45
포에틱 라이선스

비즈니스 석은 앞좌석과의 공간이 제법 널찍했다. 나리가 창가에 앉고, 민호는 짐을 선반에 올려놓은 뒤 통로 쪽에 앉으며 말했다.

"처음인데…… 이렇게 운이 좋은 경우는."

"운이라니요?"

"외국에 살다보니까 비행기는 참 많이 탄 편인데 이상하게 좌석 운이 나빴어. 옆자리에 마음에 드는 사람이 앉는 경우가 없더라고."

"선생님도 그런 것 신경 쓰세요?"

"그럼. 승무원의 안내를 받으며 자리를 찾아갈 때 옆에 어떤 사람이 앉을까 하는 은근한 기대, 그리고 어쩌다가 일어나는 기대의 충족이야말로 여행자의 특권이고 재미 아닌가?"

"그런 운까지 좋았다가는 얼마나 더 바빠지려고요?"

"그렇게 되나."

승무원이 신문을 나눠 줬다. 민호는 조간을 제대로 챙기지 못했기에 시대일보에 눈을 가져갔다. 어차피 제목들만 훑어볼 심산이었지만 몇몇 기사는 자신도 모르게 본문에 눈이 갔다. 대개 잘 아는 기자들의 글이었다.

비행기는 벌써 고도를 높여 자리를 잡은 후 순항하고 있었다. 민호가 나리 쪽을 보니 그녀는 기내 잡지의 영화 프로그램 소개란을 펴들고 있었다.

"볼만한 것 있어?"

"선생님이 놀아 주면 안 보고, 안 놀아 주면 이거나 볼까 해요."

나리가 가리킨 영화는 '트로이'였다.

"트로이, 아직 안 봤나?"

"벌써 봤는데 한번 더 보고 싶어요."

"잘 만든 영화지. 포에틱 라이선스를 너무 구사한 것이 흠이긴 해도."

"포에틱 라이선스가 무슨 말이에요?"

"포에틱, 시적이라는 얘기 아니야? 그리고 라이선스라는 영어 단어는 원래 '자유, 마음대로 할 수 있는 허가'라는 뜻의 라틴어 리센티아에서 온 말이니까 두 단어를 합치면 '시적 자유', 다시 말해 예술적 효과를 위해 사실을 어느 정도 왜곡 과장할 수 있는 예술가의 특권과 재량을 뜻하는 말이지."

"좋은 말이네요. 하나 또 배웠다."

"그 영화에서 보면 원작인 일리아스를 짜깁기 했는데 그 자체가 신화적 서사시이긴 하지만, 어쨌든 기존의 알려진 얘기하고는 많이 다르지."

"얘기 좀 해주세요, 어떻게 다른지."

"브레드 피트였지, 아킬레우스로 나온 배우가?"

"예. 너무 멋졌어요. 내 취향은 아니지만."

"아가멤논하고 아킬레우스의 사이가 안 좋았다는 말은 맞는 얘기지만 아가멤논이 트로이 전쟁에서 자기 부하인 아킬레우스에게 죽지는 않지."

민호는 기억을 되살려 울프강 피터슨 감독의 오버를 지적해 줬다. 말을 하다 보니 평소의 생각보다 더 강한 논조가 됐다.

포에틱 라이선스, 즉 시적 자유에도 지켜야 할 불문율이 있다. 그것은 그 왜곡과 과장도 작품의 극적 고양에 도움이 될 때에만 허용된다는 것이다. 허풍이 흥을 깰 정도라면 곤란하지 않은가?

예를 들어 영화의 초반에 아킬레우스가 아폴로 신상의 목을 치는 장면은 분명히 감독과 작가의 '시적 면허'가 오버된 전형적인 예였다. 올림포스 제신들 중 하나인 여신 테티스의 아들이라는 아킬레우스가 신상을 훼손케 한 것은 아킬레우스를 인간으로 끌어 내리려고 의도한 감독의 극적 장치라고는 하지만 너무 멀리 간 것이었다.

또 다른 왜곡은 이 영화의 여 주인공 격인 브리세이스에 있었다. 이 영화의 주요 테마는 그녀를 가운데 둔 아킬레우스와 아가멤논의 대립이었다. 그런데 실제 『일리아스』에서 브리세이스는 신녀(神女)가 아니고 아킬레우스의 애첩 노예이다. 신녀는 '크리세이스'라는 이름으로 따로 나오고 오히려 아킬레우스는 그녀의 아버지이자 트로이 아폴로 신의 사제장인 '크리세스'에게 호의적이었고 중재하려는 노력을 보이는 것으로 되어 있다.

초반 전투에서 포로가 된 딸의 석방을 위해 크리세스는 엄청난 몸값을 들고 아가멤논을 찾는다. 그리고 보기 좋게 거절당한다. 비탄에 빠진 크리세스는 아폴로 신에게 호소하고, 신은 아흐레 동안 화살을 날려 그리스 군이 역병에 쓰러져가게 한다. 열흘째 되던 날 참다못한 아킬레우스가 회의를 소집, 사제의 딸을 돌려보낼 것을 요구하자 아가멤논은 대신 아킬레우스의 전리품인 그의 애첩 브리세이스를 요구하고 이에 격분한 아킬레우스는 트로이 공략에서 몸을 빼게 된다.

대서사시 『일리아스』는 이렇게 시작되는 것이었다.

볼프강 피터센 감독의 일종의 '반칙'은 영화 내내 이어지지만, 트로이가 함락되던 날 밤에 아킬레우스의 손에 아가멤논이 죽는다는 것이야 말로 너무 큰 비약이었다.

우선 트로이의 함락은 아킬레우스가 파리스의 화살에 죽은 후 수년 뒤에야 일어나는 일이다. 발뒤꿈치 위의 단단한 힘줄을 아킬레스 건이라 부르는 것도 아킬레우스가 자신의 몸 중 유일한 급소인 이곳에 파리스의 화살이 박혀 죽기 때문에 붙여진 이름이다.

그건 그렇다 치고, 아가멤논이 트로이에서 죽었다면 우선 우리는 '엘렉트라 콤플렉스'라는 말을 정신과 용어에서 빼야만 한다. 아가멤논이 트로이에서 죽으면 그는 귀국할 수 없게 되고, 아내의 손에 살해

될 수 없고, 그러면 아가멤논의 딸 엘렉트라의 어머니에 대한 복수 또한 일어날 수 없는 일이 되기 때문이다. 또한 프로이트는 이를 토대로 한 자신의 정신 분석 이론을 만들 수 없었을 것이다.

그뿐이랴. 서구 문학의 원류가 됐다는 그리스 신화의 절반은 전부 다시 써야만 될 것이었다. 호메로스의 『일리아스』와 『오디세이아』, 아이스킬로스의 비극 '아가멤논'은 물론 에우리피데스의 '아울리스의 이피게네이아'도. 또한 호메로스에 따르면 아가멤논이 트로이에서 돌아와 아내의 정부 아이기스토스의 손에 죽게 되었을 때, 오레스테스는 다른 곳에 있었다고 한다. 성인이 된 그는 누이 엘렉트라와 함께 어머니 클리템네스트라와 그녀의 정부 아이기스토스를 죽여 아버지의 원수를 갚았는데, 이런 행동은 영웅시대의 도덕적인 규율에 따르면 훌륭한 것이 못 되는데 그렇다면 오레스테스와 엘렉트라는?

혹자는 이를 문화적 반달리즘이라고까지 말했다. 서구 문명의 몰락은 이렇게 시작되는 게 아닐까 하는 우려와 함께. 『문명의 충돌』을 쓴 미국의 정치 과학자 사무엘 헌팅턴 같은 석학도 촌평이기는 했지만 이 대열에 가세했었다.

"그렇게까지 심각하게 혹평을 하는 것은 좀 심하네요. 어차피 영화인데."

눈을 말똥말똥 뜨고 흥미 있게 듣고 있던 나리가 한마디 했다.

"그래. 그런 평이 있다는 얘기고 나는 이 영화에서 인간의 사랑이라는 정신적 화학 반응의 위대함이 가슴에 닿았고 포에틱 라이선스의 과다 사용을 충분히 용서할 수 있겠다 싶었지."

"사랑의 위대함. 선생님 목소리로 들으니 듣기 너무 좋은데요."

"파리스와 헬레나의 사랑, 아킬레우스와 브리세이스의 사랑. 두 개의 러브 라인이 나오지. 두 가지 다 요즘 관점으로 봐도 파격적인 사랑 아니야?"

"그래요. 전 파리스가 헬레나에게 자신의 비겁함을 자책하고 우는 장면이 너무 멋지게 보였어요. 헬레나가 그랬죠? 당신은 살기 위해 도망친 게 아니고 사랑을 위해 용기를 낸 것이라고. 지금 생각해도 너무 짜릿해요."

"나리도 그랬군. 나도 그 대사, 그 장면 멋지게 봤어. 아무튼 파리스와 헬레나의 사랑이 유럽의 역사를 바꾸게 했던 역사적인 사랑임에는 틀림없어."

"선생님, 그런데 아까 엘렉트라 콤플렉스에 대해 얘기하셨잖아요. 들어보긴 했는데 잘 모르거든요. 자세히 얘기해 주세요."

"그래?"

민호는 다시 설명을 시작했다.

"아가멤논이 트로이 전투에 나가 있는 사이에 왕비가 신하와 바람을 피웠어. 전투가 오래 걸렸으니 두 연인의 시간은 길었지. 그러니 아가멤논의 딸 엘렉트라가 어머니와 아버지 신하와의 연애를 얼마나 이를 갈고 보았겠어. 아버지를 불쌍하게 생각하고 울곤 했지. 여러 해의 전쟁을 승리로 끝내고 아가멤논이 개선해서 돌아왔는데 왕비와 연인은 무서워서 아가멤논 왕을 독살했지. 이를 알게 된 엘렉트라가 너무나 기가 막혀 동생 오레스테스와 의논하여 왕비인 어머니와 그녀의 정부 아이기스토스를 살해했지. 그래서 어머니보다 아버지를 연모하는 딸의 복합 심리를 엘렉트라 콤플렉스라고 부르지."

"그렇군요. 그러면 아빠 같은 분위기의 연상의 남자를 좋아하는 것도 일종의 엘렉트라 콤플렉스인가요?"

나리가 한마디 했다.

"그렇다고 볼 수 있지. 하지만 그건 이상한 일은 아니고 여자에겐 누구에게나 아버지같이 나이든 남자가 따뜻하고 편하게 느껴지는 심리가 있고, 나이든 남자에겐 딸같이 어린 여자가 귀엽고 예쁘게 느껴지는 심리를 가지고 있다고 해. 그래서 딸과 아버지는 대부분 사이가 좋고, 특히 고등학교 때 사춘기의 많은 여학생들이 남자 선생님을 사모하고 사랑하는 거라고 얘기하잖아."

"제가 바로 엘렉트라 콤플렉스 환자인가 봐요."

"환자가 아니래도. 그걸 자제 못하고 병적으로 집착하고 행동으로 옮겨지면 문제지만 누구한테나 그런 성향이 잠재돼 있다니까."

"그러면 반대로 아들이 어머니를 좋아하는 게 오이디푸스 콤플렉스라면서요? 그것도 병이 아닌가요?"

"당연하지."

"옛날에는 훨씬 더 성적으로 자유로웠던 모양이에요. 사촌끼리도 결혼하고."

"그래, 맞아. 그런 면이 있었다고 할 수 있지. 고대 그리스 신화에 나오는 신들은 근친혼으로 태어나는 게 대부분이었으니까. 따져 보면 신화를 만들어낸 그리스인들이 실제로 그랬다는 이야기지. 그러나 신화시대 후기로 오면서 근친혼이 좋지 않다는 의식이 싹트기 시작했나 봐. 오이디푸스 콤플렉스의 오이디푸스만 해도 엄청난 비극으로 끝나거든. 당시에 벌써 개화된 의식을 반영하고 있는 셈이지."

나리는 도쿄에서 꼭 해야만 할 일은 없었다. 말로는 일본 쪽 재산 관리를 맡아 주던 사람을 만나본다고 했었는데 그 여자가 전화를 받지 않더라고 넘겼었다.

"가고시마 세미나가 금, 토 이틀 동안 열리니까 금요일 새벽에 하네다에서 비행 편으로 가기로 했거든. 나리 씨는 어떻게 한다?"

"전 도쿄에 있을게요. 세미나 잘 마치고 토요일 밤에 오세요."

"그래. 그건 도쿄에 도착해서 정하도록 하지."

"우리 탐정님은 우미란이라는 아가씨 찾는 일이 제일 큰 미션이시죠?

"그렇지. 그리고 헤라클리닉에도 가봐야 하고."

"헤라클리닉의 최영호라는 사람하고는 통화하셨다고 했죠?"

"그래. 그런데 그 사람 정체를 잘 모르겠어."

"이번에 저랑 같이 온 거 고맙게 생각하시게 될 거에요. 우미란을 찾는 일이며 헤라클리닉 가는 일, 선생님 혼자라면 어림도 없을 테니까요."

"그래? 기대해 보겠습니다."

민호가 짐짓 경어를 쓰며 장난스럽게 말했다.

"선생님, 방은 하나만 예약돼 있죠?"

"그래서 어쩌지? 나리씨 방이 없을까 봐 은근히 신경 쓰이는데."

"상관없어요. 저는 바닥에서 자면 되니까."

"어떻게 그럴 수는 없지. 만약 방이 없다면 내가 소파에서 자야지."

"방 없었으면 좋겠다."

비행기가 서서히 하강하고 있었다. 인천 공항에서 나리타 공항까지의 비행시간은 두 시간 이십 분 정도였다. 그 가까운 거리가 때론 너무도 멀게 느껴지는 것이 도쿄와 서울이었다.

46

탐문

나리타 공항에서 케이세이 스카이라이너를 타고 도쿄 시내에 도착한 시각은 오후 2시가 조금 넘어서였다. 2년 만에 다시 와 보는 도쿄의 거리는 지난번보다 더욱 활기가 느껴졌다. 잃어버린 거품의 20여 년을 보내고 기지개를 켠 뒤 막 일어서는 모습이었다.

역 앞 광장에 우익 단체의 스피커에서 뭐라 악을 써대는 소리가 들려오고 있었다. 버스를 휘감고 있는 플래카드에는 다케시마(竹島)를 도로 찾자는 구호가 쓰여 있었다. 사람들은 그 앞을 심드렁한 표정으로 지나칠 뿐이었다.

두 사람은 택시를 타고 긴자의 이다바시 거리에 있는 호텔에 도착했다. 그랜드 팔레스 호텔은 별 3개짜리의 호텔이었지만 시설이며 위치가 양호했다. 무엇보다 일본 왕궁을 내려다보고 있다는 점이 마음에 들었다. 도쿄에서는 고층에 속하는 25층 규모였다. 객실은 웨스턴 스타일로 장식되어 있으며 현대적인 설비를 갖추고 있는 편이었다.

카운터에서 이름을 대니 상냥하게 인사를 하며 아무 말 없이 도어 카드 두 장을 건네주었다. 빈방이 있냐고 묻기에도 어색한 상황이었다. 민호가 카운터 여직원에게 오늘밤 일행이 올 지도 모르는데 혹시 방이 있냐고 둘러 물었더니, 즉각 미안하다는 응답이 왔다.

"거봐요. 내가 뭐랬어요. 날 거기로 쫓아 보내려고 했어요?"
나리는 19층 객실로 오르는 엘리베이터에서 민호의 옆에 바짝 붙어 생글대며 물어왔다.
객실의 문을 열자 전형적인 서구 스타일의 실내가 눈에 들어왔다. 풀사이즈 베드가 하나밖에 없는 방이었다. 민호가 머쓱해 했고 오히려 나리가 활달했다. 그녀는 자신의 백을 침대 위에 내려놓고 성큼 창가로 가서 커튼을 젖혔다. 밝은 햇살 아래 일본 왕실 정원의 끝자락이 눈에 들어왔다.
"전망 참 좋은데요."
민호는 주춤대며 서 있다가 벗은 재킷을 넣어두려 입구에 있는 옷장문을 열었다.
"뭐하세요?"
나리가 다가와 민호의 뒤에서 허리를 감아 안았다. 등에 그녀의 얼굴이 느껴졌다.
"선생님, 오늘 포에틱 라이선스 허가해 드릴게요."
민호는 아무 대꾸도 할 수 없었다.
"손 좀 씻을게요."

나리가 허리에서 손을 풀더니 욕실로 들어갔다. 물소리가 잠깐 나는 듯하더니 그녀가 욕실을 나왔다.

"일본 호텔에는 칫솔 안 주나보네요."

나리는 자신의 가방을 열어 작은 비닐 가방을 꺼냈다. 그러면서 옆에 있던 검은 케이스에 담겨 있는 성냥갑 크기의 카메라를 민호에게 들어 보였다.

"짜란…… 이거 가지고 왔지요."

지난번에 민호가 사준 그 카메라였다.

"소풍 나온 스파이 같은데?"

"그럼요. 저로서는 7년 만의 외출입니다."

이건 무슨 뜻인가. 나리가 욕실에 다시 들어갔다. 양치질을 하는 소리가 들리는 동안 '7년 만의 외출'에서 보여준 그 여배우의 순진무구함이 오버랩되었다.

민호는 침대 옆의 작은 테이블에 앉아 숄더백에서 취재 노트를 꺼내 들고 있었다. 전화번호들을 확인하기 위해서였다. 나리가 욕실에서 나와 그의 앞으로 다가오더니 이번엔 얼굴에 두 손을 가져와 양 볼을 감쌌다. 민호가 그녀의 눈을 응시했다. 장난기 속에 우수가 담겨있는 호수 같은 해맑은 눈이었다.

"선생님, 포에틱 라이선스 허가 도장."

나리의 입술이 민호의 입술로 다가왔다. 그가 앉은 자세에서 그녀를 와락 안았다. 어색한 자세가 되기는 했지만 그녀가 허리를 굽혀 둘의 가슴이 맞닿았다.

"지나리, 자넨 도대체 어디서 나타난 누구인가?"

잠깐의 침묵이 있은 뒤 민호가 그녀의 머릿결을 쓰다듬으며 물었다.

"또 노땅 같은 단어 쓰신다."

민호는 그녀의 턱을 손으로 잡아 자신의 얼굴 쪽으로 가져갔다. 영롱한 눈이 사슴의 그것과 같았다. 쿵쾅대는 가슴의 울림이 그대로 느껴졌다. 도톰한 입술이 딸기 향을 풍기고 있었다.

긴 입맞춤이 시작됐다.

"목 아파."

꽤 긴 입맞춤을 끝내고 포옹을 풀었을 때 나리가 애교스런 투로 던진 말이었다. 그럴 법도 했다. 민호는 앉아 있었고 그녀가 허리를 숙인 채 입술을 오랫동안 마주대고 있었으니 목이 아릴 법도 했다.

"정말 그랬겠는데. 미안해서 어쩌지."

민호가 침대에 앉은 그녀의 옆으로 가 앉으며 목덜미를 도닥거리듯 주물러 줬다. 다시 그녀가 와락 그의 품에 안겨 왔다.

"정말 선수 같애."

한 번의 접촉은 남녀의 사이 급속도로 좁혀지게 했다. 나리는 반말을 섞어 쓰고 있었다.

"자…… 나가서 뭐 좀 먹도록 하지."

"조금만 더 있다가."

나리는 발은 아직 침대 밖에 있었지만 상체는 아예 민호의 무릎을 베고 누운 자세가 되어 있었다. 그는 그런 그녀의 머릿결을 쓰다듬었다. 이상하게도 마음이 개운했다. 조금 전까지의 어딘지 어색하고 불안했던 기분이 사라져 버렸다. 단 한 번의 키스로 그녀와 오랫동안 함께 한 느낌이 들었던 것이다.

나리도 그랬다. 그녀는 곧 일어나서 옷을 갈아입겠다고 했다. 익숙한 스타일이기는 했지만 아무래도 꽉 쪼이는 청바지는 덥고 불편했다. 욕실로 가방을 들고 들어갔던 그녀는 편한 반소매 원피스 차림으로 나타났다.

두 사람은 호텔 식당을 이용하기로 했다. 화사한 원피스를 입은 나리의 모습은 휴양지로 여행 온 신부 같았다.

"나 미즈 같죠?"

엘리베이터 앞에 있는 거울을 보면서 나리가 말했다

"아니. 꼭 신혼여행 온 새색시 같은데."

"어마나."

나리는 민호의 팔짱을 꽉 꼈다. 엘리베이터가 열렸고 안에 사람이 있었지만 그녀는 장난기 어린 웃음을 멈추지 않았다. 그의 손을 끌고 가 자신의 허리에 둘렀다. 그가 멈칫 빼려 했지만 나리는 손에 힘을 더 주었다. 탄력 있는 뱃살의 느낌이 전해왔다.

"사람들 보잖아."

민호가 귓속말로 말했다.

"포에틱 라이선스 있잖아요."

나리도 소곤거렸다.

중식당에서 간단한 요리를 두어 가지 시켜 먹을 때도 나리는 살뜰하게 민호를 챙겼다. 이런 경우 음식을 덜고 건네는 서비스는 남자의 몫이었는데 그녀는 한사코 자신이 하겠다고 했다. 두부 요리와 깔끔한 볶음밥이 잘 어울렸다.

"우미란에게 전화나 한번 해보자."

식사가 끝나갈 무렵 민호가 말했다.

"그 번호는 계속 꺼져 있었다면서요?"

"그래도 혹시 모르잖아. 지금 한번 해볼까?"

시간이 그래서 그랬는지 식당 안은 조용했다. 민호가 주머니에서 핸드폰을 꺼냈다.

민호가 수첩을 보면서 번호를 눌렀다. 전화기가 꺼져 있다는 녹음된 소리만 들려왔다. 민호의 전화는 로밍 전화기였기 때문에 일본 내에서 통화를 하려면 눌러야 할 번호가 무척이나 많았고, 신호도 중간에서 조금씩 끊어지는 것 같아 며칠이지만 이곳 전화를 빌려야겠다 싶었다.

이제 우미란의 주소로 찾아가 보는 수밖에 다른 도리가 없었다. 하지만 그 주소라는 것도 벌써 몇 달 전 살았다는 원룸이어서 남대문에서 김 서방 찾는 격이었다. 민호의 그런 모습을 보면서 나리가 빙긋이 웃더니 자신의 핸드백에서 작은 보라색 수첩을 꺼냈다.

"짜라란······."

"그게 뭐지?"

"셜록 홈즈 조수 노릇하려면 이 정도 준비는 해야죠. 깜짝 선물."

나리가 펴 보이는 페이지에는 서수진이라는 이름 밑에 번호가 적혀 있었다.

"우미란의 친한 친구 번호에요. 같이 룸메이트 한다고 하던데."

"어떻게 그걸 알아냈지?"

"저도 밥값은 해야죠. 어제 늦게까지 킴스 헤어살롱 애들 다 동원해서 알아낸 노동의 산물입니다. 아마추어 탐정님. 호호호."

"그래? 우리 나리 최고다."

"그 애들 술집에 나간다는데 지금이 가장 좋은 시간일 거예요."

"술집에?"

"아마 재일동포들이 운영하는 룸살롱 같은 덴가 봐요."

나리가 번호를 눌렀다. 도쿄의 모바일은 2자로 시작했다. 전화기를 귀에 대고 있던 나리가 동그라미 사인을 보냈다. 통화가 된 모양이었다. 저쪽 목소리는 들을 수 없었지만 나리의 말로도 내용은 짐작이 갔다.

"네. 서수진 씨죠? 저는 서울서 온 미선이 친구인데요."

"네, 그래요. 미란이 언니요."

"강정윤이요."

"그래요?"

"언제 오는데요?"

"제가 가지고 있는 번호는 서울 것밖에 없는데요."

"그럼 내 번호 알려 드릴게요. 010-○○XX-○○△□."

"네. 미선이 그렇게 됐다는 얘기는 수진 씨도 알죠?"

"그래요. 수진 씨 번호 윤희한테 받은 거예요."

"윤희 어제 만났어요."

"미용실 단골이에요."

"수진 씨 한번 만났으면 좋겠는데 다른 얘기도 있고."

"그럼 알죠. 얘기 들었어요."

"지금 긴자에 있는 호텔이에요."

"잠깐만요."

나리가 펜을 달라는 손짓을 하자 민호가 펜을 건넸다.

"네. 지요다구 아카사카 도리 5정목 낙센 빌딩. 사루비아요."

"네. 그 앞에 스타벅스에서 7시."

"보라색 꽃무늬 있는 원피스 입고 갈게요."

"그래요. 고마워요. 만약에 무슨 일 있으면 또 전화할게요."

"나이는 좀 많아요. 3학년 8반이에요."

"그래요. 안녕."

나리가 꽤 오래 통화를 하더니 자세히 설명했다.

"역시 우리 지나리야. 멋져부러."

"선생님이 그런 말투 쓰니까 안 어울린다."

"일은 반쯤 성공한 거네. 그런데 직접 나가도 되겠어? 그 수진이라는 여자가 나리 얼굴 알아볼 텐데."

"아니에요. 몰라볼 거예요. 그냥 닮았다고 하면 그런가 보다 해요."

"그래?"

"또 상황 봐서 정공법으로 까놓고 나가도 되고."

"멋져부러."

"또 그런다. 안 어울리게."

"자 일단 그 일은 거기까지 정리해 놓기로 하고, 나는 내 일을 해야겠군."

"헤라클리닉에 가 보시려고요?"

"그래야지, 시간이 없으니까."

일단 식당에서 나가 전화 문제를 해결하기로 했다.

편리하게도 호텔 안에 모바일 폰 빌려주는 서비스 숍이 있었다. 게다가 투숙객에게는 아주 저렴한 이용료를 부과하고 있었다. 민호가 핸드폰 두 개를 렌트해 나리와 하나씩 나눠 가졌다.

47
헤라클리닉

헤라클리닉는 긴자의 한복판이라 할 수 있는 미스코시 백화점 옆에 있었다. 우리식 한자로 '萬古클리닉'이라고 간판을 걸어 놓았지만 일본어로 '만고'는 여자의 성기를 뜻하는 말이었다.

"참 이름도 괴상하게 지었네요."

나리는 야릇한 표정으로 중얼거리며 사설탐정이라도 된 듯 연신 카메라의 셔터를 눌러댔다.

병원은 한마디로 도떼기시장이었다. 시설도 그랬다. 안쪽에 들어가 자세히 살펴보지는 않았지만, 어떻게 이런 시설로 도쿄 중심가에서 영업을 할 수 있을까 싶을 정도였다. 한국 중소 도시 변두리의 마사지샵 같은 분위기였다.

민호와 나리가 안으로 들어서자 곰처럼 생긴 접수구의 여직원이 눈을 휘둥그렇게 뜨며 일본말로 어떻게 왔냐고 물었다.

"최영호 선생을 찾아 왔습니다."

민호가 일본말로 답했다.

"약속을 하셨나요?"

"예. 오늘 오후에 뵙겠다는 약속은 했습니다."

"어디서 오신 누구십니까?"

민호가 자신의 명함을 카운터 위에 올려놓았다. 영문 명함이었다.

대기실에는 연신 전화벨이 울려대고 사람들이 들락거리고 있어 정신이 하나도 없었다. 접수구 옆의 소파에도 사람들이 꽤 있었다. 접수구 여직원은 명함을 한참 들여다보더니 아무 말도 없이 자리에서 일어나 안으로 들어갔다.

조금 후 여직원이 웬 여자와 함께 나왔다. 40대 초반의 여성이었다. 훤칠한 키에 미인형이었는데 첫눈에 봐도 어딘지 차가운 느낌이 강한 인상이었다. 화사함이나 부드러움과는 거리가 멀었다.

여자가 간단히 목례를 하기는 했지만 민호의 위아래를 훑어보는 눈매에서는 음습함까지 느껴졌다. 남자건 여자건 중년쯤에 접어들면 자신의 인상에서 성격과 생활상이 묻어난다고 하지 않는가.

"서울에서 오셨다고요?"

한국말이었다.

"네. 서울의 시대일보에서 일하고 있습니다."

그때 대기실 한구석에 앉아 있던 나리가 일어섰다. 그녀의 모습을 본 여인의 표정이 달라졌다.

"나리?"

놀라는 표정이기는 했어도 반가운 기색은 별로 보이지 않았다.

"네. 안녕하셨어요?"

나리가 한 발짝 더 다가서며 그녀에게 인사를 했다.

"여긴 어쩐 일로?"

"김 박사님과 함께 왔어요."

"그래……?"

그저 그뿐 안으로 들어오라는 소리는 없었다.

"저는 이곳 행정 책임을 맡고 있는 오순임입니다."

민호에게 얼굴을 돌린 그녀가 사무적인 목소리로 말했다.

"어제 최영호 선생님과 통화를 했습니다. 찾아뵙겠다고."

"최 상은 어쩐 일로?"

"지난번 저널에 난 기사 때문에 뵙겠다고 했지요."

"저널기사라니요?"

"미래의 과학이란 학술지입니다. 구마모토 연구소의 요시무라 박사 인터뷰 기사인데 최영호 선생과 이곳 얘기가 나오더군요."

오순임은 잠시 생각하는 눈치더니 그제야 민호를 안에 들이겠다는 의사를 표했다. 그러면서도 움직이지 않고 나리에게 시선을 던졌다.

"언니 일로 바쁠 텐데."

"장례식 때 오실 줄 알았는데 안 오셨더군요."

"여기 일이 바빠서. 장례 잘 치렀다는 얘긴 들었어."

"그러시겠죠."

나리의 언사도 심드렁했다. 그때 대기 소파에 앉아 있던 젊은 여자

둘이 소곤대는 소리가 들렸다.

"맞아. 틀림없어."

"아니야. 지나리가 여기 왜 오니?"

한국말이었다. 자기들끼리 지나리를 알아보고 맞네 틀리네 하고 있는 모양이었다. 그러더니 한 여성이 일어나 나리 옆으로 왔다.

"저- 혹시 지나리 씨 아니세요?"

나리가 그녀를 보고 생긋 웃으면서 말했다.

"예. 맞아요."

"거봐. 내가 뭐라 그랬어?"

그녀가 친구에게 의기양양해서 말했다.

"어머, 어머! 저 언니 팬이에요. 어제도 언니 나오는 '언약' 봤어요."

그녀는 나리의 손을 잡고 펄쩍펄쩍 뛰었다. 나리가 민호를 보며 말했다.

"먼저 들어가세요. 전 여기서 이분들과 얘기 좀 하고 있을게요."

민호는 순임을 따라 원무실이라고 쓰여 있는 방으로 들어갔다. 전형적인 시골 병원의 사무실 모습 그대로였다. 파일들이며 의약품들이 정돈되지 않은 채 널려 있었다. 네댓 개의 책상이 있었는데 순임의 자리는 뒤쪽이었다. 간호조무사 복장을 입은 여자와 여사무원이 앉아 있었다.

순임은 자신의 원형 탁자에 민호를 앉으라 하더니 자신도 마주보고 앉았다.

"최영호 씨는 지금 안 계십니다."

접수원의 태도로 보아 있는 것 같았는데, 빼돌리려 한다는 느낌이 들었다.

"그래요?"

민호의 말투가 무뚝뚝하게 나올 수밖에 없었다.

"어떻게- 박사님이라 불러야 되나요 아니면 기자님이라 불러야 되나요? 명함을 보니까 의사이신 것 같던데."

"편한 대로 부르십시오."

그런데 탁자 위에는 민호가 들고 있는 것과 같은 '미래의 과학'이란 학술지가 놓여 있었다.

"이 저널에 난 기사 때문에 오셨다고 하셨죠? 여기 무슨 기사가 났는지 우린 금시초문입니다."

민호는 무슨 뚱딴지같은 소리냐 싶어 학술지를 들어 인터뷰 페이지를 들췄다. 그런데 이게 웬일인가? 기사는 그대로였는데 헤라클리닉의 한국인 최영호 박사가 큰 도움을 주었다는 한 줄이 감쪽같이 사라져버렸던 것이다.

"어, 어- 이럴 리가?"

민호는 얼른 가방을 열어 자신이 서울서 가져온 학술지를 펼쳤다. 거기에는 그 기사가 분명히 쓰여 있었다. 형광펜으로 마크를 해놓은 그대로였다.

"잘못된 기사가 나갔기 때문에 새로 편집해서 인쇄를 다시 한 모양이네요."

"미래의 과학이라면 일본 최고의 권위지인데 이런 일이 있을 수 있나요?"

"그건 저희도 모르죠."

눈치로 보아 순임도 원래의 그 기사를 보았음이 틀림없었다. 자신의 병원이 거론된 기사를 처음 보았다면 그토록 태연할 수가 없었기 때문이다.

'권위 있는 저널은 신문과 달리 판형을 바꾸지 않는데……'

민호의 가슴에 큰 의문이 새겨졌다.

"최영호 선생님은 언제쯤 만날 수 있을까요?"

"잘 모르겠습니다. 사실 최 상은 이곳 정식 직원이 아니라서요."

"좀 전에 접수 직원은 그렇게 얘기하지 않던데요. 또 어제 서울에서 제가 직접 통화를 했었고요."

"무언가 착오가 있는 것 같군요."

순임이 묘한 웃음을 지으며 말했다. 무언가 숨기는 구석이 짙다는 확신이 들었다.

"알겠습니다. 그런데 이곳에서는 요시무라 박사가 말하는 체세포 임플란트에 대해 연구하지 않나요? 그 때문에 최 선생님 뵈려 하는데."

"연구라니요? 보시다시피 여긴 작은 구멍가게 수준인데요."

"그렇군요. 공연히 시간 빼앗아서 죄송합니다."

민호는 자리에서 일어나려 했다. 눈치로 보아 더 나올 것이 전혀 없었다.

"그런데 지나리와는 어떤 관계신가요?"

"어떤 관계라니요?"

"어떻게 해서 나리가 여기까지 선생님과 함께 오게 됐는지 궁금해서요."

"본인에게 직접 물어보십시오."

민호도 굳이 친절하게 답할 필요가 없었다.

사무실을 나서려는데 벽에 걸려 있는 감사장이며 면허장, 회원증 같은 것들이 눈에 띄었다. 그중에서 민호의 눈에 가장 먼저 들어온 것은 일본 국민회의 간토 지부라는 곳에서 헤라클리닉의 최종설 원장에게 준 큰 감사패였다. 크기도 아주 컸고 또 부조로 되어 있는 문양이 머리에 띠를 두른 젊은 청년이 손을 불끈 쥐고 있어 눈에 잘 띄었다. 국민회의라면 민호도 알고 있는 일본 우익 단체의 연합회 같은 조직이었다.

'어쩌면 이런 걸 자랑스럽다고 병원에 걸어둔담. 내- 원- 참!'

절로 한숨이 나왔다.

민호는 사무실을 나와 다시 접수구 쪽으로 향했다. 그때까지도 나리는 젊은 여자들과 이야기를 하고 있었다. 한눈에 봐도 친해진 모습이었다.

"끝나셨어요?"

나리가 일어서며 물었다.

"무슨 영문인지 최영호 선생은 없다고 하는군. 내- 원 참."

옆에 들으라고 일부러 가시 돋친 투로 얘기했다. 나리가 거기까지 따라 나온 순임을 쳐다봤다.

"나도 물어볼 말이 있는데. 잠깐만······."

"그래?"

"사무실로 들어가죠."

나리가 먼저 안쪽으로 들어갔고 순임은 못 이기겠다는 표정으로 뒤를 따랐다.

민호는 나리가 앉았던 자리에 앉았다.

"매니저 되세요?"

옆의 젊은 여자가 말을 걸어왔다.

"매니저라니요?"

"나리 언니 매니저냐는 말이에요."

"아닌데."

"그럼 스폰서?"

아가씨가 민호의 아래위를 한 번 더 훑어보았다. 민호는 피식 웃고 말았다.

"이 병원은 나리 언니하고는 결코 어울리는 곳이 아닌데요."

여자가 작은 소리로 말했다.

"뭐 좀 알아보러 왔는데 힘들군요."

"이 병원이 원래 그런 곳이에요. 뭔가 알아보기에는 힘든 곳이죠."

유난히 젊은 여자들이 눈에 띄었다. 개중에는 예쁘게 생긴 소녀풍의 여자아이들도 있었다. 무슨 수술을 받는 것인지 대략 짐작은 갔지만 '저런 아이들까지' 하는 생각이 드는 것은 어쩔 수 없었다.

나리는 얼마 지나지 않아 나왔다. 그녀를 따라 나온 순임의 표정이 약간 펴져 있었다.

민호는 나리의 눈짓에 황급히 헤라클리닉을 빠져 나왔다. 나리는 자신의 팬이라는 여자와는 손을 잡으면서 서로 연락하자는 인사를 나눴지만 순임과는 그런 인사도 나누지 않았다. 접수대에서 순임의 '그럼' 하는 말 한마디가 끝이었다.

"정말 정 안 가는 여자죠?"

엘리베이터를 내려 거리로 나서자마자 나리가 민호에게 말했다. 오순임을 두고 하는 말이었다.

"그러네. 요즘 말대로 까칠한 사람이야."

"그런데 선생님, 나 특별상 주셔야 해요."

"무슨 일을 했는데?"

"짜라란……."

나리가 곧잘 쓰는 의태어와 동시에 민호의 앞에 모바일 전화를 내밀었다. 조금 전 호텔에서 렌트한 전화였다.

"여기 우미란이 들어 있습니다."

"미란의 전화번호를 알아냈다고?"

"에이, 그렇게 쉬울라고요? 조금 전에 만난 애들 번호에요. 글쎄 그 애들이 우미란을 잘 안다네요."

"그래? 그거 참 우연치고는 묘한 일이군."

"아마 내일쯤 무슨 연락이 올 거예요. 오늘 저녁에 수진이란 룸메이트를 만나 얘기 듣고 하면 우미란의 행적은 쉽게 찾을 것 같아요. 그리고 그 애 만났을 때 어떻게 요리해야 하는지도 계획이 섰고요."

"대단한 일 했군."

"정말 나랑 같이 오기를 잘했죠?"

"그런 것 같은데."

"같은데가 뭐에요, 같은데가?"

나리가 민호의 팔짱을 끼면서 말했다. 팔꿈치에 뭉클한 나리의 가슴이 느껴졌다.

"그런데 진짜 놀라운 사실을 하나 알아냈거든요."

"그게 뭐지?"

"놀라지 마세요. 미란이가 글쎄 순임의 초청으로 일본에 왔대요. 처음엔 헤라클리닉에서 일을 하기도 했다네요. 순임한테 확인도 했고요."

"그래. 그건 아주 중요한 정보인데."

"상 받을 만하죠?"

"그래 무슨 상을 어떻게 줄까?"

"뭐든지 주시는 거죠?"

"그럼 내가 할 수 있는 일이라면 뭐든지."

"약속했어요. 딴말하기 없기."

48
행방

　수진이란 아가씨는 이케부쿠로의 약속 장소에 먼저 나와 앉아 있었다. 그녀는 압구정이나 강남역 주변에서 흔히 마주칠 수 있는 20대 초반의 전형적인 야시시한 차림이었다. 청색 반바지에 검은 양말, 등이 다 보이는 연두색 스웨터를 입고 있었다. 니트 모자까지 쓰고 있어 일견 스타일이 돋보였다.
　나리가 자리를 잡으려다 무슨 느낌이 들었는지 그쪽으로 갔다.
　"혹시 수진 씨?"
　쓰고 있던 선글라스를 벗으면서 물었다.
　"어머나!"
　수진은 대답은 않고 놀라기부터 했다.
　"지나리 언니 아니세요?"
　"맞아요. 날 금방 알아보네."
　"어쩜, 어쩜. 전화한 게 언니였어요? 그것도 모르고."
　수진도 그랬고 조금 전의 여자애들도 그랬고 그 또래 부류들은 나리를 금방 알아봤다. 나리의 열렬한 팬들이 많았다. 나중에 안 일이지만 나리가 출연했던 '언약'이란 영화가 불우한 룸싸롱 여인과 청년 검사와의 슬픈 사랑을 다룬 영화였는데 크게 흥행은 못했지만 그런 쪽에서 마니아 팬들이 형성돼 있다는 얘기였다. 그녀도 나리를 무척 좋아한다고 했다.

수진과는 첫 대면부터 술술 풀려갔다. 그녀로부터 짧은 시간에 많은 얘기를 들을 수 있었다. 민호는 옆에 앉아 듣기만 했다. 나리가 적당한 선에서 필요한 정보를 알아낼 수 있는 질문과 맞장구를 잘 구사했기 때문이었다.

수진은 미란보다 두 살 위였고, 룸메이트인 것이 맞았다. 미란의 언니인 미선을 서울에서부터 알았다고 했다.

그녀는 비교적 솔직하고 밝은 아가씨였다. 자신에 대해서도 많은 것을 얘기했다. 그런데 나이답지 않은 짙은 화장에 가려진 얼굴이 많이 상해 있었다. 공부에는 취미가 없어 학교 다닐 때부터 친구들과 쏘다니는 것을 좋아했고, 고교를 졸업하고 동대문 의류점에서 야간 일을 하다 어찌어찌해서 유흥업소에 취직하게 됐다고 했다. 그때 옷이나 핸드백, 장신구 등을 사느라 적지 않은 빚을 지게 됐는데 그 빚을 처리하기 위해 선금을 받고 일본에 왔다고 했다.

"서울보다는 일하기 편한 곳이에요. 이것저것 거치적거리는 것 없고 이 사람 저 사람 눈치 볼 필요가 없으니까요. 그치만 서울 가고 싶어 죽겠어요."

이제 2년이 다 돼 간다고 했다. 자신은 일본어가 영 늘지 않아 고민이라는 얘기도 했다.

"얼마 전까지 일하던 곳이 바로 옆 빌딩 지하구요. 지금은 롯폰기에서 일해요."

"거긴 손님들이 어때요? 일본사람들이 많을 텐데."

그녀는 일하는 곳에 대한 질문은 애써 피하며 미란을 화제로 올렸다.

"지금 미란이가 큰 빚을 지고 있어요. 이번 여행도 빚을 갚기 위해 목돈을 벌겠다고 나간 거예요."

"왜 큰 빚을 졌지?"

"미선이가 그렇게 되는 바람에……. 아무튼 걘 비밀도 많고 복잡해요."

"며칠 여행으로 목돈을 만들 수 있어요?"

민호가 물었다.

"야한 화보 같은 걸 찍는 모양이에요."

"그래?"

"미란이 돌아오면 꼭 언니한테 연락하라고 할게요. 휴대폰 바꿔 가지고 간 모양인데 나한테도 번호 안 가르쳐 주고 갔어요."

저녁을 함께 할 수도 있겠다 싶었지만 수진이가 일을 가야 한다고 해서 다음을 기약하기로 했다. 나리는 내일이라도 연락을 하겠다고 했다. 둘이서 사진도 찍고 이메일 주소도 교환하는 것 같았다.

수진이가 떠나고 민호와 나리는 이케부쿠로 거리를 걸었다. 거리에는 어둠이 서서히 깔리기 시작하고 있었다.

"그래도 명랑해서 좋군."

택시를 타고 떠나는 수진을 보면서 민호가 한 말이었다.

나리가 팔짱을 꼈다. 둘은 별말이 없이 걸었다. 젊은 한국 여자가 이국땅에 와서 자신의 몸으로 먹고 살아야 하는 현실은 어떤 것일까 싶었다.

"선생님 노조키헤야라고 들어보셨어요?"

"들어는 봤지."

"가보시지는 않았고요?"

"들어가 보진 않았지. 왜? 수진이가 거기서 일한다고 그래?"

"네. 선생님 화장실 가셨을 때 그러더군요."

'노조키'란 무엇인가를 엿보는 방이 있는 유흥업소였다. 미국이나 유럽에서는 핍쇼(peep show)라 해서 유흥가에 간혹 눈에 뜨이곤 했다. 도쿄에서는 이케부쿠로나 신주쿠 등에서 많이 볼 수 있으며 보통 지하에 있었다.

그곳에 들어가면 공중전화 박스 크기의 아주 좁은 밀실들이 있고, 그 밀실에는 각각 손님 한 사람씩 들어가게 되는데, 밀실 안에는 특수유리로 된 조그만 창이 있고 옆에는 휴지와 쓰레기통이 있다. 특수유리는 반대편에서는 거울처럼 보이기 때문에, 저쪽에서는 이쪽이 전혀 들여다보이지 않는 것이었다. 특수유리와 맞닿은 방에는 여자가 들어가 있다. 여자가 가운데서 쇼를 하고 그것을 몰래 보는 구조로 되어 있다. 그리고 노조키에서 하는 쇼는 주로 여자의 자위행위였다.

남성이 밀실 안에 들어가면 맞은 편 방의 여자가 쇼를 시작하는데, 음악이 흐르면서 속옷 차림의 여자가 한 명 나와 은근한 춤을 추다가 천천히 속옷을 하나둘 벗기 시작한다. 방의 위치에 따라서 보이는 각도가 다르기 때문에 여자는 한 바퀴 돌면서 골고루 보여준다. 쇼가 무르익으면 여자가 훌랑 다 벗고 자위행위를 하기 시작하고 클라이맥스에 다다르게 되면 쇼가 끝나게 되는 것이었다.

이렇게 밀실에서 갇힌 채 쇼를 구경하고 있으면, 서비스 걸이 노크를 한다. 그 여자는 밀실 안에 있는 흥분된 손님에게 손과 입으로 서비스를 해주는데 손이냐 입이냐를 선택할 수가 있다. 돈을 더 내는 추가 서비스를 받지 않고 단순히 엿보기만 해도 된다. 그래서 오래전부터 고교생들도 심심할 때 자주 이용을 하고 있다고 한다.

이렇게 일본인들이 엿보기를 좋아하는 까닭에 몰래카메라라는 것도 생겼지만, 요즘 한국에서도 꽤 유행하는 듯싶다. 그런 것을 보면 이 노조키를 이미 체험한 한국인들도 많을 것 같았다.

"예전에 어떤 연극의 선전 카피가 생각나는군요."

나리가 노조키에 대한 설명을 듣고 던진 한마디였다.

"그래? 뭔데?"

"사는 놈이 있으니까 파는 년이 있는 것 아니냐! 뭐 그랬던 것 같아요."

"자조적이기는 하지만 맞는 말이군."

"선생님도 핍쇼라는 데 가보셨어요?"

"응. 젊었을 때. 뉴욕에 가서 친구하고 한번 가보기는 했지."

"의사 선생님도 그런데 관심이 있어요?"

"그때 나랑 같이 간 친구가 산부인과 의사였는데 백인 여성의 몸매에 호기심이 있었던 때라 딱 한 번 가봤었지."

"참 사내들이란……."

긴자 거리를 걷던 두 사람은 우동집에 들어가 스시를 곁들인 소바와 우동을 먹었다. 화제는 자연스레 성과 섹스로 이어졌다.

49
연인

 나리는 속살이 비치는 얇은 핑크색 실크 란제리를 입고 침대에 누워 있었다. 욕실에서 나온 민호는 파자마 차림으로 그녀가 누워 있는 침대로 갔다. 창가 쪽 작은 조명등만이 켜져 있었지만 표정을 감지할 수 있을 만큼 환했다. 무슨 말을 먼저 해야 할 텐데 적당한 말이 나오지 않았다. 얇은 시트를 젖히고 그녀 옆에 누웠다. 팔베개를 해 주듯 팔을 뻗자 그녀가 와락 안겨 왔다. 머리에서 싱그러운 향내가 풍겼다.
 "이건 왜 입었어?"
 나리의 애교스러운 눈빛과 말투였다.
 "습관이지."
 나리가 하나밖에 채우지 않은 단추마저 냉큼 풀어내곤 민호의 가슴팍을 꼼지락거렸다. 별것 아닌 몸짓이 대단한 자극으로 다가왔.
 나리의 젖가슴이 느껴졌다. 편하고 부드럽게 이 밤을 축복으로 만들겠다고 했는데 처음부터 너무 자신이 격해지는 것은 아닌가 싶었다.
 민호가 나리의 머리카락을 이마 뒤로 쓸어 넘기면서 눈을 똑바로 쳐다보았다. 그녀도 수줍음 없이 그의 눈을 마주 응시했다. 칠흑 같은 어둠 속에 등대불이 반짝이고 있었다. 그가 그녀의 얼굴을 보듬었다. 매끈한 뺨의 느낌, 오똑한 코와 탐스런 입술이 도톰했다.

아무리 생각해도 이건 행운이었다. 이렇게 아름다운 여자와 함께 있을 수 있다는 것은.

민호가 엄지를 나리의 턱에 두고 검지로 도톰한 입술을 쓰다듬었다. 그녀의 입술이 벌어지면서 그런 그의 손가락을 살짝 깨물었다. 그는 자신의 입술을 그녀의 이마에 가볍게 부딪히듯 대고는 잠시 가만히 있었다. 실크 란제리의 매끈거리는 감촉이 살에 와 닿는 느낌이 좋았다. 고스란히 살아있는 살의 느낌이 강력한 흥분제 역할을 했다. 겨드랑이 쪽으로 그녀의 젖가슴의 느낌이 뭉클하게 퍼졌다. 얇은 비단 아래 숨겨져 있는 도드라진 꼭지의 촉감까지 그대로 느껴졌다.

민호는 자신이 마취된 것이 틀림없다고 느꼈다. 시간이 영화 속 슬로모션처럼 천천히 흐르고 있었다. 그러나 감각들은 고스란히 살아 움직였다. 그녀의 심장이 쿵쾅대는 소리, 내쉬는 거친 숨, 모든 작은 움직임이 그대로 심장으로 전해져 왔다. 머리카락에서 피어나는 아련한 꽃향기도 감미로웠다.

민호는 점점 더 부풀어 오르는 해일처럼 커져 버린 욕정의 불길 속에 뜨거운 숨을 몰며 나리를 자신의 품으로 으스러지게 안았다.

"오-빠……, 사……랑해요."

나리의 작은 몸이 새처럼 파닥이며 연체동물처럼 흡착되어 왔다.

그녀의 부드럽고 매끈한 살들이 유리알처럼 뽀드득거리듯 민호의 맨살에 부딪혀 왔다.

폭풍의 언덕이라고 했던가? 엉덩이의 두 개 언덕을 지나면서 손바닥에서부터 온몸으로 욕정의 전류가 감전된 것처럼 퍼져나갔다.

마치 열병을 앓는 것처럼 뜨거운 불덩이였다.

참으로 오랜만이었다. 이처럼 단단해질 수 있다니. 신의 은총이자 축복이란 말이 떠올랐다. 민호는 나리의 몸 안으로 들어갔다. 깊은 샘물이 뒤섞이며, 그녀의 크레바스는 한결 부드러워지고 매끈해졌다. 속은 뜨거웠다. 그는 몸을 조금씩 움직이며 천천히 가볍게 운동을 시작했다. 그녀는 가쁜 호흡을 몰아 내쉬며 호수의 백조처럼 파닥대고 있었다.

나리가 먼저 폭발을 했는가. 외마디 소리와 함께 갑작스럽게 많아진 샘물의 양이 묘한 소리를 내기 시작했다.

민호는 믿을 수 없을 만큼 끔찍한 쾌감에, 그 폭발의 여진에 몸을 떨었다. 나리가 깊은숨을 내쉬었다. 그것은 안도와 평화의 긴 호흡이었다.

전신을 적신 축축한 땀이 두 사람의 몸을 매끈거리게 하고 있었다. 그는 부드럽게 키스를 했다. 이 세상에 어느 여인이 이렇게 사랑스러울 수 있단 말인가? 그녀의 눈썹이 파르르 떨리고 있었다.

민호는 나리를 끌어안으며 볼을 쓰다듬었다.

그녀에 대한 사랑이 펑펑 솟고 있었다. 그것은 엄밀히 말하자면 섹스를 통한 육체와 영혼의 사랑일지도 몰랐다. 그러나 그는 파토스 속에서 진정 기쁨을 느꼈고 더없이 행복했다. 탄트라의 사랑이 이런 것이라는 생각이 들었다. 이 여인을 위해서라면 무언들 못하리.

　엄청난 피로가 주체 못 할 정도로 엄습했다. 눈이 저절로 감겼다. 두 연인은 잠 속으로 가물가물 빠져들어 갔다.

50

바이오 메디텍 페어

비행기에서 내려다보니 긴코만(錦江灣) 동쪽으로 국립공원 사쿠라지마(櫻島)가 우뚝 솟아 있었다. 원래 섬이었던 사쿠라지마는 20세기 초 화산 대폭발로 30억 톤의 용암이 분출돼 규슈 본섬과 연결됐다고 한다. 자연과 우주의 신묘함이었다.

활화산의 분화구에선 여전히 연기가 모락모락 피어나고 있었다. 언제 있을지 모를 자연의 위력을 예고하는 듯했다. 고 노무현 대통령과 고이즈미 준이치로 총리가 정상 회담을 한 이브스키와 기리시마는 온천의 나라 일본에서도 손꼽히는 유황 온천장이었다.

가고시마는 일본 여느 지역처럼 잘 정돈되고 휴지조각 한 장 나돌지 않는 깔끔한 분위기였다. 곳곳에 야자수 같은 아열대 식물이 무성해 이국적인 정취가 물씬 풍겼다.

일본 제2의 생산량을 자랑한다는 가고시마 차밭의 초록 물결과 코발트빛 태평양이 어우러진 풍광을 보고 있노라니 가슴이 탁 트이는 느낌을 받지 않을 수 없었다. 하지만 민호는 이런 이국적 정취에 마냥 빠져 있을 여유는 없었다.

가고시마 바이오 메디텍 페어는 국제 컨벤션이었다. 바이오의학 분야와 연계된 산업의 최신 동향과 기술을 발표하는 컨퍼런스와 신제품 및 서비스를 소개하는 전시회, 비즈니스 미팅을 지원하는 비즈니스 포럼 등의 다양한 행사와 프로그램이 진행되고 있었고 이를 통해 바이오 산업의 이슈와 기술을 파악할 수 있는 기회를 제공한다는 슬로건을 내걸고 있었다.

요시무라 신지 박사가 만장의 박수를 받으며 연단에 섰다.

"18세기 초 프랑스에서 브와에가 종두를 연구 개발해 실용화를 제창하자 소르본 대학 신학자들은 이것을 맹비난했습니다. 영국에선 에드워드 메시이가 성경을 인용하면서, 병이란 죄를 벌하기 위해 신이 내리는 것인데 그걸 예방하겠다는 건 악마의 일이라고 주장했습니다. 이처럼 종두의 길은 험난했습니다."

그는 과학 탄압의 역사로 서두를 끌어나갔다.

"1798년에 반종두 단체가 결성돼 종두법이란 신의 의지에 도전하는 것이라고 비난했고, 캠브리지 대학에서도 성서를 인용해 종두 반대론을 설교했습니다. 1847년 스코틀랜드의 저명한 의사 제임스 영 심프슨은 분만 시에 마취제를 사용할 것을 제안했는데 분만 때 마취제를 쓴다는 건 신을 모독하는 것이라고 온갖 비난을 받았습니다. 여성이 받아야 한다는 당연한 저주를 제거하는 것이라면서 또 성경이 인용됐습니다. 과학이 배척되고 탄압받는 것은 이것만이 아니었습니다. 질병 예방, 백신, 수혈, 인공 분만 등 새로운 의학 기술은 언제나 극렬한 반대에 직면해야 했습니다. 오래 전 인간이 천둥 번개의 원리를 전혀 모르던 시절 '이것이 바로 신의 증거'라고 여겨지지 않았습니까? 천문학 쪽에서는 지동설을 주장했던 브루노가 '신성 모독죄'로 화형에 처해졌고 갈릴레이도 죽을 뻔했으나 법정에서 말을 바꿔 겨우 살아났는데 법원에서 나오면서 '그래도 지구는 돈다'라고 했던 게 유명하죠."

요시무라는 일본어로 말하고 있었고 영어 동시통역으로 진행되고 있었다.

"이처럼 과학은 끊임없는 탄압과 반대 속에서 성장했습니다. 우리가 몰두하고 있는 바이오 메디텍 분야만 하더라도 많은 고초가 있었습니다. 지난해 우리 연구진은 수정란이나 난자를 사용하지 않아 윤리 문제에서 자유로우면서도 분화 능력은 배아 줄기세포와 비슷한 수준인 유도 만능 줄기세포를 만들어 냈습니다. 바로 역발상입니다."

요시무라의 역발상은 과학계의 새로운 전설이 되어 있었다.

"그래서 우리는 유도된 다잠재능의 줄기세포 명칭 대신에, 특성을 명료하게 나타내는 역분화 줄기세포라고 이름 지었습니다. 이 세포는 장기와 조직 등 거의 모든 종류의 세포로 성장할 가능성 있는 줄기세포입니다. 이 역분화 세포 수립 성공 이후 우리는 전 세계의 재생 의학 등 여러 분야의 기관, 업체, 개인 연구자로부터 다양한 공동 연구 제의를 받고 있습니다. 그렇습니다. 우리의 연구는 어느 한 개인 어느 특정 나라의 전유물이 될 수 없습니다. 모두가 함께 공유하고 발전시켜야 합니다. 인류를 위한 과학은 어느 한 개인, 어느 특정 국가의 소유물이 될 수 없습니다."

이 대목에서 우레와 같은 박수가 터졌다.

"우리는 다양한 연구를 위해 되도록 많은 젊은 연구자들을 육성하는 데 혼신의 힘을 쏟고 있습니다. 우리 역분화 세포 연구센터는 전 세계 연구자들의 협동 시스템이자 모임터입니다. 실제로 지난번 성과가 있기까지 옆 나라 한국 쪽의 기술적인 도움이 아주 크다는 점을 말씀드리지 않을 수 없습니다."

한국 얘기가 나왔다. 상당히 솔직한 고백이 아닐 수 없었다.

"역분화 줄기세포에는 본격적 임상 실험이나 신약 개발에 앞서 많은 과제들이 놓여 있습니다. 바이러스 이용에 따른 부작용을 배제하고 안전성 향상, 원하는 특정 세포로의 분화 유도, 다양한 동물 실험을 통한 이식 실험 수행 등입니다. 이러한 과제를 풀려면, 일본 연구자들 뿐 아니라 전 세계 연구자의 협동조합을 강화하여, 효과적이며 신속 정확하게 연구를 수행하는 것이 그 요체입니다."

홍무석 박사가 작은 싸리문 하나를 열었다고 기염을 토하던 모습이 떠올랐다.

"저는 이 연구가 일본 연구팀이 단독으로 성공할 전망은 매우 희박하다고 생각합니다. 어떻든 저는 최근의 역분화 IPS세포 연구 성과에 따라 일본 내 여러 기관으로부터 기대 이상의 큰 지원을 받았습니다.

우리는 다른 나라의 지원도 기대합니다. 또한 앞으로 더욱 중요한 것은 배아 줄기세포 분야의 연구 허용 문제입니다."

그는 작심한 듯 배아 줄기세포 연구 허용을 강력하게 요구했다. 현재는 일본 정부 역시 윤리적 문제를 내세워 배아 줄기세포 연구를 제한하고 있었다.

배아 복제는 다음과 같이 진행된다. 우선 피부 세포처럼 다 자란 체세포를 핵이 제거된 난자와 융합시킨다. 이렇게 하면 체세포와 유전자가 똑같은 수정란, 즉 배아가 만들어진다. 이 배아에서 인체의 모든 세포로 자라날 수 있는 배아 줄기세포를 추출할 수 있다.

결국 배아 복제는 체세포가 복제 단계를 거쳐 줄기세포로 역분화한 셈이다. 환자의 체세포로 복제를 하면, 여기서 나온 배아 줄기세포로 만든 세포를 질병 부위에 넣어도 유전자가 같기 때문에 면역 거부 반응이 나타나지 않는다. 홍 박사가 시도했던 것이 바로 이것이었다.

얼마 전만 해도 과학자들은 줄기세포 이식에서 나타나는 면역 문제를 해결해 보고자 복제를 통해 맞춤형 줄기세포를 얻으려는 시도에만 매달리고 있었다. 하지만 배아 복제로 줄기세포를 얻는 것은 기술적으로도 어렵지만 여성들로부터 난자를 기증받아야 하고, 나중에 생명으로 자랄 수 있는 배아를 파괴해야만 하는 윤리적인 문제가 있었다. 이 때문에 난자와 배아를 사용하지 않고 다른 방식으로 맞춤형 줄기세포를 만들려는 시도가 요시무라 교수를 중심으로 시작된 것이었다.

체세포에 특정 유전자를 집어넣어 배아 줄기세포 상태로 만들 수 있다면 난자나 배아를 파괴하지 않아도 된다. 또 환자의 체세포를 이용하면 배아 복제와 마찬가지로 면역 거부 반응의 우려가 없는 환자 맞춤형 줄기세포를 만들 수 있다. 같은 이유로 복제양(複製洋) 돌리를 만든 영국의 이언 윌머트 박사조차도 복제 연구를 전면 중단하고 역분화 연구를 시작하겠다고 선언했던 것이었다.

하지만 역분화는 몇 가지 문제를 내포하고 있다. 역분화를 유도하려면 네 가지 정도의 특정 유전자를 체세포에 집어넣어야 하는데 통상 바이러스가 사용된다. 바이러스에 유전자를 집어넣고, 이 바이러스를 체세포에 감염시키면 자연스럽게 네 가지 유전자가 체세포로 이동되는 것이다. 그렇지만 바이러스는 질병을 일으키는 주범이라는 문제가 있었다. 또 역분화로 만든 유도 만능 줄기세포가 과연 배아 줄기세포와 그 성질이 백 퍼센트 똑같은지에 대해서는 아직 수많은 검증이 필요했다.

"배아와 성체 줄기세포, 그리고 인공 만능 줄기세포 모두가 허용되고 경쟁적으로 시너지 효과를 발휘할 때 난치병 치유를 향한 과학의 진보가 이루어질 것입니다. 오늘 이 뜻 깊은 모임을 계기로 각국에서 배아 줄기세포에 대한 새로운 입장이 정립되기를 호소하면서 발표를 마칩니다."

모두들 기립박수를 쳤다.

민호가 이번 세미나에 참가한 목적이기도 한 그와의 단독 대담은 쉽게 이루어질 것 같지 않았다. 그가 이렇게 각광을 받고 분주하다면 차분히 대담할 시간이 없을 것 같기 때문이었다. 그는 모처럼 여러 참석자들과 어울려 과학의 세계에 자신을 담글 수 있었다. 잠시 후 찾아올 엄청난 파란을 눈치채지 못한 채.

51

실종

다음날 민호는 서둘러 일어나 일찍부터 행사에 참가했다. 하지만 도무지 집중할 수 없었다. 도쿄에 있는 나리와 연락이 되지 않고 있었기 때문이었다. 무슨 일이 생겼다면 어젯밤 늦은 시각에 생긴 것이 분명했다.

가고시마에 도착한 시각은 어제 오후 4시가 조금 넘어서였다. 첫날은 5시까지 호텔에 도착해 등록을 하고 개막 리셉션과 두 석학의 발표와 만찬이 있었던 한가한 스케줄이었고, 둘째 날인 오늘 아침부터 각 세션별로 주제 발표와 토론이 이어지고, 저녁 식사 후 늦은 시각에 종합 토론으로 이어지는 빽빽한 일정이었다.

민호는 나리와 연락이 되지 않자 좌불안석일 수밖에 없었다. 어제 오전에 하네다 공항으로 가는 길에서도 또 가고시마에 도착해서도 나리와 통화를 했었다.

그녀는 헤라클리닉에서 만났던 여자애들과 잠깐 만나기로 했다고 했었다. 그 뒤로 한 번 더 통화를 했는데 꽤 중요한 정보가 있었다. 우미란과 오순임이 아주 가까운 사이라는 얘기였다.

어제 저녁 리셉션을 마치고 방으로 올라가면서 전화기를 켰더니 전화가 두 통 와 있었다. 하나는 녹음이 되어 있었고 또 하나는 수신 표시만 있었다.

엊저녁에 이미 몇 차례 들어본 녹음이었지만 다시 재생 버튼을 눌렀다.

"선생님, 저에요. 지금 세미나 하고 계시겠구나. 전 애들 만나고 지금 호텔에 들어왔어요. 일이 있다고 해서 저녁은 같이 안 했어요. 선생님은 저녁 아직 못 하셨겠다. 저는 어제 갔던 중국집에 또 가죠 뭐. 그리고 비즈니스 센터에 가서 몇 가지 체크하고 자야죠. 얼마나 피곤한지 몰라요. 오-빠, 보고 싶다. 세미나 끝나면 전화해요. 늦더라도. 그럼 안녕."

입력된 시간은 저녁 7시 40분이었다. 그 뒤 수신 표시 전화는 9시 35분으로 되어 있었다. 만찬 중이던 시간이었다. 그때는 전화기를 켜두었어도 됐을 텐데…….

이랬던 그녀가 지금까지도 전화를 받지 않았다. 엊저녁에는 신호는 가는데 안 받았지만 오늘 아침에는 아예 전화기가 꺼져 있다는 일본어 녹음만 나왔다. 호텔방으로도 해보았지만 역시 전화를 받지 않았다. 프론트에서는 모르겠다고 했다. 무슨 일이 생긴 것이 틀림없었다. 이러니 세미나가 손에 잡힐 리 없었다. 자신이 맡은 세션의 발표를 어떻게 했는지 모를 정도로 급히 마치고는 세미나장을 빠져나와 다시 전화

버튼을 눌렀지만 역시 응답이 없었다.

민호는 도무지 집중을 할 수 없어 오후 일정을 빼먹고 도쿄로 돌아가기로 했다. 왠지 그래야 할 것 같다는 강렬한 느낌 때문이었다.

민호는 택시를 타고 공항으로 달려가 마침 남아 있던 좌석을 이용해 하네다로 돌아왔다. 하네다에서도 급히 택시를 타고 호텔로 돌아갔을 때, 우연치고는 절묘하게 그제 오후 헤라클리닉에서 만났던 나리의 팬이라는 아가씨를 만날 수 있었다.

그녀가 먼저 민호를 알아보고 반갑게 아는 체를 했다. 그녀는 친구와 함께였다.

"어머! 아저씨."

민호도 그녀를 이내 알아볼 수 있었다.

"그때 병원에서 만났지요. 그런데 여긴 웬일로?"

"나리 언니 어디 있어요?"

그녀는 다짜고짜 나리의 행방을 물었다.

"나리 씨한테 무슨 일로?"

"어제 저녁에도 오늘 아침에도 통화가 되지 않고 아무래도 이상해서요."

"그랬군요? 실은 나도 나리 씨 때문에 다른 데 갔다가 급히 돌아오는 길인데. 방에 없지요?"

"네. 방으로 전화를 해도 받지 않아요."

민호는 로비에서 서성거리기도 민망해 스카이라운지로 자리를 옮겼다. 자리에 앉자마자 그녀들은 나리를 많이 걱정하고 있다고 말했다.

"아무래도 이상해서 와 봤어요."

"뭐 집히는 것이라도 있나요?"

"어제 저녁에 미란이가 어디 있는지 알아냈어요. 언니가 하도 간곡하게 부탁을 해서 알려주려고 전화를 했는데 좀 이상했어요."

"이상했다니?"

"처음에 전화를 받기는 했는데 남자들 목소리가 들리더니 끊어졌어요. 나리 언니 목소리 같았는데 여자 비명소리가 들리는 것 같기도 했고…… 아무튼 이상했어요."

"그게 몇 시 쯤였지요?"

"밤 10시 좀 안 돼서였죠."

민호에게 마지막으로 전화가 걸려 왔던 그 시각 직후였다.

"또 달리 기억나는 것은?"

"일본말이었어요. 일본말로 이건 뭐야, 끊어 버려. 뭐 이런 소리였어요."

상황으로 보아 나리가 괴한들에게 의해 납치된 것이 분명했다.

"우미란 씨는 언제쯤 도쿄로 돌아온다는 말은 없었나요?"

"참- 아저씨도. 미란이가 온다 해도 언니가 없는데……."

하긴 그랬다. 발등에 떨어진 불이었다. 하지만 민호도 난감하긴 그녀들과 다를 바 없었다.

민호는 조 특파원에게 전화를 걸어 만나자고 했다. 지금으로서는 그이 말고 이 일을 상의할 사람이 없었다.

직장에 가야 한다는 그녀들을 더 잡아 둘 수는 없었다. 민호는 그녀들과 다시 연락을 하기로 했다. 로비까지 함께 내려가 그녀들을 배웅하고 방으로 올라가려니 자신의 처지가 참 묘하게 일그러져 있다는 생각이 들었다. 자세히 물어보지는 않았지만 그녀들의 일이라는 게 막말로 맨몸으로 부딪쳐 먹고 사는 일 아닌가.

방안에 있던 나리의 가방은 없어졌으나, 욕실에는 그녀의 화장품세트와 세면도구가 그대로 있었다. 그렇다면 누가 짐을 챙겨 갔다는 말인가?

'별일 없어야 할 텐데…….'

민호는 테이블 위에 놓여 있는 메모장에 눈길이 갔다. 거기에 헤라클리닉과 미란의 룸메이트라는 서수진의 전화번호가 적혀 있었다. 휴대폰을 들어 그 번호를 눌렀다. 젊은 랩 가수들의 노래가 컬러링으로 나오더니 이내 상대방이 전화를 받았다.

"여보세요?"

민호가 먼저 한국말로 운을 뗐다.

"네. 누구시죠?"

"수진 씨죠? 그저께 지나리 씨와 함께 봤던 김민호입니다."

"아- 김 선생님."

수진이 반갑게 아는 체를 했다.

"그러지 않아도 선생님 찾고 있었어요. 지금 어디 계세요?"

"도쿄에 있습니다."

"도쿄에요? 하코네에 함께 가신 게 아니구요?"

"하코네라니?"

"오늘 아침에 미란이한테 전화 왔는데 나리 언니와 거기 함께 있다고 말하던 것 같던데요."

"네? 나리 씨가 미란 씨가 함께 있다고요?"

"네. 통화 중에 나리 언니도 여기 있다고 하는데 갑자기 전화가 끊어졌어요. 제가 다시 걸었는데 그때부터는 불통이더라구요. 나리 언니 전화도 불통이고. 그래서 선생님이라도 통화했으면 했는데……."

놀라운 일이었다. 나리가 하코네에 미란과 함께 있다니.

"그래요? 자세히 말씀해 주시겠어요?"

수진이가 자고 있는데 벨이 울렸고 모르는 번호였다. 받아보니 미란이었는데 새 번호를 사용하고 있었다. 미란은 일이 좀 길어질 것 같은데 옷가지며 액세서리를 챙겨 도쿄의 어떤 사무실로 가져다 달라고 했다. 자신은 하코네에서 호사하고 있다고 자랑까지 했다. 수진이가 지나리가 그녀를 찾고 있다고 하니까 지나리 여기 있어 하는데 전화가 툭 하고 끊어졌다는 것이었다.

"도쿄의 사무실이라고 하는 곳 주소나 연락처는 받았습니까?"

"그러질 못했어요. 그냥 시부야의 메트로비전 사무실이라고만 들었죠."

 민호는 당장이라도 달려가 그녀를 만나 더 자세한 얘기를 듣고 싶었지만 조 특파원과 만날 약속 시간 때문에 다시 연락을 하기로 하고 전화를 끊을 수밖에 없었다.

 도쿄로 돌아온 것은 너무도 잘한 일이었다.

52
추적

　민호는 하코네에 가보기로 했다. 예감이 그랬다. 조 특파원은 전 영사와 함께 약속 장소에 나왔다. 둘은 상당한 친분이 있는 듯 했는데 고교 동문이라고 했다.

　국정원 파견 영사인 전 영사는 그 신분답게 정보를 많이 갖고 있었고 요원들도 꽤 있었다. 메트로비전과 하코네라는 얘기를 듣자 전 영사는 누군가에게 전화를 걸었고 메트로비전이 하코네 온천지에 있는 고라무라의 요시노 산장을 매입해 자신들의 스튜디오 겸 근거지로 쓰고 있다는 정보를 알아냈다.

　예상대로 메트로비전은 성인비디오를 만드는 업체였다. 당초에는 음반을 전문으로 하는 업체였지만 최근 들어 AV업계에 진출해 농도가 짙고 적나라한 영상으로 엄청난 매출을 올리고 있는 업체라고 했다.

　다음날 아침, 민호는 하코네 행 첫 기차를 탔다.
　하코네는 도쿄에서 서쪽으로 약 80km, 가나가와현 남서부에 위치한 화산의 칼데라로 이루어진 대규모 자연 국립공원이다. 수도권을 중심으로 철도망이 구축되고, 도로가 정비되면서 연간 약 2천만 명의 관광객이 찾아드는 국제적인 온천 휴양지로 자리 잡은 곳이었다.

온천뿐만 아니라 아시노 호수를 시작으로 유황 연기를 뿜어내는 오와쿠 계곡 등의 풍부한 자연 관광지가 있으며, 미술관, 골프장, 캠프장, 유람선 등 다채로운 관광 시설과 호텔, 여관 등이 들어서서 일본의 대표적인 관광지로 각광받고 있는 곳이었다.

민호로서는 초행길이었다. 차창 밖으로 보이는 아침 풍경은 깨끗하고 정겨웠지만 아무것도 눈에 들어오지 않았다. 기차 안은 오전인데도 주말이어서 그런지 세계 각국에서 모여든 관광객으로 만원을 이루고 있었다. 그의 앞자리에는 한국말을 하는 청년 둘이 앉아 있었다.

한 시간 반 정도 달렸을까, 어느 순간부터 사람들이 창문 밖의 정경을 보고 환호를 하며 너도나도 카메라를 꺼내서 사진을 찍기 시작했다. 저 멀리에 후지산이 보이고 있었다. 오다큐센을 타고 가면서 보는 후지산, 명물이라고 했지만 민호에게는 그것 역시 눈에 들어오지 않았다. 나리 생각에 애가 더 타는 것이었다.

"실례지만 사진 좀 찍어주시겠습니까?"

민호는 상념에서 깨어나 엉겁결에 앞자리의 청년이 내미는 카메라를 받았다.

"보기 좋군, 두 사람의 친한 모습이."

일부러 들으려고 한 것은 아니지만 두 사람이 나누는 대화가 요즘 청년들답지 않게 건전하고 진지했었다. 이들이 나눈 대화 가운데는 왜 일본 자동차의 핸들이 한국과는 달리 오른쪽에 있는가 하는 얘기도 있었다. 한 청년이 아주 정연하게 알고 있었다.

영연방 회원국의 일부 나라와 서구 문물을 받아들일 때 도로 시스템을 영국으로부터 받아들인 일본은 차량이 좌측통행을 하고 있었다. 이는 자동차가 보급되기 전 가장 대표적인 교통수단이었던 마차가 운전석이 오른쪽에 있으면서 좌측통행을 한 것에 유래했다. 그 이유는 대부분의 마부들이 오른손잡이인 관계로 오른손으로 채찍질을 할 때 행인과 옆 좌석 사람을 채찍으로부터 보호하기 위해서였다고 한다.

그런데 독일의 다임러벤츠가 자동차 양산에 돌입하면서 기어 변속의 편리함을 위해 오른손잡이에게 유리하도록 운전석을 왼쪽에 배치함으로써 차량의 우측통행이 시작됐다는 것이다. 미국 등 대부분의 나라에서는 이런 구조를 그대로 받아들였으나 남의 것을 그대로 받아들이면 큰일 나는 줄 아는 영국인들은 자신들의 마차 통행 시스템을 그대로 유지하기 위해 운전석을 오른쪽에 배치하는 '개조'를 실시했다는 것이었다.

한국은 어떤가? 1905년 대한 제국 규정으로 보행자 우측통행을 시행했는데 1921년 조선 총독부에서 차량과 보행자 모두 좌측통행으로 일본과 동일하게 규정을 바꿨다. 해방 이후 1946년 미군정 시절에 차량 통행 방법을 우측으로 바꾸고 보행은 변경하지 않아 좌측통행을 하다가 2010년 7월부터 우측보행을 시행했다.

한국의 경우 대부분의 철도는 좌측통행이다. 그 이유는 일제 때 만들어진 철도들이 일본 시스템을 따라 좌측통행으로 만들어졌기 때문이었다. 그러나 대부분의 지하철은 우측통행이다. 자동차의 통행 방향과 같은 운행 방식으로 건설되었기 때문이다.

한 가지 재미있는 사실은 꼭 그런 것만은 아니라는 것이다. 일반 철도인 경부선, 경원선 등과 연결되는 지하철 1호선은 좌측통행이다. 또한 과거 철도청에서 건설한 분당선과 서울시 지하철 4호선과 연결되는 과천, 안산선은 전동차만 다니지만 좌측통행이다. 반대로 서울시 지하철 3호선과 연결되는 일산선의 경우는 철도청에서 건설했지만 우측통행이다. 이 중에 가장 아이러니한 것은 지하철 4호선과 과천, 안산선과의 연결 부분이다. 앞에서 말했듯이 지하철 4호선은 우측통행이고 과천, 안산선은 좌측통행이다.

기차가 오른쪽으로 가다가 왼쪽으로 가는 이 마법 같은 일이 어떻게 가능할까? 한국인이 좋아하는 세계 최초, 바로 세계에서 유일무이하고 전무후무한 지하 입체 교차로라는 방식이 사용되었기 때문이다. 남태령역과 선바위역 사이의 지하에서 꽈배기처럼 터널이 X자로 교차하게 되기 때문에 가능했다. 한마디로 우리나라는 좌측과 우측이 정치권처럼 일관성 없고 뒤죽박죽되어 있다고 할 수 있었다.

민호는 대화를 들으면서 나리의 문제가 남태령역의 지하 교차역처럼 꼬여있다는 생각에 가슴이 답답하고 입이 말라왔다.

"엄밀히 말하면 전 휴학생이죠."

그 친구가 진우였고 맞장구치던 청년 경수는 일본에 유학을 와 있다고 했다. 진우는 올봄에 제대를 했고 복학하기 전 배낭여행에 나섰는데 그 첫 출발지로 고교 동창인 경수가 있는 일본을 찾았다는 것이었다. 그들도 하코네를 구경하기 위해 유모토까지 간다고 했다.

하코네의 유모토 역에 내리자 건너편 선로에 바로 고라 행 열차가 기다리고 있었다. 객차 2량의 작은 기차, 영화 '철도원'에 나오는 그 기차였다.

청년들도 민호와 함께 기차에 올랐고, 기차는 산을 올랐다. 산이 경사진 경우에, 지그재그로 산을 올라가는 시스템인 스위치백 스타일로 대략 반시간 정도 올라가니 고라에 도착했다.

많은 사람들이 고라에서 내려서도 다시 오르려는 듯 오른쪽 케이블카 쪽으로 몰려갔지만 민호는 그곳에서 무리들과 떨어져 마을로 향하는 쪽으로 발을 옮겼다. 두 청년도 고라 마을을 먼저 구경하려는지 민호와 함께 발길을 하고 있었다.

민호는 역 앞에 늘어서 있는 택시를 이용하기로 했다. 마을이 빤히 보이는 것으로 보아 멀지 않아 보였지만 산장을 찾으려면 그게 편할 듯싶었기 때문이었다.

청년들이 아직 민호 주위에서 서성이고 있었다.

"자네들은 어떻게 할 텐가? 난 여기서 택시를 타려 하는데."

"마을까지 가시려거든 저희들도 태워주세요."

세 사람이 택시에 올랐다. 경수라는 청년이 앞에 앉았고 진우라는 청년이 민호와 함께 뒷자리에 앉았다.

역전을 벗어나 조금 더 달리자 마을이 나타났고 이내 삼나무 길이 나타났다. 하코네에서는 유명한 데이트 코스로 꼽히는 오솔길이었다. 오솔길 변으로 작은 행상들 앞에 사람들이 꽤 긴 줄을 이루며 서 있었는데, 운전기사가 온천수로 삶았다고 하는 검은 달걀을 사기 위해 서 있는 줄이라고 설명해 주었다.

삼나무 길을 빠져나오자 주유소와 편의점을 시작으로 우동집이며 공중목욕탕이 있는 작은 마을이 있었고, 요시노 산장은 맨 위쪽에 성처럼 자리 잡고 있었다. 포장길은 언덕 위쪽까지 이어져 있었는데 언덕 중간쯤의 산장 입구는 절의 산문처럼 누각으로 되어 있었다.

"자- 다 왔습니다."

차가 더 이상 들어갈 수 없는지 운전사가 산장 입구에서 내리라고 했다.

입구에 안내판이 있었다. 요시노 산장은 리조트 호텔의 규모에 뒤지지 않았다. 전통 일본식 여관도 있었고 우리식으로 말하면 방갈로, 콘도, 야외 온천 등을 갖추고 있는 대형 단지였다.

"기자님은 오늘 여기서 숙박하실 건가요?"

진우라는 청년이 물어왔다.

"나도 둘러만 보려하는데……."

"그럼 같이 올라가도 되겠네요."

길에 들어서자 경수가 낯이 익다는 듯 한마디 했다.

"저기 큰 집이 바로 산장인 모양입니다. 관광 가이드북에서 봤어요."

성곽처럼 거대한 기와집이었다. 5층쯤 돼 보였다.

내부는 최상급 호텔 수준이었다. 종업원들도 일본 전통 옷이 아닌 양복을 입고 있었다. 안내 데스크 옆쪽으로는 매점이 북적이고 있었다.

"일단 뭐 좀 물어나 보지."

데스크에는 퉁퉁한 체구의 중년 사내와 젊은 여직원이 함께 서 있었다.

"어서 오십시오. 예약을 하셨는지요?"

두 직원이 동시에 일본말로 인사를 해 왔다.

"하지 않았습니다."

"죄송합니다만 예약이 안 되어 있으시면 숙박하실 수 없습니다."

"뒷쪽의 방갈로나 콘도는 어떻습니까?"

"그곳은 멤버십으로 운영되는 곳이어서 회원이 아니면 이용하실 수 없습니다."

"온천은 이용할 수 있나요?"

"죄송합니다. 그것도 투숙객이 아니면 이용하실 수 없습니다."

"잘 알았습니다."

민호는 데스크가 있는 로비를 나와 구경하는 척 둘러보며 회원제로 운영된다는 뒤쪽 콘도 쪽으로 가보았다. 왠지 그쪽에 뭔가 있을 것 같았기 때문이었다. 콘도 쪽으로 가는 길에는 아기자기한 일본식 정원이 넓게 펼쳐져 있었다.

콘도 단지는 작은 울타리로 여관과 분리되어 있었고 작은 경비실도 있었다. 하지만 안쪽은 훤히 들여다볼 수 있는 구조였다. 잘 다듬어진 잔디밭이 펼쳐져 있었고 가운데는 분수대가 있는 연못이 있었다. 안쪽으로 대리석으로 된 건물이 서양풍 저택처럼 우뚝 서 있었지만 집안은 마치 빈집처럼 조용했다.

머리가 벗겨진 사내가 경비실에 있었다.

"무슨 일이십니까?"

허리쯤 오는 쇠창살로 되어 있는 담장을 사이에 두고 사내가 먼저 물었다. 말투는 상냥했지만 고약한 인상의 남자였다.

"여기 투숙객인데 한번 들러보고 있습니다. 들어가 봐도 됩니까?"

"멤버십 패스가 없으면 곤란합니다."

경비원이 까칠한 말투로 한마디 던지고 별 볼 일 없다는 표정을 지었다.

세 사람은 돌아설 수밖에 없었다.

마침 경계 지역 끝에 벤치가 하나 있었다. 민호는 한참을 앉아 안쪽을 주시했다. 대머리 사내가 경비실 창문을 통해 계속 이쪽을 살피는 기색이 역력했다.

"뭐 그리 비밀스러운 곳이라고 들어가지도 못하게 하죠? 별거 없을 것 같은데…….”

경수가 경비실을 쳐다보면서 구시렁댔다.

"이제 어떻게 하실 건가요?"

"난 조금 더 있을 테니 자네들 바쁘면 먼저 가보게나."

"저희도 바쁜 일 없어요. 이따가 아랫마을이나 둘러보면 돼요."

그때 저쪽 언덕 위로 차가 올라왔다. 감색 밴이었었다. 역시 예상대로 차는 콘도 정문 입구에서 대문 쪽으로 회전했고 철문이 열렸다. 차는 분수대가 있는 잔디밭 옆에 멎었는데 차안에서 젊은 남녀 예닐곱 명이 내렸다. 여자들은 모두 하나같이 키가 크고 균형 잡힌 날씬한 몸매를 자랑하고 있었다. 모두들 선글라스를 끼고 있었다.

"야! 아오이 나라 아냐?"

그쪽을 바라보던 진우가 나지막한 감탄사를 터뜨렸다.

"정말?"

경수가 되받았고 둘은 아예 자리에서 일어나 담장 쪽으로 다가섰다. 아까의 대머리 경비원이 다시 나와 문 앞으로 달려갔다. 차에서 내린 청년이 이쪽을 쳐다봤다. 20대 후반쯤으로 보이는 호리호리한 체구의 날카로운 인상이었다. 거리가 꽤 멀었지만 코밑의 면도 자욱이 유난히 새파랬다. 잠시 이쪽을 향해 걸어오려는 듯 멈칫거렸던 청년이 마음을 바꿨다는 듯 다시 몸을 돌려 콘도로 들어간 여자들을 따라 안으로 사라졌다. 민호는 녀석들이 타고 온 밴의 백넘버를 수첩에 적었다.

"왜 이쪽으로 오려다 말고 다시 들어가 버리죠?"

"무언가 켕기는 게 있는 사람들은 그런 법이지."

민호가 무심하게 대꾸했다. 그러나 그의 눈빛은 타오르고 있었다.

한참을 앉아 있었지만 콘도 쪽에서는 아무런 변화가 없었다. 분수대의 물줄기만 파란 하늘을 할퀴고 있을 뿐이었다.

"자 그럼 마을로 내려가 보도록 하지. 점심은 내가 사도록 할 테니까."

셋은 아랫마을까지 천천히 걸어 내려가 마을 입구의 작은 식당으로 들어갔다. 기꾸소바라는 헝겊 손 간판의 우동집이었다. 경수가 우동을 말아주며 이런저런 소리를 계속해대던 50대 후반의 우동집 사내에게 언덕 위 콘도에 대해서 넌지시 물었다. 유학생인 경수의 일본어는 유창하지는 않았지만 꽤 쓸 만했다.

"그 콘도가 어떤 집이냐구요? 그 유명한 어덜트 스튜디오 아닙니까? 도쿄의 큰 회사 건데 돈을 벌려면 그 사람들처럼 벌어야지요."

그러면서 사내는 자신도 계면쩍은지 배시시 웃었다.

민호가 고개를 끄덕였다. 메트로비전이 포르노 촬영장으로 사용하고 있는 아지트임에 틀림없었다.

"아까 자네들이 누구라고 그랬지? 차에서 내린 여자를 보고."

민호가 옆의 진우에게 물었다.

"아오이 나라요."

"유명한 배우인가?"

"예. 요즘 제일 잘 나가는 일본 최고의 AV 스타죠."

한국의 젊은이들까지 알고 있을 정도라면 대단한 배우일 것이었다.

"아오이 나라를 봤다고 했습니까? 우리집 단골인데."

한국말로 했는데도 알아들었는지 우동집 사내가 끼어들었다.

"네. 요시노 산장 콘도에서 봤어요. 참 이 가게에도 저 사람들 오겠네요."

"아오이뿐입니까? 유아 하나다며 예쁜애들이 모두 이곳에 온다구요."

주인은 벽에 걸려 있는 액자들을 가리켰다. 여배우들이 자신의 비키니 사진 위에 사인을 한 액자들이었다. 참 일본다운 희한한 일이다 싶었다. 우동집에서 남우세스럽게 에로 배우의 벗은 사진을 자랑스럽게 걸어놓고 있다니 한국이라면 어림없는 일이다.

53
의기투합

 '아오이 나라'라고 하는 AV 배우가 터질 듯한 가슴을 작은 손으로 가린 채 액자 안에서 웃고 있었다. 민호는 나리 생각에 더 불안해지기 시작했다.

 포르노(pornography[porn]). 일본에서는 그렇게 부르지 않는다. 합법적인 성인 비디오(Adult Video[AV])일 뿐이다. 일본 내 거의 모든 편의점이나 서점에는 '요루 아소비'[밤놀이라는 뜻의 잡지]와 같이 잠 못 이루는 남녀를 위한 잡지들이 수십 종씩 비치되어 있다.

 이 잡지들 중에는 도쿄 시내에서 매춘업에 종사하고 있는 여성들의 인적 사항을 정리한 것도 있었는데, 보통은 몇 페이지를 할애하기도 하고 아예 잡지 전체가 이런 인적 사항으로 도배되어 있는 것도 있었다. 물론 여성 접대부의 사진과 함께 신체 사이즈, 특기, 가격 등도 적혀 있다.

 일본에서도 매춘은 불법이지만 특정 지역에서는 묵인하는 정책을 쓰고 있다. 하지만 한국과 다른 점은 일본에서는 매춘이 그다지 나쁜 일이라고 인식하지 않는다는 데 있었다. 오히려 당당한 직업으로 인정받는 측면이 있었다. 그러기에 하코네 촌 동네의 우동집에서도 그런 포르노 배우의 서명이 담긴 사진을 자랑스럽게 걸어놓고 있는 것이었다.

민호는 어차피 내일 회사에 복귀하기는 틀렸다 생각하고 이곳저곳에 연락을 취했다. 전 영사가 몇 가지 추가 정보를 알려주었다. 그제 밤 나리가 없어지던 날 감색 밴이 호텔 앞에 주차되어 있었고 급히 짐을 싣는 광경을 목격했다는 호텔 종업원을 찾았다는 것이다. 민호가 목격한 그 밴과 동일한 차일 가능성이 컸다. 민호는 전 영사에게 문제의 차량 번호를 알려주었다.

민호는 하룻밤 하코네에 묵기로 작정했다. 청년들은 계속 민호 곁을 떠나지 않았다. 민호는 자신이 왜 하코네에 와 있는지 대강 설명했다. 무엇보다 사람을 찾는 일이 급선무라고 강조했다.

"대강 짐작은 하고 있었습니다. 선생님, 이번 일에 저희도 끼워주십시오."

젊은 혈기들이 대단했다. 대한민국 경찰 짬밥을 먹은 열혈 청년이라고 기염을 토하며 진지하게 다가섰다. 둘 다 특수 전경 출신이었다. 특히 경수는 지금 경찰행정학을 전공하고 있는데 졸업하면 의당 경찰에 투신할 예정이라고 했다. 진우는 사건 추적 전문 기자가 되고 싶다고 했다.

하룻밤 묵기로 결정하고 나니 인터넷이 가능한 여관을 찾는 게 급선무였다. 인터넷만 접속된다면 기사 송고와 몇 가지 연락에는 문제가 없었다. 하코네가 유명 관광지라고는 하지만 시골이었다. 인터넷이야 작은 호텔이나 여관에서도 다 연결은 됐지만 대부분 자신들 사무실에서나 가능했고 또 한글이 지원되지 않았다. 방안에서 사용할 수 있거나 적어도 비즈니스 룸이 있어 자유롭게 투숙객이 사용할 수 있는 시설을 갖춘 곳을 찾을 수가 없었다.

몇 군데를 다녀보고 읍내의 힐튼 호텔에 가서야 그런 서비스를 제공받을 수 있다고 하여 그곳에 일단 짐을 풀었다.

민호는 간단한 업무를 마치고 다시 요시노 산장에 갈 예정이었다. 두 청년은 방해하지 않겠다는 심정인지 짐만 던져 놓고 읍내로 산책을 나갔다. 민호는 인터넷에 접속해 기사를 송고한 후 메트로비전과 일본 AV산업에 대해 서핑을 시작했다. 무수한 정보와 새로운 사실이 드러났다.

일본에서 AV란 하나의 거대한 산업이다. 그것도 아주 막대한 이익을 창출하는 엄청난 규모다. AV류의 포르노그래피 시장의 연간 규모는 무려 4천억 엔. 이 규모는 일본 비디오 임대 시장의 30%를 점유할 정도로 막대한 규모다. 도쿄에서만 70개의 각종 AV 기획사가 존재하는데 잃어버린 20년이라는 불황기에도 짭짤한 매출을 올리며 일본 경제의 한 축을 담당하고 있다고 큰소리친다.

일본 AV 시장에는 두 가지 큰 줄기가 있는데, 하나는 성인용품 가게에서 살 수 있는 '정품 DVD'였고, 또 하나는 불법 유통인 '우라 DVD'다. 우라와 정품의 차이는 모자이크 즉 영상의 주요 부위를 흐리게 칠하는 기술에 달려 있었다. 정품은 일반 시장에서의 유통을 염두에 두고 제작된 영상으로서 모자이크 처리를 하는데 '우라'에는 모자이크가 없다. '우라'에도 또 다른 두 가지 종류가 있는데 하나는 해외 판매용으로 제작된 영상이 일본 국내에서 유통되고 있는 것이고, 다른 하나는 프로덕션이 무너지면서 모자이크 처리를 거치지 않은 영상이 그대로 시장에 나온 것이 있다.

메트로비젼은 기존의 중소기업을 흡수 통합해 새로 만든 업체인데 프로덕션 이름을 MVN이란 브랜드로 출시하고 있었다. 이 제품들은 해외용이라는 명목으로 모자이크가 없는데, 정판 우라 DVD라는 명목으로 최고가인 6천 엔에 팔리고 있었다. 이런 해외용을 한 편 찍는데 받는 보수는 정품을 찍는 데 비해 몇 배나 차가 난다. 그만큼 찍으려는 여배우가 적다는 것이다. 내용이 아주 과격하고 촬영 조건이 좋은 것이 아니기 때문이었다.

민호는 그런 조직에 나리가 끌려갔다는 생각을 하니 머리가 터질 지경이었다.

민호는 일 처리를 끝내고 산책에서 돌아온 두 청년과 함께 요시노 산장으로 다시 가기로 했다. 늦어질지도 모르니 춥지 않게 단단히 입으라고 일렀기에 청년들은 긴 바지에 긴팔 남방을 입고 나왔다.

이번에도 택시를 탔다. 읍내인 하코네 마치에서 요시노 산장이 있는 고라무라까지는 먼 거리는 아니었지만 산길이어서 다소 험한 편이었다. 산양의 내장처럼 구불구불한 포장도로가 이어져 있었다. 계곡이 펼쳐져 있는 경치는 좋았다.

다와노리 휴게소 근처쯤 왔을 때 길가에 택시 한 대가 기울어진 채 처박혀 있었고 운전수와 승객인 듯한 젊은 사내가 차 옆에 서 있었다. 민호 일행이 타고 있는 택시의 기사가 양해를 구하며 차를 세웠다. 민호들도 뒤쪽을 조심하며 차에서 내렸다. 사고 차의 앞바퀴가 도로 밖 낭떠러지 쪽으로 나가 있었는데 콘크리트로 된 보호 기둥에 앞 범퍼가 찌그러져 있었다. 자칫 대형 사고가 될 뻔했던 광경이었다.

이쪽 기사가 그쪽으로 다가갔고 차를 내려다보면서 서로 무언가 말이 오갔다. 그러더니 민호네 기사가 승객을 태워줄 수 있냐고 물어왔다. 별로 어려운 일도 아니어서 그러자고 했고 검은 사파리 조끼를 입은 청년이 큰 가방을 둘러메더니 이쪽으로 왔다. 호리호리한 키에 콧수염을 길렀지만 선량해 보이는 인상의 청년이었다. 연신 고맙다고 하면서 고개를 숙이는 청년을 위해 뒷좌석의 민호와 진우는 자리를 좁혔다. 차는 다시 고라무라로 향했다.

"좁지 않으세요?"

가운데 앉은 진우가 한국말로 물어왔다.

"괜찮은데 뭐."

민호가 답하자마자 사고가 난 택시에서 옮겨 탄 청년이 대뜸 한국말로 말했다.

"한국분이십니까?"

억양이 일본식인 것으로 보아 재일동포인 듯했다.

"그쪽도 한국 사람입니까?"

"예. 3세입니다."

"그런데도 한국말을 아주 잘하시는군요."

"죄송합니다. 서툽니다."

"하마터면 큰 사고가 될 뻔했습니다."

"네. 잠깐 하는 사이에 꽝 하더군요. 아찔했습니다."

"일본 기사들은 운전을 얌전히 한다고 들었는데 이런 일도 있군요."

"피곤해서 깜빡 졸은 모양입니다. 실은 저도 그때 깜빡 졸고 있었습니다."

"조심해야지. 이런 산길에서-. 그나저나 고라무라로 간다고 하셨는데 요시노 산장에 가나요?"

"예, 그렇습니다. 그곳 콘도에서 AV 영화 만들고 있습니다."

청년은 전혀 거리낌 없이 AV를 찍고 있다고 얘기했다. 민호는 속으로 반가움을 느끼면서 작은 쾌재를 불렀다. 그곳의 사람과 접촉한다는 것은 결코 나쁜 일은 아니었다.

"그 가방은 카메라 같습니다."

"그렇습니다. 렌즈에 문제가 있어 도쿄에서 고쳐 가지고 오는 길입니다."

"작아 보이는데 그게 비디오 카메라군요."

"예. 요즘엔 모든 게 이렇게 작아졌습니다."

"그러면 콘도에 와 있는 배우들도 잘 아시겠군요."

진우가 너무 노골적으로 물어본다 싶었지만 청년은 개의치 않는 듯했다.

"아시겠습니다만 배우 많이 안 나옵니다."

"아까 아오이 나라 봤는데요."

"그렇습니까? 그녀가 왔군요. 이번 영화에 그녀가 캐스팅되었으니까요. 저는 어제 저녁에 나갔다가 들어오는 길이라서 아직 만나보지 못했습니다."

민호네가 당연히 산장 정문으로 들어가는 줄 알고 있기에 자신도 거기서 내리겠다고 했지만 민호는 그를 콘도 정문까지 데려다주겠다고 했다. 주변 지형을 한번 미리 봐 두겠다는 심산도 있었다.

"그러면 더 고맙지요."

청년은 고개를 몇 번이나 숙이면서 별 경계를 하지 않았다.

콘도 정문 앞에 차가 이르자 청년은 안주머니에서 목에 걸게 되어 있는 표찰을 꺼내 목에 둘렀다. 출입 패스가 틀림없었다. 청년이 몇 번이고 고맙다고 고개를 조아리면서 철문 앞에 다가섰고 안에서 그를 보았는지 철커덩거리며 문이 열렸다.

민호네는 차를 돌려 산장 정문 앞에 내렸다. 세 사람은 산책을 하는 양 자연스레 콘도 입구 쪽으로 다시 올랐다.

콘도 안은 조용했다. 산장과 통하는 쪽의 경비실과 정문 쪽의 경비실 두 곳 다 사람이 있는지 없는지 알 수가 없을 정도로 움직임이 없었다.
 세 사람은 정문과 담장을 끼고 뒤편 동산 위로 올랐다. 산책로로 이용하는 듯한 오솔길이 이어져 있었다. 한참을 올라가니 콘도를 관찰할 수 있는 적당한 공간이 나왔다. 콘도의 약간 옆쪽이었기에 정면과 후면을 동시에 관찰할 수 있었고, 거기다 아래쪽 마을의 도로까지 보이는 위치였다. 벌써 해가 뉘엿뉘엿 지고 있었다.
 경수는 쌍안경까지 준비하고 있었다. 소형이었지만 큰 도움이 됐다. 아무런 움직임이 없는 콘도를 바라보고 있자니 부질없는 일이 아닐까 싶은 생각도 들었다.
 민호는 지나미의 돌연한 의문사부터 시작해 저간의 사정을 세세하게 들려줬다. 굳이 숨길 이유도 없었거니와 두 청년의 헌신적인 도움에 대한 최소한의 상황 설명이자 보답이기도 했다.
 "그러니까 미란이란 여자를 찾아낸다 하더라도 자백을 받아내는 일이 만만치 않겠군요."
 경수는 자백이란 단어를 사용하고 있었다.
 "그렇다고 봐야지."
 "강제로 입을 열게 할 수 있는 방법은 없는 것 아닙니까?"
 "그런 셈이지."
 "그렇다면 햇볕 정책으로 나가야 되겠군요."

"햇볕 정책이라니?"

"인간적으로 접근해 감동을 줘야 한다는 말입니다."

경수는 말투가 수사에 관한 끼가 들어있었다.

"그나저나 지나리 씨가 무사해야 할 텐데. 선생님이 걱정이시겠습니다."

"그 때문에 자네들까지 이리 고생하고 있는 것 아닌가. 그래서 고맙고."

"이렇게 말씀드리면 정신없는 녀석들이라고 하시겠지만 우린 재미있는 걸요."

"경수야, 이제 재미는 끝나고 고생이 시작되는 모양이다. 이거 봐."

쌍안경에서 눈을 떼지 않고 있던 진우가 말했다.

콘도 정문이 열리더니 네댓 명의 사람들이 나와 자동차 쪽으로 가고 있었다. 민호가 쌍안경을 넘겨받아 그쪽을 응시했다. 젊은 남녀들이었는데 아까의 콧수염 카메라맨의 모습이 보였고 그 옆에 머리를 뒤로 묶어 이마를 훤히 드러낸 젊은 여자의 모습이 보였다. 어둡기도 했고 쌍안경 성능이 뛰어나지 않아서 또렷하지는 않았지만 얼굴 윤곽이 우미란 같았다.

일행은 문제의 밴에 오르더니 이내 시동을 걸었고 바로 철문이 열렸다. 문을 빠져나간 밴은 꽤 빠른 속도로 가래떡처럼 굽어진 포도를 따라 마을 쪽으로 내려갔다.

민호는 계속 쌍안경으로 주시했다. 밴은 마을을 벗어나지 않고 민호네가 낮에 들렀던 우동집 앞에 정차했다. 처마에 가려 차의 지붕 부분만 보였기에 사람들이 그 집으로 들어가는지는 확인할 수 없었다.

셋은 경주하듯 달려 산을 내려왔다. 숨도 가쁘고 다리도 후들거렸지만 얼굴을 때리는 시원한 바람이 상쾌했다.

"대단들 하구만."

민호가 숨을 가쁘게 몰아쉬며 청년들에게 말했다.

"선생님이야 말로 건강하십니다."

몇 안 되는 상가였지만 네온사인이 들어오고 있었다.

54

AV 산업

　감색 밴은 기꾸소바 앞에 서 있었다. 세 사람은 숨을 가다듬고 우동집으로 들어섰다.
　"이랏샤이마세."
　아까의 주인 남자가 힘찬 목소리로 반겨주었다.
　콘도에서 온 사람들은 다찌 형식으로 되어있는 카운터 한쪽에 나란히 앉아 있었다. 여자 셋에 남자 둘이었다. 콧수염 카메라맨 옆에 앉아 있는 작은 체구의 여자는 미란임에 틀림없었다. 그녀는 머리를 뒤로 묶고 노란 티셔츠에 짧은 청바지를 입고 있었다. 그쪽 일행들 앞에는 우동이며 소바, 그리고 유부초밥 등이 놓여 있었다.
　민호네가 한 칸쯤 떨어진 옆자리에 앉자 콧수염 청년이 아는 체를 하며 일어서 꾸벅 인사를 했다.
　"식사하러 나오셨군요."
　그의 한국말에 옆에 앉아 있던 미란이가 눈이 똥그래지면서 놀라는 기색이었다.

"촬영 많이 했습니까?"

"아직 준비만 하고 있고 내일부터 본격적으로 합니다."

"어, 아오이 나라 아니야?"

진우가 미란 옆에 앉아 있는 여자를 보며 말했다.

콧수염 청년이 진우의 말을 들었는지 배시시 웃더니 아오이 쪽을 보면서 말했다. 물론 일본어였다.

"아오이 짱, 아까 내가 말했던 차 사고 때 내 생명의 은인들……."

그 말에 아오이가 이쪽을 향해 씽긋 웃으며 고개를 까닥했다. 그녀는 탱크탑에 청바지의 편한 캐주얼 차림이었다. 표정에서 가볍게 부딪히는 야구장 치어리더 느낌이 났다. 그만큼 평범하면서 친근한 외모였다.

민호 일행도 웃으며 그녀에게 눈인사를 건넸다. 그런데 진우가 자리에서 일어나 입구의 카운터 쪽으로 가더니 펜과 종이를 들고 아오이 쪽으로 성큼 다가갔다.

아오이도 그러려니 하고 사인을 할 준비를 하려는지 자신 앞의 그릇을 한쪽으로 밀어놓았다. 그런데 아오이 옆에 선 진우가 종이를 펼치듯 들었다가 내려놓는데 그의 손에서 장미꽃 한 송이가 툭 튀어 나왔다.

"와우!"

아오이의 입에서 감탄사가 터져 나왔다. 장미꽃을 한 손에 들고 아오이가 종이에 사인을 했다. 진우는 공연을 하듯 한 손을 옆으로 내리는 제스처를 취하며 고개를 숙이고 종이를 건네받았다. 그는 가져온 종이 한 장을 더 들더니 이번엔 미란 앞에 섰다. 그녀는 다소 당황한 모습을 보였는데 그는 씩 웃더니 그녀의 얼굴을 가리듯 종이를 들었다가 내려놓는데 이번에도 손에 장미꽃 한 송이가 쥐어져 있었다.

"어머! 어머!"

미란의 입에서 한국말 감탄사가 튀어 나왔다. 좌중의 감탄 어린 시선이 쏠리는 것을 인식한 진우는 아예 그녀들 옆에서 즉석 마술 공연을 펼쳤다. 주머니에서 작은 성냥갑과 손수건을 꺼내더니 갖가지 신기한 마술을 펼쳤다. 아오이와 미란 그리고 그 옆에 있던 유키라는 이름의 아가씨도 박장대소를 하면서 즐거워했다. 이렇게 해서 콘도 일행과 민호네는 어울릴 수 있게 되었다.

두 청년은 먹을 생각도 않고 아오이와 미란 옆에서 마술을 매개로 대화의 끈을 놓지 않고 있었다. 동작은 진우가 맡고 설명은 경수가 하는 적절한 역할 분담이었다.

아오이 일행은 자신들이 해적선 구경을 하러 아시 호수 쪽으로 가는데 같이 가지 않겠냐고 먼저 제의를 해왔다. 인연이 있었던 청년인 미키도 그러자고 거들었다. 본명인지 애칭인지는 몰라도 그쪽 일행은 그를 미키라고 불렀다.

"우리로서야 영광이죠. 성심을 다해 계속 즐겁게 해 드리겠습니다."

진우가 이렇게 말하자 여자들은 또 박수를 치면서 좋아했다.

갑자기 여덟 명으로 불어난 일행은 아오이 일행의 밴을 타고 유모토 역까지 가서 거기부터는 패스를 이용하고 그곳에서 소운산으로 가는 케이블카를 타기로 했다.

　큰 밴이었기에 차안의 좌석은 여유가 있었다. 운전을 맡은 켄타라는 청년 역시 털복숭이였는데 건장한 체구에 말이 별로 없는 수더분한 모습이었다. 눈치로 보아 팀의 뒷바라지 역을 맡은 듯했다.

　유모토 역에 내릴 무렵 일행은 이미 오래 사귄 사람들처럼 친해져 있었다. 민호는 미키와 이런저런 얘기를 하면서 왠지 최악의 상황은 아닐 것이라는 생각이 들었다. 이들이 이렇게 자유롭고 분망하게 움직일 수 있다는 것은 메트로비전 집단이 생각보다 악랄한 범죄 집단이 아니라는 얘기였고 나리도 괜찮겠다 싶었다.

　유모토 역 쪽은 저녁인데도 관광객들로 꽤 붐볐다. 얼마간 줄을 서서 소운산 행 케이블카를 탔다. 경수가 아오이와 유키 옆에 딱 붙어서 그녀들을 상대하고 있었고, 진우가 미란 옆에서 올코트 프레스를 취하고 있었다. 미란과 진우는 잠시도 입을 다물지 않고 서로 뭐라 떠들어대고 있었다. 진우의 친화력은 대단했다.

　좌석 없는 궤도 전철을 10분쯤 타고 가려니 사람들이 우르르 내리기 시작했다. 소운산 역에 도착하니 바로 로프웨이란 글자가 보이고, 그쪽으로 걸어가니 케이블카가 나왔다. 로프웨이로 이동하는 곳은 오와쿠다니였는데, 뭉게구름이 야간 조명을 받아 기묘한 분위기를 연출하고 있었다. 로프웨이로 15분 정도 이동하니 도겐다이 역에 다다랐다. 이곳이 선척장이라고 했다.

　하코네 아시 호수의 유람선을 사람들은 해적선이라고 불렀다. 많은 관광객들이 배를 타기 위해 줄을 서 있었다. 선착장 일대야말로 하코네에서 가장 유명한 검은 달걀을 파는 곳이었다. 외국인 관광객뿐만 아니라 현지인들도 신기한 듯 너도나도 구경하며 달걀을 사서 까먹고 있었다. 하코네는 산정의 이시 호수를 중심으로 펼쳐져 있는 호반 군락이라고 할 수 있었다.

드디어 해적선이 들어왔다. 외형은 거대한 돛을 단 범선이었지만 실은 디젤 기관으로 움직이는 배였다. 이 배를 타고 호수를 지나다가 후지산을 볼 수 있다는 것에 매료되는 것 같았다. 하지만 늦은 저녁 시간이었기에 후지산은 어둠에 가려 보이지 않았다.

사람들은 해적선을 배경으로 사진을 찍기에 바빴다. 선상에서 민호는 미란과 진우에 대해 신경을 쓰면서도 미키와 대화를 계속했다.

"저 여배우가 아오이 나라라고 했지요? 인기가 많다고 하던데?"

"워낙 성격이 좋은 여자니까요."

아오이는 밤인데도 선글라스와 모자를 쓰고 있었고, 민호와는 얼마큼 떨어진 곳에서 경수와 계속 웃고 떠들고 있었다.

"미키 상은 어떻게 해서 AV 업계에서 일하게 됐습니까?"

"돈 때문이죠. 뭐."

무심한 듯 간단한 답이었다.

미키는 보기보다 나이가 많았다. 40대를 바라보고 있다고 했다.

"저기 아오이 상도 자신이 돈 때문에 어덜트 배우가 됐다고 고백했답니다."

"아주 솔직하군요."

"대단한 여성입니다. 지금은 저렇게 선글라스도 쓰고 그래서 사람들이 몰라보니까 그렇지 인기 대단합니다. 야후재팬에서 매년 조사를 하는데 연예인, 정치인, 기업가 모든 여자를 통틀어 지난해에 아오이 상이 일본에서 두 번째로 검색을 많이 한 인물로 나왔습니다."

"정말 대단하군요. 성인 영화 배우가 그렇게까지 인정받는다는 것은 몰랐습니다."

"실은 그녀만 그렇습니다."

미키는 기염을 토하듯 털어놓았다.

"일본에서는 성인물과 일반물의 경계가 별로 없는가 싶은데 어떤가요?"

"실상은 그렇지 않습니다. 물론 AV를 교두보로 연예계 진출하려는 시도가 많은 것은 사실이지만, 확률적으로 매우 어렵습니다. 근래에 보더라도 10년에 한번 나올 법한 AV 배우라던 다카키 마리아가 있었는데 업계의 기대를 한 몸에 받으며 연예계에 진출했지만, 심야 드라마의 가슴 노출 단역 외에 그 이상을 올라가지 못하고 있습니다."

"역시 그렇군요."

"사실 혜성처럼 등장한 아오이 나라의 존재감은 정말 엄청난 것이라 할 수 있습니다. 그녀는 AV 배우와 연예인, 이 두 가지를 계속 병행하며 멀티플레이어로 활약하고 있습니다. 가수로도 활동하는가 하면, 탤런트와 영화배우를 병행하고 있는 와중에 이번 달에도 그녀가 출연한 신작 AV가 출시되어 불과 한 달 사이에 무려 10만 장이 넘게 팔리고 있다고 합니다."

미키는 진지한 표정으로 말을 이었다.

"사실 일본 내에서 AV 배우들의 입지는 생각하는 것만큼 대단한 것은 아닙니다. 그러나 그녀를 비롯해 이이지마 아이 같은 업계의 소수 리더들이 창출해내는 부가 가치가 엄청나기 때문에 대외적으로 일본의 AV가 산업으로 시장을 확대해가는 촉매 역할을 하고 있습니다."

"이이지마 아이라고 했습니까? 언젠가 어느 잡지에서 전국구 연예인 레벨을 인정받은 케이스라고 읽은 적이 있는데……."

"네. 90년대 일본 AV 퀸으로 업계를 평정하다 연예계에 진출해 성공한 첫 케이스가 이이지마 아이입니다. 그녀는 그야말로 AV 출신으로는 가장 성공한 연예인으로 일본의 어린 처자들에게 '이이지마 아이처럼 되고 싶다', 'AV 배우로 시작해도 유명 연예인이 될 수 있다'라는 환상을 심어준 인물이죠."

미키는 자신이 이이지마의 영화도 몇 편 찍었다며 기염을 토했다.

"그녀는 정말 열심히 사는 여자였습니다."

이이지마는 16세 때 롯폰기의 호스티스로 시작해 19세 때 AV 배우가 되고 오로지 자신의 몸만이 무기라는 독한 근성으로 1990년대 일본 AV계를 평정했다. 이후 TV 도쿄의 '기르가멧슈 나이트'의 사회를 보게 된 것이 계기가 되어 공중파와 인연을 맺게 되었다.

초기에는 AV 배우 출신임을 강조하면서 애칭 T백 언니로 일반 여자 연예인들이 감당해 내기 힘든 온갖 수치스럽고 역겨운 역할들을 그야말로 몸을 무기로 수행해 내며 공중파 연예계에서 살아남았다. 이후 자신의 자전적인 이야기를 직접 소설로 쓴 플라토닉 섹스가 100만 부를 돌파하는 베스트셀러가 되면서 엄청난 사회적 입지를 확보하게 되고 이 소설은 TV 드라마와 영화로까지 제작되어 끊임없는 화제를 만들어 냈다.

"이처럼 이이지마 아이는 일본 AV계는 물론 일반 연예계에서도 찾아보기 쉽지 않은 입지전적인 인물로 확고한 위치를 가지고 있습니다. 그녀가 AV 배우들에 대한 이미지를 바꿔 놓은 것은 사실이지만, 그 이후로 아오이 나라 같은 AV 배우 출신 전국구 스타가 등장한 것은 거의 10년여의 공백을 가진 그 다음의 일입니다."

일주일에 30편 이상의 신작 AV가 쏟아지고 그에 준하는 신인 배우들이 계속 등장할 정도로 비대해진 일본의 AV 시장이지만, 그럼에도 제2의 이이지마 아이가 단 한 명도 나오지 않았을 만큼 일본 연예 시장의 벽은 높았다.

"요즘엔 유명 그라비아 아이돌 출신이거나 현역 TV 탤런트, 리포터, 유명 레이싱 걸 등이 거액의 돈을 받고 AV계로 진출하는 케이스가 늘고 있는 추세입니다."

민호로서는 알 수 없는 이름들이었다.

"SOD의 간판 나츠메 나나는 TV 리포터 출신이었고, 그라비아 모델계 넘버원 아이돌이었던 하기와라 마이는 일본의 수영 영웅인 기타지마 코스케와의 스캔들로 더 유명하죠. S1의 주력 배우 중 한 명인 니시노 쇼는 CF 모델 출신이죠. 그리고 최근 주목을 모으고 있는 다나카 아야는 TV 아나운서 출신입니다."

두 사람의 대화는 한 무리의 여행객이 사진을 찍으러 몰려오는 통에 잠시 중단되었다. 그들이 자리를 옮기자 미키는 자신의 웃옷 호주머니에서 종이 한 장을 꺼내 건네며 말을 이었다.

"이것 좀 보시겠습니까? 얼마 전 인터넷 잡지에 난 기사입니다. 저에겐 아주 흥미가 있어서 이렇게 출력해서 가지고 다닙니다. 대부분 착하고 여린 여자들이고 어찌 보면 안됐기도 합니다."

거기에는 '일본 AV걸들이 말하는 AV란?'이라는 제목으로 포르노 배우들의 인터뷰가 적혀 있었다.

삶이 무료하고 지겨웠던 내게 인생의 돌파구가 되어준 존재.
– 쿠사나기 준

돈이 벌고 싶어서, 그 잘난 돈이란 걸 벌기 위해 내가 뛰어든 세계.
– 아이다 유아

모자이크 땜에 활동하는 거예요. 유출만 시켜봐요. 바로 은퇴니까…….
– 마츠시마 카에데

무명의 그라비아를 벗어나 연예계 진출을 위한 발판이 되어준 존재.

- 타카기 마리아

빚을 갚을 돈을 벌게 해 주었지만 동시에 내 눈에 눈물이 맺히게 만든 것. - 오이시 아야카

되고 싶어서 된 게 아니에요. 갑자기 도둑은 맞았지 이사 갈 돈은 필요하지, 그래서 찍게 되었는데- 그것도 처음엔 AV인지도 몰랐어요. 그냥 사진 촬영인 줄 알았다니까요. 그런데 세상에…….

- 산노미야 리오

AV요? 덕분에 집도 사고, 저축도 하고… 좋아요.^^   - 몬부 란

너무 가난하고 힘들었던 그 시절, 우리 가족의 생계를 책임지게 해 준 나의 마지막 호구지책.   - 나가세 아이

AV? 이 잘난 자본주의 사회에서 나로 하여금 최소한의 중산층의 생활을 가능하게 해 준 것. 그게 AV에요.   - 아사카와 란

어린 시절, 강간의 아픔과 충격을 극복하고 세상에 대한 자신감을 갖게 해 준 고마운 존재.   - 마이코 유키

AV요? 정말 되고 싶지도, 정말 하고 싶지 않았는데 가난이 죄죠. 남들은 제 귀를 보면 부자의 귀를 가지고 있다는데…… 왜 나는 이렇

게 가난한 거죠?   - 아오이 미노리

편당 400만 엔을 준다고 하더군요. 그런데 어쩐대요. 저 임신했어요. 젠장…….   - 미타케 료코

남자 친구의 부채를 갚는 데 도움을 주었지만, 동시에 남친과 헤어지게 만든, 기쁨과 슬픔을 같이 준 존재.   - 아즈미 카와시마

AV? 나를 천국에 올려놓았다가, 어느 날 갑자기 나락으로 집어던진 존재. 덕분에 똥까지 먹어봤네요.   - 하세가와 이즈미

AV 배우라고 그이에게 고백했어요. 헤어지자네요.   - 미즈노 하루코

저는 야쿠자가 관리하는 세계로 알고 있었어요. 얼마나 심장이 떨리고 무서웠던지. 저요 필리핀에 팔려가는 건 아닌지 가슴이 오그라들더라고요. 그런데- 그게 아니더군요.^^   - 히카리 키수키

부모님께 들켰습니다. 당분간 외출 금지입니다. AV란 부모에게 들키면, 은퇴하는 직업.   - 히카루 코토

스카우터의 말발에 넘어가서 이 세계에 들어왔어요. 어찌나 말을 잘 하던지…… 막상 해보니까 해 볼 만 하더라고요. 나름, 재미도 있구요. 하지만, 부모님께 고자질한 그 년은 절……대 용서 못해요.

                                                    - 하세가와 히토미

55
진실의 조각

"선생님, 반쯤 해결됐습니다."

밴에서 내려 숙소로 들어오자마자 진우가 상기된 표정을 감추지 않고 민호의 팔을 덥석 잡으면서 말했다.

"그래? 뭘 좀 알아냈나?"

민호도 짐작을 하고 있었고 은근한 기대도 했었다.

"선생님 말씀대로 이번 사건이 단순한 살인 사건이 아니었습니다."

진우는 냉수를 벌컥벌컥 마신 뒤 빈 컵을 탁자 위에 내려놓으며 단정하듯 말했다.

"의외로 미란이는 많은 것을 알고 있고 그래서 그녀 자신이 위험하다고 느끼고 있었었습니다."

"그래? 뭘 얼마나 알고 있길래?"

"자기가 미켈란에서 몇 가지 서류며 약품 그리고 주사기를 빼돌렸다고 그랬고 그래서 일본에까지 오게 됐다고 했습니다."

"그래? 누가 시켜서 그랬다고 하던가?"

"구체적으로 말하지는 않았습니다만 도쿄에 있는 성형병원과 어떤 조직의 음모에 의해 자신이 일종의 스파이 짓을 했다고 자책하고 있었습니다."

"스파이라……?"

하지만 그것만으로도 대단한 일이 아닐 수 없었다. 그뿐이 아니었다.

"그리고 지나리 씨 소식도 알아냈습니다."

"그래?"

"콘도에 있다는데 크게 위협적인 상황은 아니라고 했습니다."

"위협적인 상황이 아니라니?"

"자기도 잘 아는 고향 언니와 함께 휴양차 온 것이라고 하던데요."

"고향 언니라니 그건 또 누구야?"

"거기까지는 캐묻지 않았는데 아무튼 최상의 대우를 받고 있다고 했습니다."

민호는 문득 헤라클리닉의 오순임이 떠올랐다. 미란이가 그렇게 봤다면 그건 그녀에게 비친 일면이고 실상은 전혀 다를 수 있었다. 그래도 납치 감금되어 폭행을 당하고 있는 최악의 상황이 아닌 것은 확실했기에 다소 안도감이 들었다.

"야- 너 진짜 대단하다. 어떻게 그렇게 많은 얘기들이 술술 나오게 만들었냐?"

경수가 감탄한 표정으로 말했다.

"내가 이래 뵈도 범죄 심리학을 공부한 몸 아니냐. 한마디로 변명의 심리 부정 논리를 이용했지. 미란이 너는 어쩔 수 없는 상황에 몰려 시키는 대로 했을 뿐 아무 죄가 없다고 했지. 그리고 주사기 빼돌린 것은 버리는 물건 가져온 것뿐인데 큰 죄는 아니라고 얘기해 주니까 표정이 좀 풀리면서 술술 얘기해 주던데. 그 애도 많이 초조하고 불안해하고 있어."

"그랬구나. 네가 순 뻥만 치는 줄 알았는데 전혀 엉터리는 아니구나."

범죄심리학의 부정심리는 민호도 상담 심리학에서 배운 바 있었다. 범죄자들 뿐 아니라 잘못을 저지른 사람들한테는 부정의 심리가 가장 강하게 나타나는데 책임의 부정, 피해의 부정, 비난자에 대한 부정, 고도의 규범을 원용한 회피가 그것이다.

진우가 미란에게 사용했다는 범죄심리학의 역부정의 기법은 참으로 적절한 것이 아닐 수 없었다. 나름 기발하기도 했다. 그래서 갑판에서나 밴 안에서 미란이가 민호와 눈이 마주칠 때마다 그런 표정을 지었던 모양이다.

가슴 속의 종을 울린다는 말이 있다. 영어식 표현인데 작은 일이나 계기가 사람의 가슴을 흔든다는 뜻이다. 미란의 경우가 그랬던 모양이다.

"아무튼 나이는 얼마 안 먹었는데 파란만장합니다."

"너 정말 많은 얘기를 나누었구나."

"아무래도 성인 영화를 찍는다는 것이 큰 부담으로 다가왔던 모양이야. 그런데 혹시 모자이크가 풀려 유출되면 어떻게 하냐고 꽤 많이 신경을 쓰더군."

"그게 그거지 뭐. 눈 가리고 아웅 하는 건데."

"글쎄, 그게 그렇지 않은가 봐."

언뜻 들으면 우습겠지만 일본 포르노 배우들에게 모자이크 처리는 마지막 자존심이기도 한 모양이었다. 아오이 나라의 경우도 몇 번씩 다짐을 받곤 한다고 했다. 미키와 나라 등과 짧은 시간이지만 같이 지내보니 아무렇지도 않았지만 포르노의 참 묘한 세계에 가까이 있다는 생각이 들었다. 사람의 일이란 한 치 앞을 모른다더니 며칠 사이 일어난 민호 자신의 일이 그랬다.

"아무튼 불쌍한 여잡니다. 이것도 인연인데 제가 힘닿는 대로 도와주겠다고 했습니다. 따지고 보니까 제가 미란이 그 애보다 딱 한 살이 많아요. 무슨 우연인지 생일도 같더라고요. 정확하게 8월 15일."

"그래서 사귀기라도 할 생각이란 말이야?"

경수가 나섰다.

"못 할 것도 없지."

"미친놈. 니 아버지가 아시면 아주 좋아하시겠다."

"누가 드러내 놓고 선전한데?"

"그래도 그렇지. 인터넷에 깔리고 그러면 꽤 유명해질 텐데 어떻게 감당하려고?"

"넌 내일의 일을 미리 걱정하지 말지어다, 라는 말도 모르냐?"

"그래서 연락처도 주고받았어?"

"쓰던 핸드폰 번호 바꾸려고 한다고 해서 경수 니 아파트 전화번호 줬다. 워낙 외우기 쉽잖아. 빨리이사오세요."

"짜식- 완전히 나까지 끌어들였구나."

경수가 진우의 어깨를 툭 치면서 민호에게 말했다.

"제 집 전화번호가 8224535거든요."

"지금 일하게 된 프로덕션이 생각보다 깔끔하고 평판이 좋다면서 그나마 다행이라고 하더군요. 하지만 괜히 짠해지네요."

"그럴테지. 아무튼 진우가 오늘 일 많이 했군. 최우수 수훈감이야!"

미키는 메트로비전이 실정법을 준수하는 합법적이며 건실한 기업이고 범죄의 세계와는 거리가 멀다고 했다. 실제로 일본 성인 비디오 업계는 생각보다 야쿠자나 범죄 집단과 연계가 깊지 않다고도 했다.

나리의 처지를 생각하면 그 말을 믿는 심정이 되어야 했다. 그나저나 미란의 이런 증언이 한국 수사 당국에 전해져야 할 텐데 싶었다. 일단은 이 사실을 서울의 주 변호사에게 연락해 주는 것이 급선무였다.

56

일시귀국

민호는 일단 서울로 돌아가기로 결정했다. 주 변호사며 주변 사람들과 통화를 한 뒤 내린 결정이었다. 신문사 일도 있었지만 도쿄에서 미란을 만나 해낸 일들이 현구의 보석 재판에 결정적인 정황 증거가 되겠다는 주 변호사의 열정적인 요청 때문이었다.

진우가 당장 서울에 올 사정이 못 되면 그 정황을 자세히 적은 탄원서를 만들어 가져오면 큰 도움이 되겠다고 했다. 사실 따지고 보면 미란의 자백은 현구의 변호인 측으로는 엄청난 반론 증거가 아닐 수 없었다. 나리를 그렇게 놔둔 채 현장을 떠나는 것이 못내 마음에 걸렸지만 일단 일본에 있는 사람들에게 맡기고, 휴가를 낸 후 다시 돌아오기로 했다.

민호는 우선적으로 진우 명의의 탄원서를 만들어야 했다. 있는 그대로 상황을 쓰고 자신이 들은 얘기를 전하면 되는 것이지만 일반인이 쓰기에는 그리 쉬운 일이 아니었음에도 진우는 경찰 행정학 학도답게 일목요연하고 조리 있게 상황을 진술했고 현구의 무고함을 호소하는 글을 만들어 냈다. 민호가 보기에도 흡족했다.

　민호는 새벽 첫차를 타고 도쿄로 돌아왔다. 두 청년은 문제의 콘도를 중심으로 탐문과 정찰을 계속하겠다고 남았다.

　일은 일사천리로 진행됐다. 셀룰러 폰이라는 문명의 이기가 참으로 유용하게 쓰였다. 급히 연락한 영사관의 전 영사가 진우의 탄원서에 일종의 공증까지 해주었기에 서류로는 흠잡을 데가 없었다.

　민호는 오후 비행기를 타고 서울행에 올랐다. 전 영사는 유력한 사람을 동원해 메트로비전 쪽에 정부쪽에서 주시하고 있다는 뉘앙스의 메시지를 전달했다고 했다.

　비행기는 빈자리가 없을 정도로 만원이었다. 민호의 옆자리에는 일본인 중년 부인이 졸고 있었다. 나흘 전인 목요일 도쿄로 가는 비행기에는 나리가 방실방실 웃고 있었는데……. 4박 5일의 여정이었지만 한 달이 훌쩍 가버린 것 같은 느낌이었다. 복잡한 일들이 많았고 또 급하게 움직여야 했었다.

　지난 목요일 나리와의 그 밤은 아무리 생각해도 무엇에 홀린 꿈같은 밤이었다. 그 다음날 가고시마의 세미나와 르네상스 호텔에서의 초조했던 밤, 도쿄로 급히 돌아와 만났던 여러 사람들, 뜬눈으로 지새운 밤, 그리고 하코네, 경수과 진우, 또 우미란. 아오이 나라와 미키라는 카메라맨의 얼굴들이 차례로 떠올랐다.

　민호가 인천 공항에 내렸을 때는 벌써 어둠이 짙게 깔려 있었다. 급히 입국장을 빠져나와 시내로 가는 리무진 버스를 타러 바삐 걸었다.

"어이 김 박사, 김 박사!"

주형진 변호사가 환하게 웃고 있었다.

"어이구- 선배님이 여기까지 나오시고……."

"개선장군이 오시는데 당연히 나와야지."

"개선장군이라니요?"

"그렇게 일을 해결해 주었는데, 이게 이만저만한 일인가?"

두 사람은 주 변호사 승용차의 뒷자리에 나란히 앉아 공항고속도로를 달리면서 얘기를 나눴다. 민호가 진우의 탄원서를 건네주자 그는 급히 읽어보고 무척 흡족해하는 표정을 지었다.

"이 친구 일반 변호사보다 더 글을 조리 있게 잘 쓰는군."

"글쎄 저도 감탄했습니다."

"어쨌든 내일 보석 재판에서 거의 확실하게 석방 결정이 날 거야."

주 변호사는 확신하고 있었다.

현구의 사건은 도저히 상식적으로나 법률적으로 납득할 수 없게 흘러가고 있었다. 법정 구속 기간이 훨씬 지나고 있는데도 검찰 측에서 제대로 기소를 하지 못하고 있었던 것이다. 구속 기간은 재판 확정 전에 사람을 구속해 둘 수 있는 기한을 정해 놓은 것으로서 원칙적으로 경찰은 10일, 검찰은 20일이다. 검찰 기일이 원래는 10일이지만 1회 연장이 가능하기 때문에 20일이 되는 것인데 민호는 벌써 30일째 구속된 몸으로 있었다. 이례적으로 2차 연장까지 해놓은 다음 전례가 없는 의견서를 마지막 날 제출했다는 것이다. 기소에 자신이 없다는 반증이었다.

현구는 현재 피의자도 피고도 아닌 어정쩡한 상태에 있었기에 변호인 측으로서는 강력하게 석방을 요구할 수 있었고 또 당연한 권리였다.

"요즘 구속 영장 기각 문제로 법원과 검찰이 '성명전'까지 벌이며 심한 갈등을 빚고 있어. 법원에서는 피의자 인권을 위해 불구속 수사 원칙이 엄격히 지켜져야 하므로 부득이한 경우가 아니면 구속하지 않는 것이 당연하다는 주장이고, 검찰에서는 증거 인멸 등으로 수사에 큰 차질이 생길 뿐만 아니라 무원칙적 구속기준으로 사법의 무정부 상태가 되고 만다고 반발하고 있는 것이지."

근대 복지 국가의 사법 제도는 불구속 수사, 불구속 재판을 원칙으로 하고 있다. 1심 법원도 법적으로는 처음 구속된 날로부터 2달 동안만 구속시킬 수 있는 것이다. 공소 제기 후에는 2개월 간 구속된 채 공판을 진행한다. 그러나 이 기간도 형사 소송법에 의해 구속을 계속할 필요가 있는 경우에는 각 심급마다 2차에 한하여 갱신할 수 있고 갱신 기간도 2개월로 하기 때문에 공판 절차의 기간은 최장 1심에서 6개월까지도 소요될 수 있다. 그리고 2심과 3심에서의 구금 기간을 2차 갱신하는 경우 각 4개월 간 구금될 수 있으므로 3심까지는 최대 14개월까지도 구금될 수 있다. 기소되어 재판이 진행될 경우에 법원 구속 기간은 1심 6월, 2심은 4월, 3심은 4월로 되어 있는 것이었다. 이 기간 안에 수사 기관은 기소를, 법원은 재판을 종료하라는 의미다. 보석 등으로 석방이 된 경우에는 구속 기간의 제한을 받지 않는다.

"보통 보석 심리는 피고인이 출두하는 재판이 아니라 서류 심사 아닙니까?"

민호가 아까부터 궁금하던 사항을 물어보았다.

"대개는 서류심이지만 우리 경우는 특별 케이스이기도 하지."

"그날 결정이 됩니까?"

"보석을 청구하면 10일 이내에 보석 허가 여부를 결정해야 함에도 법원에서는 이를 훈시 규정이라며 지키지 않는 경우가 다반사지. 그런데 우리처럼 직접 심리를 한다는 것은 상당한 타당성이 있다는 얘기니까 승소 확률이 아주 높아."

주 변호사가 속해 있는 법무법인에서 수임한 형사 사건 중에는 피고인들이 수사 초기부터 억울함을 호소하였고 1심 재판이 진행 중에 보석 청구를 기각도 허가도 하지 않으며 83일간이나 보류하다가 결국 피고인들에게 무죄를 선고하면서 보석 청구는 기각한 사건도 있었다고 했다.

"선고일에 피고인들과 가족들은 재판장을 하나님처럼 감사해하지만 변호인 측 입장에선 씁쓸하기 그지없지."

"무죄라는 결과가 나왔는데도 그렇습니까?"

"우리 변호사들이야 하루라도 빨리 의뢰인을 나오게 하고 싶으니까. 이 경우 최소한 무죄의 심증이 어느 정도 형성되었다면 이후 유죄 심증으로 굳어지는 경우라도 2심 재판을 다시 받아서 진실을 밝혀볼 수 있도록 보석으로 피고인들을 석방해야 하는 것이 도리가 아닐까 생각하는 거지."

"세상에서 변호사들 욕 많이 하는데 선배님 말씀 들어보면 꼭 그렇지도 않군요."

"그럼. 변호사들이야말로 사법 정의와 인권의 보루니까. 하긴 검찰에서 옷 벗고 나와 보니까 입장이 그렇게 변하긴 하더만. 범행을 부인하는 경우에도 구속 영장 기각 사유 중에 피의자의 방어권을 보장할 필요가 있다고 하는데, 그렇다면 무죄를 주장하는 피고인의 방어권은 더욱 보장되어야 하는 것이 아닌가 하는 게 우리 변호사들의 입장이네."

57
김지돌

지돌은 본인의 은밀한 생활 공간에 타인을 초대한 것이 무척 오랜만이었다. 오늘의 초대 손님 생각에 가벼운 흥분감마저 느껴졌다.

청소는 그녀의 특기가 아니었다. 우선순위를 매긴다면 10위 밖으로 밀려있었다. 누구나 많은 시간을 들여 청소, 정리 등으로 집안을 깨끗이 정돈할 수 있으나, 그것이 집에 더 생명감을 불어넣는 것은 아니고, 보통 사람들이 생각하는 견해보다 더 건강하게 만드는 것도 아니라는 생각이었다.

지돌은 서둘러 붉은 포도주 1병, 고급 과자 및 일드 프랑스 쁘띠 까망베르 치즈를 꺼내 차려 놓았고, 붉은 장미 한 묶음도 꽂았다. 그녀는 꽃을 무척 좋아했는데, 오늘따라 집안에 화분이 너무 적다는 생각이 들었다.

대충 준비를 마친 지돌은 향수가 섞인 비누로 샤워를 하고, 은은한 향을 귀 뒤, 목 부위, 유방 밑 언저리, 허벅지 안쪽 그리고 엉덩이에도 조금씩 뿌렸다. 창문을 열고 마지막 담배를 한 대 피고 바로 리스테린으로 입을 헹구었다. 그리고 스테레오에 잔잔한 클래식 음악을 틀었다. 마지막으로 거울을 보며 작은 진주 목걸이가 잘 어울리는지 이리저리 살폈다.

그리고 기다렸다.

정확한 시간에 맞춰 벨이 울리자 누구시냐고 묻지도 않고 1층 현관 버튼을 눌렀다. 누군지 볼 필요도 없었다.

지돌은 잰걸음으로 엘리베이터 앞으로 나와 기다렸다.

"정말 괜찮아요? 내가 들어가도……."

순미가 엘리베이터 문이 열리자 밖으로 나와 서며 조심스런 표정으로 말했다.

"그럼요. 어서 들어오세요."

지돌은 미소를 지으며 반갑게 맞았다.

"얼굴이 많이 고와지셨네요."

"덕분에요. 정말 고마워요."

순미가 주위를 둘러보며 외투 단추를 풀며 말했다. 그녀는 지돌이 간추려 놓은 책들의 제목들을 재빨리 스캔했고 작은 테이블 위에 놓여 있는 잡지에 주목했다.

"그린피스? 믿기지 않겠지만 난 그린피스에 기부했어요. 믿어지지 않을 거예요. 보수 꼴통인 그이가 알면 큰일 날 거야. 난 'DMZ 평화재단'에도 기부해요. 그이가 보수 꼴통 중에 최고 핵 꼴통이라 해도 난 기부했을 거예요. 이상하게 그이와 반대로 하는 것이 더 달콤해지는 것 같아요."

지돌은 고개만 끄덕이며 잠자코 있었다.

"그이와 나는 서로 맞지 않아. 그이가 이 지상에서 가장 멍청한 놈일 거예요. 비유적으로 말하는 건데 무슨 뜻인 줄 알죠? 내가 그와 함께 있는 유일한 이유는 그가 언젠가 대통령이 될지도 모르기 때문이야. 만약 그가 대통령이 되면 내가 멋지게 걷어차 버릴 거야. 그리고 난 자책할 지도 모르지. 사실은 내가 영향력이 큰 편이에요. 영향력이 있는 것처럼 느껴져. 날 스스로 속이고 있는 지도 모르지만……."

"와인 좀 드실래요? 치즈랑 크래커?"

"그래요. 그렇지 않아도 목이 근질거리는데. 어서 내오세요! 오늘만이라도 열심히 즐겨 보자구요."

지돌이 음식과 음료를 가지고 나오는 동안 그녀는 신발을 걷어차고 의자에 쓰러지듯 털썩 앉았다.

"까망베르 치즈를 좋아하셨으면 좋겠어요. 그리고 이 적포도주도 그리 나쁘지 않아요."

지돌이 와인을 잔에 따르면서 말했다.

"맛이 어떠세요?

"맛있어, 드봉!"

순미는 엄지를 척 올렸다.

"딱이야 딱. 지금 나한테 가장 필요한 거지. 난 긴장을 풀어야겠어. 정말 멋지다. 김 선생이 신경 쓴다는 걸 알고 있으니 벌써 기분이 좋

아. 기분이 훨씬 나아졌어요."

"저보다 연배신데 말 놓으세요. 그래야 제가 편하지요."

"그럼 그럴까?"

"조금 전에 한 말에 놀랐어요. 그렇게 자유분방하고 진보적인 분이 어떻게 보수 꼴통하고 결혼을……. 그분이 언니의 마음을 아나요? 그분에게 얘기 한 적 있어요?"

"문제는 그 개자식이 필름이 너무 끊겨서 그 반대로 간다는 거야. 예를 들어 낙태에 관해 내가 내 요점을 더 주장하면 할수록 그는 더 융통성이 없어진다니까. 그냥 날 괴롭히기 위해 일부러 더 그러는 것 같애. 그래서 내가 그에게 덮어씌웠지."

그녀는 그 말끝에 살짝 윙크를 하고는 다시 말을 이었다.

"그의 돈을 진보 단체들에게 왕창 기부함으로써. 엉덩이를 찔러줬지!"

"무척 기뻐요, 언니. 우리 언니 최고다!"

지돌은 덩달아 달아오르며 소리쳤다.

"누가 우리를 위해 싸우겠어."

"우린 공통점이 많은 것 같아요."

"모든 여성들은 공통점이 많아. 특히 우리처럼 매력적인 여성들은."

"운동하세요?"

얼굴이 달아오른 지돌이 다시 물었다.

"일주일에 세 번은 기본이지. 스웨덴식 노틸러스, 스테어마스터, 에

어로빅. 너는?"

"저도 해야 되는데…… 특별한 동기를 부여할 계기가 없어요. 저는 적극적인 의욕을 갖고 꾸준히 유지할 수 있는 사람이 부러워요."

순미가 얼굴을 맞대듯 몸을 기울였다.

"이걸 만져봐."

이두박근을 내밀며 말했다.

"어머. 엄청 단단하네요. 그래서 저는 운동하는 사람을 좋아해요."

"이 다리도 좀 봐."

순미가 스커트를 걷어 올리며 말했다.

"오래된 가방치고는 나쁘지 않지?"

"낡은 가방이 아니네요. 운기가 잘잘 흐르는데요."

"당신 병원 나 현구 박사가 치료하기를 꺼리는 불거진 정맥만 빼면."

"나머지는 제가 대신 잘 해드리잖아요. 호호. 지금 편안하세요? 음악은 괜찮나요?"

"집보다 더 편해. 정말이야. 모든 것이 딱 맞아. 내 남편과 떨어져 있고 너하고 소곤거릴 수 있어 너무 기뻐. 넌 결혼해본 적이 있니?"

지돌은 미소 지으며 핏빛 와인 잔을 잔잔히 들여다보았다.

"없어요."

조용히 말했다.

"넌 운이 좋은 거야. 내 인생에서 가장 큰 실수, 결혼 안 했으면 훨씬 더 잘 살고 있을 거야. 얘, 넌 네가 얼마나 운이 좋은지 모를 뿐이지."

"저는 혼자 사는 게 싫어요."

"그걸 해결하는 것은 아주 쉬워. 너처럼 지식과 실력을 겸비한 서구적 미인! 누군가 짝을 찾는 데 어려움이 전혀 없을 거야. 더구나 너는 몸매가 아주 예뻐. 내 눈에도 그런데 사내들은 안아 보고 싶어 미칠 거야. 누군가랑 같이 살아본 적 있어?"

"룸메이트가 있었어요."

"남자 아니면 여자?"

"둘 다요."

"깊은 사랑에 빠졌었어?"

순미는 고개를 끄덕이며 물었다.

"그럼요."

"아주 많이?"

"아주 많다는 뜻을 잘 모르겠어요. 사랑의 용량을 물으면 계산이 안 돼요."

"정말 진하고 깊은 사랑이었다면 한 번 뿐이었더라도 많을 수 있지. 내 말 무슨 뜻인지 알지?"

"네."

"만약 가벼운 것이라면, 백 번도 많지 않을 거야. 사랑은 그 강도에 따라 엄청 다르다고 할 수 있지."

"맞아요."

지돌이 끄덕였다.

"섹스는 어떨까? 격의 없는 성관계. 섹스, 특별한 의미 부여 없이 네가 기분 좋게 느끼고 싶고 다른 사람도 기분 좋게 느끼길 바라는 것 말고. 어떻게 생각해?"

지돌은 어깨를 으쓱했다.

"언니가 성병을 퍼뜨리지 않는 한, 저는 그것이 잘못된 것이라고 생각하지 않아요."

"그래서 우리 여성이 절대적 우위에 있다는 거야. 여자들 간의 섹스는 매우 깨끗할 수 있잖아."

지돌은 고개를 끄덕였다.

"지저분하지 않고 깨끗하고 아름다워요."

순미도 고개를 끄덕거렸다. 지돌은 그녀의 팬티가 촉촉해지는 것을 느꼈다. 그녀들은 서로의 눈을 깊게 쳐다보고 있었다.

"꼭 보상하고 싶은데……."

순미가 입을 열었다.

"아무것도 필요치 않아요."

"너에게 뭔가 주고 싶어."

지돌은 말 없이 기다렸다.

"금전이 아니야."

지돌은 여전히 아무 말도 하지 않고 기다렸다.

"오르가즘."

순미가 말했다.

"한두 번 어때? 그렇게 해줄까?"

"그렇게 되면 무척 좋을 것 같아요."

지돌은 순미 쪽으로 몸을 기대오며 말했다.

"어쩌면 제가 지금 하는 행동이 비과학적으로 보일 수 있을지도 모르겠어요. 하지만 이 방법이 알레르기 반응을 돕는 데는 여러 번 효과가 있었답니다."

이제 지돌은 부드럽게 순미의 얼굴을 두 손으로 잡고 모든 부위에 키스를 퍼부으며 애무를 시작했다.

종설은 왠지 모를 불안감에 잠을 설치고 있었다. 요양원의 마약성 진통제 처방 건도 마무리는 되어가고 있지만 여전히 목을 죄어오는 느낌이 들었다. 더구나 도쿄의 헤라클리닉에서 들려오는 소식은 더욱 전신을 옥죄는 느낌을 지울 수 없게 만들고 있었다.

종설은 심호흡을 몇 번 하며 마음을 가다듬으며 오늘의 마지막 환자를 보기 위해 진료실로 들어섰다.

수정의 상처는 잘 아물고 있었다. 흉터도 예측했던 것처럼 아주 나쁘진 않았다. 크고 붉은 흉터로 남을 것이다. 하지만 이것은 치료될 수 있다. 그녀는 재국을 힘들게 내쫓았다. 그에게 직접 나가라고 말할 마음이 내키지 않아 쪽지를 남겼었다.

"그가 확 돌아버렸어요."

수정이 말했다.

"어떻게 했는데?"

"제가 미리 대비했었어야 했는데. 저의 모든 것을 망쳐놨어요. 고급 음악 전자 세트, 스테레오, 레코드, CD, 키보드 등 다 깨부쉈고, 고급 드레스도 찢어버리고, 언더웨어는 오븐에 구워버렸어요. 가장 마음 아픈 것은 제가 가장 아끼는 올림픽 경기장, 문화의 전당 등에서 공연한 공인 포스터들도 다 태워버렸어요. 광견병에 걸린 미친개처럼 날뛰었었던 것 같아요."

"소름끼치는군."

그가 말했다.

"제일 싫어하는 경찰을 불렀어요. 상상해보세요. 제가 경찰을 부르다니. 저는 그들이 그 개새끼의 엉덩이를 꿰어 영창에 처넣었길 바래요."

58

보석 재판

화요일 아침에 현구는 아침을 먹다 말고 일어섰다. 출정 통보를 받은 것이었다.

서초동 법원 청사 4층의 작은 법정이 보석 재판 법정으로 할애되어 있었다. 다른 재판은 없는지 현구가 호송 교도관에 이끌려 방에 들어섰을 때 정리(廷吏)와 서기 한 사람만이 있었다.

현구가 판사석 정면의 피고석에 앉은 지 얼마 되지 않아 주 변호사와 세희가 법정에 들어섰다. 두 사람 다 환한 표정을 짓고 있었다. 조짐이 좋았다.

주 변호사는 현구의 어깨를 한 번 툭 치고는 변호사석으로 갔고 세희가 현구의 바로 뒤에 앉았다. 세희가 손을 뻗어 현구의 손을 쥐었다. 문 쪽에 정리와 교도관이 있었지만 제지하지 않았다. 정말 오랜만에 이렇게 가깝게 앉아 손을 잡아보았다.

"어제 봤는데 뭐 하러 나왔어?"

현구가 고개를 돌려 아내를 보며 말했다.

"당신 첫 재판인데 어떻게 안 와 볼 수 있어요?"

"재판은 뭐, 그냥 심리라는데."

"그래도 법정에서 하니까 재판인 거예요."

하긴 현구로서는 아주 중요한 재판이었다. 오늘 석방이 결정되지 못하면 언제 끝날지 모르는 1심 판결 때까지 기회가 없게 된다.

"판사님 입장하십니다. 모두 일어서십시오."

몇 사람 없는데도 정리는 소리를 지르다시피 큰 목소리를 냈다.

판사가 입장했다. 듬직한 체구의 사람 좋아 보이는 젊은 판사였다. 좌중을 둘러보며 판사가 간단히 목례를 했다.

"자- 시작하겠습니다."

판사가 서류의 앞장을 들쳐 보면서 말했다.

"나현구 씨 맞지요?"

조용한 어조로 현구를 쳐다보았다.

"네, 맞습니다."

"고생이 많으시겠습니다."

계속 담담한 어조였지만 재판정 판사의 표현으로는 이례적이었다.

"아시겠습니다만 검찰이 공소를 제기하기는 했습니다. 그런데 비공개 특례의 이면 공소가 되어 있더군요. 굳이 그럴 필요가 있는지 재판부로서도 검토 중입니다. 공안 사건도 아니고……."

판사가 주 변호사를 넌지시 쳐다보았다.

주형진 변호사는 자리에서 나와 판사 앞에 서서 잔기침을 두 번쯤 하더니 열정적으로 현구의 석방을 호소했다.

"존경하는 재판장님, 최근 법원은 불구속 수사 원칙을 주장하고 있습니다. 이는 피의자에게 헌법상 인정되는 권리이기 이전에 수사 편의에 따른 불필요한 구속 남발을 막자는 법원의 현명한 처사라고 여겨집니다. 구속 수사는 그야말로 예외적으로 부득이한 경우에만 사용해야 함이 당연합니다."

의외로 주 변호사는 현구 사건의 미시적인 부분보다 원론적이며 거시적인 쪽에서 주장을 펴기 시작했다.

"이처럼 불구속 수사 원칙이 중요하기 때문에 검찰의 구속 영장 청구에 대하여 법원에서는 구속 사유를 엄격하게 해석하여 구속이 남발되지 않도록 적절한 사법적 통제를 가하고 있으며 검찰의 반발에도 불구하고 상당수 국민의 지지를 받는 등 일양 타당하다고 평가를 받고 있는 것이 사실입니다."

주 변호사의 웅변조의 연설에 판사는 미소를 머금고 지켜보기만 했다.

"그렇다면 불구속 수사보다 더 중요한 불구속 재판은 제대로 지켜지고 있느냐 하는 점입니다. 불구속 재판의 원칙이 지켜지기 위해서는 무엇보다도 피고인의 보석 청구권이 보장되어야 할 것입니다. 그런데 법원의 태도는 별로 달라지고 있지 않으며 오히려 후퇴하고 있다는 세간의 우려가 있는 게 사실입니다."

주 변호사는 방청인이라고는 세희와 정리, 교도관 밖에 없음에도 연설조의 변론을 열정적으로 이어갔다. 판사보다는 세희와 현구를 위한 웅변 같았다.

"존경하는 재판장님, 불구속 수사에 대해서는 그토록 예민하고 검찰의 강한 반발에도 굴하지 않는 법원이 불구속 재판에 대해서는 왜 그렇게 인색한지 모를 일입니다. 구속 영장 발부와 관련하여서는 불구속 수사 원칙을 내세우면서 보석 청구 등의 경우에 불구속 재판 원칙을 제대로 지키지 않는 것은 도대체 무슨 이유일까요? 불구속 수사 원칙 이상으로 불구속 재판 원칙을 확고히 수립하여 '사법 주도권 싸움'이라는 괜한 오해를 받지 않기를 바라는 마음이 간절합니다. 어쨌든 불필요한 '옥살이'는 막아야 합니다. 그리고 그 불필요한 '옥살이'가 남아있는 곳에서 재판장님께서 그렇게 강조하시는 인권을 논할 수 없는 것 아닐까 싶습니다. 특히 이번 건은……."

주 변호사의 원론적인 서론이 끝나고 이제 현구 건에 대한 미시적인 주장으로 들어갈 차례였다. 그런데 이게 웬일인가. 소리를 내지는 않았지만 재판장이 가볍게 박수를 치는 시늉을 하더니 변호사를 제지했다.

"됐습니다. 변호사님, 본건 사안은 제출하신 기록과 서류를 통해 잘 숙지하고 있습니다. 오늘 아침 제출한 탄원서도 읽어 보았습니다."

탄원서는 현구로서는 모르는 일이었다.

"나 선생, 특별히 외국에 나갈 일은 없으시죠?"

이건 또 무슨 뜬금없는 얘기인가.

"일본에서 세미나가 있었는데 이미 늦었습니다."

현구가 신바람이 나서 대답했다.

"그랬군요. 아무래도 당분간은 참가하시기 어려울 겁니다. 그렇게 아시고……."

변호사의 희색이 만연해졌다. 현구가 느끼기에도 일은 끝난 것 같았다.

"오늘 저녁 집으로 돌아가시고 보석 조건이나 행동 준칙은 검찰과 상의해서 통보하도록 하지요."

"어머! 판사님!"

세희가 벌떡 일어서면서 소리쳤다. 주 변호사는 빙긋이 웃었다. 오히려 입회 서기가 판사를 쳐다보면서 영문을 모르겠다는 표정을 지었다.

"나현구 피고인의 보석을 오늘자로 허가합니다. 석방 지시서 만들도록 하세요."

판사가 결론을 내듯 명확하게 판시하고 자리에서 일어섰다.

"자- 그럼."

정리가 뭐라고 하기도 전에 인사 대신 이 말을 던지고 뒤쪽 법관 출입문으로 나가는 통에 급히 일어섰던 현구는 판사의 뒤통수에 대고 자신도 모르게 고개를 숙였다. 뒤에 서 있던 세희도 마찬가지였다.

"여-보……."

세희가 현구를 등 뒤에서 껴안았다. 현구는 등이 뜨끈해지는 것을 느꼈다. 세희는 기쁨의 눈물을 흘리고 있었던 것이다.

주 변호사가 다가와 현구의 손을 잡았다.

"나 원장 애썼다. 이제 잘 풀릴 거야."

"애야 선배님이 쓰신 거죠. 정말 고맙습니다."

"고맙긴. 죄도 없는 사람이 억울한 옥살이를 했는데."

"이제 어떻게 하면 되지요?"

세희가 손수건으로 눈가를 훔치면서 변호사에게 물었다.

"저녁에 나온다니까 나 원장 옷이나 챙겨서 구치소에 가져다주면 됩니다."

더 함께 있으면서 기쁨을 나누고 싶었지만 일단 구치소로 돌아가야 했기에 현구는 교도관을 따라 법원 구치소로 가야 했다. 원래 규칙이 그런 건지 아니면 배려를 했는지 현구는 포승과 수갑을 생략한 채 교도관과 단둘이 커다란 호송 버스를 타고 점심 전에 돌아올 수 있었다.

대개 출정 나간 사람들은 저녁에 함께 구치소로 돌아오는 것이 관례였다.

59

복귀

그날 저녁 6시, 현구는 아내가 넣어준 양복을 말끔하게 차려입고 구치소 문을 나섰다. 막상 떠나려 하니 그새 정이 들었는지 왠지 섭섭한 마음마저 들었다.

사동의 담당이며 소지, 그리고 그동안 이래저래 친해졌던 옆방의 재소자들이 모두 현구의 출소를 자기 일처럼 기뻐해 주면서 축하한다고 했다. 짧은 기간이었지만 맺은 정이 만만치 않았다. 방 안에 있던 사물은 소지에게 필요한 사람들이 나눠 쓰라고 내주었지만 무언가 부족한 것 같았다. 좀 더 큰 것을 주고 싶은 마음이었다.

구치소 안에 있는 사람들도 나름대로 억울하지 않은 사람이 없었다. 흉포하기만 할 것이라 여겼었는데 그렇게 순박할 수가 없었다. 조금 친해지면서 그들은 자신의 외모에 대해 어디를 얼마나 고치면 되겠냐고 물었고 여자 친구나 누이가 무슨 성형을 하고 싶어 하는데 그건 어떠냐고 진지하게 물어오곤 했었다.

사람은 어떤 환경에도 적응할 수 있는 동물이고 어느 곳에서나 스승을 만나 배울 수 있다는 고금의 진리를 깨우친 시간이었다고 생각하니 가슴이 찡해 왔다. 안 교도관이 비번이라 그를 보지 못하고 떠나는 게 아쉬웠다. 현구를 무척 따랐던 소지는 사동 입구까지 민호의 책 보따리를 들어주면서 헤어질 때는 눈물마저 글썽거렸다.

높은 담장에 비해 왜소해 보이는 통행용 철문을 나서자 세희와 주 변호사가 기다리고 있었다. 세희는 한 손에는 장미꽃 한 송이를 다른 손에는 두부를 들고 있었다.

"자- 이제 고생 끝이다."

주 변호사가 현구의 손을 잡으면서 말했다.

"고생은 무슨 고생. 허허허."

내심으로는 같은 공기인데도 느낌이 다르다고 생각하고 있었다.

"이거나 먹어요."

세희가 두부 한 조각을 현구의 입에 디밀었다. 한참을 씹으니 평소에 못 느꼈던 고소한 맛이 그만이었다. 덤덤하게만 여겼던 두부에 묘한 달큰함이 있었다.

한 달여 만에 입은 양복이 어색하게 느껴졌다. 특히 허리가 쪽 끼는 느낌이 들었다. 형무소 생활 동안 몸무게가 불었던 때문이었다.

주 변호사는 미팅이 있다면서 사무실로 가야 한다고 했고 현구는 세희가 몰고 온 자신의 승용차에 올랐다.

"여보, 클리닉에 한번 가보지, 아직 시간도 있는데."

"뭐? 병원에?"

현구는 미켈란을 습관적으로 클리닉이라고 했고 세희는 꼭 병원이라고 했다.

"응. 오늘 저녁에 수술 하나 있다고 하잖아. 다들 모여 있을 거야."

"네. 박강재 의원의 사촌 처제 턱 수술이 있다고 그러죠. 그래요, 그리로 가요."

병원 소식은 면회 온 박 선생이나 김지돌을 통해 늘 접하고 있었고 또 세희도 자신의 직장보다 병원에 더 신경을 쓰고 있었다. 현구의 수감 이후 급감했던 환자 수는 이제 서서히 회복세에 있었다.

문제는 미켈란 바이오랩의 주가 동향이었다. 한번 폭락한 주가가 도무지 반등할 기색을 보이지 않고 있었던 것이다. 요즘 주식시장이 활황 국면을 보이고 있는데도 그랬다. 무언가 계기가 있으면 달라지겠지 하고 희망의 끈을 놓지 않는 수밖에 뾰족한 방법이 없었다.

"이번에 김민호 박사가 큰일 하셨다면서요?"

"그래. 그랬다는군."

"아까 통화는 했어요. 어젯밤에 일본에서 돌아오셨다는데 당신 나온다고 하니까 정말 좋아하더군요. 전화를 드려야 하는 것 아니에요."

"응. 그럴까?"

현구가 기어봉 옆에 놓여있는 세희의 핸드폰을 집어 들려는데 벨이 울렸다. 스크린에 김민호라는 이름이 떴다.

"야! 너구나? 나다, 나. 그러지 않아도 지금 막 전화하려는 중인데 너도 양반은 못 되는 모양이다."

"양반 안 해도 돼. 난 정의의 사도라니까. 하하하. 아무튼 애썼다. 축하한다."

"그래 고맙다. 애는 니가 썼지 뭐."

"그런데 두부는 먹었냐?"

"나오자마자 먹긴 먹었는데 그건 왜?"

"그거 먹어야 다시 안 들어간다잖아. 히히히."

"그래? 그런 뜻이 있었나? 하하하."

"지금 어디야?"

"차 안인데 클리닉에 좀 가보려고."

"오늘 같은 날도?"

"들러보기만 하려고."

"저녁에 봐야지?"

"그래. 네가 우리 집으로 오면 안 되겠냐?"

현구가 세희를 쳐다보면서 말했다. 세희가 빙긋 웃으며 고개를 끄덕거렸다.

"그래 그럴게. 너 어디 아픈 데는 없지?"

"아프기는, 너무 건강해서 탈이다. 바지가 안 맞아. 살쪘나 봐."

"콩밥 체질인가 보다."

"그래. 나 콩 엄청 좋아한다. 왜? 하하하."

"며칠 자리 비웠더니 밀린 게 있어서 처리 좀 하고 7시쯤 출발할게."

"그래, 연락하자."

전화를 끊은 현구가 전화기를 다시 놓여있던 자리에 놓으려는데 세희가 현구의 손을 꼭 잡았다. 현구도 그 손을 마주 꼭 잡았다.

"병원에도 전화해 주지 그래요?"

"아니야. 서프라이즈 해줘야지."

"김지돌 선생은 알아요. 당신 나오는 거."

"그래?"

미켈란 빌딩의 지하 주차장 지정석에 차를 주차하고 엘리베이터에 오르려니 그냥 며칠 만에 돌아온 느낌이었다.

문을 열고 들어서자 난리가 났다. 접수부에 앉아 있던 미스 신과 차 수간호사가 팔짝팔짝 뛰면서 반겼다.

"어머! 원장님!"

미스 신은 아예 달려나와 현구의 품에 와락 안겼다.

"어떻게 된 일이세요?"

"어떻게 되긴 이렇게 나왔지."

"선생님들- 대표원장님 오셨어요."

차 간호사가 안쪽에 대고 소리를 쳤고 모두들 일손을 멈추고 달려나왔다.

"원장님!"

이번에는 정 간호사가 또 와락 달려들었다. 정 간호사가 워낙 얼굴을 가까이 댔기에 여자의 향내가 현구의 코를 자극했다.

지돌은 빙긋 웃으며 저만큼 서 있었기에 현구가 다가가서 손을 내밀어 잡아주어야 했다.

"수고 많았어, 김 선생."

"얼굴이 더 좋아지셨어요."

"그래 휴가 잘 보내고 왔다."

죽었던 아버지가 살아 돌아온 듯 떠들썩한 식구들의 환영을 뒤로 하고 병원 안을 한 바퀴 둘러보았다. 이미 들어 알고 있는 대로 저녁에 있을 수술 준비로 모두들 분주했다. 병원은 현구가 졸지에 떠났던 한 달 전과 달라진 게 하나도 없었다. 오히려 더 깨끗하게 정돈되어 있었다.

현구는 원장실로 돌아와 책상에 앉았다. 메모지며 보던 책 모두 그대로 있었다.

"어때 감회가 새로워요?"

함께 원장실로 들어온 세희가 물어왔다.

"뭐 새롭긴…… 엊그제 나갔다 돌아온 기분인데."

노크 소리가 나더니 유 선생이 들어왔다. 유 선생은 의과 대학을 나오고 다시 치과 대학에서 수련을 마친 특이한 이력을 가진 구강악 안면외과 전문의였다.

"원장님, 피곤하시겠지만 이왕 오셨으니 오늘 OP 보형물 좀 봐 주시죠."

"그럴까? 나 전혀 피곤하지 않아요."

"왜 오늘도 일하려고요?"

세희가 나섰다.

"그럼. 할 수 있으면 해야지."

유 선생이 말하는 보형물은 이마 확대 수술에 사용하는 것이었다. 미켈란메디센터는 이것 역시 자가 지방을 스타치 마이크로백에 넣어 사용했다.

현구는 프렙 룸으로 가서 준비된 임플란트를 살폈다. 크게 지적할 만한 사항은 없었다. 유 선생이 건넨 환자의 X-ray와 석고 모형도 살폈다.

현구는 오늘 수술에 자신이 직접 나서기로 했다. 이마 확대는 그리 어려운 기술이 아니었지만 광대뼈 축소가 문제였다. X-ray 상에 관골궁이 좁은 게 확연히 나타나 있었다. 관골궁이 좁으면 절제한 광대뼈를 처리할 수 있는 공간이 없어서 낭패를 겪게 마련이었다.

전미연이라는 환자가 원했다. 박강재 의원의 처제라니 무시할 수 없는 인물이기도 했다. 더구나 발이 넓고 입심이 강해 병원으로서는 큰 고객이었다. 상담은 오래전에 현구와도 했었다. 그녀는 진즉에 와서 대기하고 있었다는데 현구가 오늘 구치소에서 나왔다는 사실을 모르고 있었다.

"오래간만입니다, 원장님. 고초를 겪으셨다는 얘기는 들었는데, 오늘 제 수술 해주시는 거죠? 그러지 않아도 걱정했었는데 정말 고맙습니다."

환자 대기실에 누워있던 전미연이 현구를 보자 펄쩍 반가워하면서 하루 종일 굶어 힘없는 목소리로 던진 간청이었다.

현구는 전미연과의 면담을 기억에 떠올렸다. 이마가 좁고 광대뼈가 심하게 튀어나와 호감이 가지 않는 얼굴이었다. 성격도 좋고 공부도 할 만큼 했는데 그녀는 외모 지상주의의 세상에서 여러 가지 아픔을 너무도 많이 겪었다고 했었다.

"선생님, 저는 몸매는 S라인이라 자신 있는데 이놈의 사각턱 때문에 제 인생을 망쳤어요. 꼭 V라인으로 예쁘게 만들어 주세요."

"사각턱을 너무 깎고 깎으면 개 턱이 되고 말지요. 개는 턱에 각이 없잖아요. 턱이 너무 뾰족한 것은 건강에도 좋지 않고 의학적으로도 그리 예쁜 게 아닙니다."

현구는 언제 어떤 일이 일어날지 모르는 상황에서 자신이 지닌 능력을 아름다워지려는 여인들의 만족을 위해 아낌없이 쓰기로 했다. 오늘은 주 집도의가 아닌 보조 외과의가 되기로 했다. 김지돌 선생과 다른 스태프들은 만류를 했지만 내심으로는 반기는 눈치였다. 임플란트 삽입에 있어서만큼은 현구의 골든 핸드를 따라올 써전이 없었기 때문이었다.

민호는 원장실로 돌아가 세희에게 수술에 참여하기로 했다고 말했다. 세희도 걱정스러운 눈으로 괜찮겠냐고 했지만 만류하지는 않았다.

"수술이 길어지면 닥터 김한테 전화 해. 이리로 오던지 중간에서 만나자고."

"알았어요. 나오는 첫날부터, 저녁도 안 먹고……."

"두부 많이 먹어서 전혀 배고프지 않아. 하하하."

현구는 오랜만에 스크럽을 하면서 자신이 살아있음을 전신으로 느꼈다.

60
안면 윤곽 수술

돌출된 광대뼈는 여성의 아름다움과는 다소 거리가 먼 강한 인상과 남성스럽고 딱딱한 느낌을 줄 뿐 아니라 전체적인 얼굴 크기도 매우 크게 느껴지게 마련이다. 또한 광대뼈가 돌출되어 있는 경우 흔히 턱까지 커져 있는 경우가 많은데 이런 경우 여성으로서의 매력이 크게 떨어지게 된다.

요즘 V라인이란 말이 유행어처럼 쓰이고 있지만 인체 미학적으로는 이상적인 얼굴형이란, 다소 갸름한 얼굴에 광대나 턱이 두드러지지 않고, 얼굴을 삼등분했을 때 각각 상중하의 길이가 같은 얼굴을 이상적인 얼굴로 간주하고 있다. 또 이마는 눈썹 위쪽으로 가면서 완만한 곡선을 이루어야 한다.

얼굴을 3등분하면 이마 끝부터 눈썹까지, 눈썹부터 코끝까지, 코끝부터 턱 끝까지 3등분했을 때, 이 세 부분의 길이가 같다면 이상적이라는 얘기다. 좌우로 볼 때는, 관자놀이 사이의 거리가 광대뼈 사이의 거리, 그리고 턱 사이의 거리와 각각 같아야 하고 눈 사이의 거리는 코의 너비와 같아야 하는데, 또한 이 길이는 각각 좌, 우의 눈의 길이와 같아야 한다.

그러나 그 비율에 대한 기준은 어디까지나 통계적 자료이므로, 개인적인 선호도와 미적 판단에 의해 융통성 있게 조절하는 것이 바람직하다. 동양인은 뚜렷한 광대뼈를 싫어해 깎아내려고 노력하지만 서양인은 광대뼈가 튀어나와야 생기가 있고 아름답다고 느껴서 오히려 도드라져 보이게 하는 수술을 주로 하는 것을 보면 그 기준이라는 게 객관적 신빙성을 갖는다고는 말할 수 없다.

안면 윤곽 수술은 말 그대로 얼굴의 기반인 뼈의 모양을 바꾸는 수술이므로, 수술 결과가 뼈 이외에도 얼굴의 다른 부위에 시각적으로 큰 영향을 끼칠 수 있다. 다소 낮았던 코가, 광대뼈 축소술 후에 다소 높아져 보인다든지, 턱이 발달한 경우 광대뼈 수술만 하면 얼굴이 더 네모나게 보인다든지 하는 점 등을 들 수 있다. 따라서 이런 견지에서 볼 때, '안면 윤곽 수술'은 특히 자기 얼굴에 대한 종합적인 판단에 근거하여 체계적으로 이루어져야 한다.

광대뼈 축소술은 얼굴의 주된 골격인 얼굴의 윤곽을 수술하는 것이기 때문에 기존의 눈이나 코 수술과는 달리 답답한 이미지를 시원하고 선명하게 바꾸어 주는 '이미지 수술'이라 할 수 있다.

성공적인 수술 결과를 위해서는 수술 전 정확한 얼굴뼈 검진과 수술 후의 모습 예측이 중요하다. 실물 사진과 여러 장의 X-ray, 3차원 CT와 컴퓨터를 이용한 종합 얼굴뼈 분석 시스템으로 앞면, 옆면, 위,

아래에서 입체적으로 분석하여 턱에 위치한 중요한 신경의 위치를 파악하고 깎을 부위를 결정하는 등 세세하게 수술 계획을 세워야 한다.

더구나 각종 신경이나 혈관들이 많은 얼굴뼈를 절개해야 하는 조심스럽고 어려운 수술이다. 특히 30대 이후에 이 수술을 받으면 수술 후 볼이 쳐져 보이는 이른바 '볼 처짐 현상'이 나타나는 단점도 있다. 이처럼 안면 성형 수술은 정교함과 힘이 동시에 요구되는 고난이도의 노동이기도 하다.

수술이 시작되었다. 환자는 마취가 완전히 끝나 수술 부위인 얼굴만 남긴 채 전신에 초록 수술 시트에 덮여 있었다.

이마 자가 지방 이식 수술이 시작되었다. 집도의인 유 선생이 메스를 들어 머리카락이 나는 부위의 약간 후방에 약 2cm 정도로 조그마한 절개를 가하고는, 절개를 통해 이마를 둘러싼 골막을 분리했다. 숙련된 솜씨였다. 절개의 틈에 매천바움이 들어가 틈새를 만들어 냈다. 마취와 지혈은 양호하게 이루어지고 있었다.

유 선생이 현구에게 눈짓을 했다.

"임플란트 줘요."

현구가 성 간호사에게 미리 준비된 자가 지방 보형물을 가져오라 시켰다.

현구의 손에 아이스박스에서 꺼낸 자가 지방 보형물이 건네졌다. 그의 손이 빠르고 힘차게 움직였다. 한 달여의 공백은 전혀 문제가 되지 않았다. 분리된 골막의 아랫부분에 제작된 이마 보형물이 안착했다. 현구는 노련한 솜씨로 그것을 마사지하듯 주물렀다. 양손의 손가락 네 개를 사용하는 그의 손놀림은 물레 위에서 도자기를 만드는 도공의 손을 연상케 했다. 이마 위가 도드라지면서 멋진 곡선이 만들어졌다. 절개된 머리 윗부분을 봉합했다. 일단 이마 수술은 끝났다. 이제 광대뼈 차례다.

환자의 마취 상태를 점검해 보았다. 이마 부분에 반시간이 채 안 걸렸으니 앞으로 한 시간 내에 끝낸다면 최상이다. 그러나 1시간 안에 끝날 수 있다는 건 누구도 장담을 하지 못한다. 그만큼 손이 많이 가는 고난도 수술이기 때문이었다.

입안의 점막을 약 4cm 정도 절개했다. 입을 계속 벌려 있게 하기 위해 방성구(防聲具)가 필요했고 고이는 피와 침이 목으로 넘어가지 않게 하기 위해 치과용 석션이 필요했다. 절개를 통해 광대뼈가 노출되었다. 적절한 지혈을 위해 마네도 파이프맨을 쓰고, 노출된 광대뼈의 앞부분을 갈아낼 때는 메디파일을 사용했다.

이번 케이스는 광대뼈가 옆으로도 튀어나와 있는 경우이기에 관자놀이 위쪽의 머리카락 부위에 약 1cm 정도 더 절개를 해야 했다. 돌출된 광대뼈는 폭 4mm의 의료용 전동톱과 끌을 사용해 적당히 절골시켰다. 절골된 뼈를 그냥 적출하는 게 아니라 뒤쪽으로 밀어 넣어 피부의 함몰이 없게 평편도를 맞춰야 했다. 볼 처짐을 막기 위한 추가 수술이기도 하다. 절개 부위를 실로 봉합하고 1시간 반 남짓의 수술은 무사히 잘 끝났다.

　이제 환자는 부기와 멍에 시달리게 될 것이다. 수술 후 48시간 정도까지 부기가 생기게 마련이다. 이 경우 꾸준히 얼음찜질을 해주면 부종을 빨리 완화시킬 수 있다. 대부분의 경우 7일 정도 지나면 부기는 어느 정도 가라앉는다.

　마취가 깨어나면 엄청난 통증이 엄습하게 된다. 그도 그럴 것이 살을 도려내고 뼈를 깎았는데 고통이 왜 없으랴. 이 경우 괴롭더라도 기침이나 심호흡 등을 많이 하면 폐기능이 빠르게 회복하는 데 도움이 된다.

　수술 당일부터 수술 후 약 3일까지는 안정을 취해야 하지만, 대략 8일째부터는 부기와 멍이 대부분 사라지므로 일상생활을 하는 데 별문제가 없으나, 부기가 완전히 빠지고 안정되는 데 약 3개월이 걸릴 것이었다.

　그 후 이 환자는 매일 거울을 통해 V라인의 작고 갸름해진 얼굴을 보며 자신감을 되찾고, 생기 있는 얼굴로 새로 태어난 기분을 만끽하게 될 것이었다.

61

은인

수술 가운을 입은 채 원장실에 들어서니 세희가 아직 혼자 앉아 있었다.

"이제 끝났어요?"

세희가 자리에서 일어나면서 현구를 맞았다.

"닥터 김 어떻게 됐어?"

민호가 어디쯤 오는가 싶어 먼저 물었다.

"이리로 오신다고 했어요. 이 땀 좀 봐."

"오랜만에 연장 잡았더니 긴장도 되고 땀이 좀 났구만."

"에어컨 좀 세게 틀지 그랬어요, 염천인데."

"수술실은 원래 온도가 낮게 맞춰 있는데 거기다 더 춥게 만들면 환자 근육이 너무 긴장해서 안 돼."

"그래도. 이렇게 땀을 흘리면서……."

"아예 샤워를 할까? 민호 오기 전에."

벗어놓는 와이셔츠를 입으려다 보니 속내의도 흠뻑 젖어 있었다.

"집에 가서 해요. 오랜만인데."

"나한테 땀냄새 안 나?"

그때 세희가 땀에 젖은 민호에게 안겼다.

"왜 이래? 이렇게 젖어 있는데……?"

"당신 이 냄새 얼마 만이에요?"

세희가 아예 얼굴을 파묻으며 말했다.

"당신답지 않게……."

현구는 아내의 등을 도닥이며 어깨를 세게 끌어당겼다.

그때 노크 소리와 동시에 문이 열리면서 민호가 들어섰다.

"아니 그새를 못 참고, 히히히. 세희 씨 다시 봐야겠는데요."

민호가 대뜸 한마디 했다.

"야- 사람 무안하게 왜 그래?"

"흐흐…… 무안하긴. 진짜 이상한 짓 했나 보지? 하하하."

얼굴이 발개진 세희가 냉큼 방을 빠져나갔다.

"그래 내가 한번 나현구 안아보자."

이번에는 민호가 현구를 안아 등을 다독였다.

"그래도 넌 천생 칼잡이다. 오늘 같은 날 수술복 입을 생각을 하고."

현구는 자신의 등에 느껴지는 민호의 손에서 새삼 뭉클한 우정을 느꼈다.

"고맙다. 김민호."

미켈란 식구들과의 회식은 다음날로 미루기로 하고 세 사람이 먼저 병원을 나섰다. 세희가 운전석에 앉았고 두 사람이 나란히 뒤에 앉았다. 서로 할 말이 많았지만 아무래도 일본 이야기가 긴급한 관심사가 될 수밖에 없었다.

"대강 들었는데, 우미란 간호사를 만났다고?"

차가 출발하자마자 현구가 먼저 운을 뗐다.

"운이 좋았지. 네 일이 잘 풀리라고 그렇게 된 모양이야. 따지고 보면 어떤 사람 공이 제일 크지."

민호는 나리를 떠올렸지만 왠지 세희가 신경 쓰여 이름을 대지 않았다.

"그래서 그 애가 주사기를 빼돌렸다는 사실을 털어놓았다고?"

"그래. 내가 주사기에 대해선 말하지 않았는데 그 얘기가 먼저 나온 걸 보면 틀림없어."

"그런데 왜 그런 짓을 했다고 그래?"

현구가 얼굴을 찌푸리며 참지 못하겠다는 투로 내뱉었다.

"글쎄…… 당연히 누가 사주한 거지. 그런데 거기까진 알아내지 못했어."

"짐작이 가는 곳이라면?"

"헤라클리닉의 오순임이라는 사람하고 무슨 연관이 있는 것 같아."

"역시 그랬군."

"어제 주 선배하고도 상의를 했는데, 일단 경찰에도 알리고 내밀하게 조사를 진행하는 게 좋을 것 같다는 데 나도 동의했어."

차가 아파트에 도착했다.

세 사람은 세희가 끓여 둔 도가니탕으로 늦은 저녁을 마치고 발코니 쪽 테이블로 자리를 옮겼다. 현구가 좋아하는 샤토 르팽이 준비돼 있었다.

세희가 안주거리를 가지러 주방 쪽으로 간 사이 민호가 현구를 보며 말했다.

"나 내일이라도 다시 가보려고 해."

"내 사건 때문에?"

"따지고 보면 그런 셈이지. 자네 지나리 씨 알지? 지나미의 동생. 이번에 나랑 같이 도쿄에 갔었는데 우미란을 찾아 준 것도 그녀였지. 아주 많은 도움이 됐는데 갑자기 종적을 감췄어. 아무래도 강제로 끌려간 것 같아."

"뭐? 그런 일이 있었어? 그럼 납치됐다는 말이야?"

현구가 깜짝 놀라 대꾸했다.

민호는 나리와의 일을 간략하게 들려줬다. 굳이 개인적으로 가깝게 됐다는 말을 강조하지 않아도 그 얘기가 되어 버렸다.

"그랬었군. 네가 걱정이 많겠다. 그나저나 큰일이 없어야 할 텐데…… 무작정 나선다고 해서 될 일이 아니잖아."

"주 선배 통해서 그곳에서 도움 받을 몇 사람을 소개받기는 했어."

"최 원장과 도쿄의 헤라클리닉 쪽으로 포커스를 둘 수밖에 없는 상황이군."

"역시 그렇다니까."

세희가 포도와 치즈를 들고 테이블에 왔다.

"단순히 나를 궁지에 몰기 위해 애꿎은 지나미를 살해했다고는 보지 않아. 범인은 그녀에게도 악감정을 지니고 있었다고 봐야 하지 않을까? 그리고 나름대로는 치밀한 준비를 했다는 점을 주목할 필요가 있겠지."

"하지만 큰 조직에 의해 일이 진행됐다고 보기엔 어수룩한 구석이 한둘이 아니란 말이야. 프로포폴을 사용한 것도 그렇고 주사기를 그렇게 던져놓은 것도 그렇고……."

"혹 그쪽도 다른 배후의 압력을 받아 급하게 치렀을 가능성도 있지 않을까?"

"그럴 수도 있지. 실제 그쪽에서도 서로 간에 의견 대립이 있었던 것 같기도 하고 손발이 안 맞는 구석도 많아 보여. 일단 너를 끌어들이는 것으로 충분한 충격을 입힐 수 있었다고 생각했겠지. 결과적으로 미켈란의 명성이나 주가에 엄청난 피해를 입혔잖아. 또 이번 바이오텍 세미나에서도 자네가 각광받을 수 있었을 텐데 그걸 막아낸 것도 큰 성과 중의 하나라고 생각하겠지."

"참 이번 세미나에서 역시 요시무라 신지가 스포트라이트를 받았겠군."

"그래. 이제 그는 월머트나 프레이저 수준의 인물이 됐어."

역시 일본이 문제였다. 문득 자신들이 생각하는 것보다 더 큰 음모가 도사리고 있는 것은 아닌가 하는 생각이 들었다. 민호의 일본행은 여러 가지 면에서 위험이 도사리고 있지만 반드시 필요하다는 데 이견이 없었다.

그날 밤 민호의 일본행은 가슴 속에 확실한 노정으로 각인되었다.

62

공조

유명한 성형외과 원장과 사망한 여배우와의 가십(gossip), 상류 사회의 우유 주사 남용에 대한 관심. 마약성 진통제의 변형 신종 마약의 피해, 강력한 여당 대선 후보와의 루머 등 매일 찌라시가 신문 호외처럼 돌아다녀 국민들의 관심이 치솟고 있었다.

그에 편승하여 미디어 매체들이 서로 질세라 추적 기사를 쏟아내고 있었고, 포탈을 통해 산불처럼 번지는 온갖 추측 기사 등 검증되지 않은 루머로 세상이 떠들썩하고 경찰 수사에 대한 비난도 최고조에 달하고 있었다.

강남경찰서 수사 상황실. 서장을 비롯하여 강력부 수사팀 모두가 참여하는 자리였다. 경찰청장의 엄격한 질책이 있었던 직후인지라 참석자들의 표정이 무거웠다.

구철근 반장이 먼저 입을 열었다.

"모두들 상황이 심각한 걸 알기에 이런저런 것 다 생략하고 바로 본

론으로 들어갑니다. 오늘은 사건 발생부터 현시점까지 밝혀진 것만을 중심으로 전체를 점검하고 앞으로의 전략을 세우는 순서로 진행하겠습니다. 누구든 확인된 사실만을 근거로 솔직하게 발언하시기 바랍니다. 제일 먼저 최종 사인부터 점검합니다. 감식반의 민 부장 말씀하세요.”

"네. 민유준입니다. 유명 여배우이고 대선 후보와의 스캔들 등 민감한 사안이어서 이용구 박사님이 직접 부검을 하셨고 독물 검사 등 모든 자료를 검토하셨습니다. 다양한 약물이 검출되었는데 치사량의 프로포폴과 오피오이드 그리고 환각제 성분도 제법 들어 있었습니다. 최종 사인은 '약물 과다에 의한 사망', 직접 원인은 프로포폴이고 다양한 신종 마약이 간접적인 원인이라고 밝혀졌습니다.

시체에 흠집도 없고, 외부 침입의 흔적이 없는 것으로 보아 안면이 있는 인물이 주사한 것으로 추정됩니다. 주변에 흩어있던 조그만 약병들에는 나현구 원장과 본인의 지문만 발견되었고, 다른 어떤 지문도 발견되지 않아 프로 조력자가 있었던 것으로 보입니다.

현장에서 수거한 핸드폰은 대포폰으로 밝혀졌고 추적이 불가능했습니다. 포렌식도 특이한 정보는 없었습니다. 수사에 혼선을 주려고 일부러 놓고 나간 것 같습니다.

핵심 증거였던 주사기는 현장에서는 발견되지 않았는데, 5일 후에 정원에서 튀어나왔고 온통 나현구 원장의 지문으로 덮여 있었습니다. 다른 사람의 지문은 하나도 없었던 것으로 보아 사건 후 누군가 의도

적으로 흘린 것으로 추정됩니다. 범인이 아직도 활보하고 있다는 결론입니다. 이상입니다."

"간략해서 좋군요. 국과수 말대로 범인은 활보하고 있는데 우리 강력반은 여태 뭘 하고 있는지…… 자- 다음은 진 형사가 발언해주세요."

"네. 저는 처음부터 약물 과용에 초점을 두고 파헤쳐 나갔습니다. 요약하면 크게 세 가지 줄기입니다. 첫 번째 프로포폴은 미켈란메디센터에서 빠져나간 것으로 확인되었습니다. 두 번째 줄기는 마약성 진통제 처방으로 받은 약물을 변형하여 팝콘처럼 뻥튀기하여 다량 유통하는 신종 마약입니다. 세 번째는 전형적인 마약 필로폰 유통입니다.

그동안 전국의 굵직한 마약 밀매 조직과 조폭들 100여 명을 불러 조사를 했고, 꽤 성과가 있었습니다. 이번 사건과 직결됐다고 추정되는 조직원을 체포하여 현재 그 뒤를 깊게 파고 있는 중입니다. 특히 연예계를 중심으로 은밀하게 넓게 퍼져있는 판매망의 중간책을 잡는 쾌거를 올렸고 계속 추적하고 있습니다.

이들 대부분의 증언이 사북 쪽을 향하고 있고, 태백 어딘가에서 필로폰이 다량 생산되어 야쿠자 쪽으로 흘러 들어가는지 모른다는 첩보도 들어와 있습니다. 다만 현재까지 이 물량은 국내에는 유통을 하지 않고 전량 해외로 밀매한다고 합니다. 이 조직원들은 평생 먹을 것이 보장되어 있는 놈들이라서 웬만큼 다그쳐선 눈 하나 깜짝 안 하고 더 큰 걸 던져준다고 해도 꿈적도 하지 않습니다.

다행히 구 반장님께도 충원도 해주시고 경비도 더 보태주셔서 좋은 성과를 내고 있습니다. 머지않아 그 핵심부를 찌를 수도 있을 듯합니다. 신나게 일하고 있습니다. 감사합니다."

"좀 진전이 있어서 다행이네요. 윤 형사는 어떤가?"

키는 작지만 다부진 체격을 가진 윤 형사가 우렁찬 목소리로 이어갔다.

"네. 사건 초기부터 빌라 주변 열 블록의 CCTV 등을 전부 뒤졌습니다만 별 성과가 없었습니다. 보관 기간이 최대 60일밖에 안 되어 그 이전의 동향을 검토하는 데는 한계가 있었습니다. 이웃의 주민들과 골목 초입의 어르신들에게도 일일이 탐문해 보았으나 차로만 밤늦게 들락날락하여 실제로 얼굴을 마주친 적이 없다고 합니다. 이를 미뤄볼 때 사생활은 철저하게 가려졌고, 측근 몇 사람만 알고 있을 뿐 이외에 다른 특별한 소식은 없습니다."

"그렇군요. 자- 마지막으로 이 사건 해결의 핵심을 맡은 강동혁 팀장이 정리해주세요."

"네. 저는 PPT를 보며 설명하겠습니다. 5장 정도에 불과하지만 각도가 다른 특이한 점들을 발견할 수 있습니다."

첫 번째 화면은 지나미의 직업과 연관된 인물도였다. 설명도 간략하고 명확하여 쉽게 이어진 고리를 볼 수 있었다. 그 누구도 사건과 관계가 없다고 손쉽게 단정하기 어려운 복선이 깔려 있었다.

두 번째 화면은 가족 관계의 도표였다. 지나미와 지나리는 아버지가 다르나 어머니는 같은 동복 자매이고, 아버지쪽과 어머니쪽으로 이어지는 형제 친척들의 관계가 명확하고 쉽게 드러나 있었다.

동혁은 이들 간의 복잡하게 엉켜 있는 관계와 현 상황에 부연 설명을 이어갔다.

"지나미가 이들과 왕래를 안 하고 거리를 둔 지 오래여서, 재산이나 보험금을 노렸다는 정황은 전혀 발견되지 않았습니다. 이미 절정에 오른 나미는 아직 자리가 잡히지 않은 동생 나리를 비교적 가까이서 도와주고 있었지만 근래의 동선이 다르고 나리의 지방 촬영 관계로 스태프와 지방에서 며칠간 함께 지낸 완벽한 알리바이가 있어 사건에서 배제했습니다."

세 번째 화면이 이번 사건과 관련이 있다고 추정대는 중요한 인물들의 도표였다. 나현구, 최종설, 박강재의 삼각관계의 한 가운데에 지나미가 있었다. 여러모로 의미를 부여하는 삼각형과 역삼각형의 이미지를 되새겼다.

네 번째 화면은 둘로 나뉘어 있는데 왼편에는 최종설의 형인 최종욱이 실제 주인인 평화요양병원과 신종 마약 유통을 그린 도표였다.

"이쪽을 통해 엄청난 양의 마약성 진통제 처방이 나왔고, 환자에게 투약한 것처럼 꾸몄지만 은밀하게 다른 곳으로 보내 신종 마약으로 튀어나왔습니다. 이 변종 신종 마약은 값도 저렴하고 손쉽게 구할 수 있어 연예인들로부터 가정주부, 어린 학생들에게까지 독버섯처럼 퍼져나가고 있습니다."

슬라이드 오른편에는 마약 유통의 또 다른 축으로 장형철, 황재국,

서창수로 연결되는 그 윗선 어딘가에서 묵직한 필로폰을 생산하는 마약 고리가 그려 있었다.

마지막으로 도쿄에 있는 최종설 원장의 헤라클리닉과 줄기세포 연구, 그리고 야쿠자와의 관계 등 물론 추정이지만 잘 만들어진 도표였다.

동혁은 목청을 높이거나 열을 올리지 않았고, 가능한 팩트로 확인된 것만 언급하며 조심스럽게 이어갔다.

"줄기세포 유출과도 관계되어 있을 가능성을 배제하지 못해 이 분야의 전문가인 김민호 박사와도 직간접으로 교류하고 있었습니다. 그 결과 나현구 원장의 병원에서 프로포폴을 슬쩍 빼내 주입에 가담한 것으로 추정되는 간호사가 도쿄의 헤라클리닉에 근무했었다는 정보도 입수했습니다. 그리고 태백에서 생산되는 것으로 추정되는 필로폰도 도쿄의 야쿠자 조직과도 연계가 되어있는 듯합니다.

더구나 사망한 분의 계좌와 매니저 장형철 간에 뭉칫돈이 오갔고, 장형철은 일본 측과 거래가 빈번했습니다. 주로 일본의 벤처들인데 실제로는 야쿠자가 소유하고 있는 듯하며 '줄기세포로 희귀병을 완치', '글로벌 획기적 발견', '수백조 엔의 시장 점거' 등으로 과대 포장되어 있고 지난 일이 년 사이에 주가가 폭등해 최고점을 달리고 있습니다. 이 모든 사안들이 도쿄로 향하고 있고 그 중심부에 최종설 원장의 헤라클리닉이 있습니다.

한국에서의 범인 추적은 그 한계점에 도달하고 있습니다. 지금까지도 김 박사 측과 도쿄 건에 대해 공조해오고 있습니다만 이 복잡한 실타래를 풀기 위해선 아무래도 제가 한번 다녀와야 할 것 같습니다."

동혁은 짧은 보고에 익숙해 있었는데 오늘따라 말이 길어지고 말았다.

상황 보고가 끝나자 서장과 구 반장은 머리를 맞대고 앞으로의 전략에 대해 머리를 맞대었다.

"비용을 감수하더라도 특파하는 것이 맞습니다. 마지막 단추를 채워야 하지 않겠습니까?"

서장도 사건의 총책임을 맡은 구 반장이 건의에 동의하지 않을 수 없었다.

구 반장은 동혁을 따로 불러 추가로 몇 가지 사안에 대해 얘기를 나눈 후 최종 명령을 내렸다.

"그래. 강 팀장이 이곳 상황을 최종 점검하고 어느 정도 정리가 되면 다녀오도록 해. 그곳과 우리는 사이가 많이 틀어져 있으니 공조 수사는 엄두도 내지 말고. 잘못하면 국제 문제로 발전할 조짐도 생길 수 있으니까 아무쪼록 은밀하게 조심하라고."

구 반장이 못을 박았다.

63

구출

민호가 묵고 있는 팔레스 호텔은 유동인구가 많은 도심 쪽으로 정문이 있었지만, 지하 주차장 입구 쪽을 통하면 옆길에서도 로비로 바로 들어갈 수 있었다. 그리고 그쪽은 으슥하고 한적해서 밤이면 사람들이 잘 다니지 않았다.

민호는 자신들이 드림팀이라 명명 지은 일본탐정대의 결단식을 겸한 회식을 끝내고 돌아가는 이들을 배웅하기 위해 주차장으로 이동 중이었다.

일명 드림팀은 민호를 비롯해 서울에서부터 비공식적으로 동행한 강동혁 강력부 팀장, 주 변호사와 전 영사가 함께 소개한 도쿄의 한국인 사립 탐정 김달범, 민호의 동료인 조호연 특파원이 있었고, 민호가 다시 일본에 왔다고 하자 자신들의 여행을 접고 달려온 경수와 진우가 주요 구성원이었다. 이 중 조 특파원은 벌써 자리를 뜬 후였다.

갑자기 일행을 치기라도 하려는 듯 빠른 속도로 리무진 한 대가 휙 지나치면서 호텔 입구로 오르는 계단 앞에 멈춰섰다.

"운전을 어떻게 하는 거야!"

달범이 차를 노려보면서 한마디 뱉었다.

그때 차문이 급히 열리더니 웬 여자가 튕기듯 뛰어나와 이쪽으로 달려왔다. 남자 두 사람이 차에서 급히 내려 그녀를 뒤쫓고 있었다. 여자는 작은 체구였다. 티셔츠에 반바지 차림이었는데 맨발이었다. 순식간에 일어난 일이었다.

"아야코, 뭐하는 거야! 거기 서! 서지 못해!"

검은 양복에 짧은 머리의 남자들이 일본어로 고함을 지르고 있었다.

여자와 민호들과의 거리가 대여섯 발짝쯤으로 좁혀졌고 곧 검정 양복들에게 잡힐 순간이었다. 민호와 동혁이 여자 쪽으로 걸음을 움직이는 순간 깜짝 놀라지 않을 수 없었다. 그 여자는 바로 우미란이었던 것이다.

"진우씨!"

우미란이 급하게 진우를 부르고 있었다.

"미란 씨, 어떻게 된 일이야?"

진우가 막 미란의 어깨를 움켜쥐려는 사내를 막아섰다. 그사이 숨을 헐떡거리면서 미란이 민호 일행들 사이를 비집듯 뛰어들었기에 이쪽 남자들에 둘러싸여 보호받는 형국이 연출됐다. 그녀의 얼굴에 안도의 표정이 떠오르면서 민호의 손을 덥석 잡았다. 녀석들도 이쪽에서 그녀의 이름을 부르며 서로 아는 사이인 듯하자 멈칫했다.

"무슨 일이야?"

역시 이런 일에 노련한 달범이 덩치 큰 사내 녀석을 노려보며 능숙한 일본어로 말했다. 동혁과 경수가 달범의 옆에 바싹 다가섰다. 셋은 태권도와 특공무술 유단자였다. 그렇지 않아도 꼭 찾아야 할 인물이 아니었던가. 일이 묘하게 돌아가고 있지만 일단은 미란을 보호하는 것이 급선무였다.

"당신들이 상관할 일이 아냐. 다치기 전에 꺼져!"

그쪽 일행 중 가장 험상궂게 생긴 뺑코 녀석이 막말로 나왔다. 일본어였다.

"그래? 우리가 상관할 일이 아니라고? 우린 이 여자를 잘 아는데."

달범이 상황을 파악하고 적극적으로 보호에 나섰다.

차 안에서 또 다른 녀석이 나와 이쪽으로 걸어왔다. 젊은 두 녀석보다 나이도 들어 보였고 점잖은 인상이었다.

"어떻게 된 일입니까?"

민호가 고개를 돌려 미란에게 한국어로 물었다.

"이 사람들이 저를 강제로 끌고 가려 했어요. 김 박사님 도와주세요."

미란은 민호의 등에 바싹 더 붙어섰다. 그녀는 그를 확실하게 기억하고 있었다.

"우리가 강제로 끌고 가려 했다고?"

사내가 미란을 노려보며 말했다. 일본어였지만 한국말을 알아들었다는 얘기였다.

"다나카 상, 난 오늘 거기 안 가요."

미란이 처음으로 그들에게 말했다. 짧은 일본어였다.

"이봐 친구, 들었지? 가지 않겠다고 하는데?"

달범이 다시 말했다.

"우리끼리의 일이니 어쨌든 당신들은 상관 마시요."

그러면서 녀석은 미란을 향해 말을 이었다.

"아야코, 네가 지금 뭘 모르는 모양인데 네 맘대로 그럴 수 없어."

녀석이 손을 뻗어 미란의 어깨를 움켜쥐려 하자 경수가 그 손을 탁 쳐냈다.

"소노 야로가?"

경수도 그런 사내를 계속 노려보며 말했다. '이 자식이' 정도의 일본어였다.

"사연이야 어떻든 간에 당신들 뜻대로 해줄 수 없소."

"이 자식이!"

사내는 꽤나 다혈질인지 다짜고짜 주먹을 날렸다. 녀석의 주먹이 꽤 빠른 편이었지만 그런 주먹에 얼굴을 맡길 경수가 아니었다. 상단 막기로 녀석의 주먹을 막아내면서 그대로 팔을 비틀어 쥐었고 한쪽 다리를 밭다리 후리기로 치며 녀석을 땅바닥에 뉘였다. 비틀어진 팔 때문에 녀석의 표정이 일그러졌다.

"주먹은 함부로 쓰는 게 아니야, 이 친구야!"

경수가 녀석의 팔을 한 번 더 비틀었다 놔줬다. 녀석이 고통스런 표정으로 일어섰다. 나이가 좀 더 많은 다른 일행도 순식간에 일어난 일에 놀라운 표정을 짓고 있었다.

"소노다! 왜 그리 흥분하는가? 어서 일어나서 사과해. 바보 자식!"

그는 자신 일행에게 호통을 치고 있었다. 하지만 넘어졌던 녀석은 경수에게 순순히 사과하지 않았다.

"어떻게 경찰을 불러야겠습니까?"

민호가 뒤에서 아직 떨고 있는 미란을 보면서 물었다. 그녀는 계속 녀석들을 노려보기만 할 뿐 아무런 대답을 하지 않았다.

"닥터 김이라고 하셨소?"

나이 든 사내가 민호에게 말을 걸어왔다. 말투가 상당히 부드러워져 있었다.

"그렇소. 당신들은 도대체 누구요?"

"우린 도에이 기무라 컴퍼니의 기무라 회장을 보좌하는 사람들입니다. 소란을 피워 죄송합니다. 사과드리겠습니다. 하지만 저 아야코는 우리 회사에서 함께 일하면서 우리가 관리하는 여자입니다. 알아들으시겠습니까?"

정중했지만 듣기에 따라서는 협박의 언사였다.

"기무라 컴퍼니라?"

야쿠자 중에서 포르노에 진출해 있는 조직인 모양이다 싶었다. 그 한마디로 사건을 대강 짐작할 만했다.

"당신들도 알고 있을 텐데요?"

"글쎄, 나로선 금시초문이오. 그런데 당신들이 미란 양을 관리한단 말은 뭐요?"

"다시 말하지만 저 아야코 양은 우리 회사 직원입니다. 여자를 순순히 넘기고 물러서는 게 좋겠습니다."

"그건 전적으로 미란 양에게 달려 있는 일 아니겠소?"

민호가 미란을 쳐다봤다.

"저 사람들 따라가기 싫어요. 전 진우 씨와 김 박사님을 만나러 나오는 길이었어요. 절 좀 도와주세요."

그러면서 그녀는 갑자기 '와-앙-' 하고 울음을 터뜨렸다.

"들었지? 당신들을 따라가기 싫다고 분명히 말하고 있는 걸. 알았으면 이제 돌아가시지."

경수가 목에 힘을 주며 끼어들었다.

"아야코! 너 죽으려고 환장했냐? 네가 지금 무슨 짓을 하고 있는 줄 알기나 하는 거야?"

한 녀석이 미란을 향해 소리를 질렀다. 미란은 그 녀석을 쳐다보지도 않고 훌쩍이며 떨고 있었다.

"일단 안으로 들어가지."

민호가 진우에게 눈짓을 했다. 진우가 미란의 팔을 끌어 잡고 호텔 로비로 올라가는 계단 쪽으로 향했다. 녀석들은 망연자실한 표정으로 입구 쪽으로 걸어가는 세 사람을 쳐다보고 있었다. 달범, 동혁, 경수가 호위하듯 그들을 막고 섰다.

"당신들 우리 일에 이렇게 끼어들면 정말 안 됩니다. 또 우리들 입장도 있고……."

민호 등 뒤에 대고 던지는 사내의 말투는 이번에는 거의 애원조였다.

"당신들 입장이란 게 도대체 뭐요? 기무라라는 사람이 누군지는 몰라도 여자를 납치하라고 시켰는데 그걸 제대로 못해 곤란한 지경에 빠졌다는 그 얘기요?"

달범이 나섰다.

"다 알만한 분 같으신데 한번 이해해 주십시오. 선생님."

이제는 경칭까지 부치고 있었다.

"내 분명히 말했지 않소. 오늘은 보낼 수 없다고."

민호와 진우는 미란을 사이에 끼고 먼저 현관 계단을 올랐다.

"한국의 기관에 계신 것들 같은데 정말 이래도 됩니까?"

등 뒤에서 험악한 사내의 목소리가 한 번 더 울렸다.

"난 기관에 있지도 않고 신문사에서 일하는 사람이요."

민호가 고개를 돌려 자신의 신분을 일렀다.

"박사님 그걸 일러주면 어떻게 하세요?"

진우가 걱정스럽다는 듯 말했다.

"어차피 조용히 넘어가기는 틀렸는데 뭐."

"박사님 정말 죄송해요, 저 때문에……."

미란이가 모깃소리로 말했다.

"아니에요. 그러지 않아도 꼭 만나야 했는데 이렇게 나타나 주어서 오히려 내가 고마워요. 이제 걱정 말아요. 우리가 어떻게 해 볼 테니까."

민호가 그녀의 등을 도닥이며 말했다.

일행이 로비에 들어서자 그 소동을 지켜봤는지 벨보이며 종업원들이 힐끔힐끔 보면서 경원의 눈초리를 보내고 있었다.

"어떻게 하지요? 어디로 갈까요?"

진우가 주위를 둘러보면서 민호에게 물어왔다.

"됐어. 어차피 소동은 시작됐는데 눈치를 볼 필요 없어. 라운지에 잠깐 앉도록 하지."

대치 중이던 세 사람은 아직 로비로 들어오지 않았다. 라운지에 앉았지만 미란은 더 초췌한 기색으로 떨고 있었다. 진우가 옆에 앉아 그녀를 다독이며 달랬다.

"이제 안심해도 돼요. 미란 씨, 어제 내 전화 받고 이리로 온 거에요? 정말 올 줄 몰랐는데."

"초저녁부터 오려고 했어요. 그런데 저 사람들이 나타나는 통에……."

"그런데 어떻게 이쪽으로 올 수 있었어요?"

"내가 이 호텔 로비에서 친구한테 꼭 받아야 할 물건이 있다고 사정을 했었어요. 그래서 이쪽으로 온 건데 마침 진우 씨가 저쪽으로 가는 게 보이잖아요, 그래서 문을 열고 냅다 뛰었던 거예요."

"그러다 다치면 어떻게 하려고."

"조금만 더 늦었으면 진우 씨 못 만났을 거잖아요."

하긴 그랬다. 진우가 잠깐 설명을 해줬다. 어떻게 될지 몰라 어제 미란에게 자신이 오늘 저녁 팔레스 호텔에서 김 박사와 만난다고 전화 통화를 했었다. 지난주에 미란과 만난 이후 어제 처음으로 통화를 했다고 했다. 서로 통하는 데가 있었는지 미란의 마음속에 진우의 존재가 크게 각인되어 있었던 모양이었다.

나이는 숫자에 불과하다고 말들 하지만 나이는 공연히 먹는 게 아니었다. 세상 경험이 쌓이면서 연륜이란 게 생기게 마련이다. 민호는 몇 마디만 듣고 상황을 짐작할 수 있었다. 그녀로서는 일생일대의 결단을 내려 그 포르노 소굴에서 분연히 빠져나온 것이었다. 그 결심의 근저에 진우와 그가 들려준 어떤 상황에서도 결코 용기는 잃지 말라는 얘기가 있었음이 분명했다. 앞으로 미란을 관리한다는 저들 조직에서 어떻게 나올지는 뻔한 일이었다. 그들이 호락호락 물러설 리 없었다.

"진우 씨, 그리고 김 박사님. 저 좀 도와주세요. 정말 염치가 없지만 저도 박사님 일 도울 수 있는 데까지 도울게요. 미켈란에서의 그 일은 뼈저리게 후회하고 있어요."

그때 대치하던 세 사람이 들어왔다. 미란은 벌떡 자리에서 일어나 고개를 깊게 숙이며 말했다.

"정말 고맙습니다."

그 모습이 마치 어린 학생인 것처럼 진솔해 보였다. 지난번보다 머리를 짧게 잘랐기에 더 그랬다.

"두 분 선생하고는 초면인 것 같은 데 인사하지."

진우가 미란에게 김달범은 경찰 출신으로 유명한 사립 탐정이고, 강동혁은 현직 형사라고 소개하자 미란은 존경과 두려움의 눈으로 다시 쳐다보았다. 하긴 민호하고도 정식으로 인사한 바 없었다. 하지만 한바탕 난리가 난 후의 일행은 사선을 넘나든 동지처럼 묶인 기분이었다.

라운지에는 서너 군데 테이블에 손님이 있었지만 조용했다. 여섯 명 일행의 목소리만 실내에 크게 들리는 것 같아 일행은 목소리를 더 낮춰야 했다.

민호가 달범에게 물었다.

"그 친구들은 순순히 갔습니까?"

"그럼 가지 않고 어떻게 하겠습니까?"

달범은 그들과 명함까지 교환했다면서 자신이 받아온 명함을 민호에게 건넸다. 명함이 있다는 것은 그냥 막돼먹은 불량배들은 아니라는 얘기였다. 그 일행 중 나이 들어 보이던 사람의 명함에는 하라다라는 이름이 적혀 있었는데 그 소속에 신경이 쓰였다. 도에이그룹 메트로비전 기무라 컴퍼니로 되어 있었다.

역시 메트로비전이었다. 지난번 만난 미키의 말로는 건실한 회사라더니 허언이 아닌가 싶었다. 그런데 명함 뒤쪽에 다른 직함과 주소가 적혀 있었는데 전일본 국민회의 도쿄 지부 기요 과장이라고 되어 있었다.

 일본 국민회의는 일본 우익 단체의 연합체 격인 전국 조직이었다. 민호는 지난번 헤라클리닉에서 그 단체에서 준 호사스런 감사패를 목격하면서 주위를 환기시킨 바 있었다.

 기요 과장이라면 총무 및 서무를 관장하는 주요 직책이었다.

64
우미란

투항이라면 투항일 수도 있는 미란의 가세로 일은 일사천리로 진행될 것 같았다. 더욱이 미란은 민호가 가장 궁금해 하는 나리의 소식을 가지고 왔다. 그녀가 결심한 데는 나리의 권유도 한몫을 톡톡히 한 셈이었다.

미란은 하코네 콘도에서 나리를 만났다. 나리는 역시 오순임과 함께 있었다는데 고향의 언니 동생 사이로 알고 있을 정도로 두 사람이 가깝게 지내고 있는 것처럼 보였다. 두 여인은 VIP 회원으로 콘도에 사흘간 머물렀다는데 극진하게 대접받는 인상을 받았다. 민호로서는 무언가 사연이 있을 것이라는 추측만 할 뿐 이해하기 어려운 부분이기는 했다.

기무라 컴퍼니는 메트로비전의 홍보 및 스카우트 등 대외 업무를 맡는 일종의 자회사로 콘도 운영의 책임도 맡고 있었다. 이 회사의 대표인 기무라의 위세는 미란이 보기에도 대단했다. 콘도 종업원은 물론 모든 직원들이 쩔쩔맸다.

"오 실장님하고 나리 언니가 기무라 회장의 손님이라고 했어요. 그러니 우리들하고는 다른 스위트룸에 있었지요. 아오이 나라의 방보다도 훨씬 좋고 컸어요. 콘도 꼭대기 층인데 넓기도 하지만 경치도 좋고 시설이 끝내 주더군요. 언니 방에 한 번 들어가 봤고 또 야외 온천장에서 만나 얘기도 많이 했어요. 나리 언니 참 좋은 분이에요. 우리 같은 애들한테도 정말 진심으로 속을 터놓고 대해주었어요."

그녀의 얘기 중에 아주 중요한 대목이 있었다.

"나리 언니가 박사님 만나면 다 해결되니까 뭐든 부탁하라고 그랬어요."

민호는 미란을 위해 방을 하나 더 얻으려 했지만 그녀가 무섭다고 하는 통에 한방을 써야 했다. 진우와 경수에게 함께 있으면 어떻겠냐는 제안을 했지만 그들은 자신들의 숙소에 가서 준비해야 할 일이 많다고 했다. 그래서 달범과 동혁이 돌아간 이후 늦게까지 함께 이야기를 하다 새벽녘에 돌아갔고 몇 시간 되지는 않았지만 민호는 미란과 한방에 있어야 했다.

"오 실장님도 많이 변했어요. 나한테 그 일을 시킨 것에 대해서도 많이 후회하고 있었어요. 모든 건 기무라 회장 때문이에요. 헤라클리닉도 따지고 보면 기무라의 도움으로 유지되고 있는지도 몰라요. 요즘 그 병원에서 제일 각광받는 수술이 뭔지 아세요? 바로 여자들 오줌 잘 싸게 하는 수술이에요. 요즘 성인 비디오에서는 여배우들이 애무를 받으면 오줌 싸는 게 유행이거든요."

미란의 입에서 놀라운 정보가 쏟아져 나왔다. 그녀는 경수와 진우가 돌아간 이후에도 계속 이런저런 얘기를 풀어 놨다.

"요즘 통 잠을 잘 수 없어요, 박사님. 무서워서 그래요. 정말이에요."

다행히 민호의 방은 침대가 두 개 있는 트윈 베드룸이었다.

"나는 미란 씨에게 진심과 진실은 어떤 상황에서도 통하는 법이라는 얘기를 해주고 싶어요."

민호가 그녀에게 던진 거의 유일한 말이었다.

민호가 눈을 떴을 때 미란은 옆 침대에서 세상모르고 잠을 자고 있었다. 티셔츠와 반바지를 그냥 입은 채 이쪽을 향해 웅크린 자세였다. 작은 체구가 더욱 작아 보였다. 민호는 살며시 일어나 욕실로 가려다 담요에서 삐져나온 그녀의 종아리를 보곤 담요를 덮어줬다. 에어컨 때문에 방안은 다소 서늘했다. 그녀의 자는 모습은 천진무구한 소녀의 모습 바로 그것이었다.

'이런 녀석이 어쩌자고 그런 일에……'

민호는 저도 모르게 한숨을 내쉬었다. 따지고 보면 지나미 살인 사건의 상당 부분 책임이 있는 미란이었지만 왠지 그녀를 미워할 수 없었다.

만난 지 얼마 안 되는 사이였음에도 한참을 지켜본 조카 동생 같은 느낌이 들었다. 엊저녁 그녀에 대해서 많은 것을 알게 된 것도 한 요인

일 것이었다.

　미란은 공부에는 별 취미가 없었고 진학을 위한 시험 준비는 벅차고 짜증스러운 것이었다. 간호조무사 전문학원에 등록했지만 그녀의 말마따나 자신들은 이런저런 스트레스에 꽉 차 있는 스무 살 망아지 같은 처녀들이었다. 친구들과 어울리는 빈도가 더 많아졌고 용돈은 언제나 부족하기 짝이 없었다.

　그러던 어느 날 클럽에서 만난 친구의 은근한 권유로 'OO카페'라 이름 붙은 유흥업소에 나가봤다. 아저씨들이라고 해서 모두 엉큼하고 우악스럽기만 한 것은 아니었다. 오히려 같은 또래 젊은 애들보다 더 매너 있고 세련됐고 또 무엇보다 돈이 풍성했다. 그런 아저씨들과 어울릴 때면 미란은 달랑 몸만 가면 됐었다.

　유흥업소에 처음 나가서 돈을 벌었던 날은 어떤 아가씨가 몸이 아파 못 나왔는데 손님들이 갑자기 들이닥쳤다는 친구의 연락을 받고 엉겁결에 나갔을 때였다. 강남에 있는 이른바 텐프로 룸살롱이었다.

　자리에 앉아 묻는 말에 적당히 대답해주고 노래 한두 곡쯤 불렀는데 20만 원을 벌 수 있었다. 며칠 뒤 그런 비슷한 전화를 받고 나간 날은 두 테이블에서 40만 원의 수입을 올릴 수 있었다.

　아저씨들은 학생이라는 얘기에 특별히 팁도 더 줬고 짓궂은 짓도 별로 안 했다. 이렇게 해서 낮에는 학교에 다니는 척하고 저녁에는 치장을 하고 출근하는 자유분방한 생활에 본격적으로 접어들었다.

　그런데 처음엔 수입이 짭짤했지만 갈수록 씀씀이가 커졌다. 자연

빚에 시달리게 됐다. 그래서 그런 생활에 더 깊숙이 빠져들 수밖에 없었다.

이때 오순임 실장을 알게 된 것은 최종설 원장을 통해서였다. 최 원장은 미란이 나가는 유흥업소의 단골손님이었고 그녀가 간호 전문대 학생이라는 점에서 꽤 각별히 대했다. 술이 좀 취하면 엄청나게 짓궂고 우악스러웠지만 일면 호방하고 스케일이 큰 씀씀이를 보이곤 했기에 그녀도 적당히 애교를 떨곤 했다.

어느 날 우연히 압구정의 한 식당에서 최 원장과 오순임이 함께 있는 것을 보게 됐는데 그가 젊은 여자와 바람을 피우고 있다는 생각에 놀려줄 생각으로 다가가 유난히 재치 있고 발랄하게 행동했다.

그날 순임과의 그런 만남이 그녀의 운명을 180도 바꿔 놓게 된 것이었다. 순임은 어느 순간부터 미란의 후견인이 되어 그녀의 빚을 청산해 주었고 간호조무사 자격증을 딸 수 있게 해주었다. 이른바 악어의 눈물인 셈이었다.

65

탈주

　민호는 미란이 깰까 봐 애써 조심스럽게 욕실에 들어가 샤워를 끝냈다.
　그때 노크 소리가 났다. 진우와 경수가 온 것이었다.
　"일찍들 왔고만. 어제 늦게까지 피곤했을 텐데."
　"아침 함께 하자고 그러셨잖아요."
　밖이 수선수선하자 그제야 미란이 눈을 떴는지 계면쩍은 표정으로 일어나 진우와 경수를 맞았다. 진우가 미란에게 웬 보따리를 하나 건넸다. 속에는 간단한 세면도구와 탱크톱 셔츠가 들어있었다. 미란을 위한 배려였다.
　미란이가 간단히 씻는 것을 기다려 네 사람은 호텔 2층에 있는 양식 뷔페로 내려갔다.
　아침을 먹으면서 미란의 얘기가 이어졌다. 그녀는 사람을 편하게 하고 좌중을 즐겁게 만드는 재주를 지닌 여자였다. 조크도 잘했다.
　달범과 동혁이 식당 안으로 들어섰다. 그들의 표정이 심상치 않았다.

"왜 그럽니까?"

"저쪽을 봐요."

2층 식당은 오픈형이어서 고개를 빼면 로비가 내려다 보였다. 로비와 입구에는 검은 양복을 입은 청년들이 진을 치고 있었다.

"기무라 컴퍼니 녀석들입니다. 올라오다 보니 어제의 하라다라는 친구도 와 있었습니다. 그도 나를 봤을 겁니다."

전쟁은 이미 시작됐다는 느낌이었다.

"이번엔 정말 경찰에 신고해야겠네요."

민호가 즉각 말했다.

"소용없습니다. 호텔 앞에 진 치고 있다고 해서 출동할 도쿄 경찰이 아닙니다."

"그러면 어떻게 하지요?"

"녀석들과 부딪치기 전에 일단 방으로 올라가는 게 좋겠습니다."

일행이 일어서자 녀석들이 이쪽의 움직임을 알아차렸는지 로비에 있던 녀석들이 분주한 움직임을 보였다. 두 녀석이 저만큼에서 올려보고 있었다. 한 녀석은 핸드폰으로 통화를 하며 흘끗흘끗 이곳을 주시하고 있었다.

민호 일행은 그들을 애써 무시하면서 2층에서 직접 엘리베이터에 올라 12층 방으로 올라갔다. 미란은 크게 긴장한 모습이 역력했다. 그녀는 냉장고의 작은 생수를 꺼내더니 단숨에 비웠다.

여섯 명이 들어서니 방안이 꽉 찼다. 그때 달범의 휴대폰 전화벨이 울렸다.

"그렇소."

달범은 굳은 표정으로 한마디만 했을 뿐 상대방의 얘기를 듣기만 했다. 그의 표정은 더욱 어두워졌다.

"글쎄…… 그건 어제 말한 그대로요."

수화기를 내려놓은 달범이 미란과 민호를 번갈아 쳐다본 뒤 입을 열었다.

"생각보다 심각한데요. 어제의 하라다라는 그 친구인데, 기무라가 지금 몹시 흥분해 있다는군요. 꼭 미란 씨를 데려오라고 한답니다. 한 번만 양보해 달라고 아주 정중하게 나오기는 하는데……."

"그건 자기들 사정이지."

경수가 나섰다.

"미란 씨가 자신들과는 적법한 계약이 있고 또 중요한 서류도 자신들이 가지고 있다는데요."

"미란 씨, 저 사람들하고 계약했어요?"

진우가 미란에게 물었다.

"네."

미란이 기어드는 소리로 대답했다.

"돈도 받았구요?"

"네."

"얼마나?"

"5백만 엔."

미란의 목소리는 점점 더 기어들어가고 있었다. 5백만 엔이라면 적은 금액이 아니었다. 그만큼의 돈을 줬다면 계약 조항도 꽤 까다로울 것이 틀림없었다.

"중요한 서류가 있다는 얘기는?"

"그 사람들이 여권을 가지고 있어요."

"그것 참……."

진우가 안타까운지 혀를 찼다.

"여권이야 분실신고 내면 영사관에서 다시 발급되니까 걱정할 것 없어요."

달범이 그렇게 말하자 미란의 표정이 다소 밝아졌다.

"그런데 그것보다 미란 씨, 또 다른 일행이 있습니까? 그 일행에게 어떤 일이 일어날지 모른다는 협박도 하는데요."

"네?"

미란이 반문했다.

민호는 생각에 잠겼다. 일행이라면 나리와 순임을 얘기하는 것인지도 몰랐다. 저들로서야 순임이가 미란의 후견자라고 생각할 테니. 하지만 미란을 보낼 수는 없었다. 그러나 그것은 기무라 패와의 전면전을 의미했다. 또 나리의 안위가 걸려 있었다.

미란은 고개를 숙인 채 가만히 있었다. 그녀의 무릎이 조금씩 떨리고 있었다.

"박사님, 정말 미안해요. 박사님이 가라고 하면 나가겠어요. 하지만……."

그녀가 민호를 빤히 쳐다보며 물었다. 그 눈에는 엄청난 애소(哀訴)의 그림자가 드리워져 있었다. 그러곤 다시 고개를 떨궜다.

"일단 미란 씨 데리고 빠져나갑시다."

민호가 다짐하듯 굳센 어조로 말했다.

"그래야겠죠."

경수가 대답하면서 자신의 가방을 들었다. 모두들 따라 일어섰다.

다행히 복도에는 아무도 없었다.

"저 끝에 비상계단이 있어요."

미란이 재빨리 뒤에서 말했다. 갑자기 민호의 얼굴에 피식 미소가 번졌다. 그녀는 정말 기무라로부터 도망치고 싶었던 모양이다.

"저희가 먼저 내려가 동태를 살피고 경찰에도 신고하겠습니다."

달범과 동혁은 엄숙한 표정으로 말하며 민첩하게 움직였다.

미란의 말대로 비상계단이 있기는 했지만 다섯 층쯤 내려왔을 때, 그 층의 출입문이 잠겨 있었다. 객실이 거기서 끝나기 때문이었다. 하는 수 없이 다시 복도로 돌아가 엘리베이터를 이용하기로 했다.

5층의 엘리베이터가 열렸다. 순간 네 사람은 깜짝 놀랐다. 원수는 외나무다리에서 만난다고 하더니 하라다라는 인물이 청년 둘과 함께 안에 있었던 것이다. 한 녀석은 어제 시비가 붙었던 녀석이었다.

어쩔 수 없었다. 안으로 올라탔다. 어제 경수에게 한방 맞았던 녀석만 휘둥그레져 있었고 다른 사내들은 아주 침착했다. 수적으로는 같았지만 여러모로 저쪽이 한참 우세했다.

"이렇게 꼭 도망치듯 떠나야겠습니까?"

하라다가 민호와 미란을 번갈아 쳐다보더니 민호에게 말했다. 그의 말투는 여전히 정중했다. 그런 그의 눈이 무척 컸다. 왕방울만 했다.

"이럴 수밖에 없지 않겠소?"

민호의 말에 사내는 대꾸가 없었다.

"아야코가 당신들이 위험을 감수해야 할 만큼 그렇게 소중합니까?"

미란은 진우의 손을 꼭 잡고 있었다. 잡은 손이 계속 떨렸다.

엘리베이터는 로비에 멎었다. 로비 층 밑으로도 3층이나 더 있었다. 버튼이 모두 눌려져 있었다.

"에- 난 당신들을 보지 못한 거요. 지하로 해서 빨리 빠져나가도록 하시오, 빨리."

하라다가 멈칫거리고 있는 두 사내들에게 어깻짓을 했고 그들은 로비에서 내렸다. 미란이가 진우의 어깨에 무너지듯 머리를 기대왔다. 그녀는 울먹이고 있었다.

"아까 내 옆에 있던 그 사람이 주머니 속에서 칼을 만지작거리고 있었어요."

미란은 겁에 질려 이가 저절로 딱딱거리고 몸이 덜덜 떨렸다.

지하 2층이 주차장과 뒤쪽 도로로 통하는 입구였다. 네 사람이 엘리베이터에서 내리자 저쪽에서 뭐라고 떠들고 있던 청년 셋이 이쪽으로 달려왔다.

"어, 여기다. 여기."

기무라 패거리들이었다. 녀석들은 로비에 진 치고 있는 양복들과는 달리 아리아리해 보였다. 경수가 공중으로 날았다. 그의 이중 회전 돌려 차기가 두 녀석의 턱을 차례로 강타했고 그 사이 진우가 한 녀석을 머리로 박았다. 그리곤 정신없이 뛰어 마침 코너에 서 있던 택시에 올라탔다.

"빨리 아카사카로 갑시다."

민호가 소리쳤고 차가 움직였다. 차가 고가 도로에 들어섰을 때야 정신들을 차릴 수 있었다.

"어디 가시려고요?"

경수가 앞좌석에서 물어 왔다.

"조 특파원 사무실이 거기 있어. 일단 거기 가보자."

민호가 대답했다. 조 특파원의 사무실이라면 아무리 날고기는 녀석들이라 해도 금방 찾아낼 방도가 없을 터였다. 워낙 순식간에 녀석들을 때려눕히고 뛰었기에 따라오는 차는 없었다.

"박사님! 정말 고마워요."

조 특파원의 방에 들어서자마자 미란이가 민호를 껴안으며 말했다.

조호연 특파원의 사무실은 숙소를 겸하고 있는 오피스텔이었다. 택시 안에서 가겠다고 전화를 했지만 호연은 일행이 상기된 표정으로 우르르 몰려들자 무슨 일인가 영문을 몰라 어물쩍거렸다.

　민호는 전후 사정을 간략하게 전했다. 호연도 미란의 등을 두드리면서 결심 참 잘했다고 그녀를 격려했다. 다만 하라다라는 사람이 엘리베이터에서 왜 그냥 내렸는지 그의 내심이 무엇인지 궁금하다고 했다.

　이제 마냥 도망만 다닐 노릇은 아니었다. 무언가 대책을 강구해야 했다. 전서진 영사와도 연락을 했다. 전 영사는 달범과의 통화를 통해 이미 상황을 파악하고 있었다. 그 역시 피하기만 해서는 해결될 일이 아니라는 의견을 냈다.

　민호는 미란을 서울에 보내고 싶었다. 동혁의 의견도 그랬다. 일단 미란이라도 서울에 들어가면 현구의 족쇄가 완전히 풀리게 될 것이었다. 그러나 미란은 혼자 돌아갈 수 없다고 버텼다. 여권이야 전 영사가 나서서 어떻게 해볼 수 있겠지만 그녀가 메트로비전과 맺었다는 계약이 문제이긴 했다. 그녀는 받은 돈을 거의 썼다고 했다. 언니의 재판 때문에 목돈을 서울에 부쳤고 고급 오디오도 장만했다는 것이었다. 일이 끝나면 함께 들어가겠다고 버티는 그녀를 강제로 먼저 보낼 수는 없었다.

66

의외의 제보자

　민호가 나리와 관련된 전화를 받은 것은 마침 경수와 함께 조 특파원의 오피스텔에 있었던 때였다. 지난 사흘 동안 일행은 얼마나 속을 끓였는지 몰랐다.

　그간 백방으로 뛰어 알아낸 바로는 기무라 컴퍼니는 합법 영상물 제작과 연예 기획을 주종 간판으로 내세우면서 실제로는 포르노물과 매춘, 고리대금업 및 사채 해결 등의 범법 행위로 돈을 벌고 있었다. 일본 포르노에 야쿠자가 관계하지 않고 있다는 얘기는 그들이 자신들의 음습함을 숨기기 위해 퍼뜨린 일종의 연막 선전이었다.

　그럴 때 전화가 걸려 왔다.

　"모시모시."

　경수가 받았다.

　"그렇습니다만……?"

　경수의 표정이 변했다. 옆에 있던 민호도 긴장했다.

　"당신은 누구요?"

상대방은 대답하지 않고 계속 자신의 얘기만 하고 있는 것 같았다.

"잠깐만이요, 잠깐만."

경수가 수화기를 든 채 자신의 주머니를 뒤지다 민호에게 쓸 것을 달라는 시늉을 했다. 민호가 볼펜을 건넸다.

"신주쿠 롯폰기 73번지 뒤쪽의 박스터가 건물, 잠깐만요 잠깐만- 거기 황후구락부가 있다구요?"

경수가 주소를 적으며 새삼 확인을 하고 수화기를 내려놓았다.

"웬 일본인 청년인데 지나리 씨가 그곳에 있다고 심각하게 말하는군요."

경수가 민호에게 메모를 건네면서 말했다.

"뭐 나리가?"

"그렇게 말하네요."

민호는 흥분하지 않을 수 없었다.

"그런데 황후구락부가 뭐하는 데야?"

"롯폰기 박스터 광장이라고 꽤 유명한 유흥가에 있는 마사지 팔러 같습니다."

"그래?"

민호는 인상을 찌푸린 채 생각에 잠겼다.

"나리가 그곳에 붙잡혀서 윤락녀 생활을 하고 있단 말인가? 그럴 리가."

"글쎄요? 거기 있다는 얘긴지, 그 건물을 말하는 것인지 확실하지 않네요."

"이것 참 어떻게 되가는 일인지……."

경시청의 지인을 만나고 있다는 달범에게 전화를 했지만 연결이 되지 않았다. 도쿄에서는 지하실이나 지하철에 있으면 통화가 잘 되지 않았다.

"급한 것 같은데 우리라도 먼저 가 봐야 하지 않겠습니까?"

"그래야 할 것 같군. 일단 가보고 어떻게 할 건지 결정을 하도록 하지."

두 사람은 오피스텔을 나섰다.

황후구락부를 찾는 일은 어렵지 않았다. 신주쿠의 중심이 시작되는 바로 그곳의 4층 건물 3~4층을 쓰고 있었다. 1층은 여행사와 선물 쇼핑센터를 겸한 약국이 있었고, 2층은 보험 회사 영업소 간판이 걸려 있었다.

건물 주변을 서성이며 유심히 살펴보았지만 이상한 구석은 찾을 수 없었다. 환한 대낮이었기 때문에 황후구락부를 찾는 손님은 거의 없는 듯했다.

민호는 건물로 들어갔다. 보험사의 사무실이 있는 2층까지의 출입은 자유로웠지만 3층으로 오르는 계단에는 철문이 굳게 닫혀 있었고 CCTV가 설치되어 있었다. 복도와 계단의 치장도 고급스러웠고 철문은 중세의 영주 저택의 철문같이 요란한 문양을 붙여 놓고 있었다. 밖에는 오히려 큰 간판이 붙어 있었지만 도무지 안을 들여다볼 수 없는 철문에는 초인종과 인터폰 스피커만 눈에 띄었을 뿐이었다. 한쪽 구석에 사설 클럽이라는 작은 아크릴 표지가 붙어 있었다.

민호와 경수는 다시 건물 밖으로 나왔다. 경수의 아이디어에 따라 잡화점에 들어가 위쪽에 대한 정보를 얻기로 했다.

"어서 오십시오."

육십이 좀 넘어 보이는 건장한 체구의 노인이 무뚝뚝한 목소리로 두 사람을 맞았다.

"우린 일본 사람이 아닙니다."

경수가 가게 안을 둘러보면서 난데없이 말했다.

"척 보면 알지요. 한국 여행객들이로군요."

전국 시대 무장으로 보이는 대머리 장수가 가게 정면 안쪽에 붙어 있었다.

"저 그림이 노인장 가게와 썩 어울리는데요. 다케다 신겐 장군이죠?"

경수는 어디서 들었는지 인물에 대해 아는 체를 했다.

노인의 표정에 반가워하는 기색이 떠올랐다.

"일본인도 아닌데 젊은 사람이 잘도 알고 있군."

민호는 모자 하나를 골랐다. 검은 바탕에 캡틴이라고 노란색 영문이 쓰여 있는 챙이 유난히 넓은 캡이었다. 값을 치르면서 민호가 물었다.

"윗 층은 뭐하는 곳입니까?"

"정말 몰라서 묻소?"

노인이 민호의 위아래를 훑으면서 대꾸했다.

"우리 형님은 어제 서울서 오셨습니다."

경수가 나섰다.

"그렇다면 한번 가볼 필요가 있겠는데."

노인이 웃으며 말했다.

"어떻게 들어갑니까?"

경수가 냉큼 물었다.

"정말 가보고 싶은가?"

민호가 경수의 옆구리를 찌르며 고개를 끄덕였다.

"그럼요. 한번 들어가 봐야죠, 유명한 곳이라는데."

"맞아. 그런데 거긴 아무나 못 들어가거든."

"그런 것 같군요."

"일 인당 5만 엔은 써야 하네."

"그 정도라면 쓸 용의가 있습니다."

"알았어. 여행자가 틀림없겠지?"

"그럼요, 이걸 보십시오. 하코네 왕복 패스 아닙니까? 관광 다니고 있습니다."

경수가 주머니에서 하코네 패스를 내보였다. 지난번에 사용했던 티켓이었다.

노인은 민호의 얼굴을 빤히 쳐다보면서 말했다.

"이따가 6시쯤에 가는 게 좋을 거야. 그때 아가씨들이 출근하거든."

민호는 멋쩍은 잔웃음을 지어 보일 수밖에 없었다.

"벨을 짧게 세 번 누르고 모도루 아저씨가 소개했다고 하면 문을 열어줄 거야."

두 사람은 노인에게 고맙다는 인사를 남기고 가게를 나섰다.

"정말 들어가 보실겁니까?"

경수가 물었다.

"부딪쳐보는 게 좋을 듯싶은 예감이 들어."

"박사님이 엉뚱한 일로 고생하십니다."

경찰에 신고하기에는 난감했다. 정확한 상황을 모르는 터에 전화한 통화만으로 여인이 납치됐다고 경찰에 신고를 해봐야 우스운 꼴이 되고 말 것이었다.

67

잠입

두 사람은 건물 주변을 배회하다 6시 조금 지나 황후구락부의 초인종을 눌렀다. 노인의 말과는 달리 출근을 위해 그 건물로 들어가는 여인들의 모습은 눈에 띄지 않았다. 다른 출입구가 있는 듯했는데 밖에서는 도무지 가늠할 수 없었다.

벨을 짧게 세 번 누르자 즉각 인터폰에서 응답이 있었다.

"누구신지요?"

간질나는 목소리의 일본어였다.

"아래 층 모도루 영감님의 소개로 왔소."

경수가 일본어로 대꾸했다. 부저가 연이어 울리고 철문이 열렸다. 계단을 올라가자 출입문이 나타났다. 입구에 건장한 체구의 청년 둘이 앞을 지키고 있었고 그 안쪽에 기모노를 잘 차려입은 여자가 서 있었다.

"모도루 영감님이 소개했다고 했습니까?"

말은 공손했지만 청년 하나가 두 사람을 번갈아 쳐다보는 눈은 날

카롭기 짝이 없었다.

"따라오시죠."

기모노 여인이 두 사람을 안내했다.

응접실 입구의 큰 수족관에는 대형 조개와 알록달록한 산호초며 각양각색의 열대어들이 헤엄을 치고 있었다. 그 옆 한가운데에 서양 백합 화분들이 놓여 있고 마호가니로 된 가구들이 부잣집의 큰 응접실 같은 호사스런 분위기를 연출하고 있었다.

안쪽의 소파에는 비키니 차림의 여자들이 여남은 명 앉아 있었다. 그들은 두 사람의 등장에 별 신경을 쓰지 않는다는 듯이 흘끗 쳐다봤을 뿐 별다른 표정을 보이지 않았다. 대부분 동양 여자들이었고 작은 체구의 서양인도 서너 명 있었다.

기모노 여인이 상냥하게 두 사람을 여자들의 정면에 있는 한 소파로 안내했고 조금 있다가 양장 정장 차림의 30대 중반의 여인이 소파로 왔다.

"우리 클럽에 처음이시죠?"

"그렇소. 우린 여행자들이라오."

"일 인당 5만 엔이라는 얘기는 들었죠?"

"5만 엔이라면 다른 소프란도에 비해 두세 배 비싼데 어떤 서비스들이 포함되는지 알고 싶소."

경수가 좀 알고 있다는 듯 따져 물었다.

"사우나 하고 마사지 받고 또 풀코스 데이트하시는 거죠. 호호호.

요금은 선불입니다."

여자가 생글생글 웃으며 대답했다.

"박사님, 저는 여기 앉아서 기다릴까요?"

경수가 아무래도 멋쩍다는 듯이 민호를 쳐다보며 한국말로 말했다.

"그게 무슨 소리야? 일이 이렇게 된 마당에……."

민호가 마음을 굳혔다는 듯 요금을 지불하면서도 클럽 안의 구조며 동정을 유심히 살피고 있었다. 안쪽과 윗층에 밀실이 꾸며져 있을 것이고 출입구 말고도 다른 통로가 있을 것 같았다.

여자가 일어나라는 눈짓을 보냈고 두 사람이 엉거주춤 일어섰다. 민호는 여자들이 앉아 있는 쪽을 지나며 나이가 들어 보이는 초록색 수영복의 여자에게 일부러 눈을 맞췄다. 민호의 직감으로는 그녀가 한국인일 것 같다고 느껴졌기 때문이다. 그녀는 민호와 눈이 마주치자 처음에는 당황해하는 듯했으나 이내 직업적인 교태가 섞인 눈웃음을 지어 왔다. 민호도 고개를 한번 끄덕이고 여인을 따라 복도 안쪽으로 걸었다.

"박사님 이거 죄송합니다. 몸 둘 바를 모르겠는데요."

경수가 어두침침하고 어쩐지 퀴퀴한 냄새가 나는 복도를 걸으며 말했다.

"그럴 것 없어. 자네 잘하고 있는데 뭐."

"그래도…….''

"사내들끼리 뭐 어때서.''

새파란 청년과 이런 상황에 처하게 됐다는 것이 결코 유쾌한 일은 아니지만 기왕 이렇게 된 마당에 경수의 기를 꺾을 필요는 없었다.

여인은 경수를 복도에서 세 번째쯤에 있는 방으로 안내하더니 민호에게는 그 맞은편 방을 배정했다.

방안은 신혼방처럼 깨끗하고 화려했다. 침대와 경대가 놓여 있었고 안쪽에 커다란 욕실이 있었다.

민호는 웃옷을 벗으면서 침대 옆 의자에 앉았다. 잠시 기다리라며 눈웃음을 짓고 나가려는 여인을 불러 세웠다.

"나한테는 초록색 수영복을 입은 여자를 보내 주겠소?"

여인이 웃으며 고개를 끄덕이고 나갔다.

여인이 나간 뒤에도 한참을 기다려야 했다. 민호는 이게 무슨 한심한 꼴이냐는 생각도 들었지만 말로만 들었던 도쿄 한복판에 있는 일본의 성인업소란 곳이 어떻게 운영되고 어떤 일들이 벌어지는 곳인지 알 수 있는 기회가 되겠구나 하는 생각이 들었다.

방에는 침대가 두 개 있었다. 하나는 일반 호텔 같은 데서 볼 수 있는 더블 베드였고 욕실 쪽에 있는 침대는 그보다 작고 얼굴 쪽에 구멍이 뚫려 있었다. 마사지용 침대려니 싶었다.

욕실과 방안이 깨끗한 것이 그나마 위안이 됐다.

68

비밀정보

노크 소리가 나더니 초록색 수영복이 들어왔다.
"아저씨 한국분이시죠?"
여자가 문을 닫으면서 다짜고짜 물어왔다.
"그래, 맞아."
민호는 속으로 일이 잘됐다고 여겼지만 입으로는 퉁명스러운 목소리가 나왔다.
"척하고 알아봤어요."
여인이 기쁘다는 듯 의기양양하게 말했다.
"이곳에 한국 여자들이 많소?"
"많지는 않지만 몇 명 있어요."
민호는 고개만 끄덕였다.
"아저씨 이런데 처음이신가 봐."
"왜 그렇게 생각하나?"
"옷을 갈아입고 계셔야죠, 시간이 돈인데."

여인이 우스꽝스럽다는 표정으로 민호의 위아래를 훑어보며 말했다.

"사우나 하셔야죠?"

"꼭 해야 되는가?"

"안 하셔도 되지만 그래야 안마가 잘되죠."

"그래?"

"빨리 옷 벗으세요."

여인이 경대 위에 있던 가운을 집어 들면서 말했다.

"앞방에 나랑 같이 온 청년은?"

"벌써 사우나로 가시던데요."

민호는 경수와 만나 미리 한마디 협의하는 게 좋겠다 싶어 옷을 벗었다. 가운을 입혀주는 여인에게서 화장품 냄새가 짙게 풍겼다. 여린 불빛과 짙은 화장에도 불구하고 그녀의 피부는 까칠했다.

사우나는 복도 끝에 있었다. 가운을 욕실 끝 벽의 옷걸이에 걸고 사우나 룸으로 들어섰다. 후끈한 열기와 자욱한 수증기 속에서 경수가 일어서며 민호를 맞았다.

"안 나오시면 어쩌나 하고 있었습니다."

송진 냄새가 유난히 심하게 풍기는 사우나 안에는 경수 말고도 뚱뚱한 털복숭이 백인 사내가 한 명 더 있었다. 백인 사내는 아예 타월로 가리지도 않은 채 높은 쪽 의자에 길게 누워있었다.

"자네 보려고 나왔지."

민호가 경수 옆에 앉으며 말했다.

"잘하셨습니다. 우선 땀 좀 빼십시오. 떡 본 김에 제사지낸다고 그동안 많이 피곤하셨을 텐데."

"그래? 팔자에 없는 호강하네."

아닌 게 아니라 숨이 턱턱 막히기는 했지만 온몸이 나른해지면서 어깨의 경직됐던 근육이 서서히 풀리는 느낌이었다.

"시설이 괜찮은 편인데요."

경수가 수건으로 얼굴을 문대며 말했다.

"그런가?"

"다른 집의 세 배나 받으니까요."

"자네 파트너는 누구야?"

"네?"

경수가 깜짝 놀란 듯 반문했다.

"눈치채지 않게 슬쩍 알아보라고."

"네. 잘 알고 있습니다."

"우리가 들어온 입구 말고 또 다른 비밀 통로가 있는 게 분명해. 넌 지시 그것도 알아보고."

"네, 알겠습니다. 제 파트너는 러시아인이에요."

두 사람은 얼마쯤 앉아 있다 사우나 룸을 나왔다. 샤워를 하려고 하는데 누군가 민호의 팔을 끌었다. 초록 수영복의 그녀가 그곳까지 들어와 있었던 것이다.

"샤워는 방에 가서 하세요."

땀에 흥건히 젖은 몸 위에 그냥 가운을 걸치고 복도를 다시 걸어 방으로 돌아갔다. 복도 카펫 위로 땀이 뚝뚝 떨어졌다. 이러니 퀴퀴한 냄새가 날 수밖에 없을 터였다.

방에 들어서자 여인은 민호를 욕실로 안내했고 목욕 의자를 가리키며 그곳에 앉으라고 했다. 목욕 의자 옆에는 웬 고무 튜브가 세워져 있었다.

"가운은 벗으셔야죠."

여인이 마구 웃으며 말했다.

민호가 엉거주춤 하고 있는 사이 여인이 그의 어깨부터 가운을 벗겼다. 그러더니 그녀 역시 자신의 수영복을 냉큼 벗어 방 쪽으로 던지는 것이었다. 젖꼭지가 유난히 검붉고 큰 편이었고 아랫배에 약간 군살이 있는 듯했지만 전체적으로 몸매는 훌륭했다.

여인이 샤워기의 꼭지를 조정하려 몸을 굽혔기에 탐스런 둔부가 바로 그의 눈앞에 있었다.

민호는 자신의 뺨을 쓰다듬었다. 몇 년 전 학회 참석 차 태국에 갔을 때 방콕의 명물인 마사지 팔러에 가자는 동료들의 반강제적인 유혹도 굳건히 물리쳤던 자신이 도쿄 한복판에서 이런 몰골로 앉아 있구나 싶으니 인생 자체가 만화처럼 느껴졌다.

물줄기가 머리 위로 떨어졌다. 적당한 온도였다. 비누를 쥔 여인의 손이 머리에서 시작해 온 몸을 문대오기 시작했다. 그는 눈을 감은 채 여인의 손에 몸을 맡겼다. 등, 가슴, 배를 문지르던 손이 사타구니 쪽으로 왔을 때 잠시 멈칫했지만 그냥 내버려 두었다. 그녀는 유독 그쪽을 정성을 들여 닦았다.

"바디 마사지 해야죠?"

샤워가 끝났을 때 여인이 고무 튜브를 욕실 바닥에 깔면서 말했다.

"여기 엎드리세요."

이번에도 민호는 엉거주춤 여인의 말에 따랐다.

등위로 차가운 액체가 떨어졌다. 오일을 등 전체와 다리 쪽에 바르기 위해 손으로 시작했던 마사지가 어느 틈엔지 온몸을 사용하는 마사지로 변해 있었다. 엎드린 그의 등 위에 포개듯 엎드린 여인이 온몸을 사용해 문지르고 있었다. 젖꼭지의 딱딱한 감촉과 치모의 까칠까칠한 감촉이 엄청나게 말초 신경을 자극했다.

'이런 게 바디 마시지였구나.'

여인이 앞으로 돌아누우라고 했을 때 민호는 도저히 그 말에는 따를 수 없었다.

"됐어. 그 정도면 아주 훌륭해."

"정말 됐어요?"

"그래, 됐어."

민호는 자신이 벌떡 일어서서 욕조에 있던 물을 등으로 퍼부었다. 여인이 냉큼 바가지를 받아서 그의 몸을 다시 닦아줬다.

"안마도 생략이에요?"

여인이 타월로 그의 몸을 닦으면서 생글대며 물었다. 생략이란 우리말을 참 오랜만에 들어보았다.

"안마를 생략하면 그다음은?"

"아저씨도 참. 뭐긴 뭐에요, 그거 하는 거지."

대강 짐작은 하고 있었지만 그거 한다는 말 또한 생소하게 들렸다.

"차라리 안마를 받는 게 낫겠는데."

민호는 자신이 먼저 안마 테이블에 엎드렸다.

여인의 솜씨는 꽤 훌륭한 편이었다. 머리부터 시작해 목덜미며 어깨, 등, 허리를 차례로 만져대는데 작은 손에 어떻게 그런 힘이 나오는지 놀라웠다. 그녀는 한의사들이 오랫동안 공부하여 배우는 몸의 경락을 확실히 파악하고 있었다.

"아저씨, 어쩌면 그렇게 몸이 좋으세요?"

민호의 어깨를 주무르면서 여인이 말했다.

"그런가?"

"나이답지 않게 아주 균형이 잡혀 있으세요."

"그래? 내 나이가 몇인 것 같은데?"

"마흔은 넘으셨을 텐데."

"그런 아가씨는 몇 살인가?"

"몇 살 같이 보여요?"

"스물다섯?"

"잘 봐주셔서 고맙긴 한데 내일모레 서른이에요."

"그렇게 안 보이는데."

"휴우-, 스물여섯만 됐어도……."

여인은 작은 한숨을 내쉬며 그의 허리를 꽉 눌렀다.

"돌아누우세요."

이번에는 민호도 돌아누웠다. 사타구니 쪽에는 타월이 덮여 있었다. 등 쪽을 안마할 때와는 달리 앞쪽의 안마는 말초 신경을 자극하는 일종의 애무였다.

사타구니를 가리고 있는 타월을 치우려는 그녀의 손을 민호가 가만히 잡았다.

"아저씨, 정말 섹스 안 할 거예요?"

여인이 우려하는 얼굴을 그의 얼굴로 바짝 당겨와 숨을 내뿜으며 말했다.

민호는 고개를 끄덕였다.

"시간은 채워야죠. 그러지 않으면 내가 깨져요."

"깨진다니?"

"손님이 서비스 엉망이라고 한마디만 해도 난리가 나거든요. 특히 서비스 중간에 쫓겨나는 일이 있게 되면……."

"그럴 일은 없을 테니 염려하지 않아도 돼. 정말이지 너무 애쓰려고 하지 않아도 돼."

민호가 그녀의 어깨를 톡톡 치면서 말했다.

"아저씨 내가 싫으세요?"

여인이 다시 은근한 목소리로 물었다.

"아니야. 지금까지 받은 서비스도 아주 좋은데."

"그래요? 그럼 왜 비싼 돈 내고 여기 오셨어요?"

"사실은 말이야, 누구 좀 찾으려고 했었지."

민호는 어쩐지 정공법으로 나가야겠다 싶었다.

"누굴 찾아요?"

"응, 그래. 누가 그러는데 여기 있다고 했거든."

"누군데요?"

"아가씨보다 약간 더 나이가 많을 텐데."

"그래요?"

여인이 놀랍다는 듯이 민호를 쳐다봤다.

"여기 아가씨 중에 나이 많은 사람은 없나?"

"있기는 한데 한국 사람은 없는데…… 제가 제일 고참이에요. 다들 학교 다닌다고 하는데 다 가짜에요."

민호는 생각에 잠겨야 했다.

"안 해도 되니까 저리로 가요."

여인이 민호의 팔을 잡아 일으켰다. 민호는 타월을 허리에 걸친 채 여인이 이끄는 대로 침대로 갔다. 여인은 아직 벌거벗은 채였다.

민호는 침대에 걸터앉았다. 여인이 경대 서랍을 열었다. 그 속에는 여자 속옷이 들어있었다. 분홍빛 팬티와 역시 분홍빛의 얇은 네글리제였다.

"부끄러우니까 보지 마세요."

여인이 새삼스럽게 이렇게 말하며 몸을 돌려 팬티를 입었다. 민호가 커버를 젖히지도 않은 채 침대에 누웠고, 잠옷을 챙겨 입은 그녀가 그 옆에 자연스럽게 앉았다. 그녀의 손에는 작은 은박 포장의 콘돔이 들려 있었다.

여인은 이빨로 포장을 뜯었다.

"그런 거 필요 없대두."

"그래도 뜯기는 뜯어야 돼요."

그녀는 씩 웃으며 뜯기만 하고 사용하지 않은 콘돔을 화장지에 싸더니 휴지통으로 던졌다. 그리고는 몸을 던지듯 민호 옆에 나란히 누웠다.

"찾는 여자가 아저씨와는 어떤 관계인데요?"

"그런 것까지 알 것은 없고."

"여기 있다고 누가 그랬어요?"

"어떤 사람이 전화를 해왔어."

"그래요? 이상하다."

"여기 혹시 강제로 끌려와 일하는 아가씨들이 있기는 있나?"

"그렇지는 않은데…? 모두들 출퇴근하는데."

누군가 장난 전화를 그런 식으로 한 것 같지는 않았고 또 이 여자가 거짓말을 하는 것 같지는 않은데 갑갑한 노릇이었다.

"아저씨도 사연이 많군요."

여인이 그의 가슴을 살며시 쓸면서 말했다.

"이 세상에 사연이 없는 사람이 어디 있겠나?"

"그래도 제 사연만 할까요."

여인이 쓸쓸한 어조로 말했다. 그러면서 그녀는 자신들의 얘기를 몇 가지 더 들려주었다. 어떤 날은 하루에도 대여섯 명의 손님을 받아야 하는데 대부분 일본인 손님들은 본전을 뽑겠다는 생각으로 철저히 온갖 서비스를 요구했고 그러다 보니 너무 지쳐 자연 마약을 찾지 않을 수 없다고 했다.

"여기 여자들이 발이 묶여 있다는 것은 대부분 마약 때문에 매니저며 공급자들한테 진 빚 때문이죠. 빚을 갚지 않으면 어떤 보복이 가해질지 모르니까 전전긍긍 하면서 진짜 죽도록 일해서 다 갖다 바치는 셈이죠."

"자네도 그런 거 하나?"

"저는 조금밖에 안 해요."

그녀의 말에는 힘이 없었다.

"아저씨 애인은 어쩌다가 이런 데 있다는 소문까지 나게 됐어요?"

"나도 몰라. 아르바이트 때문에 사람들 만나더니 끌려왔다고 하는데."

"참! 아저씨."

여인은 갑자기 무슨 생각이 났다는 듯 벌떡 일어나 앉았다.

"무슨 일이야?"

여인이 다시 몸을 누이며 민호의 귀에 자신의 얼굴을 바짝 댔다.

"정말 좋은 분 같아서 말씀드리는데 저한테 들었다는 말은 절대 하지 마세요. 그럼 전 정말 쥐도 새도 모르게 죽어요."

민호는 고개만 끄덕였다. 그녀는 행여 누군가가 엿듣기라도 하는 듯 소곤거렸다. 그녀의 목소리는 잔뜩 긴장돼 있었다.

"찾는 분이 혹시 어덜트 비디오 하고 관련 있어요?"

"그렇다고 할 수 있지."

그녀는 침을 삼키더니 말을 이었다.

"바로 옆 건물이 우리들이 학교라고 부르는 곳이에요. 거기서 지압술도 배우고 섹스 테크닉도 배우는데 아저씨가 찾는 분이 거기 있을 가능성도 있는 것 같아요. 여기 나오는 여자들 말고 다른 여자들도 있는 것 같았거든요. 거기라면 갇혀 있을 수도 있죠."

"어떻게?"

"우리도 정해진 방밖에 가보지 못해서 전체는 알 수 없지만 경비도 삼엄했고 분위기가 살벌했었어요. 그 건물에 섹스 스튜디오가 여럿 있다고 그래요."

"그래? 어떻게 그럴 수가. 경찰은 모르나?"

"이런 비지니스야 어디서나 다 경찰 끼고 하는 것 아니에요?"

민호는 공연히 자신이 부끄러워졌다.

"그 건물의 통로는 어떻게 되어 있나?"

"우리는 그냥 1층 현관으로 들어갔지만 가만히 보니까 딴 데도 있는 것 같았어요. 참, 이 건물 4층에 서로 통하는 통로가 있어요. 말로는 단속반이 들이닥쳤을 때 우리들 비상 통로라고 했지만 한 번도 사용해 본 적이 없어요."

"고마워. 정말 중요한 얘기를 해줬어."

"정말 비밀이에요."

여인이 얼굴을 더 바짝 들이밀면서 다짐했다.

민호는 몸을 일으켰다. 그녀는 방의 불을 켜면서부터 본래의 모습으로 돌아가 활달하게 분홍빛 네글리제와 팬티를 스스럼없이 벗어던지고 초록빛 수영복을 찾아 입었다. 그녀 다리 사이의 수풀이 유난히 짙었다.

거실까지 나오는 짧은 거리였지만 그녀는 민호의 팔짱을 꽉 낀 채 몸을 찰싹 붙여 걸었다. 거실에는 바에서 술잔을 홀짝이는 청년들도 있었고 소파에 앉아 왁자지껄 떠들고 있는 중년들도 있었다. 아까의 그 소파에 경수가 맥주 깡통을 앞에 둔 채 앉아 있었다.

"오래 기다렸나?"

민호가 옆에 다가서며 말했다.

"아닙니다. 저도 금방 나왔습니다."

경수의 얼굴은 계면쩍게 불그스름했다.

그때까지도 여인은 민호의 팔짱을 낀 채 아무 말 하지 않고 옆에 서 있었다.

"열심히 살게, 포기하지 말고. 섣불리 포기하는 게 가장 바보 같은 짓이야."
 입구까지 따라 나온 그녀에게 던진 민호의 마지막 말이었다. 어쩐지 자신에게 하는 다짐 같았다.

69

발견

다음날 저녁에 민호 일행은 다시 그 건물로 향했다. 이번엔 달범과 동혁도 동행했다. 혹시 일어날 지도 모르는 만약의 사태에 대비해서 이번에는 달범의 차를 가지고 갔다. 트래픽을 헤치고 신주쿠에 당도하니 마침 박스터 광장 근처에 주차할 공간이 눈에 띄어 차를 대려고 살피는데 창밖 주변을 내다보던 경수가 소리쳤다.

"아니 저 차는!"

일행이 탄 차를 스치듯 흰색 리무진 한 대와 밴이 바삐 지나가고 있었다.

"그저께 미란이를 태우고 왔던 리무진이에요. 이곳 기무라 패거리들이 이용하는 차가 맞아요. 어디들 이동하는 모양인데요."

"그래? 그거 잘됐군. 건물 안에 사람들이 많지 않을 수 있다는 얘기일 테니."

"글쎄요. 확실하지도 않은데…… 일단 상황을 알아보지요."

달범이 핸드폰을 들었다.

"어디다 걸려고 그럽니까?"

"하라다입니다."

하라다와는 몇 번 통화를 하여 일종의 핫라인이 형성된 셈이었다.

민호는 전화기를 든 달범의 얼굴을 쳐다보았다. 신호가 울리는 모양이었다.

"나 김달범이라는 사람이오. 하라다 상 있소?"

묵직한 목소리를 내고 있었다.

"그래요? 그럼 말 좀 전해주시오. 당신들이 아야코라 부르는 우미란 양 뿐만 아니라 지나리 씨도 우리에겐 아주 중요한 사람이라는 것을 꼭 전해주시고 우리가 계속 추적하고 있다는 것을 명심하라고 전하시오."

달범이 수화기 폴더를 덮었다.

"크게 개의치 않는다는 듯 숨기지 않고 지나리 씨도 잘 모시고 있다고 합니다."

"그래요? 최악은 아닌 모양이군요."

"지나리 씨가 여기 있었던 것은 틀림없는 것 같습니다."

"지금은 그 안에 없고?"

"글쎄…… 확실히 말하지 않는데 조금 전에 그 차로 떠난 것 같지는 않습니다."

한동안 네 사람은 가만히 앞만 바라보고 앉아 있었다.

"놈들이 미란이 때문에 나리 씨에게 일종의 징벌을 내린 거라고 봐야죠."

동혁이 현직 형사다운 추리를 했다.

"어제 선생님하고 자세히 살폈는데 건물 안쪽에는 비밀 입구가 없었고, 들어가는 것도 불가능해 보였습니다. 어쨌든 안으로 들어갈 수 있게 시도는 해보도록 하죠."

경수가 활달하게 나왔다. 네 사람은 차에서 내려 어깨를 나란히 하고 건물 쪽으로 걸었다. 어둠이 완전히 깔려 있었다. 거리는 상점의 불빛으로 환했으나 유독 그 건물 앞쪽만 어두컴컴했다.

"건물 안에서는 불가능하다? 그렇다면……, 아- 한군데 통로가 더 있을 것 같은데 어서 가봅시다."

동혁이 무슨 생각이 난 듯 건물 옆쪽으로 바삐 움직였다. 소형 트럭 한 대가 간신히 드나들 만한 옆쪽 공간 뒤쪽에 검은 천으로 덮여 있는 곳이 있었다. 두꺼운 천을 들치니 여닫이 철판이 보였다. 지하 창고로 물건을 내리는 통로였다. 손잡이를 들고 힘을 쓰자 철판이 들어 올려졌다. 달범이 뒤춤에 차고 있던 플래시를 꺼내 아래를 비췄다. 셔터 아래는 벨트 콘베이어 장치가 되어 있었고 아래쪽에 철문 하나가 더 있었다. 콘베이어 사이를 비집고 내려서면 그 철문 위에 설 수 있을 것 같았다.

동혁이 벨트 장치의 쇠 부분을 잡고 내려섰다. '쿵' 하고 소리가 울려 퍼졌지만 안에서는 아무런 기척이 없었다. 아래쪽 철문은 손잡이도 없어 틈새에 손을 넣어 이리저리 움직여보려 했지만 꼼짝하지 않았다.

달범과 경수도 그 위에 내려섰다.

"도무지 방법이 없겠습니까?"

달범이 동혁의 얼굴에 바짝 대고 말했다.

"한번 찾아봅시다."

동혁이 벨트 구멍으로 손을 넣어 문 안쪽을 더듬으면서 말했다. 달범이 플래시를 그쪽으로 비춰주었다. 옆의 기둥 쪽에 돌출된 부분이 보였다. 콘트롤 박스인 모양이었다. 아예 철판에 엎드려 손을 뻗으니 가까스로 닿았다. 맨 위쪽 단추를 누르자 우르릉 소리가 나면서 벨트가 돌아갔다. 하지만 철판 문은 꼼짝도 안했다. 동혁은 얼른 스위치를 다시 끄고 더 아래쪽을 더듬었다. 아래쪽 상자에는 볼록볼록한 부분들이 만져졌다.

"코드를 누르게 돼 있는 모양인데."

"제가 해볼게요."

이번엔 경수가 나섰다. 아무래도 젊은 사람들이 그 방면에 더 익숙하기 마련이었다. 민호는 위에서 망보기에 여념이 없었지만 휴일 저녁 이런 시각에 이 컴컴한 좁은 골목으로 누가 올 공산은 거의 없었다. 안쪽이 문제지 바깥쪽은 문제없었다.

"경수야, 괜찮겠어?"

"여기까지 왔는데 시도는 해 봐야죠."

아래쪽의 상황을 파악한 민호는 경수를 지켜보고 있었다.

"안 되지?"

역시 잘 안 되는지 달범이 경수에게 묻는 목소리였다.

"어쨌든 전원이 들어와야 작동을 하는 것 같은데······."

경수는 아래에 엎드린 채 잠시 생각에 잠겼다가 아까의 벨트 스위치를 켰다. 작은 불이 다시 켜지면서 벨트가 돌아갔다. 그러고서는 자신이 생각하는 비밀번호를 눌렀다. 그러자 갑자기 철문이 아래쪽으로 구르릉 하고 열리면서 세 사람은 아래로 떨어졌다. 너무도 쉽게 코드 해독에 성공한 것이었다. 다행히 그리 높은 곳이 아니었고 밑에 박스들이 깔려 있어서 충격은 심하지 않았다.

"박사님도 내려오세요."

경수가 의기양양한 목소리로 민호를 재촉했다.

"그냥 벨트에 누우면서 타시면 되요."

민호는 조심조심 벨트 콘베이어 가장자리를 잡고 놀이기구 타듯 올라탔다. 그랬더니 '슈욱' 하고 지하로 내려갔다.

"괜찮으시죠?"

경수가 손을 내밀어 민호를 일으켜 세우며 물었다.

"그나저나 어떻게 그렇게 쉽게 패스워드를 찾아냈나?"

"그렇게 그런 번호 쓰지 말라고 해도 이런 콘베이어처럼 여러 사람이 쉽게 쓰는 것은 대개 0000 쓰거든요. 운이 좋았죠, 뭐."

달범과 동혁은 플래시를 들어 지하실 안을 살피기 시작했다. 여기저기 물건들이 쌓여 있었는데 박스 포장이 풀어져 있는 것들의 내용물이 무척이나 현란했다. 성인용 포르노 비디오테이프와 DVD들이었다.

성인 오락기들도 많이 눈에 띄었다.

　민호는 출입구가 있는 쪽으로 몸을 옮기면서 자신의 앞을 떡하니 가로막는 기둥의 포스터를 보고 쓴웃음을 지어야 했다. 거의 실물 사이즈의 포스터였다. 속옷 바람의 여인이 웃음을 짓고 서 있었다. 며칠 전 만난 그 아오이 나라였다.

　"이 건물 안에 사람이 없는 게 틀림없군."

　동혁이 창고 입구 쪽으로 움직이면서 말했다. 그쪽이 상대적으로 환했다.

　"지금 모두들 회식 때문에 정신이 없는 모양입니다."

　창고의 입구로 생각되는 곳에 다다랐다. 단단한 철문은 안에서 잠근 것이기 때문에 어떻게 해볼 도리가 없었다. 전기톱이라도 있으면 모를까 도저히 문을 열 수 없었다. 구석 입구에 있는 작은 사무실 안을 들여다보던 경수가 갑자기 소리쳤다.

　"박사님! 선생님! 여기 좀 보세요."

　모두들 다가가 들여다보니 사무실 안에는 벽 한 면이 여러 대의 모니터로 거의 채워지다시피 놓여 있었는데 몇 개는 켜져 있었다. 다행히 사무실 문은 잠겨 있지 않아 문을 열고 들어갔다.

　"이런 장치가 여기 있었군요. 이렇게 고마울 데가……."

　경수가 민호를 끌어당겨 모니터 앞에 놓여 있는 의자에 앉게 했고 이리저리 모니터 주변을 살피더니 스위치를 찾아내 그것들을 차례로 켰다. 차곡차곡 쌓여 있는 작은 모니터에 영상이 비쳐지기 시작했다.

각 방이며 층계의 복도들이 보였다.

첫눈에 들어온 가운데 스크린을 흘끗 본 민호는 눈살을 찌푸려야 했다. 포르노 하우스라는 것은 짐작하고 있었지만 라이브 포르노가 펼쳐지고 있었기 때문이었다. 발가벗은 배불뚝이 중년 남자가 역시 전라(全裸)의 두 여인과 침대에서 뒹굴고 있는 광경이었다. 여자들은 둘 다 10대 후반이거나 20대 초반의 젊은 여인이었다.

다른 화면에는 촬영 세트인 듯 카메라와 조명 장치가 있는 방도 보였고 다른 방에서는 남자들 네댓이 카드를 하고 있었다. 여자들이 큰 침대에 포개져 자고 있는 방도 보였다. 어느 방은 가죽 속옷이며 채찍, 천장에 매달린 쇠사슬 등 그로테스크한 분위기를 보이는 곳도 있었고, 중산층 가정의 거실처럼 꾸며져 있는 방도 보였다. 제법 큰 방에 책걸상이 여남은 개 놓여 있었고 정면에 남녀의 마네킹과 경락 해부도가 걸려 있었다. 그러나 유심히 살폈지만 어느 방에서도 나리의 모습은 보이지 않았다. 민호는 이 건물을 온통 불에 싸질러야 한다는 상념에 빠져들었다.

여기저기 모니터를 살피던 경수가 다시 소리쳤다.

"박사님! 여기 좀 보세요. 여기 움직이잖아요."

맨 위쪽에 놓여 있는 모니터였다. 방안이 아주 희미하기 때문에 제대로 보이지 않았다. 경수가 그 모니터 주변의 스위치를 껐다. 그랬더니 화면이 조금 밝아진 것처럼 보였다. 자세히 보니 호텔 방처럼 꾸며진 방이었고 침대 위에 사람이 뒤척이는 것 같았다. 머리가 길고 체형으로 보아 나리인 듯도 싶었다.

순간 민호의 가슴이 쿵쾅대기 시작했다.

"어떻게 좀 더 밝게 할 수 없어?"

불가능하다는 것을 뻔히 알면서도 그런 소리가 입에서 나왔다.

경수가 모니터 뒤쪽으로 가더니 무언가를 만졌다. 화면이 밝아지지는 않았지만 지지직거리면서 꺼졌다 켜졌다 반복하는 것이었다.

"달라지는 게 있습니까?"

"응, 그래. 화면이 변화하고 있어."

"다행이군요. 카메라와 직렬연결입니다."

그때 화면 안에서 큰 움직임이 있었다. 방안의 여자가 카메라 쪽으로 오는 것이 보이기 시작했다.

"경수, 사람이 움직인다."

민호가 소리쳤다.

"그렇죠, 다행입니다. 지금 카메라가 켜졌다 꺼졌다 하면서 불빛이 깜빡거릴 겁니다. 그래서 안에 있는 사람이 그걸 감지한 모양입니다."

'안에 있는 사람이 모스 부호를 알면 소통이 될 텐데……'

안에 있는 사람이 나리라고 하면 그녀가 모스 신호를 알 턱이 없었다. 그때 기적이 일어나듯이 화면이 밝아졌다. 안의 여자가 방의 불을 켠 것이다.

"어- 어- 나리 맞다. 나리다. 나리야!"

카메라를 빤히 올려보는 그 여자가 지나리 틀림없었다.

"그래. 나리 맞아 나리."

"그래요, 축하드립니다."

축하는 무슨 축하냐고 하려는데 더 큰 변화가 일어났다. 나리의 얼굴이 클로즈업되듯 화면에 확실하게 들어왔다. 그녀가 카메라 앞 의자 위에 올라서서 카메라를 빤히 쳐다보고 있었던 것이다. 그녀는 고개를 갸우뚱하며 카메라를 향해 종주먹을 들이대고 있었다. 그녀의 표정이 아주 장난을 치듯 천진난만했다. 이 나쁜 놈들아 감자떡이나 먹어라 하는 그런 제스처였다. 그녀는 전혀 초췌하지 않았다.

민호는 저도 모르게 눈가에 눈물이 비쳤다. 영상이 흐려졌다 환해졌다 했다.

"경수야, 더이상 만지지 마."

"저 여기 나와 있는데요. 자동 줌 렌즈라서 렌즈가 움직여서 그런가 봅니다."

경수는 민호 옆에서 화면을 들여다보고 있었다.

"그래?"

"그나저나 저 방이 어딘지 알 수가 있나."

동혁이 옆에서 말했다.

나리가 화면에서 사라졌다가 다시 등장했다. 그녀의 복장은 준수했다. 민호는 이 나쁜 놈들이 이상한 짓이라도 시켰을까 봐 걱정했는데 그녀는 편한 스웻셔츠를 입고 있었다. 그녀는 카메라 렌즈를 무엇인가로 가리려고 시도하는 듯했다. 하지만 높은 천장에 달려 있는 카메라를 적당한 도구도 없이 어쩔 수 없었다. 그녀는 구석에 있던 스탠드를 들고 왔는데 그 위에 타월을 덮어 카메라를 막았다 떼었다 했다.

"나리야 나야, 나. 그러지 마, 나리야."

민호가 간절하게 소리를 쳤고 모두들 웃었다.

동혁이 핸드폰을 꺼내 화면을 찍기 시작했다. 그녀가 지쳤는지 흰 타월이 내려가면서 이내 카메라가 방 전체를 잡고 있었다. 나리가 카메라를 노려보고 있었다. 그 모습이 동혁의 핸드폰 카메라에 제대로 잡혔다.

70
일본의 현재

민호는 침대에 두 손으로 깍지를 끼고 기지개를 켰다. 정면 벽에 액자로 만들어져 붙어 있는 일본 달력이 눈에 들어왔다. 휴일이었던 어제 날짜가 붉은색으로 표시돼 있었다. 녹색의 날이라는 작은 글씨가 쓰여 있었다. 식목일인 셈이구나 하고 넘어갔었다.

그런데 민호는 일본에 거주하며 이곳 사정을 잘 아는 달범에게 이 휴일과 관련한 얘기를 듣고 실색하지 않을 수 없었다. 말이 식목일이지 사실은 우리도 익히 알고 있는 전전대 천황인 전범(戰犯) 히로히토의 생일이라는 것이다.

일본의 국경일은 공식적으로는 1년 동안에 15일이다.

그런데 15일의 국경일 중에서 절반에 가까운 7일은 천황 또는 황실과 관련이 있는 날이다. 물론 겉으로는 천황과는 아무런 관계가 없는 명칭이다. 건국 기념일, 녹색 자연의 날, 바다의 날, 경로의 날, 근로 감사의 날, 문화의 날, 천황 탄생일이 그러하다.

천황과 관련된 휴일이 7일이나 된다는 사실은 대단한 일임에도 진보적 지식인을 포함해 아무도 의문을 제기하지 않고 당연히 여기고 있다는 사실이 민호에게는 심각하게 다가왔다.

건국 기념일은 초대 천황인 신무(神武)가 BC 660년 음력 1월 1일에 일본은 건국했다는 날인데 이토히로부미(伊藤博文)가 메이지 시대에 태양력으로 환산하여 양력 2월 11일을 건국 기념일로 정했다.

녹색의 날은 헤이세이(平成)의 천황인 아키히토(明仁)의 아버지 히로히토(裕仁)의 생일이라서 국경일이었는데, 1989년 죽을 때까지 63년간의 오랜 재위 기간 동안 휴일로 지냈던 일본인들에게는 여전히 휴일처럼 여겼다. 그래서 천황의 생존 시 생일날에 나무를 많이 심었다는 것을 착안하고, 마침 자연환경 보호가 이슈로 등장한 시대의 흐름에 맞춰 녹색의 날이라고 이름 짓고 계속해서 휴일로 지정했다.

한편 일제 강점기에 천황의 생일[4월 29일]은 천장절(天長節)이라 해서 축하 행사가 일본 국내외에서 거국적으로 열렸기 때문에 우리나라 애국지사들의 의거일로서는 절호의 기회였다. 그래서 윤봉길 의사가 1932년 4월 29일 상해의 홍구공원에서 폭탄을 투척하여 시라카와 요시노리(白川義則) 대장을 비롯한 수뇌부의 요인을 폭살 또는 중상을 입힌 쾌거의 날이기도 했다.

바다의 날은 메이지 천황(明治天皇)이 1876년 등대 순시선인 메이지마루(明治丸)를 타고 동북 지방을 항해한 후 요코하마(橫浜)에 무사히 도착한 것을 기념하여 1996년에 휴일로 지정되었다. 당시 5월과 9월 사이에 공식적인 휴일이 너무 사이가 멀어 삭막하다는 여론과 바다의 중요성이 제기된 시대의 추세 속에서 그 중간에 역시 천황과 관련이 있는 휴일을 찾은 것이었다. 메이지마루는 지금도 기념물로 보존되고 있다.

경로의 날은 쇼토쿠 태자가 오늘날의 양로원과 같은 시설을 일본에서 처음으로 만들었다는 경로사상의 고사(故事)에서 유래하여 날짜를 잡았다.

문화의 날은 원래 메이지 천황의 생일로서 특별히 텐쵸세츠(天長節)로 불리는 당시로서는 최대의 국경일이었는데, 천장절을 의미가 좋은 문화의 날로 바꿔서 휴일로 지정했다. 또한 1946년에는 일부러 메이지의 생일에 맞춰 일본국 헌법을 공포했다.

근로 감사의 날은 원래 일본 황실에서 햇곡식이 나오면 천황가의 조상에게 제사를 올리는 니이나메사이(新嘗祭)에서 유래한 것이었다.

현재 일본의 천황 탄생일은 헤이세이(平成) 시대를 연 전대 천황 아키히토의 아들인 나루히토가 2019년 4월 30일 천황으로 등극하면서부터 2020년부터 국경일이 되었다.

민호는 일본, 그리고 일본의 우경화를 생각하지 않을 수 없었다. 천황의 생일을 이토록 끔찍하게 여기는 이면에는 군국주의에 대한 잠재적 향수와 욕망이 자리 잡고 있다는 사실을 부인하기 어려울 것이었다. 일본의 우경화 국수적 민족주의는 이제 체면 불고하고 그 마각을 서서히 드러내고 있었다. 이번 현구의 사건도 국민회의로 대표되는 일본의 우익 세력이 똘똘 뭉쳐 한국의 첨단 바이오 기술을 빼내려 했고 그 과정에서 애꿎은 여배우의 생명을 앗아갔고 또한 한 유망한 의사의 전도를 망치게 할 뻔했던 사건이라는 분석이었다.

민호의 눈앞에 조호연이 쓴 기사가 놓여 있었다. 오키노도리 시마라는 작은 바위섬에 관한 기사였다.

일본은 영토 확장과 영토 문제에 관한한 상상을 초월할 정도로 집요하고 철저하게 준비하며 막대한 예산을 투입하는 나라다. 이미 수십 년 전부터 인접국이 없는 태평양 쪽의 무인도나 암초들을 하나씩 하나씩 점유해, '무주지(無主地) 선점의 원리'에 따라 자국 영토로 편입하고 영해와 배타적 경제적 수역을 넓혀 왔다. 이렇게 해서 일본이 넓혀 놓은 배타적 경제수역 면적이 일본 본토 면적 37만 km^2를 능가하는 40여 만 km^2나 된다.

이런 영토 확장의 가장 극단적이고 놀랄 만한 사례가 바로 오키노도리시마(沖鳥島), 중국명 '충즈냐오자오'이다. 일본이 명칭을 시마(島)라고 붙여서 그렇지 실제는 조그마한 바윗덩어리 2개에 불과하다. 이 바위는 도쿄에서 남쪽으로 무려 1,740km 떨어진 공해상에 있으며, 크기는 큰 탁자만 하다.

'오키(沖)'는 일본어로 '먼 바다'라는 뜻이다. 자신들 스스로도 새들만이 살아가는 '멀고 먼, 새들의 섬'으로 생각한 듯하다. 해면(海面)에서 높이는 불과 70cm, 크기는 가로 2m, 세로 5m에 불과해 면적은

10m²가 채 못 된다.

일본은 이 바윗덩어리 둘레에다 방파제를 쌓고 콘크리트로 원형 장벽을 만들어 지름 50m, 높이 3m의 원형 인공섬을 만들었다. 1987년 11월에 공사를 시작해 2년 후인 1989년 11월에 공사를 완료했다.

일본이 오키노도리까지 손을 뻗친 것은 일본 제국주의가 기승을 부렸던 1922년쯤으로 알려진다. 당시 측량선을 보내 암초들에 대해 조사를 벌였으며 1931년에 내무성 고시를 통해 오가사와라(小笠原) 지청에 편입하여 일본령으로 만들었다.

총면적이 무려 187,453m²(56,804평)인 독도와 비교조차 할 수 없는, 만조 때에는 물에 잠겨 보일락 말락 할 정도로 작은 이 바위 두 개를 지속적인 로비를 통해 유엔 해양법 협약에서 일단 섬으로 인정받았다. 그러나 1987년에 일본 정부가 이 일대를 조사하면서 수면 위에 드러난 바위가 줄어드는 사실을 발견하고 바위를 고정하고 산호를 증식하는 등 대규모 공사를 벌였던 것이다. 연인원 8만 명을 동원하고 285억 엔이라는 엄청난 돈을 투입해 대규모 관측소까지 설치해 이 바위를 기점으로 200해리 배타적 경제 수역(EEZ)을 인정받을 수 있었다. 일본은 오키노도리가 '섬'이라고 주장했으나 중국은 '바위'일 뿐이라며 기점이 될 수 없다고 맞서고 있다.

유엔 해양법 협약(UNCLOS) 제121조, 3항에 따르면 '인간의 거주가 불가능하거나 독자적인 경제 활동이 불가능한 암석들은 배타적 경제 수역이나 대륙붕을 갖지 못한다'라고 되어 있다. 영해와 비교하면 배타적 경제 수역은 영해 상공의 권리, 즉 영공에 대한 권리를 제외하고 바다 위와 아래에서의 권리는 사실상 영해와 같은 것이다. 즉 200해리 배타적 경제 수역은 영공권을 제외한 사실상의 영해와 같다고 보면 된다.

일본 정부가 독도와는 비교할 수 없는 이 조그마한 바윗덩어리 하나를 오키노도리시마란 섬으로 만들어 영토에 편입하고 이를 기점으로 200해리 배타적 경제 수역을 선포하는 상황에 비추어 보면, 일본이 만에 하나 독도를 무력으로 점령할 경우 일본은 천문학적인 돈을 들여 독도 일대에 이지스함과 전투기가 드나들 수 있는 대규모 군사 기지를 설치할 것이다. 그렇게 되면, 사실상 세계 제2위의 해군력 등을 감안할 때 동해는 일본이 완벽하게 장악하는 일본의 내해(內海)가 될 것이다.

우리 정부는 이 같은 만약의 사태까지 대비해 일본과 심각한 영토 분쟁을 벌이고 있는 중국과 러시아 등과 지금부터 공조 체제를 구축해 사전 예방 조치를 강구할 필요가 있다. 일본이 독도를 장악했을 때 어떻게 활용할 것인지 헤아려보면, 거기에 우리가 독도를 어떻게 해야 할지 답이 들어있다.

71

일본회의

　민호가 막 기사를 읽고 고개를 끄덕이고 있는데 사무실에 한 중년 사내가 들어섰다. 안면이 있는 일본인 활동가 다와라 씨였다. 그는 일본의 왜곡 교과서 채택을 저지하는 시민운동의 총지휘를 맡고 있는 양식 있는 일본인의 한 사람이었다.

　"다와라 선생, 어서 오십시오."

　민호가 일어나 그를 반갑게 맞았다. 푸른 남방 차림의 흰머리가 성성한 다와라 씨가 손을 내밀어 힘차게 악수를 나눴다.

　"조 기자님은 안 계십니까? 약속을 하고 왔는데."

　"잠깐 나갔는데 곧 들어올 겁니다. 앉아서 기다리시지요."

　민호가 주방에 가서 차를 내왔다.

　몇 년 전부터 일본 각 지역에 뿔뿔이 흩어져 있던 학부모 단체를 조직화해 후소샤 교과서의 채택률을 1% 이하로 묶은 이가 바로 다와라 국장이었다.

　"무척 바쁘시겠습니다."

"각 지역 교육 위원회의 교과서 채택 시한이 8월 말로 다가오지 않았습니까? 마지막 피치를 올리고 있는 중입니다."

"그래 상황은 어떻습니까?"

"사실 점점 어려워집니다."

"그래요?"

"지난번까지만 해도 '만드는 모임'과 일부 우익만 상대하면 됐는데 이번엔 자민당 전체가 작심한 듯 나서고 있습니다. 정치권의 부당한 압력을 막아내지 못하면 어떤 결과가 나올지 솔직히 점치기 어렵습니다. 그래서 계속 열을 올리고 있지요."

"역시 정치권이 문제가 되는군요."

"그렇죠. '만드는 모임'과 일대일로 겨룬다면 충분히 해볼 만합니다만."

정치권과 재력이 있는 산업계의 우경화를 안타까워하는 태도였다.

"지난번 강연회 때도 곤경을 겪으셨다고요?"

최근에 도쿄의 나카노 지역에서 개최한 강연회에 극우 세력이 동원한 것으로 보이는 불량배들이 난입해 험악한 분위기를 조성하기도 했다는 사실을 민호도 들었었기에 이를 언급했다.

"한두 번 협박을 받은 것이 아니고, 앞으로도 계속될 터이니 크게 신경 쓰지 않습니다."

하지만 그의 표정은 착잡해 보였다.

"우리는 언론 매체나 정치권을 움직일 힘도 없고 돈도 없습니다. 그래서 더 힘이 들더라도 정공법으로 나갑니다. '자라나는 아이들에게 문제투성이의 교과서로 가르칠 수는 없는 것 아니냐'라고 호소하면 바로 반응이 오거든요. 정치권의 압력이 아무리 거세도 승부처는 지역인 만큼 주민들의 양식에 호소하고 있습니다. 한국 쪽의 응원도 많은 힘이 됩니다."

다와라 씨는 4년 전에 한국의 시대일보에 자비를 들여 전면으로 의견 광고를 내기도 했었다.

"광고가 실린 날 아침, 어렸을 때 일본에 살았다는 한국의 여성에게서 국제 전화가 걸려 왔습니다. 교과서 문제로 두 나라 관계가 나빠져 마음이 아팠는데 일본에도 올바른 생각을 하는 사람이 제법 있다는 걸 알고 너무 기뻤다고 하더군요."

얘기는 자연스레 일본의 우경화 쪽으로 흘렀다. 작금의 일본 우경화는 80년대 후반부터 그 기미가 보이기 시작했는데 94년도에 다와라와 몇몇 진보적 활동가들의 노력의 결실로 일본 중학교의 역사 교과서에 위안부 문제며 남경 학살 사건 등 전쟁 가해 사실이 기술되고 고노 당시 외상의 사과 발언이 이어지면서 우익 활동이 더 강하게 촉발됐다는 것이 그의 진단이었다.

보수 우익 세력은 역사 교과서가 일본 국민의 자존심을 건드리고 있으며 패배주의에 입각해 있다고 핏대를 올렸다는 것이다. 그러다가 지난 97년부터 물꼬가 터진 듯 그 물결이 격하게 거세졌다.

"그때 우경화의 물꼬를 연 것이 한 권의 만화책이었습니다. 어차피 전쟁 때문에 촉발됐기에 그랬는지 '전쟁론'이란 제목의 책이었습니다. 들어 보셨습니까?"

"글쎄요. 들어보지 못한 것 같은데요."

"일본 내에서는 대단했습니다. 아무튼 책의 표지 띠의 선전 구호를 보면 그 책의 내용을 짐작케 합니다. '전쟁에 나갑니까? 아니면 일본인임을 포기합니까?' 이렇게 쓰여 있었습니다."

"그러네요. 섬뜩하지만 자극적인 구호이군요."

"이 만화책이 발간되자 순식간에 베스트셀러가 됐고 이와 관련한 심포지엄까지 전국 각지에서 열렸습니다. 그때 기회를 만났다는 듯 활발한 활동을 벌였던 우익 단체가 '일본을 지키는 모임'과 '일본을 지키는 국민회의'였습니다. 그런 단체들이 주최한 심포지엄에 나선 강사들은 '전쟁은 싫어'라고 하는 것은 '인간은 싫다'라고 하는 것과 같다는 식으로까지 비약했습니다. 어느 대학교수는 '전쟁에 나갑니까? 아니면 인간이기를 포기합니까?'라고 말해 언론의 각광을 받기도 했지요."

일본 우익의 실태가 일본인 활동가에 의해 밝혀지고 있는 순간이었다.

"그 후 98년에는 영화 '프라이드'가 상영돼 전무후무한 관객을 동원하면서 우익 열풍을 불게 했습니다. '프라이드'에 대해 들어 보셨습니까?"

"죄송합니다. 워낙 일본의 대중문화와는 거리가 있어서요."

너무도 그런 쪽에 등한히 했다는 생각이 들었다.

"도조 히데키를 일본의 명예를 지킨 영웅으로 묘사한 영화입니다. 개봉관에서만 2백만 명의 관객을 동원했습니다. 그 영화 안 보면 일본 사람 아니라는 얘기까지 돌았었죠."

민호는 오래전 한국에 불었던 '태극기 휘날리며'의 열풍을 상기해야 했다. 그래도 태극기는 전쟁의 아픔과 분단의 상처를 다뤘는데 하는 위안감이 들기는 했다.

"이렇게 되자 힘을 받은 우익들이 모이기 시작했습니다. 이때 결성된 단체가 바로 '일본회의'입니다."

"아-아, 그랬군요. 저는 일본회의가 꽤 연원이 있는 단체라고 생각했었습니다."

"연원이야 있지요. '국민회의'며 '지키는 모임' 등 꽤 활동을 오래한 단체들이 주축을 이뤘으니까요. 일본회의는 그 후 전국 각지에 지부를 결성했고 지금도 계속되고 있습니다. 그리고 그 결성식은 우익 인사들의 잔치가 되곤 하지요. 참가하는 면면들이 대단합니다. 특히 지방이 강한데 지방 언론사인 방송사와 신문사의 사주들이며 지방 상공회의 회장들이 거의 대부분 여기 속한다는 게 우리로서는 안타까운 일이죠."

"회원 수가 얼마나 되는지 통계 수치는 있습니까?"

"사실 수치야 워낙 과장이 심하니까 큰 의미가 없습니다. 우리가 주목하는 것은 오랫동안 우익 단체의 좌장 역할을 했던 '국민회의'가 평소에도 그 성향을 쉽게 알 수 있는 참전 용사, 전쟁 유가족, 신사 관계자들 중심이었다면 요즘의 일본회의는 전혀 예측을 못했던 젊은 기업인, 과학자, 인기 있는 연예인 등이 지부장이며 이사를 맡고 있다는 점입니다."

널리 알려진 과학자 중에는 일본의 영웅으로 떠오른 요시무라 신지도 끼어 있었다. 그가 받는 민간 지원금의 대부분은 일본회의를 통해 제공되고 있다는 것을 민호는 파악하고 있었다.

"걱정이 많이 되시겠군요."

이 말을 하면서 민호는 사실 걱정은 한국인이 더 해야 한다고 생각했다.

"요즘엔 또 지방의회와 아주 밀접한 관계를 맺고 있습니다. '일본회의 국회의원 간담회'나 '일본회의 현의원 간담회' 같은 것이 수시로 여기저기서 열립니다."

"일본회의의 정강이나 활동 지침, 이런 것들이 알려진 것은 없습니까?"

"왜 없습니까? 헌법과 황실 문제, 역사 교육과 가정문제, 방위 외교와 영토 문제 등 세 분과라고 했지만 실제는 일본의 거의 모든 문제를 망라해 놓고 분과를 두고 활동하겠다고 공표했습니다. 총회의 결정이라고 못까지 박았었지요. 그 분과장들이 힘깨나 있는 사람들입니다."

"아무튼 그 사람들이 문제의 새 교과서를 만든 주역이겠군요?"

"그렇습니다. '일본은 조몬(繩文) 시대부터 1만 년 동안 독자적인 우수한 문화를 만들어 왔으며 대륙의 영향은 없었다. 어떤 인종이 건너

왔어도 민족의 정체성과 통일성은 전혀 훼손되지 않았고 그 같은 역사를 관통하는 것이 만세일계(萬世一系)의 천황이다'라는 아주 독특한 논법과 역사관을 담고 있는 바로 그 교과서입니다."

다와라 씨는 새 교과서를 그렇게 비아냥거렸다.

"저들이 그렇게 대단한 위세를 보이고 있는데도 채택률을 1~2퍼센트로 막고 계신 것 보면 다와라 선생이야 말로 대단하십니다."

"교과서는 하나의 상징이지요. 교과서뿐만 아니라 동해의 독도(일본식 명칭 다케시마)며 센가쿠(釣魚台, 중국명 댜오위다오) 열도, 서태평양의 해상 암초군인 오키노도리시마(중국명 鳥島) 문제, 위안부 문제, 난징 학살 사건, 마루타 인체 실험 등 현안이 있을 때마다 들고 일어나 여론을 조작하고 선동하는 것이 그들입니다."

"마치 한국의 진보 학자나 중국의 활동가와 얘기 나누고 있는 것 같습니다. 정말 고맙습니다."

"별말씀을. 내 할 일 하는데요 뭐. 참 요즘엔 일본회의에 과학 지속 발전 분과를 새로 만들었다는군요. 김 박사는 의학자이시니까 잘 아시겠는데 요시무라 신지 박사를 둘러싸고도 눈살 찌푸리는 일이 많습니다."

"지난번 세미나에서 봤는데 위세와 인기가 대단하더군요."

역시 요시무라의 얘기가 거론되었다.

"신지 박사의 연구 활동이야 나무랄 일이 아니지만 일본회의 사람들한테 휩싸여 너무 정치적으로 활동하기 때문에 많은 사람들이 걱정하고 있습니다."

한국에서의 홍무석 박사의 일을 보는 것 같았다.

그때 조호연이 사무실로 들어왔다.

"국장님, 벌써 와계셨군요. 늦어 죄송합니다. 갑자기 급히 처리할 일이 있어서."

호연이 다와라의 손을 잡으며 반갑게 인사했다.

민호는 두 사람이 얘기를 나누는 것을 방해하지 않기 위해 인사를 나누고 호연의 서재 겸 침실로 쓰이는 방으로 들어가 전화기를 들었다.

72

운명의 재회

나리가 동혁, 달범과 함께 오피스텔에 들어섰을 때 민호는 서울의 현구와 통화를 하고 있었다.

"어어! 나 원장, 지나리 씨, 나리 씨가 돌아왔어. 다시 통화하자."

민호는 너무 놀라 현구의 대답도 듣기 전에 수화기를 내려놓고 벌떡 일어섰다.

"선생님, 저 왔어요."

나리는 마치 잠깐 외출이라도 하고 돌아온 듯 태연자약한 태도로 웃으며 다가왔다. 긴장하고 떨면서 흥분한 것은 오히려 민호였.

민호가 양손으로 나리의 두 손을 잡았다. 여느 때 나리가 했던 방식이다. 와락 안아주고 싶었으나 방안에 사람이 많았기 때문이기도 했다.

"고생 많았지?"

"고생은요. 정말 죄송해요, 심려 끼쳐드려서."

"그래, 다행이다. 이렇게 무사해서……."

민호가 손을 풀고 그녀의 등을 두들겨 줬다. 재회의 순간은 이렇게 싱겁게 끝났다. 정확히 열흘 만이었다. 처음 보는 사람들이 많았기에 수인사들을 해야 했다.

"모두들 감사합니다. 저 때문에 너무들 고생하셨다는 얘기 들었습니다. 정말 죄송하고 감사합니다."

나리는 호연과 경수에게 정중히 하례하고 서슴없이 민호의 옆자리를 찾아 앉았다. 일행은 모두 테이블에 둘러앉았다.

"그래, 어떻게 된 겁니까? 연락도 없이."

민호가 달범에게 물었다.

"일부러 우리 박사님 놀래주려고 들이닥쳤습니다."

"두 번 놀랐다가는 명 줄겠습니다."

경시청의 와타나베 경감도 달범이 동혁의 카메라 폰으로 찍어온 사진을 들이대자 더는 핑계댈 게 없었고 영사관이며 특파원단 그리고 일본 유수의 언론사 기자들까지 전방위로 나섰기 때문에 경찰로서도 가만히 있을 수 없게 됐던 것이다.

와타나베 경감은 일단 기무라 측에 연락해서 순순히 사람을 내놓게 하는 것이 가장 좋은 방법이라고 말했다. 자신이 기무라를 직접 만나보겠다고 했다. 기무라가 일본 일본회의 간부라는 것이 큰 위세로 발휘되고 있었다.

달범이 경시청의 와타나베에게 다시 한 번 확실하게 다짐을 받으려고 막 경시청 정문을 들어서려는데 하라다에게서 전화가 왔다. 나리를 내어줄 테니 박스터 가로 오라는 통보였다.

"박사님한테 연락할까 싶기도 했지만 어제 지하실에서 혼자 드라마 찍으시던 생각이 나서 놀려드리고 싶은 마음이 들었습니다. 허허허."

동혁과 함께 박스터 가의 빌딩에 갔더니 바로 사무실로 안내가 됐고 이내 나리가 여행에서 돌아온 듯 가방을 들고 내려왔다는 것이다.

"그 사람들, 어제 우리가 지하 창고에 들어간 것은 상상도 못하고 있더군요."

"그럴테죠. 테이프도 감쪽같이 지우고 깨끗이 정리하고 나왔으니까요."

경수가 한마디 거들었다.

"폐쇄 회로 사진을 어떻게 입수했냐고 넌지시 묻기는 하더군요. 아마 내부 소행으로 생각하는 것 같았습니다."

"그건 잘된 일입니다."

민호도 한마디 보탰다. 불법으로 침입한 것이 알려지면 좋을 게 없었다.

"드라마 찍으셨다는 얘기는 뭡니까?"

호연이 물었다.

"뭐 그런 거 있습니다. 한국이 낳은 멜로의 거장 김민호 박사와 은막의 여왕 지나리 주연의 무성 영화 박스터 가의 애절한 상봉. 짠짠짠…… 흐흐."

경수가 실실 웃으며 대답했지만 호연은 영문을 모르겠다는 표정이었다.

"와타나베 경감보다 아사히의 스기야먀 기자의 전화가 기무라한테 크게 영향을 줬던 것 같습니다. 그 전화 받고 즉각 나리 씨 내주라는 결정을 내린 모양입니다."

달범이 호연과 민호를 번갈아 보면서 말했다.

"그런 사람들은 경찰보다 언론을 더 무서워하기는 하지. 구린 게 많으니까."

언론사 동원의 주역인 호연이 한마디 거들었다.

"그래 나리 씨는 정말 다친 데나 아픈 데는 없고?"

민호가 나리를 돌아보며 다시 물었다.

"네. 더 건강해졌어요. 방에 갇힌 건 이틀밖에 안 돼요. 그것도 일류 호텔급이었는데요 뭐. 나머지 날들은 호화판 온천장 휴양이었죠."

"참 오순임 씨는 어떻게 됐어요?"

"네. 강 형사님께 드릴 말씀이 많은데 순임이 언니가 급해요. 아직 그 사람들하고 있는데 시한폭탄이에요."

"시한폭탄이라니?"

"일 처리를 잘못했다고 그 사람들한테 엄청 닦달을 당하고 있었어요."

"뭐- 지금 그 여자 걱정할 때입니까? 이 소동이 모두 그 여자 때문에 일어난 것인데 당연히 죗값 받아야죠."

동혁이 나섰다.

"죄가 있기는 하지만, 원흉은 아닌 것 같으니 그러지요."

나리가 동혁의 말을 받았다. 할 말이 많다고 했지만 이 정도로 민호는 사정을 거의 짐작할 수 있었다. 나리의 언니 나미를 주사기로 직접 찌른 살인범이 순임은 아닌 모양이었다.

"그래. 그 얘기는 천천히 다시 하기로 하지."

민호가 정리하듯 말했다. 어차피 나중에 자세히 들어야 할 얘기기도 했다.

그때 경수의 전화벨이 울렸다. 경수가 자리에서 일어나 저만큼 가서 받았다.

"야- 그래. 지나리 씨도 와 계시다니까! 정말이야."

그러면서 경수가 민호를 보면서 물었다.

"박사님, 진운데 미란이하고 이리로 오라고 하죠?"

"응. 바로 오라고 그래."

민호가 대뜸 대답했다.

"조 특파원, 오늘까지만 당신 아지트 복잡하게 하고 저녁부턴 깨끗이 비워줄 게. 너무 노여워 마."

"허허 참, 김 선배도 별말씀을."

기자 세계에서 경칭을 뺀 선배라는 호칭은 최상의 친근감을 나타내는 표시였다.

"그래. 오늘 파티 한번 멋지게 하자. 군자금도 두둑이 남았으니까."

민호가 지갑이 들어있는 앞가슴을 툭 치면서 말했다.

"아 참. 우미란 씨 위약금 문제도 얘기했는데, 50프로 주기로 잠정 얘기 끝냈습니다. 50프로는 화보 찍은 개런티로 하자고 들이댔죠."

달범이 아픈 데를 만지듯 한마디 던졌다.

"그거 잘 됐군요. 그렇다면 파티를 더 거하게 해도 되겠습니다."

모두들 환하게 웃었다.

73
해후

 방문이 열리는 소리가 들리더니 입구등이 자동으로 켜지면서 방이 환해졌다. 민호는 번쩍 눈을 뜨고 그쪽을 바라보았다. 역시 나리였다. 미란과 함께 있으라고 바로 옆방을 얻어 놓았지만 가라오케 바에서 방의 여벌 키를 달라고 할 때부터 나리가 오리라는 것은 예상하고 있었다. 아니 기대하고 있었다.

 파티는 정말 근사했다. 긴자의 샤브샤브 전문점에서 저녁을 한 뒤 가라오케로 바로 자리를 옮겨 밤늦도록 흥겹게 놀았다. 노래도 불렀고 춤도 추었다. 역시 젊은 사람들이 놀기도 잘 놀았다. 경수, 진우, 미란, 나리 등 모두 한가락 하는 재주꾼들이었기에 자리는 더욱 흥겹고 재미있었다. 자정이 넘어서야 다들 아쉬움을 남기면서 돌아가고 민호와 나리 그리고 미란은 호텔로 왔다. 저녁을 먹으러 가기 전에 방 하나를 더 예약해 놓았었다.

 "왜? 푹 좀 자지, 피곤할 텐데."

 민호가 침대에서 몸을 일으켰다. 말은 그렇게 했지만 속으로는 얼마나 반가운지 몰랐다. 나리가 와락 침대 위로 뛰어오르며 민호의 목을 껴안았다.

"내가 온 게 싫어요?"

"싫기는? 자네 피곤할까 봐 그러지."

"또 그런 꼰대 말투 쓰신다."

그때 입구의 센서등이 꺼졌다.

"앗, 키스 타임······."

나리가 입술을 포개 왔다. 양치질을 하고 왔는지 상큼한 치약 냄새가 났다. 민호도 이내 그런 그녀에 적극 호응했다.

한참의 격정적인 입맞춤이 끝나고 민호는 손을 뻗어 침대 맡 스탠드의 불을 켜고 계속 매달려 있는 나리를 살짝 밀쳐 몸을 뗐다.

"그래 얘기부터 듣자."

"아이······ 얘기는 나중에······."

나리가 더 매달리려 했지만 민호가 몸을 고쳐 앉는 통에 나란히 어깨를 감싸는 자세가 됐다.

"그냥 그대로에요. 더 자세히 말할 필요가 뭐 있다고. 얼마나 보고 싶었는데······."

그녀도 체념한 듯 자세를 바로 했다.

"어떻게 된 거야? 어떤 방식으로든 메시지는 전할 수 있었을 텐데."

"미란이가 달려온 게 메시지잖아요. 그 외에 다른 뾰족한 방법이 없었어요."

이윽고 자초지종이 쏟아져 나오기 시작했다. 민호가 세미나에 가 있던 밤 오순임이 호텔로 찾아왔다. 호텔에 들어선 그녀의 태도가 확 달라져 있었다. 나리에게 잘못했다며 용서를 구한다고 무너져 내리면서 울었고 그런 그녀를 오히려 나리가 달래야 했다.
 "알고 보니까 오순임 참 불쌍한 여자예요. 그런 기구한 삶을 산 여자도 흔치 않을 거예요. 나미 언니의 죽음에 자신이 전적으로 책임이 있다면서 당장이라도 서울에 달려가 경찰에 자수하고 싶다고 하더군요. 그러면서 땅을 치고 우는데……."
 "그래서 정작 언니를 그렇게 한 사람은 누구래?"
 "어차피 알게 되겠지만 캐묻지 말아달라고 해서 더 묻지 않았어요. 헤라클리닉의 누구인 것 같은데, 그날 순임 언니는 일본에 있었거든요."
 "우린 오순임이 강력한 용의자로 생각하고 있었는데……."
 "거기에 더 큰 함정이 도사리고 있다는 생각은 안 해 보셨고요?"
 "최근에 들어서 그런 생각을 하기는 했지. 오순임도 피해자일 수도 있겠다. 하지만 그 여자가 한 짓이 이해되고 묻힐 수는 없다고 생각해."
 "그렇죠. 그래서 자신도 가책을 느끼고 괴로워하고 있으니까요."
 "순임 씨는 일본 사람들한테 모든 책임을 전가하던가?"
 "꼭 그렇지는 않았지만 그런 셈이죠. 따지고 보면 다 허망한 욕심들 때문이에요. 순임 언니가 그렇게 된 것은 형부인 최종설 원장 때문이

더군요."

"짐작하고 있었어."

"순임 언니가 용서를 구해왔지만 처음엔 쇼를 하는 게 아닌가 하고 경계를 했어요. 그런데 며칠 같이 지내면서 얘기를 다 듣고 나니까 얼마큼 이해가 되더라구요."

순임은 자신이 나미를 죽게 한 원흉이라면서 주사기를 빼돌린 일을 고백했다. 그러면서 처음부터 나미를 죽이려고 했던 것은 아닌데 중간에 일이 잘못 꼬였고 나리로서는 상상도 못하는 복잡한 문제가 개재돼 있다고 했다.

"선생님, 일본이란 나라를 어떻게 생각하세요?"

"난데없이 왜?"

"이번 사건의 밑바닥에는 일본 그룹의 큰 음모가 도사리고 있거든요. 일본은 참 무서운 나라라는 생각을 했어요."

"자네도 그걸 파악했군."

"잘못된 인간의 허망한 욕망이 자신과 주변의 인생을 얼마나 망가뜨릴 수 있는가 이번에 똑똑히 본 셈이에요."

"많이 컸군."

"오-빠-도 참."

나리가 다시 민호의 목을 감아 왔다.

"그래서 전 큰 욕심 안 갖기로 했어요."

"잘한 일이야. 작은 욕심은 있고?"

"내 욕심 내 욕망은 참 단순하고 작다면 작은데…… 사람들은 겉만 보고 자기들 마음대로 판단하는 것 같아요."

"욕망이 무언데?"

"누군가의 진정된 사랑을 받는 것."

두 사람은 나란히 누워 팔베개를 하고 날이 샐 때까지 많은 얘기를 나눴다. 예상대로 헤라클리닉과 니혼셀 바이오텍이라는 벤처 회사가 문제의 진원지였다.

지나미의 죽음에는 이 회사를 둘러싼 이해관계가 상당 부분 작용하고 있었다. 정확히 말하면 회사 지분을 둘러싸고 일본 그룹과 헤라클리닉의 최 원장이 중심인 한국인 그룹의 관계에서 비롯된 일이었다. 니혼셀은 말이 벤처 회사지 일본의 쟁쟁한 실력자며 회사들이 참여한 첨단 기술을 가진 회사였다. 그 배후에는 일본회의로 대표되는 보수 우익이 똬리를 틀고 있었다.

이 가운데는 종설의 어릴 적 일본 지인들이 있어서 관계를 맺게 됐었다. 종설과 그들의 관계는 처음엔 좋았는데 어느 순간부터 무슨 약점을 잡혔는지 그들이 종설과 헤라클리닉을 좌지우지했고 그들의 지시에 꼼짝없이 따라야 했다. 그 맨 앞에 메트로비전의 기무라가 있었다. 일종의 조직체 구성원이 된 셈이었다.

결과적으로 한국 쪽 인사들은 일본 우익과 야쿠자의 앞잡이 노릇을 해야 했다. 한국의 미켈란 바이오랩에 관한 정보를 빼돌리는 것은 부과된 임무의 작은 부분에 지나지 않았다. 이 사람들은 명칭이 다른 일본회의 지부를 한국에 만들려 하고 있었다. 나미도 종설에 이끌려 한 발 한발 이들의 조직 한가운데로 끌려가던 중이었다.

이번 사건도 그들의 치밀한 계획에 의해 이뤄졌는데 그 실행 단계에서 잘못되면서 순임과 종설이 큰 곤경에 처하게 되었다. 책임을 져야 할 상황인데 사면의 조건이 있었다. 바로 지나리였다. 죽은 나미 대신 그녀를 서울 쪽 조직원으로 만들려는 의도를 지니고 있었다. 지나리라는 개인이 엄청난 음모의 한 가운데에 폭 빠져들 수도 있는 상황이었다. 순임의 진심이 엿보이는 간곡한 권유도 있고 또 억울하게 죽은 언니의 일본 쪽 재산을 파악하고 정리하기 위해서는 그들과 한번은 부딪혀야 했다. 그래서 순임을 따라나서게 된 것이었다.

"아무에게도 특히 선생님한테는 행적을 알리지 말아야 된다는 조건이 있었어요. 그러자 기무라의 밴이 호텔에 들이닥쳤고……."

"그랬었군."

"참 선생님, 앞으로 어떻게 될지 모르지만 어쨌든 언니의 재산도 찾을 수 있게 됐어요."

지나미가 니혼셀에 투자해서 크게 불어난 주식 내역을 자세히 알 수가 있었다.

한 가지 더 알 수 있었던 것은 하라다라는 기무라의 측근이 순임을 좋아하고 있다는 것이었다. 순임을 대하는 태도가 아주 남달랐다고 했다. 하라다가 이쪽에 아주 호의적으로 나왔던 이유를 짐작할 수 있었다.

나리가 민호의 얼굴을 빤히 쳐다보았다. 그녀의 맑은 눈동자가 그대로 들어왔다.

"오빠, 하라다 패거리가 나보고 뭐라고 했는지 알아요?"

"뭔데?"

"나보고 포르노 하나 찍어 보면 어떻겠냐고 했어요. 얼마나 끔찍하던지."

"왜? 그거 잘할 수 있을 것 같은데."

짐짓 놀리듯 민호가 답했다.

"뭐예요?"

나리가 화난 듯 민호의 가슴을 탁 쳤다.

"정말 아무렇지도 않아요?

"그럼. 나리야 만인의 연인인데, 뭐."

"정말 너무해요."

"아니야. 말이 그렇다는 거지."

민호가 나리의 어깨를 감아 자신의 가슴 쪽으로 당겼다. 안겨 오는 그녀의 뭉클한 가슴이 가슴으로 느껴졌다.

"내가 얼마나 좋아하는데 그런 일을 하는 것을 눈뜨고 보겠나?"

나리를 더 세게 끌어안았다.

"어제 박스터 가에서 얼마나 가슴 졸였는지 아니? 놈들이 그런 거 시켰을까 봐."

"왜요? 그런 일이 어때서? 그것도 예술인데."

이번엔 나리가 민호를 놀렸다.

나리의 손이 다짜고짜 민호의 중심으로 옮겨갔다.

"어머나! 얘는 언제 이렇게 됐어?"

민호의 이성과는 상관없이 엄청 부풀어올라 단단해져 있었다.

"오……빠……, 우리 둘이서 진짜 그거 하나 찍어 볼까? 조명발만 좋으면 내 몸매 죽이게 나올 텐데. 오빠도 연기 그렇게 잘한다면서?"

"또 놀린다."

민호가 그녀를 침대에 눕혔다. 카메라와 조명은 없었지만 그들이 말하는 그거 한편이 훌륭하게 제작되기 시작했다.

74

사필귀정

현구는 출소 이후 더 바쁜 나날을 보내고 있었다. 도쿄에서 들어오는 반가운 소식은 그를 더 활기차게 했다.

"원장님, 이것 좀 봐주세요."

오후에 있을 수술 환자의 스케치를 보고 있는데 김지돌이 원장실에 들어섰다.

지돌의 표정이 유난히 밝았다.

"뭔데 그래?"

"글리콜 나노 복합체의 데이터가 나왔네요. 아주 기가 막히게 잘 나왔네요."

"그래? 어디 보자."

유전자 전달 시스템의 동물 실험 데이터였다. 미켈란 바이오랩의 보형물 연구와 직접 관련이 있는 것은 아니지만 RNA의 간섭 현상을 통해 특정 단백질의 생성을 막는 소간섭 RNA를 고분자 물질과 결합시켜 안정성과 효과가 뛰어난 나노 복합체를 만들어 항암 효과를 확인하는 획기적인 연구였다.

새로운 나노 복합체는 20개 정도의 핵산으로 이뤄진 이중 가닥의 RNA 분자로 염기 서열이 서로 대응하는 메신저 RNA와 결합하여 이를 분해함으로써 세포 내에서 특정 단백질이 만들어지지 못하게 하는 복합체였다. 따라서 암세포 성장에 필요한 단백질 정보를 가진 복합 RNA를 혈관을 통해 체내에 주입하면 암세포 성장을 억제할 수 있다는 가설에서 진행된 연구였다.

그러나 소간섭 RNA 자체가 음이온 성질을 가지고 있어 역시 음이온 성질을 가진 세포막을 통과하기 어렵고, 또 체내 투여 후 혈액 내 면역 세포인 대식 세포나 핵산 분해 효소에 의해 쉽게 파괴돼 암세포까지 도달하기 힘들다는 문제점이 있었다. 미켈란 팀은 이 연구에서 친수성 고분자인 폴리에틸렌글리콜과 양이온성 고분자인 폴리에틸렌아민으로 이뤄진 나노 복합체를 만들어 문제점을 해결했다. 성형 임플란트 연구에서 파생된 가장 뛰어난 첨단 기술이었다.

결과는 아주 흡족했다. 글리콜은 혈액 내에서 대식 세포나 핵산 분해 효소의 공격으로부터 소간섭 RNA를 보호하는 역할을 했다. siRNA 나노 복합체는 siRNA와 비교할 때 종양 감소에서 탁월한 효과를 보였던 것이다.

"박현진이가 또 한 번 큰일 해낸 것 같은데."

"이 정도면 '콘트롤드 릴리스'에 발표해도 되겠죠?"

콘트롤드 릴리스는 제약계에서 세계적 권위를 가지고 있는 학술지였다.

"그래. 어서 발표 서두르라고 해. 김 변호사한테 얘기해서 특허 출원도 협의하고."

미켈란 바이오랩이 죽지 않았다는 것을 다시 한 번 세상에 알리는 쾌거였다.

현구에 대한 공소 각하 결정은 미란이가 검찰에 출두했던 날 즉각 결정돼 서류로 통보됐다. 공소 각하란 소송상의 신청에 대하여 법원에서 부적법을 이유로 배척하는 것으로 고소, 고발 사건이 특정되지 아니하거나 범죄를 구성하지 아니할 경우, 죄가 안 되는 명백한 사건, 공소 시효가 완성된 사건 등에 대해 본안 심리를 거절하는 재판부의 결정이었다.

현구의 경우 사건이 법원에 송달되어 있었기 때문에 내려진 조치였다. 기각과 다른 점은 기각은 항소할 수 있지만 각하는 부적법의 원인이 된 흠결을 보정 후 재신청해야만 되기 때문에 기각보다 높은 결정이라고 할 수 있었다. 사필귀정인 셈이었다.

최종설 원장의 자살 소식은 지나미 사건에 연루되어 있어 언론과 세인의 관심을 끌기에 충분할 만큼 크게 보도되었고 사람들의 입에 오르내렸다. 같은 날 신문의 연예면에는 지나미의 전 매니저 장형철 일당이 마약 건으로 구속되었다는 것과 박강재 의원이 대선 후보 경선을

사퇴했다는 기사가 조그맣게 실려 있었다.

　종설은 오순임이 귀국해 검찰에 출두하던 날 사북의 한 여관에서 자신의 팔에 프로포폴을 찌르고 생을 마감했다. 나미를 죽음에 이르게 한 그 마취제였다. 많고 많았던 성형 수술을 뒤로 하고 그 성형에 썼던 약으로 자신을 영원히 성형했던 것이다. 죽음에 이르는 성형이었던 셈이다.

　여인들의 치부(恥部)를 만져주며 치부(致富)했다고 자신 있게 말했듯 그의 일생은 여인네와의 삶이기도 했다. 그는 원 없이 여인들을 주무른 사람이었다. 재일동포 광부의 아들로 태어나 이 땅에 건너와서부터 그는 숱한 여인들을 울렸다. 주인집 딸인 박현자로부터 시작해서 사북의 여인들은 그의 듬직해 보이는 용모, 수재 소리를 들었던 영리한 머리, 호탕한 언변에 울고 웃었다.

　그는 자신의 병원에서 일하는 오순임을 겁탈하다시피 취한 뒤 그녀의 언니인 오순자와 또 관계를 맺었다. 그만 오순자가 임신을 했고 완강히 낙태를 거부하면서 결혼에까지 이르게 됐다. 그러면서도 망연자실한 오순임에 대해서는 마수를 놓아주지 않고 일본으로 데려가 그쪽 자신의 병원인 헤라클리닉의 업무를 총괄하게 했고 내연의 관계를 계속 유지했다. 오순자도 모를 리 없는 일이었다. 하지만 그의 엽색 행각은 그를 나락으로 떨어지게 한 원인이기도 했다.

　항공사 승무원 준비를 하던 지나미에게도 마수를 뻗쳐 금전을 미끼로 잠자리를 몇 차례 가졌고, 자신의 병원 간호사를 위시하여 반반한 환자들에 이르기까지 너무도 많은 여인들을 울린 장본이기도 했다.

도쿄의 헤라클리닉에서 이쁜이 수술을 받으러 왔던 일본 야쿠자 두목의 애첩을 잘못 건드렸다가 그 두목에게 끌려가 치도곤을 당했고 발가벗기고 실제 성기를 잘라내겠다는 궁형(宮刑)의 협박까지 받았다. 손이 발이 되도록 싹싹 빌며 살려달라는 애원으로 풀려나긴 했지만 그 이후 신체 포기 각서를 쓰고 야쿠자의 앞잡이 노릇을 할 수밖에 없었다.

카사노바 악인전이라고 부를 만했던 그의 일생은 일본 국민회의의 부의장 다카요리의 절교 전화 한마디에 더는 갈데없는 궁지로 몰리게 됐다. 그의 꿈이던 강남에 이브美성형미용센터의 건립 막바지에 부동산 경기는 위축되었고 원자재 가격은 다락 같이 올라 분양이 전혀 되지 않았다. 기대했던 일본의 자금은 지나미 사건의 패착으로 정지되고 말았다.

기실 종설은 몰랐던 일이다. 여자가 한을 품으면 오뉴월에도 서리가 내린다고 했던가. 어느 순간부터 종설의 말보다는 기무라 하라다 등 일본회의 상부와 연계된 야쿠자와 직접 상대하기 시작하며 그쪽에 무게를 싣던 오순임을 중심으로 이루어진 일이었기 때문이었다.

그래도 모든 의혹은 그에게 돌아갔고 결국 모든 책임도 그에게 돌아간 셈이었다. 그의 뒷배였던 일본의 상부는 그와의 결연을 단절한다고 통보를 했고 이 통보는 그를 심한 절망에 빠지게 만들었다. 더욱이 그는 한국 수사 당국에 의해 조사를 받고 있는 중이었다. 그가 남발한 마약성 진통제가 신종 마약으로 둔갑해 수많은 선량한 시민들을 중독에 빠지게 만들었다.

또한 그가 회장으로 있는 미용 전문의 협회에서 발급하는 자격증도 문제가 됐다. 성형외과를 전공하지 않은 다른 과 의사들에게 마치 성형외과 전문의로 오인될 소지가 다분히 있는 증서였다. 자격증 취득을 위해 수억 원에 가까운 비용이 들었다는 것만 봐도 환자에게 보여주기 식의 자격증이었다.

해당 자격증을 마치 진짜 전문의인 것처럼 사용해 환자를 유인한다면 이는 의료법 위반이므로 정부 당국의 철저한 감시와 관리가 필요하다는 점에서 진작 사회 문제가 됐었다. 그랬는데 이 자격증을 가진 마취과 의사가 큰 성형 수술을 하다가 대형 의료 사고를 냈기에 협회가 당국의 내사를 받고 있었던 것이다. 지금까지 드러난 다른 비리도 적지 않았다.

불행은 혼자 다니지 않는다는 화불단행이라고 할까. 종설로서는 도저히 빠져나갈 활로가 없다고 느꼈을 것이다. 그래서 그는 죽음으로 가는 영원한 성형을 택했던 것이다. 한국인으로서 여자 때문에 일본에 얽매어 일본의 이익을 위해 일하며 자신을 성형했던 한 기구한 성형의사의 죽음이었다.

에필로그

연녹색 바다가 부서지고 있었다. 어쩌면 바다의 색이 저처럼 아름다울 수 있는지 경탄이 절로 나왔다. 태양은 또 얼마나 부드러운지, 해변의 모래는 왜 저리 하얗고 끊임없이 춤을 추는지 현구와 민호는 서로 감탄하고 있었다. 둘은 푸에르토 발라타 리조트 호텔의 스위트룸 베란다에 나란히 누워 해변을 바라보고 있었다.

세희와 나리는 호텔의 레크레이션 센터에서 주관하는 망아지타기 대회에 참가하겠다면서 수선스럽게 방을 나갔다.

이곳에 온 지 사흘째였다. 저녁에 도착했기에 정작 휴가를 즐긴 것은 만 하루밖에 되지 않았음에도 심신의 피로와 상념들이 싹 가셔버렸다.

둘 다 이심전심으로 '이 정도의 휴식으로도 이처럼 맑은 기분을 느낄 수 있는데 무엇 때문에 그리 바쁘게 뛰었을까? 도대체 무엇을 위해서?' 하는 상념에 빠져있었다.

'그동안 아무런 생각도 없이 자신의 두뇌를 쉬게 한 적이 있는가?'

그런 적이 없었던 것 같았다. 항상 무슨 생각을 골똘히 해야 했고 또

순간순간 결정을 해야 했던 긴장의 연속이었다.

"야- 김민호, 예수는 서른셋에 부활을 했고 석가모니는 세른 다섯에 득도를 했다는데 그보다 열댓 살 많은 우린 어떻게 살아온 인생일까?"

"넌 철학자 다 됐구나."

"무엇을 향해 달려가야 하는가. 그런 생각 안 드나?"

"글쎄-. 하지만 지금은 결정할 순간이 아닌 것 같은데……."

"하긴 너야 새신랑이니까, 흐흐흐."

현구가 민호를 부러운 시선으로 바라봤다.

그랬다. 지금은 아무것도 결정할 필요가 없었다. 이 평온한 자연 앞에서 모든 게 하찮게 여겨졌다. 누구든 이 좋은 해변에 오면 벌거벗지 않을 수 없을 거였다.

호텔은 꽤 짬짤하게 운영되고 있었다. 종업원들도 훈련이 잘 되어 있었고 시설도 좋았다. '두고 온 집안 일, 회사 일, 온 세상 몽땅 잊어버리세요. 바다가……, 태양이……, 그리고 어머니인 자연이 당신을 포근히 감싸드릴 것입니다.' 로비 정면에 큼지막하게 붙어 있는 슬로건이었다.

모든 것이 단지 내에서 해결되었다. 해변도 리조트 소유의 땅이었고 쇼핑센터며, 각종 식당과 디스코텍, 골프장, 테니스장, 또 사우나와 실내 수영장을 갖추고 있었기에 밖으로 나갈 필요가 전혀 없었다. 또한 레크레이션 부가 따로 있어 투숙객들이 매일매일 흥미를 가질 만한 각종 프로그램을 운영하고 있었다.

민호와 나리의 신혼여행인 셈인데 스폰서인 현구 내외가 따라온 여행이었다. 현구네는 뉴욕에 일이 있어 하루 먼저 떠났다. 미켈란 바이오랩의 커다란 계약 건이 예정되어 있기 때문이었다.

가슴 위로 차가운 물방울 몇 방울이 떨어지면서 살구향의 냄새가 물씬 풍겼다. 비몽사몽간에도 조금 전 나리가 방에 돌아왔다는 것을 느꼈지만 베란다에 그냥 누워 있었다. 욕실서 샤워 소리가 잠시 들렸고 그녀가 이쪽으로 온다고 느끼고 있는데 돌연 자신의 몸 위로 물방울이 떨어졌다.

눈을 뜬 민호는 깜짝 놀랐다. 나리가 실오라기 하나 걸치지 않은 채 물방울을 뚝뚝 떨어뜨리며 누워 있는 자신의 위로 살며시 올라오고 있는 것 아닌가. 그들이 차지한 스위트룸은 맨 꼭대기 층의 해변으로 돌출된 곳에 위치하고 있어 다른 사람들이 볼 염려는 전혀 없었다.

뭐라고 말하기도 전에 나리의 입술이 민호의 입술을 막았고 그렇지 않아도 서서히 강해지는 햇볕에 따가움을 느끼기 시작했던 전신으로 황홀함이 퍼져나갔다.

전 세계의 다양한 민족이 엉켜 멜팅 팟으로 불리는 뉴욕의 한가운데 위치한 센트럴 파크. '제36회 아시아 민속 페스티벌'에 참석한 한국의 '탈 쓰고 놀이 한마당'이 펼쳐지고 있었다.

얼굴에 탈(가면)을 쓰고 추는 '탈춤'은 무용·음악·연극의 요소가 어우러지는 종합 예술이다. 한국의 탈춤은 조선 후기에 판소리와 함께 성행한 대표적인 민중예술이기도 하다. 엄격한 신분제 사회였던 조선에서 양반을 마음대로 비웃을 수 있도록 허락된 유일한 놀이가 탈춤이었다. 양반 사회의 계급과 도덕적인 모순을 유쾌하게 풍자하고 그 부조리함을 드러내는 내용들을 담아냈다.

다양한 인물들이 등장하여 양반을 능멸하거나, 여자에게 빠져 파계한 승려를 놀리고, 첩을 둘러싼 부부간 갈등을 주제로 하든가 무당, 떠돌이 한량, 백정 등 사회적으로 소외된 인물들이 주인공으로 등장해서 양반을 모욕하는 것은 민중의 속을 시원하게 만들었다. 신나는 놀이 한마당이었던 탈춤은 재담과 능청스러운 연기뿐만 아니라 관중들도 함께 어우러져 함께 즐겼던 현재까지 명맥을 이어온 대표적인 민중 예술이다.

높은 태평소 소리가 경쾌하게 울리며 흥취를 돋우고 꽹과리, 장구, 북소리가 어우러져 흥겨운 연주로 관중들을 이끌어나가는 중이었다.

'이놈 말뚝아, 말뚝아, 이리 오너라.'

말뚝이는 말을 부리는 양반의 하인이다.

'말뚝이란 놈은 제 의붓아비 때부터 오만한 놈이라 한두 번 불러서는 아니 오는 놈이니 한 번 더 불러 봄이 어떤고.'

'그놈을 다시 불러? 그러다 양반 체면에 봉욕(逢辱)을 당하면 어쩌려고?'

'내가 전 책임을 지고 욕사발을 다 먹을 것이니 다시 부름세.'

양반은 이처럼 말뚝이에게 은근히 겁을 먹고 있었다. 말뚝이는 저만치서 혼자 떠들고 있었다.

'양반 나오신다. 제갈량이라는 양자에 개다리소반이라는 반자 쓰는 양반 나오신단 말이요.'

'얼쑤!'

'야야- 이놈 뭐야아!'

'삼정승 육판서 다 지내고 퇴로 재상으로 계신 이 생원네 삼 형제 나온다고 그리하였소.'

'이 생원이라네.'

'좋구나!'

양반들이 춤을 추며 돌았다.

'이 지에미를 붙을 양반인지 좆반인지 허리 꺾어 절반인지, 개다리소반인지 꾸러미전에 백반인지······.'

'이놈 말뚝아 이게 무슨 냄새냐?'

'마나님 혼자 계시기에 벙거지를 쓴 채, 이 채찍을 찬 채, 감가(酣歌)하며 두 무릎을 꿇고 하고 하고 또 했더니 그만······.'

'이놈의 모가지를 뽑아서 밑구녕에다 박던지 해야지 원······.'

관객들의 폭소와 박수가 터졌다.

현구와 세희는 뉴욕의 센트럴 파크에서 한국의 탈춤놀이를 관람하고 있었다. 아시아 소사이어티가 주최한 아시안 민속 페스티벌로 관객은 백인이 대다수를 점하고 있었다. 그들의 손에는 영문으로 된 대사와 줄거리가 적힌 프로그램이 들려져 있었다.

'여보게- 시 짓기나 하세. 내가 운자를 넣지. 산자 영자.'

낑낑 매던 양반 하나가 목청을 돋구었다.

'울룩줄룩 작대산 하니 황천 풍산에 동선령이라……'

아무런 뜻도 없는 지명의 나열이었다.

'얼쑤! 거- 형님, 잘 지었소.'

밸이 꼴린 말뚝이가 나섰다.

'샌님, 저도 한 수 지을 테니 운자를 하나 불러주시오.'

'재구 삼년에 능 풍월이라더니 네가 양반의 집에서 몇 해를 있더니 기특한 말을 다하는구나. 우리는 두 자씩 불러지었다만 너는 단자로 불러줄 터이니 지어보아라. 운자는 강자다.'

'쩍정 비자 구녕엔 개 대강이요. 헌 바지 구녕엔 좆 대강이라.'

'얼쑤! 좋구나!'

놀이의 흥을 돋우는 정확한 뜻은 모르면서 미국 관중도 한인보다 더 큰 박수와 환호를 올리며 어깨와 팔을 들썩거렸다. 현구는 가슴이 뭉클해졌다. 양반이 가식과 허세에 가득 차 있는 이 땅, 지구촌의 탐욕꾼들이라면 말뚝이는 평범한 사람들의 상징이 아닌가 싶었던 것이다.

현구의 망막에는 자신이 시술했던 환자들의 얼굴이 차례로 떠올랐다 사라졌다. 왠지 자신이 한 성형수술과 보정시술이 바로 탈꾼들의 탈을 만들었던 것은 아닌가 싶었다. 이왕 장인(匠人)이 되어 탈을 만들려면 말뚝이의 탈을 만드는 장인이 되고 싶었다. 그는 미를 창조해내는 자신의 손을 움직여보았다.

맨해튼의 마천루에 반사된 햇빛이 센트럴 파크의 잔디밭에 이글이글 쏟아져 내리고 있었다.

〈카운터포인트, 大尾〉

카운터 포인트
죽음의 사슬

초판 발행 2023년 1월 25일

지은이 김문호
펴낸이 방성열
펴낸곳 다산글방

출판등록 제313-2003-00328호
주소 서울특별시 마포구 동교로 36
전화 02-338-3630 070-8288-2072
팩스 02-338-3690 02-6442-0292
이메일 dasanpublish@daum.net
　　　 iebookblog@naver.com
홈페이지 www.iebook.co.kr

ⓒ 김문호 2023, Printed in Korea

ISBN 979-11-6078-261-5 03810

* 이 책은 저작권법에 의해 보호받는 저작물이며, 저자와 출판사의 서면 허락 없이 내용의 전부 또는 일부를 인용하거나 발췌하는 것을 금합니다.
* 제본, 인쇄가 잘못되거나 파손된 책은 구입하신 곳에서 교환해 드립니다.
* 책값은 뒤표지에 있습니다.